武士の碑《いしぶみ》

伊東 潤

PHP
文芸文庫

○本表紙デザイン＋ロゴ＝川上成夫

武士の碑《いしぶみ》◎目次

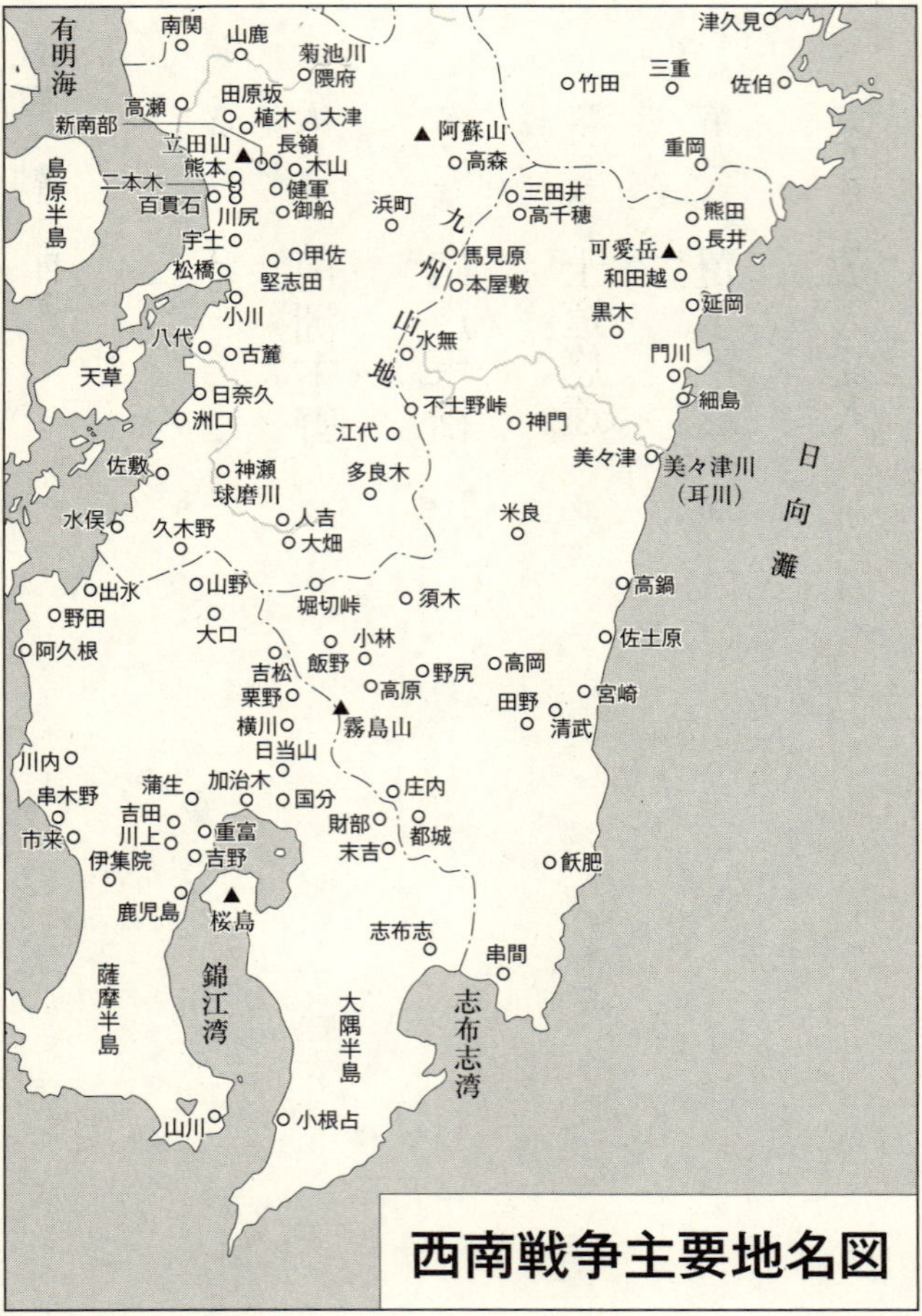
有明海
島原半島
天草
南関
山鹿
菊池川
隈府
田原坂
高瀬
新南部
植木
大津
立田山
長嶺
熊本
木山
二本木
健軍
百貫石
御船
川尻
宇土
甲佐
松橋
堅志田
小川
八代
古麓
日奈久
洲口
佐敷
神瀬
球磨川
水俣
久木野
人吉
大畑
出水
山野
野田
大口
阿久根
堀切峠
須木
小林
吉松
飯野
栗野
高原
野尻
横川
霧島山
日当山
川内
蒲生
加治木
国分
串木野
吉田
川上
重富
市来
伊集院
吉野
鹿児島
桜島
錦江湾
薩摩半島
山川
小根占
大隅半島
庄内
財部
都城
末吉
志布志
志布志湾
串間
飫肥
阿蘇山
高森
浜町
九州山地
三田井
高千穂
馬見原
本屋敷
水無
不土野峠
江代
多良木
神門
米良
竹田
三重
津久見
佐伯
重岡
熊田
可愛岳
長井
和田越
延岡
黒木
門川
細島
美々津
美々津川
（耳川）
日向灘
高鍋
佐土原
高岡
宮崎
田野
清武

西南戦争主要地名図

田原坂周辺地図

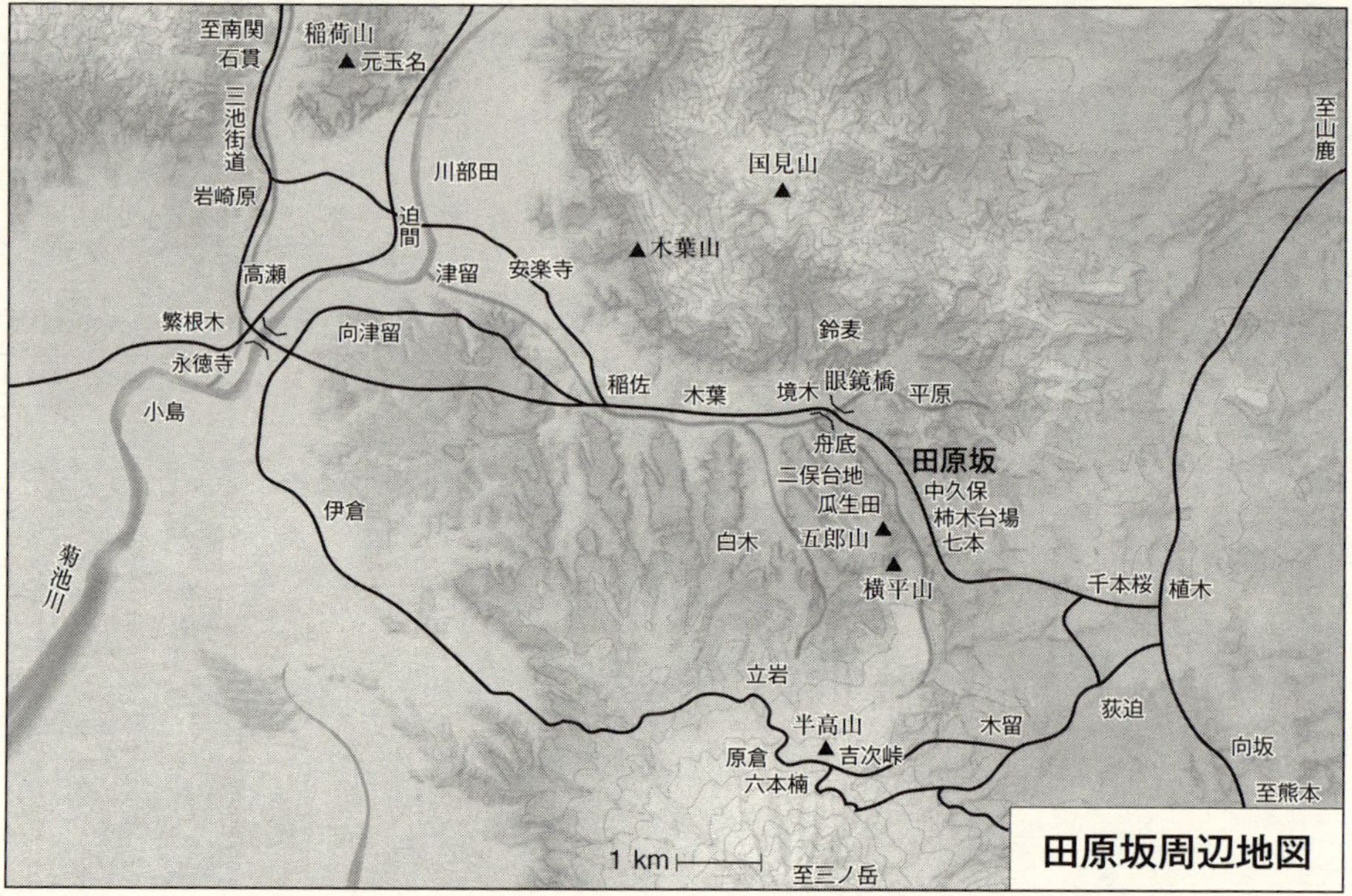

至南関
石貫
稲荷山
元玉名
三池街道
岩崎原
川部田
迫間
高瀬
津留
安楽寺
国見山
木葉山
至山鹿
繁根木
向津留
永徳寺
小島
鈴麦
稲佐
木葉
境木
眼鏡橋
平原
舟底
田原坂
二俣台地
中久保
瓜生田
柿木台場
五郎山
七本
白木
伊倉
横平山
千本桜
植木
菊池川
立岩
荻迫
半高山
木留
原倉
吉次峠
向坂
六本楠
至熊本
1 km
至三ノ岳

武士の碑《いしぶみ》

プロローグ

空が白んでくると、夜明け前から続いていた艦砲射撃がやんだ。いよいよ城山《しろやま》への総攻撃が始まる。

その時、後方の本営付近から、「攻撃開始」の合図となる三発の号砲が轟《とどろ》いた。

「進軍！」

第四旅団遊撃第二大隊第二中隊を率いる佐竹義方大尉《さたけよしかたたいい》は、麾下《きか》の兵卒たちに城《じょう》ケ谷《がたに》の南から岩崎尾根への登攀《とうはん》を命じた。

城ケ谷とは、薩軍《さつぐん》が本営としている岩崎谷の北方にある谷のことで、双方を隔《へだ》てているのは岩崎尾根だけである。

やがて、いち早く尾根に登った者と敵との間で撃ち合いが始まった。しかし敵の銃撃は散発的で弱々しい。

「突撃！」

自らも山頂に達した佐竹は、岩崎尾根の突端にある城口《しろぐち》の堡塁《ほるい》に銃剣突撃を命じた。

味方の喊声《かんせい》に続いて、誰のものとも分からぬ絶叫が聞こえると、突然、静寂《せいじゃく》が訪れた。

「敵堡塁を制圧しました!」

その報告を聞いた佐竹が堡塁に下りると、敵兵十名ほどが息絶えていた。その堡塁の大きさからして、十名で守っていたとは到底、思えない。おそらく死んだ者たちは、ここを死地に選び、まだ戦う気のある者たちは、岩崎谷に死地を求めたと思われた。

「千田《せんだ》はおるか!」

千田登文《のりふみ》中尉が呼ばれる。

「敵は岩崎谷に引いたようだ。先に行って様子を探ってこい」

「はっ」

遠方からは、敵味方の凄《すさ》まじい銃撃音が聞こえてくる。城山の四方から一斉《いっせい》に攻め上った政府軍諸隊と、薩軍の間で激しい戦闘が繰り広げられているのだ。

とくに薩軍が岩崎谷の入口に築いた堡塁は堅固《けんご》で、そこで激戦が展開されているに違いない。

佐竹隊が岩崎尾根を越えて岩崎谷の奥に出られれば、岩崎谷入口の敵堡塁を背後から攻められる。そうなれば皆が狙っている西郷隆盛の首を、佐竹隊が獲《と》れるかもしれない。

千田は八人ほどの兵を引き連れ、岩崎尾根上から谷に下る道を探った。すでに尾根上にある堡塁や胸壁《きょうへき》に、敵兵の姿はない。しかし見通しがきかない曲がり角では慎重に止まり、敵の有無を確かめつつ進んだ。

やがて下り坂を見つけた。岩崎谷に下りる道に違いない。

兵を一人、そこに残すと、千田は坂を下った。

しばらく進むと、かつて薩摩《さつま》藩の重臣たちが集住していた屋敷群の裏に達した。屋敷群は砲撃によってかなり破壊されているため、人の気配はしないが、裏の崖際《がけぎわ》には、大小いくつかの横穴が掘られており、生活の痕跡《こんせき》が残っている。

「まだ賊がいるかもしれん。気をつけろ！」

早速、千田は付近の横穴を調べさせた。

「誰もおりません！」

「こちらも同じ！」

横穴の中の様子を見にやらせた兵士たちが、次々と戻ってきた。

横穴は岩崎谷の奥の方にもあるようだが、それらを調べるのは後にして、敵の背後に回ることにした。

「よし、通りに出るぞ」

千田は兵士たちを促《うなが》し、無人の屋敷の庭を通り抜けて岩崎谷の表通りに出た。

「あれは何だ」

「どうやら死骸《しがい》のようです」

兵卒の一人が答える。

三十メートルほど先に、折り重なるようにして二十人余が倒れている。

「行ってみよう」

周囲を警戒しつつ屋敷の間から通りに出た千田は、慎重に死骸に近づいていった。

――自害したのか。

そこには、切腹して前のめりに倒れている者や、刺し違えたのか、抱き合うようにして横たわる者がいた。中には死にきれず、いまだ胸で大きな呼吸を続けている者までいる。

その中に、浅葱縞《あさぎじま》の薩摩絣《さつまがすり》を着た大柄な死骸があった。それだけは首がない。

――まさか。

心臓の鼓動《こどう》が速まる。

恐る恐る近づいた千田は、その遺骸《いがい》を確かめた。

――西郷大将か。

千田は深呼吸すると、「失礼します」と声に出して、その着物の裾《すそ》をめくった。

――やはりそうだ。

その二つの陰嚢《いんのう》は、赤子《あかご》の頭ほどに膨《ふく》らんでいた。

陰嚢に水がたまって膨れ上がる陰嚢水腫《すいしゅ》である。

前日、小隊長以上には、首のない大柄な遺骸を見つけたら、裾をめくって確かめるよう言い渡されていた。

兵士たちは周囲を警戒しているが、敵の気配はない。

「集まれ！」

千田は兵を集めると整列させた。

「西郷元陸軍大将に敬礼！」

千田たちが敬礼しているところに、佐竹大尉が駆け付けてきた。

「間違いない」

自ら裾をめくって中を確かめた佐竹が、安堵《あんど》のため息を漏らす。

「よし、敵の残党が残っているかもしれぬので、千田小隊は岩崎谷の奥まで行って確かめてこい」

「はっ」と言って、千田が飛び出そうとすると、佐竹がその肩を押さえた。

「西郷の首を見つけることを忘れるな」

「はい」

千田隊が岩崎谷の奥の方に進んでいくと、奇妙な音が聞こえてきた。

――誰かが、何かを弾《ひ》いているのか。

その調べは物寂《ものさび》しく、薩軍の終焉《しゅうえん》を悼《いた》んでいるようにも聞こえる。

思わず聴き入ってしまった千田は、われに返ると、後に続く兵士たちに命じた。

「警戒を怠《おこた》るな。散れ！」

小隊を左右の屋敷の陰に隠すと、千田は合図を送りつつ物陰を伝って前進した。

やがて岩崎谷最奥部《さいおうぶ》が見えてきた。そこは広場で、中央に焚《た》き火《び》の跡があり、周囲には、焼酎《しょうちゅう》の樽《たる》や薩摩芋《いも》の尾などが散らばっている。

その焚き火の横に転がされた丸太の上に、真新しい薩摩絣を着て縮緬地《ちりめんじ》の兵児帯《へこおび》を締めた男が一人、こちらを向いて座り、何かを演奏している。

――あれは手風琴《てふうきん》か。

男が持つ楽器は、手風琴すなわちコンサーティーナ（小型のアコーディオン）だった。

周囲に人気《ひとけ》はなく、どうやら生きているのは、その男だけのようだ。

「行くぞ」

すでに西郷が死した今、どこかで狙撃手が狙っているとは考え難《がた》い。

思い切って男の前に進み出た千田が声を掛ける。

「失礼します」

男から五メートルほど離れ、直立不動の姿勢を取った千田は、大声で言った。

「薩軍の幹部の方とお見受けします。投降の意思がおありなら、すぐにそれを置いて立ち上がって下さい」

その男は、何も聞こえないかのようにコンサーティーナを弾き続けている。

「もう一度、申し上げます。投降のご意思があるなら、それを置いて立ち上がって下さい」

二回の勧告を行っても、男は千田を無視している。

千田の心に、沸々《ふつふつ》とした怒りがわいてきた。

――世を騒擾《そうじょう》させた薩賊《さつぞく》が、何を考えておる。

それでも千田は、陸軍軍人としての役割を全《まっと》うするつもりでいた。

「これが最後となります。投降のご意思がおありか」

それでも男は反応しない。

――致し方ない。

政府軍将兵の投降勧告に応じない薩軍兵士は、殺していいことになっている。しかも男は座っている丸太に両刀を立て掛けており、下手《へた》に近づけば、抜き打ちにされる恐れもある。

「整列！」

千田の命に応じ、兵士たちが一列に並んだ。

「構え！」

兵士たちが銃を構える。

その時、男が眩《まぶ》しそうに空を見上げた。

鬚《ひげ》に覆《おお》われたその顔は穏《おだ》やかで、これから死にゆく者のようには見えない。

——何を考えておるのか。

男の脳裏《のうり》には、今置かれている状況とは全く別の何かが思い描かれているようだ。

「投降しないのであれば、撃ちます」

最後の念押しである。

それでも男は、千田の言葉を無視してコンサーティーナを弾いている。

千田はゆっくりと敬礼すると、大きく息を吸い、命令を発した。

第一章　南洲下野《なんしゅうげや》

一

男には、死なねばならない時がある。

それを心得ていないと大変な恥をかく、と村田新八《しんぱち》は幼い頃から教えられてきた。

——ウドさあは、死ぬつもりなのか。

死に遅れた者たちは皆、己《おのれ》の死に場所を探している。

幕末から維新にかけて新八は、あまりに多くの死を見てきた。死は常に傍《かたわ》らにあり、いつ己の身に降りかかってくるか分からない。それは、ウドさあこと西郷隆盛にとっても同じだ。

——いや、ウドさあは、一人の村夫子《そんぷうし》に戻りたいだけなのではないか。

西郷という男の胸の内は、近くにいる者ほど分からない。新八のように、幼い頃から付き従ってきた者にとっては、なおさらである。

西郷の心は海のように広く、陽光が降り注《そそ》ぐような慈愛に溢《あふ》れている。どのような者も、その謦咳《けいがい》に接すれば虜《とりこ》になる。しかしその心の内は、誰にも分からない。

「待たせたな」

独特の鼻声とともに背後のドアが開くと、革底《かわぞこ》の靴音《くつおと》も高らかに、一人の痩漢《そうかん》が入ってきた。そのもったいぶった態度からは痩漢、すなわち大久保利通《としみち》のいやらしいまでの自負が感じられる。

椅子《いす》から立ち上がった新八は、百八十三センチに及ぶ長身を折り曲げた。

「お久《さ》しかぶいです」

ほぼ同じ身長の大久保は、軽くうなずくと、新八に座るように促《うなが》した。

二人の高い背丈《せたけ》や長い顔は、薩摩人《さつまじん》にしては特異である。

幕末に流行《はや》った薩摩の里謡《りよう》「薩摩兵児《へこ》謡」に、「わたしゃ薩州《さっしゅう》薩摩の醜二才《ぶにせ》（ぶおとこ）。色は黒くて、横這《ば》いの小《こ》じっくい（小柄）。体ゆすぐって（揺すって）、肩怒らせて、大道《だいどう》せましと闊歩《かっぽ》する」という一節がある。

ここで歌われているように、この国の人々は、小柄な上に顔も体も横に張ったような体型が多い。

「パリで別れて以来か。おおよそ一年ぶりになるな」

大久保は何かを思い出そうとするかのように、天井《てんじょう》を見つめた。

二人の大漢《たいかん》は、応接間の中央に鎮座したマホガニーの大机を間にして向き合っていた。しかし、薩州で一、二を争う〝だまい者《もん》（無口な男）〟の二人である。それきり口を閉ざした。

「それで、何しに来た」

沈黙に耐え切れなくなったかのように、大久保が机の端から煙草盆を引き寄せつつ言った。

「問うまでもなかちゅうことです」

新八の言《げん》に、大久保の顔色が変わる。

「ここでは、故郷《くに》の言葉を使うな」

明治新政府では、公《おおやけ》の場以外でも、できるだけ方言を使わぬよう官吏《かんり》たちに通達していた。

大久保にたしなめられた新八は、すぐに己の誤りを認めた。

「うっかいしもした」

それを聞いた大久保が、自慢のビスマルク髯《ひげ》を歪《ゆが》ませて笑う。

「いくつになっても、貴殿《きでん》は変わらぬな」

「変わらないといけませんか」

さすがに新八も言葉を改めた。

天保《てんぽう》七年（一八三六）生まれの村田新八は、この時、すなわち明治七年（一八七四）、数えで三十九になる。西郷は九つ上、大久保は六つ上である。三年の差はあれど、三人は同じ郷中《ごじゅう》で育った兄弟同然の間柄だった。

郷中とは薩摩国特有の言葉で、同じ町内や村内のことを言う。

「この強情者《ごじょっぱい》め」

大久保が苦笑する。

「吉之助《きちのすけ》さんも一蔵《いちぞう》さんも、同じ強情者ではありませんか」

吉之助とは西郷の、一蔵とは大久保の通称である。

「ああ、その通りだ」

大久保が葉巻をケースから取り出す。

「強情者と強情者は、少しの間、顔を合わさないだけで、太平洋ほどの隔《へだ》たりができる」

「一蔵さんは、欧米に行かれたことを悔《く》やんでおいでか」

新八の問いには答えず、大久保は葉巻を勧めたが、新八は首を左右に振った。大久保は明治四年（一八七一）十一月十二日に横浜港を出航した欧米使節団に、大久保は副使として参加した。その中には、宮内大丞《くないだいじょう》に任官して間もない新八もいた。

使節団は岩倉具視《ともみ》を特命全権大使に、大久保、木戸孝允《たかよし》、伊藤博文《ひろぶみ》、山口尚芳《ますか》を副使とし、各省庁の理事官四十六、その随従者十八、女子留学生五を含む留学生四十三の百七名から成り、岩倉使節団と呼ばれていた。

新八は、侍従長《じじゅうちょう》の東久世通禧《ひがしくぜみちとみ》の随行員という肩書きである。

一行は、明治五年（一八七二）九月末までの十カ月半、アメリカ、イギリス、フランス、ドイツ、ロシアなど十四カ国を回る予定だった。

この使節団の目的は、新国家の重鎮《じゅうちん》たちの挨拶《あいさつ》回り、不平等条約改正のための下交渉、そして西洋列強諸国の文明を学ぶという三点にあった。

しかし、明治四年十二月六日にサンフランシスコに着いた一行は、岩倉たち幹部が、条約改正交渉を本格的に始めてしまったため、アメリカだけで六カ月半も滞在する羽目になる。

しかも国内では、財政緊縮、家禄《かろく》削減問題、樺太《からふと》や朝鮮の外交問題などが山積《さんせき》しており、また大久保の代理として大蔵省の実権を握った大蔵大輔《おおくらだゆう》の井上馨《かおる》と、司《し》法卿《ほうきょう》の江藤新平の対立が深刻化し、井上が辞職に追い込まれるまでになっていた。

こうしたことから、留守政府を預かる太政大臣《だじょうだいじん》の三条実美《さねとみ》は、大久保と木戸孝允だけでも呼び戻すことにした。

一行と別れた大久保は翌明治六年（一八七三）五月に、木戸は同年七月に帰国し、岩倉ら使節団本隊は、九月十三日まで欧米各国を歴訪した後、日本に戻った。

ところが留守政府の実質的首班《しゅはん》だった西郷は、帰国した大久保、木戸、岩倉具視ら欧米巡遊組と意見が合わず、十月末、官を辞して薩摩に帰ってしまう。

その混乱から、約二カ月後に帰国したのが新八である。

「いつ帰ってきた」

「一昨日です」

　途中から使節団と別行動を取った新八は、明治六年十一月十八日、スイスのジュネーブを発《た》ち、翌七年一月四日、東京に着いた。もっと長く欧州《おうしゅう》に滞在するつもりでいたが、パリの下宿に送られてきた新聞で西郷の下野《げや》を知り、いったん帰国することにしたのだ。

「経緯《いきさつ》は、どこまで知っている」

「新聞に書かれていたことぐらいです」

　先に帰国していた大久保は、新聞を一週間分ずつまとめて、パリにいる新八に送っていた。

「そうか、それならよく知っているな」

　そう言うと大久保は、印度更紗《いんどさらさ》の煙草入れを胸ポケットから取り出し、煙管《きせる》に葉煙草を詰め始めた。むろん好みの葉は国分《こくぶ》である。

　国分とは鹿児島県の国分地方産の煙草のことで、煙草を嗜《たしな》む薩摩隼人《はやと》の大半が吸う。

　大久保は煙管党で、葉巻をあまり嗜まない。新八に葉巻を勧めたのは、今回の洋行で、まず客に対して葉巻を勧める西洋の習慣を知ったからに違いない。

煙草盆に顔を近づけて火をつけた大久保は、この世の幸せを独り占めしたような顔で一服した。国分煙草特有の白みの強い煙が漂《ただよ》う。

「どうもこうもありません。一蔵さんには一蔵さんの言い分があり、西郷さんには西郷さんの言い分があるのでしょう」

煙に目をしばたたかせながら、大久保が苦《にが》い笑《え》みを浮かべる。

「貴殿らしい返答だな」

子供の頃から新八は、喧嘩《けんか》があっても、どちらか一方の肩を持つことはなかった。双方の話をじっくり聞き、「おはんはここが悪く、おはんはこの点を改めよ」と言って、双方痛み分けとするのだ。

こうした性格から、西郷と大久保は新八を司法省の仕事に就《つ》けようとしたが、司法卿には頑固者《がんこもの》で有名な江藤新平がおり、とてもうまくいくとは思えない。そのため宮内大丞にして、将来、新八が政治家となった時のために、朝廷内に人脈を築かせておこうとした。

今回の海外巡遊も、宮内大丞として海外の文物《ぶんぶつ》を実見し、それを天皇に伝えるという役割を担《にな》っていた。新八なら欧米の文明に対しても、「よいものはよい、悪いものは悪い」と報告できるからだ。

「で、どう思う」

「それでは、問い方を変えよう」

小気味よく吸殻《すいがら》をはたいた大久保は、煙管を置いて足を組むと、左右の手を顎《あご》の前で合わせた。それは欧米人が目下の者に教えを垂れる時によくする仕草で、新八は内心、鼻白んだ。

しばらく何事か考えていた大久保は、手入れの行き届いた髯をいじりながら、思いきるように問うた。

「私が憎いか」

そのあまりに唐突な問いかけに、一瞬、沈黙した後、新八は迷わず言った。

「はい。憎いです」

「そうか――」

「一蔵さんは西郷さんに甘えたいから、いみし（意地悪な）ことを言い続けたのではありませんか」

新八の言が子供じみていたからか、大久保は苦笑いを浮かべた。

「いみしことか。しかし新八、郷中の頃とは違い、事は、そう容易ではないのだ」

「郷中も国家も同じこと。事を難しくしとるのは、一蔵さんではないですか」

「そうではない。西郷さんが、どうしても征韓論を引っ込めないからこうなったのだ」

大久保が苛立《いらだ》ちをあらわにした。

征韓論とは、力ずくで朝鮮国を攻め取ろうという主張であり、この頃、多くの政治家や在野《ざいや》の国士《こくし》が唱えていた。

「あの西郷さんが、何もせぬ他国を侵《おか》そうなどと考えるわけがない。それを最もよく知っているのは、われら郷中仲間ではありませんか」

「いや、それは間違いない。板垣《いたがき》もそう言っておる」

西郷は土佐《とさ》出身の参議《さんぎ》・板垣退助《たいすけ》あてに、自らが開国を促す使節となってかの地に赴《おもむ》けば、必ず殺されるから、その報復を大義名分にして兵を送り込み、戦端を開けばよいという書簡を出していた。

「板垣などどうでもよい。西郷さんの真意は、西郷さんから聞かねばなりません」

「それもそうだな」

論争を避けたいかのようにそう言うと、大久保は組んだ足を解いて椅子を半回転させ、窓を少し開けた。外からは、子供たちの弾《はず》むような声が聞こえてくる。大久保の息子たちが、ちょうど学校から帰ってきたのだ。

「これから子供たちと飯《めし》を食い、それからまた出仕する」

大久保が、新八との会話を終わらせたいかのように言った。

子煩悩《こぼんのう》の大久保のことである。公務の多忙《たぼう》を縫《ぬ》うようにして子供たちと夕食を取り、再び馬場先門内の太政官に戻るつもりなのだ。

新八は帰るべき時を察した。

「道理においては一蔵さんが正しく、心事においては西郷さんが正しいことくらい、私にも分かります」

新八は椅子を引いて立ち上がり、一礼した。

すでに大久保は、煙管に新たな煙草を詰め始めている。

「そいじゃ、こいでご無礼《ぶれい》さあごわす」

あえて薩摩弁で言うと、新八は大久保に背を向けた。

だが二、三歩、進んだところで、大久保から声がかかった。

「まさか新八、故郷《くに》に戻るのではあるまいな」

その問いに、新八は沈黙で答えた。

「戻るのだな」

「はい」

「戻れば、巻き込まれるぞ」

「分かっています。しかし、西郷さんの言い分も聞かずにはおられません」

「ということは、西郷を説《と》き、国政に復帰させようというのか」

「それは一蔵さんにとって、都合の悪いことでしょう」

大久保は何も答えない。

「国政に復帰いただくことは、西郷さんを苦しめることになります。私は、ただ西郷さんと畑を耕し、うさぎを狩りに戻るだけです」

「それがよい。だがな――」

白い煙の向こうに見える大久保の顔には、不安の色が漂っている。

「貴殿のために一つだけ忠告しておく」

そう言うと大久保は、音を立てて煙管を置いた。

「取り巻きどもをうまく抑えねば、西郷も貴殿も死ぬことになる」

その言葉に振り向いた新八は、強い声音《こわね》で言った。

「おいに、あん衆《しゅ》を抑えよ言《ゆ》うは、あんまい虫がよか話ではあいもはんか。誰《だい》があん衆を追い込んだとですか！」

それだけ言うと、新八は再び踵《きびす》を返した。

背後からは煙管を吸う音がするだけで、あの鼻にかかった声は追ってこない。

新八は、これが大久保との永《なが》の別れになることを予感した。

二

大久保邸を出て赤坂御門に向かって歩いていると、外堀の方から冷たい風が吹き付けてきた。

――江戸、いや東京は寒いな。

フロックコートのボタンを上まで留めた新八が赤坂御門に至った時である。門の外で人力車を慌《あわ》ただしく降りてくる男がいる。

「あれ、勝《かつ》さんじゃありませんか」

男は従僕《じゅうぼく》一人連れておらず、書類でいっぱいになった鞄《かばん》を抱《かか》えている。

「ああ、あんたか」

新八と勝海舟《かいしゅう》は旧知の仲である。

「内務卿《ないむきょう》にご用ですか」

大久保は、明治六年十一月に創設されたばかりの内務省の長《ちょう》である内務卿の座に就いていた。内務卿は実質的な政府の首班にあたり、大蔵・司法・文部《もんぶ》三省を除く、あらゆる権限を天皇から託されていた。

「そうなんだよ。このところいろいろあってね。大久保に会おうとして太政官に行ったら、帰宅したと言うんで、こっちに回ってきたのさ」

勝海舟は、明治二年（一八六九）に明治新政府に登用されてから出頭《しゅっとう》を重ね、西郷たちが下野した後の同六年十月には、下野した五人の参議の空席を埋めるように、参議兼海軍卿の座に就いていた。この時、すでに五十二歳である。

「参議も楽じゃありませんね」

「ああ、東奔西走《とうほんせいそう》させられてるよ」

勝が屈託《くったく》のない笑い声を上げた。

「で、内務卿とご面談のお約束は――」

「そんなもん、取るかよ」

そう言い捨てると、「そいじゃな」と言い残し、勝は大久保邸に向かおうとした。

「ここから歩くので」

赤坂御門から大久保邸までは六百メートルほどある。

「ああ、俥《くるま》はここで帰す」

そう言うと勝は、思い出したかのように車夫《しゃふ》に駄賃《だちん》を渡し、その背をポンと叩《たた》いた。その仕草は、いかにも江戸っ子らしく板についている。

人力車を赤坂御門で降りたのは、訪問先に人力車で乗りつけるという偉そうな行為が、この男の美学に反するからであろう。

――何事にも、こだわりのあるお方だ。

それでも新八は、かつては敵だったこの男に好意を抱《いだ》いていた。

「あっ、そうだ、勝さん」

刀を帯びていた頃の癖が抜けないのか、左肩をやや上げて歩く勝の背に、新八は声をかけた。

「今頃、内務卿は、ご家族とお食事中ですよ」

「えっ」と言うや、勝の足が止まった。

「そりゃ、まずい時に来ちまったな」

額に手を当てつつ、勝は足早に新八の許《もと》に戻ってきた。

フロックコートの襟《えり》を立てた二人は、堀端《ほりばた》に腰掛け、ぼんやりと水面《みなも》を見ていた。

釣り道具をしまった釣り人が、通りすがりに二人を一瞥《いちべつ》していくが、不審そうな顔をするだけで近づいてこない。

冬の夕暮れ時、堀端に腰掛けて何やら語り合う二人の男という構図は、確かに不審である。

「やはり西郷先生は、征韓論に反対していたのですね」

「おれも直接、聞いたわけじゃねえが、間違いない。西郷はな、朝鮮国に己を派遣させるために、板垣ら征韓論者に与《くみ》したのさ」

この頃、鎖国《さこく》政策を布《し》いて容易に開国しない朝鮮国に対しての憤懣《ふんまん》が、日本国内には渦巻いていた。

朝鮮国は日本との国交樹立など考えておらず、江戸時代同様の対馬《つしま》経由での通信程度の関係を望んでいたので、双方の思惑《おもわく》は擦《す》れ違っていた。

そうした最中《さなか》の明治六年五月、朝鮮国は、日本公館への生活物資の供給及び同館に出入りする日本人商人の貿易活動を禁止してきた。さらに閉鎖《へいさ》した公館の門に、日本を「無法之国《むほうのくに》」と罵《ののし》った紙を貼るという挙に出る。

これを聞いた板垣ら強硬《きょうこう》派は、「すぐにでも居留民《きょりゅうみん》保護の名目で軍隊を送るべし」と騒いだが、西郷は「陸海軍を送る前に、まずは使節を派遣し、公理公道をもって談判《だんぱん》すべきである」と主張、一歩も譲らない。

勝が苦々《にがにが》しげに続けた。

「閣議《かくぎ》の席で西郷は、『派兵すれば必ず戦争になる。初めにそんなことでは、未来永劫《えいごう》、両国の関係はうまくいかぬ。それゆえ断じて出兵を先行させてはならぬ』と言い張った」

「それで自ら使節となり、朝鮮に赴くと言い出したのですね」

「ああ、だが留守政府は、太政大臣の三条（実美）を別にしても、西郷を除く参議五人の顔ぶれは、肥前《ひぜん》出身の大隈《おおくま》（重信《しげのぶ》）、大木（喬任《たかとう》）、江藤（新平）、それに土佐出身の板垣（退助）と後藤（象二郎《しょうじろう》）という面々だ」

「つまり肥前派は、使節を出すとしても、同郷の外務卿・副島《そえじま》を推《お》すというのですね」

「考えてもみろ。何事にも強気な副島など送れば、戦争になっちまう。それを西郷は危惧《きぐ》したのさ」

清国《しん》との交渉で強硬姿勢を貫き、外交的成果を勝ち取った副島種臣《たねおみ》を朝鮮使節に任命すれば、戦争になるのは必至《ひっし》で、日本は財政破綻《はたん》してしまうというのが、勝の観測である。

「だから西郷は板垣に、『使節が殺されれば、あなたの望み通りに派兵できる。それゆえ自分を使節とすることに賛成してほしい』と言って、味方に付けたのさ」

板垣や後藤にしてみれば、西郷が殺されることにでもなれば薩閥《さつばつ》の勢力も弱まり、一石二鳥である。

西郷の真意がどこにあるのか、新八にも分からない。おそらく自ら使節として朝鮮に赴き、話をつけられればそれでよし。交渉の最中に殺されれば、後は生きている者らに任せるというつもりでいたに違いない。

――ウドさあのことだ。話をつける自信はあったはずだ。

成算があるからこそ、西郷は使節の任を買って出た。しかも逆説的だが、朝鮮側が西郷を殺すという保証はどこにもない。

「土佐っぽは、うまく丸め込まれたのさ」

勝が鼻で笑った。

明治六年八月、土佐派の支持を得た西郷は、閣議において正式に朝鮮派遣使節に任命された。

西郷は板垣への書簡で、「生涯の愉快此《こ》の事に御座候《ござそうろう》」と謝意を表している。

太政大臣の三条が西郷の派遣決定を上奏《じょうそう》すると、天皇は即座に了承し、「ただし、岩倉具視の帰国を待って決定すべし」と付け加えた。

岩倉が帰国しても、留守政府の決定を外遊組が覆《くつがえ》すことはできないと、西郷は踏んでいた。

たとえ留守政府であろうと政府は政府であり、あらゆる決定権は委《ゆだ》ねられているというのが、西郷の解釈である。

しかし大久保は、外遊組が留守の間、主要政策の決定や重要人事を、留守政府が行ってはならないという「約定書《やくじょうしょ》」を、西郷らと交わしていた。

にもかかわらず西郷らは、身分制度撤廃《てっぱい》、地租《ちそ》改正、学制改革、太陽暦《れき》の採用、裁判所開設、徴兵制《ちょうへいせい》の導入などの重要政策を次々と決定し、参議に後藤、大木、江藤を補充するなどした。

西郷は「約定書」など建て前にすぎず、山積する諸問題を次々と処理していかなければ、産声《うぶごえ》を上げたばかりの新政府が立ち行かなくなると思っていた。しかも使節団の十カ月半という予定は、一年十カ月にまで延びたのだ。それほど長きにわたって、政府が重要政策を決定しないわけにはいかない。西郷は約定書など反故《ほご》にしても構わないと思っていた。

　これに対して大久保は、西郷をはじめとした留守政府の参議たちに、恨《うら》みに近い怒りを抱いていた。新政府は大久保の〝作品〟であり、ほかの何人《なんぴと》の手に委ねることも許せなかったのだ。

　勝が吐《は》き捨てるように言う。

「岩倉らに先駆けて帰国した大久保は、岩倉のいない不利な状況下では、何をしても無駄《むだ》と覚《さと》り、有馬《ありま》温泉に湯治《とうじ》に出かけた。しかも戻ってくるや、関西旅行としゃれこんだ。もちろん、西郷の派遣を決めた八月十七日の閣議に欠席するためだ」

　勝の弁舌は徐々に激してきた。

　大久保は、関西旅行に旅立つ直前の八月十五日、いまだ在仏の新八あてに書簡を出し、この問題について「致しようもなき次第」と嘆き、「泰然《たいぜん》として傍観《ぼうかん》」するほかないとしている。

「ところが、木戸は違った」

　勝が手近にあった小石を拾って堀に投じると、近くを泳いでいた鴨《かも》が、慌《あわ》てて逃げ出した。気づけば、すでに日は西に傾いている。

「七月に帰国した木戸は体調を崩していたが、西郷が使節に決まったと聞いて驚き、『朝鮮など捨て措《お》いて、内政を優先すべし』と西郷に直談判《じかだんぱん》した」

使節決定から四日後の八月二十一日、木戸は西郷の許《もと》を訪れ、長時間の談判に及ぶが、それくらいで西郷の意思が翻《ひるがえ》るわけもなく、自然、皆で岩倉の帰国を待つことになる。

「九月になって帰国した岩倉は、大久保と副島を新たに参議に加え、一気に西郷の使節派遣を、うやむやにしようとしたんだがな。それからがたいへんだ」

明治四年六月、士族の反発を恐れた大久保は、翌月に控えた廃藩置県《はいはんちけん》から距離を置くため、いったん参議を辞し、大蔵卿に就任していた。そのため、再び参議に就任せねばならなかった。

十月十四日、西郷に促されるようにして開催された閣議において、大久保は朝鮮使節派遣によって万が一、開戦した場合の不利益を七つ挙げた。

最も重要なのは、政府財政は戦費負担に耐えられず、それを国民に押し付ければ、各地で暴動が起こるという点である。さらに大久保は不平等条約の改正に備えて、国権を確立し、国内体制の整備を優先すべしと主張した。

一方、西郷は「使節派遣の目的は日朝両国の交誼《こうぎ》を厚くするためであり、開戦など考えようもない」と反論する。つまり西郷の主張は、征韓ではなく遣韓《けんかん》だというのだ。

　それを支持したのは江藤新平である。自らの政治的立場よりも、論理の矛盾《むじゅん》を嫌うこの硬骨漢《こうこつかん》は、大久保の論点のずれを指摘《してき》した。

　その結果、ほかの参議も西郷を支持せざるを得なくなり、西郷の派遣は本決まりとなった。

「ところが、それで収まるはずがねえ」

　不貞腐《ふてくさ》れたように、勝が再び小石を投げた。すでに夕暮れ時であり、堀には鳥の姿さえなく、寂しく波紋が広がるだけである。

　勝によると、この時、大久保は捨て台詞《ぜりふ》のごとく、西郷に対し、「われらが渡航中に、大事なことを決めないという約束を破るとは、卑怯《ひきょう》ではないか」と言ったという。

　これに西郷は怒り、二人は喧嘩別れした。

「結局、十五日に西郷の派遣が決定し、翌日、大久保は参議を辞したというわけだ」

　十七日、大久保の辞意に驚いた三条が心痛《しんつう》のため倒れ、太政大臣の職務である天皇への上奏ができなくなった。

されていた。

そこに現れたのが、策士の伊藤博文である。

この頃、長州閥《ちょうしゅうばつ》は政商との癒着《ゆちゃく》を次々と司法卿の江藤に暴《あば》かれ、窮地《きゅうち》に立たされていた。

長州閥を救うべく、伊藤は江藤の追い落としを図ろうとしていた。

大久保の了解を得た伊藤は、黒田清隆《きよたか》に宮廷工作を仕掛けさせ、岩倉を太政大臣代理に据《す》えることに成功する。

二十二日、西郷、板垣、江藤、副島の四参議が岩倉邸に押しかけ（後藤は欠席）、天皇への閣議決定の上奏を促した。ところが岩倉は、「自分は前任者とは別人なので知らない」と言い張る。

いったん閣議で承認されたことを「知らない」と主張するのは、「太政官職制」違反となる。これに江藤らは色めき立ったが、いくら喚《わめ》き立てても、岩倉は馬耳東風《ばじとうふう》である。

それを黙って聞いていた西郷は、「もうよか」と言うや座を立った。

翌二十三日、西郷は病《やまい》を理由に、抗議一つせず辞表を提出した。

西郷に同心する四参議は、天皇の裁可《さいか》が出るまで待つよう慰留《いりゅう》に努めたが、西郷の意思は変わらない。

この辞表提出に驚いた岩倉は、受理を見送ろうとしたが、大久保は受理を急がせた。しかも「陸軍大将の辞表のみ受理せず、参議と近衛都督《このえととく》の辞表のみ受理するように」という姑息《こそく》な手段を講じた。すなわち西郷復帰の可能性を残すことにより、西郷支持派の鋭鋒《えいほう》をかわそうというのだ。

「西郷は大久保に嵌《は》められたんだよ。大久保にとって朝鮮問題など、どうでもよかったんだ。あいつは、西郷や江藤ら自分に反対する連中を一掃《いっそう》するために、それを利用したのさ」

勝は立ち上がると、尻に付いた泥を払った。

「西郷さんを葬ってまで、大久保さんは独裁体制を築きたかったのですね」

「人というのはね──」

勝が大きく伸びをした。

「権力の魔に魅入《みい》られると、それを己だけのものにしたくなるのさ」

この後、天皇の裁可を待つ四参議に対し、天皇は「十月十五日の閣議決定を支持しない」、つまり岩倉を支持する意思を明確にした。

二十《はた》歳を過ぎたばかりの天皇は岩倉の手中にあった。法治主義の観念が十分に行き渡っていないこの頃、いかに江藤が騒いだところで、天皇の意向は絶対である。

これにより、立ち場のなくなった四参議は下野した。

この政変の影響は大きく、陸軍少将・桐野利秋《きりのとしあき》、同・篠原国幹《しのはらくにもと》、少佐・別府晋《べっぷしん》介《すけ》、大尉《たいい》・辺見十郎太《へんみじゅうろうた》、同・河野主一郎《こうのしゅいちろう》ら、西郷を慕《した》う近衛士官四十六名が辞職した。彼らの部下も次々と辞職し、警察の邏卒《らそつ》（巡査）の辞職者も相次いだ。

結局、近衛兵五千五百のうち三百余、邏卒四千のうち三百余が職を辞した。辞職者の大半は鹿児島県出身者である。

一方、この頃、井上馨や山県有朋《やまがたありとも》らの汚職事件で窮地に陥《おちい》っていた長州閥は、伊藤博文を仲介《ちゅうかい》にした大久保と木戸の裏取引によって、かろうじて生き残った。かくして大久保は西郷という邪魔者を、木戸は江藤という難物《なんぶつ》を排除《はいじょ》できた。だが病に冒《おか》されていた木戸には、もはや大久保に対抗していく気力はなく、大久保による「有司専制《ゆうし》」体制が確立された。

――一蔵さんは、それでよいのか。

新八には、長年にわたって行《こう》を共にした親友の西郷を蹴落《けお》としてまで、権力を独占しようとする大久保の真意が分からない。

西日は橙色《だいだい》に変わり、先ほどまではっきり見えていた江戸城の石垣は、深い陰影《いんえい》を刻《きざ》んでいる。

大久保邸に向かおうとする勝の背に、新八が声をかけた。

「これから内務卿と、何を話し合いに行くのですか」

振り向かず勝が答える。

「西郷は江戸を救った。おれが薩摩を救わんでどうする」

勝は西郷と薩摩を救うべく、自らを正式な使者として鹿児島に派遣するよう、大久保に直談判に行こうというのだ。

――勝さんはウドさあを説き、東京に連れてくるつもりに違いない。だが、それは無理だ。

大久保が勝の願いを聞き入れるわけはなく、また勝が鹿児島に行って、いかに説いたところで、西郷が東京に戻るはずがない。

勝にも、それが分かっているに違いない。しかし勝は、何かせずにはおられないのだ。

「村田よ」

勝が振り向いた。

「おれは、私人として鹿児島には赴けぬ。でも、お前さんは違う」

他所者《よそもの》の勝は、政府から派遣された正式の使者として鹿児島に赴く以外、西郷に会うのは難しい。

「鹿児島に戻り、何としても馬鹿どもを抑えろ」

そう言い残すと、勝は再び背を向けた。

この時、大久保は勝と面談したが、予想に違《たが》わず勝の要望は退けられた。それでも勝は大久保と袂《たもと》を分かつことなく、有司専制の弊害《へいがい》を取り除き、政府と不平士族との間を取り持とうとした。

しかしその努力は実らず、大久保は有司専制体制を強めていった。それから一年十カ月後、勝はすべてを放り出すようにして、官を辞すことになる。

一方の新八は東京で些事《さじ》を片付け、明治七年一月二十一日、横浜港から船で鹿児島へと向かった。

三

船の舳《へさき》で砕けた荒波が、白い雨となって甲板《かんぱん》に降りかかる。そんな波飛沫《しぶき》を気にする風もなく、新八は右舷《うげん》に佇《たたず》み、一面に雪をかぶった富士の山を眺めていた。

——冬の遠州灘《えんしゅうなだ》は、いつも荒れる。

幾度となく行き来した太平洋航路だが、今回の船旅には特別の感慨《かんがい》があった。

——もう東京に来ることは、ないかもしれぬ。

それでも構わぬ、と新八は思っていた。

——思えば、おいの人生は、常にウドさあと一蔵さんと共にあった。

新八は、二人の間の鎹《かすがい》のような存在だった。

　青年になった頃から、二人が言い争う度《たび》に新八が間に入り、「こいはウドさあが悪《わ》り」「こっちは一蔵さんが間違《まっご》っちょ」と言っては仲裁《ちゅうさい》してきた。

　――二人の仲を元に戻せるのは、おいだけだ。

　そのためには西郷に会い、腹を割って話をせねばならない。場合によっては、取り巻きに斬られることも覚悟《かくご》している。彼らと違って、新八だけが西郷を神格化せず、堂々と意見できるからだ。

　――ウドさあ、今、何を考えとる。

　はるかに霞《かす》む富士と西郷が、新八には重なって見えた。


　天保七年十一月三日、新八は、薩摩藩の下級武士・高橋八郎良中《よしなか》の三男として生まれた。諱《いみな》は初め経麿《つねまろ》、後に自ら経満《つねみつ》と改名した。

　当時の高橋家は甲突《こうつき》川河畔《かはん》の鹿児島城下薬師《やくし》町にあったが、すぐに高見馬場《たかみばば》に引っ越したので、新八は周囲に高見馬場の生まれと言っていた。高見馬場の方が閑静《かんせい》な武家屋敷町として、名が通っていたからだ。

　新八は三男だったこともあり、幼くして下加治屋《したかじや》町の村田十蔵経典《じゅうぞうつねすけ》の許に養子に出され、高橋新八から村田新八となった。

当時の薩摩では郷中教育が盛んで、同じ下加治屋町の郷中の先輩、いわゆる大人《おせん》衆《し》に西郷や大久保がいたことから、二人との付き合いが始まる。ちょうど西郷が、二才頭《にせがしら》と呼ばれる独身青年の指導者だった頃である。

新八は、その頃から強情者で鳴らしていた。

ある時、九歳年上の西郷と口論になり、思い余って組み付いたことがある。とは言っても西郷は、五尺九寸（約百七十九センチ）に及ぶ巨漢で、壮年の頃の体重は二十九貫（約百九キログラム）と伝わるので、青年時でも、二十二貫（約八十三キログラム）はあったはずだ。

蚊《か》トンボのように華奢《きゃしゃ》な体格の少年新八が、西郷に敵《かな》うはずもなく、何度も投げられて地に這《は》いつくばった。しかし西郷が、「どげんじゃ、降参しやるか」と問うても、新八は「なんのこれしき」と言って、また組み付いていった。あきれた西郷が、新八の体を足で押さえ付けると、新八はその太腿《ふともも》に嚙《か》み付いた。

これには西郷も音《ね》を上げ、「もうよか」と言って、新八を許した。

この一件があってから西郷と新八は、「その交情、いっそう親密を加えたり」という間柄になったという。

十五歳の時、新八は薩摩藩の公設学校である造士館《ぞうしかん》に入り、抜群の成績を収めた。造士館は、学問だけでなく剣道、弓道《きゅうどう》、槍術《そうじゅつ》、柔術《じゅうじゅつ》などもさかんで、その方面でも、新八の成績は際立《きわだ》っていた。

やがて新八は、西郷らの影響で勤皇《きんのう》思想を信奉《しんぽう》するようになり、後に精忠組《せいちゅうぐみ》と呼ばれる組織に加盟する。

安政《あんせい》六年（一八五九）、新八は村田十蔵の長女・清《きよ》と祝言《しゅうげん》を挙げた。清は新八より六歳年下で、新八が幼くして村田家に養子入りした時から、決まっていた許嫁《いいなずけ》である。

その八年後の慶応《けいおう》三年（一八六七）、十蔵の隠居《いんきょ》に伴い、新八は家督《かとく》を継いだ。

しかし時代の激動は、新八にも平凡な人生を歩ませることはなかった。

精忠組は、藩主・島津茂久《しまづしげひさ》（忠義《ただよし》）の父である島津久光《ひさみつ》が唱《とな》える公武合体論《こうぶがったい》に与《くみ》する一派と、西郷を中心とした勤皇を貫く一派に分裂した。大久保は久光に与し、新八は西郷に従った。

気づくと富士は後方に去っていた。それでもその巨大さから、いまだ視野に捉《とら》えられている。

――鹿児島に戻っても、ウドさあの隠れ場所はない。あの富士のように。

それは、西郷も分かっているに違いない。それでも西郷は鹿児島に戻った。

――おいが守るしかない。

西郷に寄り添い、西郷を守る以外、新八にできることはなかった。

四

新八の乗る船は大阪の堺《さかい》までしか行かないため、いったん堺で下船し、鹿児島行きの別の船に乗り換えねばならない。

堺に着いた新八は、この地の県令《けんれい》が精忠組の先輩だった税所篤《さいしょあつし》であることを思い出し、税所を訪ねてみることにした。

税所は新八よりも九歳年上で、幕末における薩摩藩、さらに戊辰《ぼしん》戦争時の新政府軍の勘定方《かんじょうかた》として、主に資金繰《ぐ》りを担当してきた。

西郷と大久保は税所の手腕《しゅわん》を高く評価し、新政府になってからは判事《はんじ》職に始まり、河内《かわち》、兵庫、堺の県令を歴任させ、畿内諸国の事情に精通させた。税所は後に子爵《ししゃく》を授与され、八十三年の天寿《てんじゅ》を全《まっと》うする。

二十三日、新八は、ぶらりと堺の庁舎を訪れた。

多忙にもかかわらず、新八を快く迎えてくれた税所は、新八を散歩に誘った。

「ここが、その昔、巨万の富を生み出した堺港だ」

堺の浜を歩きつつ、税所が、得意げに堺の歴史を語った。

「戦国の昔、堺商人たちは、富だけでない何かを求め、ここから旅立っていった」海外を知る新八には、闇雲な情熱から危険な航海に出ていった商人たちの気持ちが、痛いほど分かる。

かつて新八も、海外に思いを馳《は》せた男の一人だった。その思いは、帰ってきたばかりの今でも変わらない。

その一方、西欧諸国を歴訪してきたからこそ、「日本人であること、武士であること」を強く意識するようになった。つまり西欧文明を目《ま》の当たりにすることで、今まで以上に武士として生きることに、執着《しゅうちゃく》を抱くようになったのだ。

――武士は、死すべき時と場所を違えてはならない。

西欧文明に傾倒《けいとう》すればするほど、新八は、武士として生き抜こうという気持ちが強くなった。

「もう公の場ではない。薩摩弁で話すか」

唐突に税所が言った。

「はい、そげんしもんそ」

「ときに東京は、どげな様子じゃった」

「どこもあいもはん」

新八が勝から聞いた話をすると、税所は「一蔵め、やっぱい、そいなこっじゃったか」と言って舌打ちした。

そうは言いつつも、気弱な税所は大久保に何も言えない。本来であれば、西郷と同年輩の税所あたりが、二人の仲裁を買って出てもよさそうだが、能吏《のうり》にすぎない税所に、それを望むのは酷《こく》である。

「そいよか、故郷《くに》はどげんなっちょですか」

「故郷か――」

戊辰戦争が終わり、勝者となった薩摩藩士たちは続々と帰郷した。

出征した薩摩藩士は約六千名で、うち一割強が帰らぬ人となった。

戊辰戦争の折、新八は西郷指揮下の薩摩軍城下一番小隊長として奥州《おうしゅう》まで遠征した。

東征大総督府の下参謀《しもさんぼう》となった西郷の下に属する薩軍は、一番小隊長に桐野利秋、二番小隊長に新八、三番小隊長に篠原国幹といった編制で、それぞれの下には、八十余の兵が付けられていた。

維新回天の大業を成し、「もう、おいの仕事は終わいもした」と言って鹿児島に帰った西郷が、明治二年（一八六九）二月、藩主の島津茂久に請《こ》われて参政《さんせい》を拝命すると、新八も鹿児島常備隊砲兵隊長の座に就き、砲の研究に没頭《ぼっとう》した。

約二年間、西郷の藩政が続いた後、明治四年一月、岩倉と大久保に請われて上京した西郷が新政府の参議の座に就くと、新八も宮内大丞に任じられた。

そして同年七月、西郷は、もう一人の参議だった木戸孝允と力を合わせ、廃藩置県を断行する。

有司専制を目指していた大久保は、本来であれば故郷に引っ込んだ西郷を再び国政に引っ張り出したくはなかった。しかし、廃藩置県という大仕事を成し遂《と》げるには、士族たちの輿望《よぼう》を担う西郷という存在が、どうしても必要だった。

しかも大久保は、早急に欧米諸国を歴訪し、新たな国家像を創出するだけでなく、さらに条約改正の下交渉もせねばならない。その時、留守政府を任せられるのは、西郷しかいない。

大久保は、渋る西郷を無理に舞台に押し上げ、不平士族たちの矢面《やおもて》に立たせた。

廃藩置県断行の直後、岩倉や大久保は、逃げるようにして欧米視察に出発した。

一方、留守政府を任された西郷は、廃藩置県の反動から来る社会不安を、その信望と人徳で乗り切ることになる。

ところがこの頃、鹿児島では、版籍奉還《はんせきほうかん》から廃藩置県へと続く変革の連続に、士族たちの不満がくすぶり始めていた。

「そん中に戻っちゅうのじゃから、ウドさあも罪なお人じゃ」

不満が高まる鹿児島に戻る西郷を、税所がやんわりと非難した。

「つまい、火に油を注《ち》っこつになっと仰《おお》せか」

西郷の帰郷が、火に油を注ぐことになるのは間違いない。だが西郷にしてみれば、己が帰る以外、不平士族を抑える術《すべ》はないと思っているのだろう。

寄せては返す波の音と、海鳥の鳴き声だけが聞こえる中、税所が問うてきた。

「新八は戻って何《なん》すう」

「分かいもはん」

「下手に行って皆を抑えんとすれば、殺さるっぞ」

「誰《だい》にですか」

「そや決まっちょ」

あえて税所は口にしなかったが、桐野、篠原、別府、辺見。そのほかにも、鼻息の荒い連中は山ほどいる。

しかし新八は、彼らの暴発を抑えるために帰郷するわけではない。

――おいは、ウドさあと話すために帰る。

まずは虚心坦懐《きょしんたんかい》に西郷の話を聞かねばならない。すべてはそこから始まる。

「じゃっで、信吾《しんご》も戻らん」

税所がぽつりと言った。

信吾とは、この時、陸軍大輔の職にあった西郷の弟・従道《つぐみち》のことである。

「信吾は、大の半次郎嫌いじゃっでな」

半次郎とは、かつて中村半次郎と名乗っていた桐野利秋のことだ。

従道は温厚な人柄だが、桐野とだけは反《そ》りが合わず、少年の頃から犬猿《けんえん》の仲だった。

「信吾がどげん思ちとも、おいに関係あいもはん」

従道は新八より七つも年下で、兄の隆盛ほどの付き合いがあるわけではない。

「おはんのことだ。世話は要《い》らんと思うが、くれぐれも巻き込まれんようにな」

「分かいもした」

もう話すこともなくなり、二人の足は自然、庁舎の方に向いた。

別れ際《ぎわ》、新八は税所に一つだけ問うてみた。

「税所さあは、鹿児島に戻るつもいはあいもはんか」

税所は、決まり悪そうに答えた。

「おいには、ここに仕事がある」

それを聞いた新八は、軽く会釈《えしやく》すると、その場から立ち去った。

税所はもちろん吉井友実《ともざね》や伊地知正治《いじちまさはる》ら、かつての精忠組の仲間が西郷と大久保の間に入り、双方の意思疎通《そつう》を図っていれば、こんなことにはならなかったに違いない。しかし皆、出世を遂げて事なかれ主義になりつつある。

——これでは、かつての幕臣たちと変わらぬ。

新八は、怒りよりもあきらめを感じていた。もしも外遊していなかったら、新八もそうなっていたかもしれない。

——それが年を取るということなのか。その点からすれば、桐野たちがいかに純粋か。

桐野や別府といった西郷を神格化している連中の気持ちも分かる気がした。

——だが、おいはおいの考えを貫くだけだ。

新八はどちらにも染まらず、ただ己の考えに忠実であろうと思った。

五

大隅《おおすみ》半島を回って錦江湾《きんこうわん》に入ると、しばらくして桜島が見えてきた。

桜島は新八の帰郷を喜ぶかのように、蒼天《そうてん》に黒煙を噴き上げていた。

——ようやく帰ってきたな。

錦江湾に鎮座《ちんざ》する桜島は、東西十二キロ、南北十キロの小さな島だが、鹿児島県の象徴であり、新八たち薩摩隼人にとって、心に思い描く故郷の情景として欠かせないものだった。

鹿児島県すなわち薩摩国と大隅国は、黒潮洗う九州最南端にあり、温暖な気候に恵まれている。その一方で、桜島、開聞岳《かいもんだけ》、霧島山に代表される火山国でもあり、それが薩摩隼人独特の気風を培《つちか》ってきた。

江戸期においては、国土の閉鎖性から、その気質をあまり知られていなかった薩摩人だが、明治維新によって他国の人々との交流が始まり、その大らかさや寛容《かんよう》さ、また進取《しんしゅ》の気性《きしょう》や柔軟な感覚が、他国にも知れわたるようになった。

しかしその反面、忠義や大義のためには、仲間さえも切る冷酷非情な一面も知られるようになる。それがあらわになったのは、急進的尊攘《そんじょう》派が同じ尊攘派に粛清《しゅくせい》された幕末の寺田屋事件であり、西郷と大久保が衝突した明治六年の政変である。

――そうした矛盾《むじゅん》を併《あわ》せ持つのが薩摩人なのだ。

薩摩人の持つ陽の部分と陰の部分こそ西郷と大久保であり、二人の確執《かくしつ》は、薩摩人が日本人として生まれ変わる上で、通らねばならない道なのかもしれないと新八は思った。

船が桟橋《さんばし》に近づくと、懸命に手を振る岩熊《いわくま》の姿が見えてきた。

安政六年（一八五九）生まれの長男岩熊は、今年十五になる。

――少し見ないうちに、随分《ずいぶん》と大きくなったな。

二年と三カ月ほど前の明治四年の十一月一日、岩熊は鹿児島から東京に出てきた。開拓使留学生として、アメリカに渡るためである。

十日ほど寝食《しんしょく》を共にし、密な時間を過ごした後、新八は同月十二日、使節団の一員として一足先に渡航した。その後、岩熊は新八の後を追うようにアメリカへ渡った。

舷梯《げんてい》が下ろされると、岩熊が真っ先に駆け寄ってきた。

父子は笑みを浮かべて、がっちりと握手を交わした。

下加治屋町の家の前では、妻の清、次男の二蔵《にぞう》、三男の十熊《とくま》、長女の孝子《たかこ》が出迎えてくれた。そのほかにも親類縁者や友人が多数、押しかけてきた。その波も一段落し、夕餉《ゆうげ》の頃には家族だけになった。久方ぶりの家族団らんである。

清にも聞きたいことは、山ほどあるに違いない。しかし清は、新八が無事に戻ったことに満足しているかのように、何も問うてこなかった。

家族そろっての食事も終わり、囲炉裏端《いろりばた》に残ったのは、薩摩絣《がすり》に着替えた新八と岩熊だけである。

「面白《おもし》てもん、見せちゃる」

旅行鞄の中から黒いケースを取り出すと、岩熊が興味深げに首を伸ばす。

「そいは何《ない》な」

「こいはコンセルチナちゅう楽器だ。パリで手に入れた」

八角形のケースの中から出てきたのはコンサーティーナ、日本では手風琴《てふうきん》と呼ばれる小型のアコーディオンである。

「そいはフィラデルフィアで見たことがあいもす。街中で弾《ひ》きながら歌い、金をもらっちょる男がおいもした」

岩熊は、開拓使留学生としてアメリカのフィラデルフィアで鉱山学を学んできた。「天資俊敏《てんししゅんびん》にして才幹《さいかん》あり」と謳《うた》われた岩熊は、鉱山の開発や運営に関する知識を短期間で修得した。

「そのコンセルチナは、随分と古《ふり》そなもんですね」

その鍵盤《けんばん》の文字ははげ落ち、蛇腹《じゃばら》の何カ所かには補修の跡がある。

「ああ、かなり前んもんと聞いちょる」

新八は、その小さなコンサーティーナを胡坐《あぐら》に組んだ膝《ひざ》の上に置いた。

「聴きたいか」

「はい」

目を閉じると、新八は演奏を始めた。

そのコンサーティーナは、高音がひずんでいるためか、やけに寂しげな旋律《せんりつ》を奏《かな》でる。

まぶたに、懐かしいフランスの光景が広がる。

つい数カ月前まで、新八はそこにいた。

――今となっては夢のようだ。

あまりに最近の記憶のためか、新八の中のフランスは、かえって霧のようにあいまいな色合いをしていた。だがコンサーティーナを弾いていると、それが鮮明な色を帯びてよみがえってくる。

「随分と悲しか曲ですね」

「ああ、このコンセルチナでは、何《ない》を弾いてもこげんなる」

岩熊は瞑目《めいもく》し、じっと耳を傾けていた。

演奏を続けながら、新八が問う。

「ウドさあは、何《ない》しちょる」

「武《たけ》村の家で、晴耕雨読《せいこううどく》の気ままな生活を続けられちょいもす」

明治二年、帰郷した西郷は鹿児島城下に近接した武村の農家を買い、そこに移り住んだ。むろんその時は、本気で帰農するつもりだったに違いない。

「東京から戻ったもんらは、何《ない》しちょる」

「畑を耕すこともせず議論に明け暮れ、そいで高ぶると、西郷先生《せごせんせ》の許に出向いて、声高《こわだか》に持論を説いちょいもす」

「そいを聞いてウドさあは、どげな様子《よし》か」

「風ん噂《うわさ》では、そいなもんから逃るべく、日当山《ひなたやま》の温泉に向こたち聞きもした」

日当山温泉は国分平野に点在する温泉群の総称で、大小合わせて数十カ所もある。西郷が狩りをしながら気ままに移動していれば、捕まえるのは一苦労だ。

「父上は行《い》んですね」

「そんために来たんじゃで」

翌朝、新八は一人、日当山温泉に向かった。

六

港で雇《やと》った小船に乗った新八は、城下から約三十キロ北東の日当山温泉を目指した。

霧島川をさかのぼりつつ、新八は西郷のことを考えていた。

――ウドさあとおいは、あまりに近すぎた。それゆえ、よく見えているつもりでも、見えていないことの方が多かった。

西郷ほど捉えどころのない人物はいない。親しい者ほど、「西郷とはこういう男だ」と説明できないのだ。それは新八も変わらない。

文久《ぶんきゅう》二年（一八六二）二月十二日、大久保利通の奔走《ほんそう》により、西郷は、藩命で身を隠していた奄美《あまみ》大島から三年ぶりに鹿児島に戻ってきた。

西郷が身を隠すことになった理由は、安政五年（一八五八）、安政の大獄《たいごく》で幕府から追われる身となった勤王《きんのう》僧の月照《げっしょう》を、藩命に背《そむ》いて匿《かくま》った上、共に錦江湾に入水《じゅすい》したからだ。

この時、月照は死に西郷は蘇生《そせい》したが、藩としては、幕府ににらまれている西郷を放っておくわけにもいかず、秘密《ひみつ》裏に大島に隠したのである。

しかし藩主の父・久光が、公武合体を進めるために率兵《そっぺい》上京することになり、朝廷や諸国の志士に顔の利く西郷を担《かつ》ぎ出す必要が出てきた。そのため大久保は、久光の懐刀《ふところがたな》である小松帯刀《たてわき》を説き、西郷を召還《しょうかん》させた。

戻った西郷は、「久光公の率兵上京に協力してほしい」という大久保の要請に、「そいは順聖院《じゅんしょういん》様（島津斉彬《なりあきら》）じゃっで、でくっことで、ほかの誰《だい》にもできもはん」と言って一笑《いっしょう》に付した。

久光の兄にあたる島津斉彬は、藩主だった頃、製鉄・造船・紡績《ぼうせき》を中心にした殖産興業《しょくさんこうぎょう》を梃子《てこ》にして、薩摩藩を近代国家に作り変えようとした。その際、西郷や大久保といった若手を次々と登用していった。西郷はその時の恩を忘れず、終《しゅう》生《せい》、斉彬を尊崇し、その死後も心の拠《よ》り所としてきた。

それでも大久保は、西郷に召還の御礼《おんれい》だけでも言上《ごんじょう》させるべく、久光に会わせた。ところがその席で、西郷は平然と率兵上京に反対し、「御前《ごぜん》は地五郎《じごろ》（田舎者）でおらるっゆえ、何《なん》も分からんとは思いもすが――」と切り出した。

藩主の父を地五郎と呼ぶ無礼に、久光は激怒したが、それでも西郷を使わなければ血の気の多い藩士や志士を抑えられない。それゆえ三月十三日、久光は西郷に対し、「先駆けて出発し、肥後《ひご》藩の内情を摑《つか》んだ後、下関《しものせき》で待つように」という指示を与えた。

久光の率兵上京に反対しているとはいえ、西郷も藩士である限り、藩命には逆《さか》らえない。新八を連れて鹿児島を発った西郷は、肥後経由で下関に入った。

すでにこの頃、新八は西郷のよき相談相手となっており、大久保を除けば唯一、西郷の判断が間違っていると思えば、諫言《かんげん》できる立場にあった。

ところが下関に着いた二人は、福岡藩脱藩浪士の平野国臣《くにおみ》の話に驚かされる。

平野によると、京洛《きょうらく》の地には、田中河内介《かわちのすけ》、清河《きよかわ》八郎、吉村寅太郎《とらたろう》といった名だたる志士が集まり、いつ何時《なんどき》、暴発するか分からない状況だという。

彼らは久光の思惑《おもわく》など顧《かえり》みず、久光を倒幕の挙兵に巻き込み、薩摩藩を引くに引けなくさせるつもりなのだ。

これを聞いた西郷は、新八を伴って京に急行する。己の力で暴発を防ごうというのだ。

新八もこれを支持した。事は急を要する問題であり、久光の許可を取っている暇はない。

京に乗り込んだ西郷は過激志士たちの鎮静化に成功したが、久光は、西郷が志士たちを扇動《せんどう》するために京に向かったと勘違いした。しかも置書簡《おきしょかん》一つ残さず、命令に違背《いはい》したのは許し難い。

久光は側近の伊地知貞馨《さだか》を先行させ、西郷の動きを押しとどめようとする。これに対して西郷は、新八に伊地知への弁明を任せた。二人は伏見《ふしみ》で落ち合い、激論を戦わせたが、火鉢《ひばち》をひっくり返すほどの取っ組み合いとなってしまう。

この顚末《てんまつ》を伊地知から聞いた久光は激怒《げきど》し、西郷と新八の捕縛《ほばく》を命じる。

四月八日、西郷と新八は、久光の派した捕吏《ほり》に取り押さえられ、弁明の機会も与えられず護送船に乗せられ、鹿児島に送致《そうち》された。

西郷と新八に遠島《えんとう》の処分が下されたのは、六月十一日のことである。

西郷は徳之島《とくのしま》へ、新八は喜界島《きかいがしま》への無期限遠島刑と決まり、二人は別々の船で、それぞれの島に送られた。

二十七歳で新八は流人《るにん》となった。政治状況によっては、二度と島から出られないこともあり得る。しかも喜界島は食べ物が乏《とぼ》しく、米の飯を食べることなど望むべくもない。それでも島民たちは親切で、新八は島の生活にも徐々に慣れていった。

新八は、島にいる十二、三人の子らを相手に四書五経《ししょごきょう》などを講じ、さらに武術や柔術も教えることで、島の人々の恩に報いようとした。

このまま喜界島で朽《く》ち果てるのではないかと案じ始めた元治《げんじ》元年（一八六四）二月二十六日、突如《とつじょ》として沖合に蒸気船が現れた。

何事かと島民が注視する中、蒸気船は港に入ってきた。

高台からこれを眺めていた新八は、喜界島に蒸気船が寄港したことから、己の召還が叶《かな》ったと察した。

案に相違せず、上陸した役人が新八の赦免《しゃめん》通知を読み上げた。

一年半以上に及ぶ流人生活が、遂に終わったのだ。

港で待つ船の甲板には、一つの巨大な影が立っていた。

「ウドさあ！」

それが誰であるか分かった時、新八は砂浜を駆け出していた。

西郷と新八が不在の間も、政治状況は激変を続けていた。

薩摩藩の急進的尊攘派が壊滅《かいめつ》した寺田屋事件が起こったものの、久光の上洛《じょうらく》と江戸出府は予定通り行われ、久光は一橋慶喜《ひとつばしよしのぶ》を将軍後見職に、松平慶永《まつだいらよしなが》を政事《せいじ》総裁職に就任させた。久光の幕政改革案が、幕府に受け入れられたのだ。

その手足となって奔走した大久保は、「数十年苦心焦思《しょうし》せし事、今更《いまさら》夢の様な心《ここ》地《ち》」と日記に書くほどの喜びようだった。

久光の得意も頂点に達する。一外様《とざま》大名の、それも藩主の父でしかない無官の久光が、朝廷の後ろ盾《だて》があったとはいえ、幕府に改革案をのませたのだ。

しかし歴史の流れは、急速に方向を変えていく。

公武合体を成し遂げ、意気揚々《ようよう》と江戸から引き揚《あ》げる久光一行が、武蔵《むさし》国の生麦《なまむぎ》村に差し掛かった時である。遠乗りを楽しんでいた男女四人のイギリス人と出くわし、彼らが行列を乱したことに激怒した供回りが、「無礼討ち」を行い、その中の一人を殺したのだ。

生麦事件である。

イギリス側は犯人の引き渡しと賠償金《ばいしょうきん》を要求したが、薩摩藩はこれを拒否したため、遂に文久三年（一八六三）七月、錦江湾に来航したイギリス艦隊との間で、薩英戦争が勃発《ぼっぱつ》する。

この戦いの勝敗はつかなかったが、イギリス海軍を追い払うことに成功した薩摩藩の声望《せいぼう》は、一気に高まった。

これに先立つ五月、長州藩が下関でアメリカ・フランス・イギリス・オランダの四カ国艦隊に惨敗《ざんぱい》を喫《きっ》していることから、薩摩藩の健闘は国内を沸《わ》き立たせた。薩英戦争を経て、イギリスは薩摩藩の実力を認め、また薩摩藩も、イギリス艦隊の擁《よう》するアームストロング砲の威力に驚き、両者は急速に接近する。

これにより藩兵の洋式化に目途《めど》を付けた薩摩藩は、紆余《うよ》曲折《きょくせつ》を経た後の八月、隠密裏《おんみつり》に会津《あいづ》藩と手を組み、八月十八日の政変を実行する。この結果、これまで朝廷を牛耳《ぎゅうじ》ってきた長州藩と尊攘派公家《くげ》らの追い落としに成功した。

この政変を進めたのは、大久保と精忠組の面々だった。

時が至ったと覚った大久保は、久光に西郷と新八の赦免を願い出る。

これを久光も許し、元治元年二月、二人の男は、動乱のただ中に戻ってきた。

七

西郷がいるという日当山には、春の息吹が漂い始めていた。

山道の左右には福寿草《ふくじゅそう》や菜の花が咲き、釣鐘《つりがね》状に下がった苔桃《こけもも》の花も、紫色が濃くなってきている。見晴らしのいい場所に出ると、ミヤマキリシマの薄紅《うすべに》色の花が、絨毯《じゅうたん》のように敷き詰められていた。

久方ぶりに見る故郷の花々に、新八の心は和《なご》んだ。

針葉樹の森に入り、しばらく行くと天降川《あもり》の畔《ほとり》に出た。日当山温泉の中でも、北端に近い温泉場である。

掘立小屋に等しい建物の入口で、新八は大草鞋《おおわらじ》を見つけた。

周囲は硫黄泉《いおうせん》の強い臭《にお》いと白黄《はくおう》色の湯気に包まれており、西郷がどこにいるか見当もつかない。それでも五つほどの頭の中に、一つだけ巨大なものがある。

何も言わずに湯壺《ゆつぼ》に入った新八は、大声でフランス国歌の『ラ・マルセイエーズ』を歌った。

正確には歌うというより、がなり立てたという方が合っている。

しばらくの間、湯壺につかる人々は話をやめて唖然《あぜん》としていたが、新八が歌い終わるや、巨大な頭を持つ男が、その分厚い手をゆっくりと叩いた。

「見事《みごて》ごわした」

男の声は銅鐘《どうしよう》のようによく響く。

「ウドさあ、お久《さ》しかぶいです」

「おじゃったもんせ（よくいらっしゃいました）。そいにしても、ようここが分かいもしたな」

「前に何度か、ここに連れてきてもらいもした」

「ああ、そいで分かいもしたか」

かつてここに来た時、西郷が「こん湯が、いっちゃんよか」と言いながらつかっていたのを、新八は覚えていた。

「西洋は、どげんでしたか」

一見、海外に関心のないように見える西郷だが、実際は興味津々《しんしん》である。湯につかりながら新八は、海外で見たもの聞いたものについて語らされた。

新八の話を聞きながら、西郷は「ほう」「ははあ」などと相槌《あいづち》を打つ。その聞き上手ぶりは相変わらずである。

「そいでは、飯にしもすか」

話が一段落したところで、西郷が立ち上がった。

その太鼓腹《たいこばら》から滝のような湯が滴《したた》り、その下に見える馬並の一物《いちもつ》が、ぶらぶらと揺れている。

西郷は徳之島、ついで沖永良部島《おきのえらぶじま》に流されていた文久年間、陰嚢《いんのう》に水がたまるという奇病の陰嚢水腫《すいしゅ》に罹患《りかん》し、一時は歩行もままならなかった。今でも水はたまるらしく、その陰嚢は、赤子の頭が二つ入っているように見える。

それを見た瞬間、新八は、たまらなく西郷が懐かしくなった。

「ウドさあは、変わいもはんな」

と、手巾《しゅきん》で丁寧《ていねい》に体をぬぐった。


「新八さんは、変わいもしたか」

その巨大な太腿で湯をかき分けた西郷は、「よいしょ」とばかりに湯壺から出ると、手巾《しゅきん》で丁寧《ていねい》に体をぬぐった。

日当山には温泉宿などない。西郷が宿にしている民家に上がり込んだ二人は、西郷が獲った三羽のうさぎを亭主に渡し、飯の支度を頼んだ。

かつて豪農だったと思われるその民家は、オモテ（母屋《おもや》）、ナカエ（台所棟《とう》）、ウスニワ（納屋《なや》）に分かれる薩摩独特の分棟《ぶんとう》型の屋敷なので、家の者が酒や食事を運び終えると、オモテにいるのは新八と西郷だけになる。

西郷が新八の茶碗に、なみなみと芋焼酎《いもじょうちゅう》を注《つ》いだ。

替わって新八が注ごうとすると、西郷は手を振り、「ここんとこ、飲んでおいもはん」と断ってきた。元々、西郷は酒をたしなむ程度であり、新八同様、酒がなくても困らない体質である。

「体でん悪《わ》りですか」

「ちと、太いもした」

確かに二年ほど前に会った時より、西郷は肥満していた。医師からは、酒と甘いものを控えるよう命じられているという。

「狩りをしても、痩《や》せもはんか」

「はい。なかなか難しかこってす」

西郷はその巨体を支えるために、人より多くの食べ物を必要とした。しかし大食というほどでもない。それでも太るのは、持って生まれた体質だろう。

互いに身辺雑事《しんぺんざつじ》などを語りつつ食事を済ませたところで、新八はようやく切り出した。

「ウドさあ、ないごて戻った」

茶をうまそうに喫しつつ西郷が答える。

「そいを語らな、いけもはんか」

そう言われてしまえば、新八に返す言葉はない。

二人の間に沈黙が訪れる。囲炉裏の榾《ほた》が弾《はじ》ける音だけが、やけに大きく聞こえる。

「おいは――」

思い切るように新八が言った。

「一蔵さんに会《お》てきた」

西郷は、うつむいたままである。

「ないごて、何《ない》も言わず下野しなさった。しかも朝鮮に攻め入るなど、ウドさあの本心では、あいもすまい」

突然、西郷は顔を上げると、染《し》み入るような笑みを浮かべた。

「新八さん、まずは飲《や》んなさい」

「そいが答えと思うて構いもはんか」

西郷は何も言わず、空になっていた新八の茶碗に酒を満たした。

「ウドさあ――」

「新八さん、先ほど歌《うと》ったのは、何《なん》ちゅう歌ですか」

ようやく新八も、政治向きの話をしたくないという西郷の意を察した。

「あいは、『ラ・マルセイエーズ』ちゅうフランスの革命歌です」

「ははあ、まいっど（もう一度）、歌てくいもはんか」

新八は旅行鞄を開けると、コンサーティーナを取り出した。

西郷は、無言でコンサーティーナを見つめている。

新八が『ラ・マルセイエーズ』を弾きながら歌うと、西郷が感慨深そうに言った。

「こん歌で、フランスは革命を成し遂げたっちゅうわけですね」

「そん通いです」

歌い終えた新八は、もう政治向きの話をする気が失《う》せていた。

西郷は先ほどと同じようにうつむき、すでに、こくりこくりとしている。

「ウドさあ」

「はい」と言いつつ、西郷が顔を上げる。

「当分、一緒にいてもよかな」

「構いもはん」

それだけ言うと西郷は、再びその重そうな頭を下げ、少し薄くなった頭頂《とうちょう》を新八に向けた。

八

月が替わって二月になった。

新八は西郷と共に狩りをし、田畑を耕し、温泉につかる生活を始めた。

西郷は夜明け前から起き出すと、何も言わず飯をかき込み、空が白む頃には出ていく。一緒に行くのは案内役の老人と三頭の犬だけだ。

筒袖《つつそで》の上着をはしょり、白綾《しらあや》の兵児帯を締め、股引《ももひき》をあらわにした西郷は、袈裟《けさ》掛けにした弾帯《だんたい》をじゃらじゃらさせながら、新八の前をどんどん歩いていく。

その体軀《たいく》に似合わず、西郷の歩みは速い。新八は長い歩幅を生かしつつ、大草鞋の後を懸命に追った。

案内役の老人が目ざとく獲物を見つけると、西郷はゆっくりと弾《たま》を装塡《そうてん》し、狙いを定める。

眼病《がんびょう》を患《わずら》って以来、視力は落ちたというが、射撃の腕は相当なもので、五十メートルほど離れていても、正確にうさぎの急所を撃《う》ち抜くことができた。

西郷に撃たれる時、うさぎは必ず、そのつぶらな瞳《ひとみ》をこちらに向け、銃口に魅入られたように動きを止める。

照準を合わせると、西郷は「なんまだぶ」と呟《つぶや》いてから引き金を引いた。

その腕に新八が感心していると、西郷は「殺生《せっしょう》をさせていただくのじゃっで、せめて何も分からず、冥途《めいど》に送いたいもんです」と言っては、死んだ小動物に手を合わせた。

――そこが、ウドさあのずるいところだ。

むろん、その気持ちが本心から出ていることは、新八にも分かる。

敵にも憐《あわれ》みを持ち、謙虚《けんきょ》さを忘れないのが、西郷のいいところでもある。

しかし新八には、そのあざとさを感じさせるまでの態度が気に入らない。

――あの時もそうだったな。

新八は過去に思いを馳せた。

慶応四年（一八六八）一月、鳥羽伏見の戦いで惨敗を喫した旧幕府軍は、それでも大坂城に踏みとどまり、戦いを続けようとしていた。

ところが六日、将軍慶喜が家臣や与党藩の兵たちを見捨て、開陽丸《かいようまる》で江戸に逃走してしまう。これにより勝利を確信した薩長をはじめとした西国諸藩連合は、徳川家と慶喜の処遇《しょぐう》をめぐる議論を始めた。

七日、明治天皇による徳川家征討の大号令が下り、西国諸藩は官軍となった。

翌々日、天皇は有栖川宮熾仁《ありすがわのみやたるひと》親王を東征大総督に任命し、徳川家の処分に関する全権を委任した。その下の大総督府参謀には公家二名が就き、さらに下役《したやく》にあたる下参謀の座に、西郷が補任《ぶにん》された。むろん上位者はお飾りにすぎないので、徳川家を生かすも殺すも西郷次第となった。

二月二日、西郷は大久保あての書簡で、「慶喜退隠《たいおん》の嘆願《たんがん》、はなはだもって不届き千万《せんばん》」とし、「切腹を申し付ける以外にない」と断じている。

この時、西郷が本心からそう思っていたのか、官軍となった西国諸藩の将兵を引き締めるために、そう言ったのかは定かでない。

その頃、新八は西郷の帷幕《いばく》にあり、相談役のような地位に就いていた。

二月十五日に京を出発し、十日後に駿府《すんぷ》に着くまでの間、徳川家の処分をめぐって、様々な人々が西郷の許を訪れ、自説を主張していった。

そのほとんどは強硬《きようこう》なもので、「慶喜に辞官納地《じかんのうち》を求め、それに従わなければ、江戸を火の海にすべし」といったものである。

そうした感情論にも、西郷は冷静に耳を傾け、「ご高説《こうせつ》を拝聴《はいちよう》し、たいへん参考にないもした」と言っては丁重《ていちよう》に頭を下げた。

客が去った後、決まって新八は西郷から問われた。

「新八さんは、いけん考えもすか」

そんな時、新八が率直《そつちよく》に己の意見を述べると、西郷は大きくうなずき、「傾聴《けいちよう》に値しもす」と言っては、新八をほめた。

駿府に着いた西郷は、東海道先鋒《せんぽう》軍の諸藩隊長格以上を集め、江戸に進軍することを通達した。これで戦闘は必至となり、諸隊に緊張が漲《みなぎ》った。

ところが、西郷の本心は別のところにある。

表面的には強硬姿勢を崩さない西郷だが、慶喜に恭順《きようじゆん》の意思が確認できれば、降伏を認め、厳罰には処さないつもりでいた。

三月五日、西郷は駿府に着いた熾仁親王に、同月十五日に江戸城を総攻撃する旨《むね》を伝えた。

この前後、新八は西郷と共に駿府城内を散歩し、様々な意見を交わした。

ここに至るまでも、多くの同志が死んでいた。西郷は死んでいった者を思い出した時など、感情が激することもある。その度に新八は、「大度量《だいどりよう》をもって処すべし」と言っては西郷をなだめた。

旧幕府軍の解体方法などに話が及んだ時など、喧嘩腰になることさえあった。西郷が「故郷《くに》に戻ったらどげんな」と言うと、新八は、「分かいもした」と言って道を引き返そうとする。すると西郷は、「ちっと待ちなさい」と言っては新八を引き止めた。

西郷の相談役は、西郷を神格化する者たちには務まらず、新八にしかできない仕事だった。

三月九日、勝海舟の意を受けた旗本の山岡鉄太郎（鉄舟《てつしゆう》）が、駿府の西郷の許を訪れ、慶喜が江戸城を出て、上野寛永寺《かんえいじ》で謹慎《きんしん》恭順していると告げてきた。

これを受けて、講和の気運が一気に高まる。

西郷は降伏条件を山岡に託し、「江戸でその答えを聞きもす」と伝えた。

江戸に着いた西郷は十三日、高輪《たかなわ》の薩摩藩邸で一人の男と会った。幕府軍事取扱という職に就いている勝海舟である。

新八も西郷の背後に控え、二人のやりとりを聞いた。

こうした場合、敗軍側の交渉役は萎縮《いしゆく》しているか、逆に居直って胸を反《そ》らせているものだが、勝はそのどちらでもなく、農家の楽隠居《らくいんきょ》が隣の家に遊びに来たような顔で現れると、「いや、お久しぶり」と言って笑みを見せた。

これに対して西郷は一切の感情を面《おもて》に出さず、「お久《さ》しかぶいでごわす」と言って頭を下げた。

二人が顔を合わせるのは、元治元年九月以来なので三年半ぶりとなる。

「それで、どうするね」

出された茶をうまそうに喫《きっ》した後、勝が問うた。

これまで勝は、京都の要路あてに弁明書を何通も送り、「無辜《むこ》の民《たみ》を苦しめるようでは、官軍ではなく賊軍だ」と強気な弁を繰り返し、暗《あん》に江戸総攻撃を控えさせようとしていた。

「どげんすっもこげんすっも、勝さんの肚《はら》次第でごわす」

二人が、探るような視線を交わす。

勝は西郷の真意を確かめんとするがごとく、禅問答のような原則論に終始し、やがて「貴殿の肚が、よく分かった」と言うや、同行してきた山岡を促し、帰り支度《じたく》を始めた。

新八はじめ陪席《ばいせき》する者たちは、勝が何を分かったのか判然としなかったが、本人が分かったと言い、西郷が問い返さないので、誰も口を挟《はさ》めない。

去り際に勝は、「明日、また来る」と言い残して去っていった。

実はこの時、勝は対案と呼ばれる回答書を持っていなかった。江戸城の大久保一《いち》翁《おう》らが対案の作成に手間取り、十三日の会談に間に合わなかったのだ。それゆえ勝は禅問答に終始し、時間を稼《かせ》いだ。

翌日、「もっと、のんびりやろうや」という勝の希望により、田町《たまち》の橋本屋という仕舞屋《しもたや》で二度目の会談が持たれた。

仕舞屋とは、かつて商家だった住宅のことである。

勝の持ってきた対案は強気なものだった。

新政府が突き付けた完全武装解除の条件を拒否した上、城も武器弾薬も軍艦も、すべて徳川家の所有としたまま降伏し、いずれ石高《こくだか》を削られた時に、削られた分だけ差し出すという案である。

それは、あまりに虫がよすぎるものだった。

常の人であれば、鼻息荒く「戦場であい見《まみ》えもんそ」と言うところであろう。

しかし西郷は何も言わない。

黙って勝の話が終わるのを待ち、一言、「大総督府に諮《はか》りもす」とだけ言った。

結局、十五日の総攻撃は中止となり、西郷は京に戻ることになる。

京で西郷の報告を聞いた三条や岩倉ら新政府の面々は色をなしたが、大久保に説《せつ》諭《ゆ》され、「武器弾薬や軍艦を、いったんすべて差し出させた上、石高が決まり次第、石高相当分を返す」という条件を提示することにした。

つまり新政府は一歩譲り、暗に徳川家が一大名として残ることを認めたのだ。

徳川家は、この条件を受諾《じゅだく》した。

一歩踏み込んだ条件を出して相手の譲歩を勝ち取るという、勝の交渉術の勝利である。

四月四日、江戸城に入った西郷は大久保一翁らと細部を詰め、滞《とどこお》りなく江戸城引き渡しの儀が行われた。

これで丸く収まったかに見えた講和交渉だが、榎本武揚《えのもとたけあき》が開陽丸以下の艦隊を率い、館山《たてやま》沖に脱走することで、にわかに雲行きが怪しくなる。

海軍のことになれば、勝である。

勝は榎本を説得、艦隊を品川沖まで戻すことに成功した。

この時、勝の出した「すべて引き渡せと言っても、榎本は聞きやしねえ。半分だけ残すというのはどうだ」という条件を西郷がのんだため、さらに事態はややこしくなる。

これは、新政府の出した修正降伏条件に違背《いはい》しているだけでなく、半分という言葉を出したことで、徳川家の石高二百万石（旗本領など加えると四百三十万石）のうち百万石、ないしはそれに相当する石高を残さねばならなくなったのだ。

またしても勝の勝ちである。

勝の手玉に取られていると分かっていても、西郷が、その場で条件を受諾してしまうので、新八にはどうすることもできない。

さらに勝は、江戸のある武蔵国の領有と百万石の石高を徳川家に残すよう、西郷を通じて新政府に打診《だしん》した。

これに驚いた京都の新政府は、「西郷に任せておいては大変なことになる」とばかりに、三条自ら江戸に乗り込んできた。

勝にとって、三条程度の人物を手玉に取るのは、さして難しいことではない。

ところが五月十五日、降伏をよしとしない彰義《しょうぎ》隊が決起することで情勢は一変する。

彰義隊とは、旧幕臣と佐幕《さばく》諸藩有志から成る江戸の治安維持部隊のことである。

勝は彰義隊と榎本艦隊という二枚の手札《てふだ》をちらつかせ、ここまでの交渉を有利に進めてきたが、手札が勝手に動いたのだ。

彰義隊の挙兵を聞いた三条は、西郷から軍事指揮権を取り上げ、長州の大村益次郎《ますじろう》にこれを預けた。

それでも彰義隊の踏ん張り次第では、再び勝の出番もあったに違いない。しかし彰義隊は、一日だけの戦いで呆気《あっけ》なく壊滅する。

これにより、徳川家の駿府への移転と七十万石という石高が決定した。

もはや徳川家には、この条件に抗《あらが》う戦力も気力も残っていなかった。

実質的に軍事指揮権を取り上げられた西郷は、鹿児島に帰ると言い出すが、大久保になだめられ、何とか江戸にとどまった。

——ウドさあは、そういうお人だ。

相手が強気である限り、西郷は不動明王《ふどうみようおう》のように厳しいが、相手が弱みを見せると、大慈悲《だいじひ》の人となる。

——そうしたウドさあの人のよさを知る男が、そこに付け入ろうとすれば、此度《こたび》のように、ウドさあは身を引くしかなくなる。

大久保ほど西郷を知る男はいない。それは新八以上であろう。それゆえ西郷の人のよさに付け込むなど、大久保にとって赤子の手をひねるより簡単なことなのだ。

獲物を求めて数歩先を歩く、その広い背を見つめながら、新八は、己の命に替えてもこの男を守らねばならないと思った。

その時である。西郷の名を呼びつつ、追いかけてくる者たちの姿が見えた。

九

西郷と新八を追ってきたのは、桐野利秋と別府晋介である。

前年十一月、西郷に追随《ついずい》して下野した二人は、共に下野した元近衛兵や元邏卒百五十名余と原野を開墾《かいこん》して農地にし、士族の食い扶持《ぶち》確保に懸命になっていた。

桐野は家格五石の御小姓《おこしょう》組《ぐみ》の出身で、城下士《じょうかし》ではあるが最下層に属する。その母方の従兄《いとこ》にあたる別府晋介も、桐野と同様の境遇《きょうぐう》だった。つまり彼らは、「食べていく」ことに対する意識が、ほかの武士とは格段に違う。それが開墾事業に結び付いていた。

十代の頃、西郷の噂を聞いて弟子入りしようと思った桐野は、薩摩芋三本を持って西郷の許を訪ねた。桐野の家は貧しく、それ以外、土産《みやげ》にできるものがなかったからだ。

芋を提《さ》げてきた桐野を、弟の吉二郎《きちじろう》が失笑するのを見た西郷は、「贈り物に厚薄《こうはく》なし。半次郎どんが懸命に作った芋なら、これほどの贈り物はない」と言い、吉二郎を叱《しか》った。

この時、桐野は涙して、「この人のために死のう」と思ったという。

以来、桐野は西郷の手足となって働いた。

維新後、西郷は「彼をして学問の造詣《ぞうけい》あらしめば、到底吾々《われわれ》の及ぶ所にあらず」とまで言って、桐野をほめたたえた。しかし桐野は、西郷を尊崇するあまり、西郷の考えに追随することが多く、その点に西郷は不満を持っていた。

「西郷先生《せごせんせ》、探しもしたぞ」

息を切らして追いついてきた桐野が、恨みがましく言った。

「おいに何《なん》か用でんあっとか」

なぜか西郷は桐野に冷たく接する。だがそれも愛情のうちと、桐野は勝手に解釈している。

「西郷先生がおらん間に、大変《じょじょ》なことが起こいもした」

「どげんした」

西郷は二人を促して、その場に腰を下ろした。

「江藤さんが起《た》ちもした」

西郷は、小さなため息をつくと天を仰《あお》いだ。

「江藤さんは、一蔵の挑発に乗いもしたか」

桐野が集めてきた情報を語った。

明治七年一月、板垣、後藤、江藤、副島の下野四参議は、「民撰《みんせん》議院設立建白

書」を左院に提出し、自由民権運動の火蓋を切った。武力に代えて言論によって「有司専制」を打倒しようというこの運動は、司法制度の整備を行い、民権を拡張した上で議会政治を導入し、法治国家を築こうという江藤の理想に合致していた。

ところがそんな時、佐賀県士族の不穏《ふおん》な動きが、東京の江藤の許に伝わってくる。

新八が東京を去る直前の一月十四日夜、高知県士族による岩倉具視暗殺未遂《みすい》事件が起こり、政府は、不平士族の蠢動《しゅんどう》に神経を尖《とが》らせている折でもあった。

この頃、版籍奉還、廃藩置県、国民皆兵《かいへい》を目指した徴兵制、散髪脱刀令《さんぱつだっとうれい》など、士族の神経を逆撫《さかな》でするような政策が相次ぎ、その憤懣は積もりに積もっていた。

「このままでは、佐賀が見せしめの血祭りに上げられる」

そう思った江藤は、「行けば巻き込まれるぞ」と引き止める板垣退助や副島種臣を振り切り、佐賀に戻ることにする。

大久保の待っていた時が到来した。

大久保は佐賀県権令《ごんれい》（県令に次ぐ地位）に土佐藩出身の岩村高俊《たかとし》を指名し、二月十五日、佐賀に送った。

岩村は戊辰戦争の折、居丈高《いたけだか》な態度で長岡藩の河井継之助《つぎのすけ》を怒らせ、長岡戦争の原因を作った張本人である。そのようないわくつきの人物を送れば、結果は火を見るより明らかだった。

当時の佐賀県士族は、政府の欧化政策や散髪脱刀令に反対する憂国党《ゆうこくとう》と、江藤を支持する征韓党に分かれていた。

前年十一月、西郷の帰郷を知った征韓党は、幹部の中島鼎蔵《ていぞう》を鹿児島に送り、桐野に面談して挙兵を促したが、西郷の意を受けた桐野は、時期尚早《しょうそう》を理由に、これを断っていた。

一方、江藤とほぼ同時に、佐賀に帰ったのが島義勇《よしたけ》である。

「北海道開拓の父」と呼ばれた島は、三条実美から佐賀鎮撫《ちんぶ》を依頼され、岩村と共に佐賀に向かったが、船中で岩村の傲慢《ごうまん》無礼な態度に接し、憂国党に与することを決意した。

帰国した江藤も征韓党を抑えきれず、その首領に祭り上げられてしまう。

岩村は大久保の指示に従い、いったん熊本鎮台《ちんだい》に寄り、六百四十名の鎮台兵を率いて佐賀城に入った。

鎮台とは、明治四年（一八七一）に設置された日本陸軍の編制単位で、仙台、東京、名古屋、大阪、広島、熊本の六カ所に置かれていた。熊本鎮台軍は、かつて加藤清正が築いた熊本城の中に駐屯《ちゅうとん》している。

岩村の行為は、あからさまな挑発であり、衝突は時間の問題となった。

二月十五日、佐賀県士族一万二千のうち、憂国・征韓両党に属する四千五百の士族が挙兵した。


桐野の話が終わっても、西郷は、さしたる反応を示さない。

「西郷先生《せごせんせ》、いけんしもすか」

桐野が西郷に迫ると、別府も目を血走らせる。

「ここは、おいたちも起つべきではあいもはんか」

西郷は沈黙したまま、足指に付いた泥をぬぐっている。

新八は己の出番を覚った。

「何《なん》もせんでよか」

「新八さん、おいは、おはんに聞いちょらんぞ」

桐野が目を剝《む》く。

新八より二つ年下の桐野は、少年の頃から新八への対抗意識をあらわにしている。

――半次郎は、ウドさあを独り占めしたいのだ。

それこそは、西郷が最も「きもげる（苛立つ）」ことだが、桐野はそれに気づいていない。

「半次郎、おはんには、西郷先生の気持ちが分からんのか」

新八も徐々に激してきた。

寡黙《かもく》で冷静な新八だが、血をたぎらせた薩摩隼人であることに変わりはない。

「新八さん、そいでは、おはんには分かっちょるちゅうのか」

「もうよか」

ようやく西郷が顔を上げた。

「佐賀は、佐賀のやいたいごつやればよか」

「つまい、おいたちは何《なん》もせんのですか」

桐野以上に血気に逸《はや》る別府が問う。

別府は新八よりも十一も若い二十八であり、西郷とは二十歳の開きがある。それゆえ西郷を信奉することにかけては、神のごとくである。

別府は明治五年、西郷の依頼に応じて朝鮮半島に渡り、朝鮮人に変装して国情を探るという大胆不敵なことまでしていた。

後のことだが、西南戦争の折、激戦地となった吉次峠《きちじ》で別府に会った熊本隊の佐々友房《さつさともふさ》は、別府を評して「挙止活発、一個の美丈夫《びじょうぶ》なり」と記している。

「さかし人は元気があってよか」

西郷の顔に笑みが浮かんだ。〝さかし〟とは若いという意である。

「晋介さん、おいは、こんまま畑を耕して死んつもいです」

「先生は、こん国がいけんなっても構わんと言うんですか」

別府が西郷の足元に詰め寄る。

「おいの役目は――」

西郷が遠い目をした。

「もう終わったと思うちょりもす」

「しかし――」

「こいからは、さかし人らが何事も決めていけばよか」

そう言うと西郷は立ち上がり、先ほどと変わらぬ姿で歩き出した。

それを追うように後に続いた新八の背後から、桐野の声が追ってきた。

「新八さん、先生を頼みもした」

新八が肩越しにうなずくと、桐野が、ほっとしたようにため息をついた。

十

西郷の居場所は次第に知れわたり、日当山温泉どころか国分平野周辺にも居づらくなった。それゆえ二月半ば、西郷は薩摩半島の南東端・山川郷の鰻《うなぎ》温泉に移る。

西郷は知人の小屋を転々としながら居場所を変え、家族や親類縁者にも行く先を告げなかった。誰彼構わず談判に来るのを避けるためだが、政府の密偵《みってい》に居場所を覚らせないという目的もある。

西郷が下野した直後から、鹿児島には密偵が入っていた。彼らは鹿児島県出身者なので、密偵なのか単なる帰郷者なのかを見分けるのは容易でなかった。

大久保は、やむにやまれず江藤が佐賀の乱を起こしたように、西郷が決起する可能性もあると思っていた。

そのために西郷の周辺を内偵《ないてい》し、決起の予兆を未然に摑んでおこうとしたのだ。

鰻温泉周辺の山々を回って狩猟生活を続ける西郷と新八の許に、地元の猟師がやってきて、桐野らが西郷を探しているという話を伝えてきた。

それを聞いた二人は、致し方なく山を下りることにした。

西郷は桐野に「よほどんことがない限り、探さんように」と告げており、それでも探しにきたということは、その「よほどんこと」が起こったに違いない。

「佐賀の戦《いくさ》が終わったんでは、あいもすまいか」などと語り合いながら山を下りた西郷と新八は、鰻温泉の宿に戻ると、小僧を走らせて居場所を告げさせた。

一刻もしないうちに、桐野らが駆け付けてきた。

桐野と別府のほかに篠原国幹や辺見十郎太も来ており、ただならぬ空気が漂っている。

部屋に入って正座すると桐野が言った。

「お客人が参られておいもす。お支度は、こちらで用意しもした」

「ああ」と言って天を仰いだ西郷は、「分かいもした」と言うや、勢いよく立ち上がった。

誰が来たかは明白である。


「江藤さん、よう参られた」

西郷が現れると、「ああ、西郷さん」と言いつつ、江藤が肩を落とした。

何も聞かずとも、その尾羽《おは》打ち枯らした姿が、すべてを物語っている。

「大久保さんに、してやられもしたな」

「仰せの通りです」

「おはんともあろうお人が、ないごて若者《わけもん》たちに担がれもしたか」

江藤に言葉はない。ただ頭《こうべ》を垂れ、思い詰めた表情をしているだけである。

――江藤にも理由などないのだ。

幕末の余燼《よじん》がいまだくすぶる佐賀で、若者たちの熱気に煽《あお》られ、江藤に一時の迷いが生じたに違いない。

てしまったのだ。

──江藤には、己の才に溺《おぼ》れるきらいがあった。それを同郷の副島らが抑えてきた。しかし佐賀に帰れば誰も抑える者はおらず、つい乗ってはいけない神輿《みこし》に乗っ

「そいで、いけんないもした」

「それが、案に相違し──」

かすれ声で、江藤が挙兵後の状況を語った。

江藤を首魁《しゅかい》に頂いて決起した佐賀県士族は、十八日には佐賀城から岩村率いる熊本鎮台兵を追い出し、佐賀城を占拠した。

ところがすでに大久保は、司法と軍事の全権を自らに委ねる決定を閣議で勝ち取り、十九日には、各地の鎮台兵五千三百を率いて博多に着いていた。

大久保は海陸の輸送力を総動員し、三方面から佐賀城に向けて進撃を始め、瞬《また》く間に佐賀県士族軍の防衛線を突破し、佐賀城を包囲した。

これほど迅速《じんそく》に政府軍が攻め寄せてくると思っていなかった江藤は、西郷を頼るしかないと覚り、二十三日、落城寸前の佐賀城から脱出してきたという。

「江藤さんは、皆を城に置いてきなさったか」

西郷には、同志を置きざりにして城を出た江藤が許せないのだ。

「いや、私は城を枕に死ぬつもりでいたのですが、皆から城を出て西郷さんを頼る

よう頼まれたのです」

おそらく、それは事実なのだろう。だが武士としての矜持《きようじ》よりも勝算を優先してしまうところに、江藤の覚悟のなさが感じられる。

確かに佐賀県士族だけが決起したところで、勝利は覚束《おぼつか》ない。佐賀の乱に呼応《こおう》して各地で士族が決起し、その対応で政府が大わらわになるという図式以外に、佐賀県士族が勝つ術はない。その中で最も頼りになるのは、西郷とその与党である。西郷さえ起てば、各地の不平士族もこぞって起つと、江藤が考えるのも無理はなかった。

「西郷さん」

江藤が西郷の前に両手をついた。

誇り高い江藤がこうしたまねをするなど、新八は思ってもみなかった。

「どうか起って下さい。佐賀の若者のために何卒《なにとぞ》――」

「江藤さん、頭を上げてくいやい」

西郷の視線による合図に従い、背後にいた桐野が江藤の上体を起こした。

「江藤さんの気持ちは分かいもすが、おいたちは、何を大義に起てばよろしいか」

「それは――」

江藤が言葉に詰まった。

「ただ佐賀に助太刀《すけだち》いたすでは、おいたちは起てもはん」

「そこを何とか――」

「江藤さん、おいかて佐賀の若衆を救いたい。しかし、そのために鹿児島の二才を死なすっわけにはいきもはんど」

「ああ」

江藤が、板敷きに拳《こぶし》を叩き付けた。

「じゃっどん、おい一身なら江藤さんに捧《ささ》げもす。おいたち二人で佐賀城に入り、腹を切りもんそ」

西郷は、戯《ざ》れ言《ごと》以外で嘘をついたことがない。いったん口にしたことは、すべて実行に移している。つまり本気で佐賀に赴き、腹を切るつもりなのだ。

江藤が威儀を正した。

「西郷さん、貴殿の赤心《せきしん》、よく分かりました。この江藤新平、一人で腹を切れぬ男ではありません」

大きくうなずきつつ、西郷が問うた。

「そいでは、すぐに城にお戻りになられるか」

「いや、その前に土佐に赴き、林に頼み入ります」

元高知県令の林有造《ゆうぞう》は、高知の民権運動家の中でも武力蜂起《ほうき》をも辞さない強硬派で、かつて佐賀征韓党の幹部と同時蜂起を示し合わせていた。

しかし板垣が土佐に帰ってきた時点で、林の実権は失われており、また挙兵準備が整っているはずもなく、到底、江藤の話に乗るとは思えない。

ちなみに林有造は、佐賀県権令の岩村高俊の実兄にあたるため、挙兵には積極的になれないと思われた。むろんその点まで考えた上で、大久保は岩村を送り込んでいるに違いない。

この場は黙っているつもりでいた新八だが、さすがに江藤に同情し、助言しようと思った。

「江藤さん」

薩人《さつじん》以外に対して、新八は標準語を使う。

「それは、あまりよきお考えとは思えません。このまま土佐に赴けば、江藤さんは卑怯者として汚名《おめい》を千載《せんざい》に残します。しかし今、佐賀に戻れば、死後の盛名《せいめい》を守れます」

新八の意見にうなずきつつ、西郷が言った。

「江藤さん、武士は死に場所を違《たが》えんことが、何《なん》よりも大切と思いもはんか」

――死に場所、か。

人はしかるべき場所で、しかるべき時に死なねばならない。それを違えてしまうと、不名誉かつ不幸な死が待っているだけだ。

西郷の言葉に、その場の空気が張り詰めた。

——ウドさあは、この場で江藤に自害するよう、暗に勧めているのだ。

確かに今、佐賀に戻ろうとしても、政府軍の重囲を突破して城に入るのは容易でない。下手《へた》をすれば捕まることも考えられる。そうなれば江藤は、蛇蝎《だかつ》のごとく嫌う大久保の前に引き据えられ、斬罪《ざんざい》を申し渡されることになる。

「西郷さん、生きて虜囚《りょしゅう》の辱《はずかし》めを受けるとも、この国には法廷がある。私は法廷で戦いたい」

法廷こそ、江藤が手塩にかけて作った法治国家の核心である。

「そいが江藤さんの道なのは分かいもす。じゃっどん、おいの言う通いにせんと、あてが狂いもすぞ」

大久保の冷酷さを知る西郷は、たとえ法廷が開かれたとしても、大久保が江藤に正しい裁きを受けさせせないのを知っていた。しかし江藤は首を左右に振ると、口を真一文字《まいちもんじ》に結んで一礼し、その場を辞した。

——江藤さん、どうか死ぬべき場所と時を違えんで下さい。

新八は祈るような気持ちで、その小さな背を見送った。

江藤が西郷と会った三月一日、佐賀城は落ち、一方の旗頭である島義勇も七日、鹿児島に逃れようとしたところを捕らえられた。

江藤は高知に渡って林と会うが、やはり色よい返事はもらえなかった。

それでも江藤はあきらめず、高知から徳島に抜けようとするが、両国の国境に近い甲ノ浦《かんのうら》で政府の追っ手に捕縛される。

佐賀に連行された江藤は島と共に法廷に引き出されたが、裁判は二日間という短期間で結審《けっしん》し、二人は除族の上、斬罪梟首《ざんざいきょうしゅ》という最も重い刑を言い渡された。本人の陳述《ちんじゅつ》もなし、上告《じょうこく》も認めないという江戸幕府も驚くような暗黒裁判だった。

この時の法廷には大久保もいたが、結審した際、発言の機会が与えられないと知った江藤は取り乱し、法廷と大久保を口汚く罵倒《ばとう》した。

死に際して江藤は、「ただ皇天后土《こうてんこうど》の、わが心を知るのみ」と三度叫んだという。自分の正しさは、天地のみが知っているという意である。

大久保は四月十三日の日記に、「江藤、島以下十二人断刑につき罰文申し聞かせを聞く。江藤醜躰《しゅうたい》（醜態）笑止《しょうし》なり」と記した。

それだけでなく大久保は、江藤の晒《さら》し首の写真を撮らせた上、江藤の妾《めかけ》に送り付け、さらに彼女が芸者勤めをしていた新橋の色街にもばらまかせた。

ところがこの時、たまたま新橋で遊興《ゆうきょう》していた島田一郎ら石川県士族の面々が、この写真を見て憤激《ふんげき》し、後に大久保は彼らによって暗殺される。

死せる江藤の強烈なしっぺ返しだった。

十一

佐賀の乱の後、鹿児島県士族の間でも、政府に対する不平不満の声が高まってきていた。

西郷の下野に追随して官吏を辞めた者は六百人余に及んだが、彼らは西郷を慕い、一時の熱気から辞職した者が大半で、今後の生活の方途《ほうと》など考えていない。

当座の興奮から覚めると、いかにして食べていくかで、彼らは途方に暮れた。

そこで桐野は率先して開墾や農事に精を出し、新たな授産《じゅさん》の道を開こうとした。

「今日《こんにち》志士として自ら任ずる者の欠点とするところは、志気余りあって、恒産《こうさん》乏しきにあり。恒産無ければ、どうしてよく国家の大事に任ずることができるか」（『西南記伝』）と桐野は言い、帰郷した者たちを農業に従事させようとしたが、外城士《とじょうし》（郷士階級）はまだしも、城下士（上士階級）の多くは武士としての誇りもあり、鋤《すき》や鍬《くわ》を持つのをよしとしない。

中には酒を飲んで徒党を組み、昼夜分かたず悲憤慷慨《ひふんこうがい》し、市中を闊歩《かっぽ》する者までいた。

元から鹿児島にいた青少年たちもこれに煽られ、この頃、「鹿児島県下は城下城外の別なく、人心すこぶる興奮したる形勢」（『西郷南洲《なんしゅう》先生伝』）となっていた。このままでは佐賀県士族同様、些細《ささい》なことから暴発する恐れが十分にある。そのため、西郷と共に下野した元近衛兵の渋谷精一《しぶやせいいち》らは、西郷に学校創設の提案をした。

それを尤《もっと》もとした西郷は、自らの直接的関与は辞退しつつも基本方針には同意し、自ら筆を執《と》って綱領《こうりょう》を揮毫《きごう》した。

ここに鹿児島私学校が創設される。

六月、鹿児島城厩《うまや》跡の土地借用の嘆願が出され、秋には政府から認可が下りた。これにより、私学校の建設が始まる。

私学校は銃隊学校と砲隊学校から成り、前者は篠原国幹が主宰《しゅさい》し、五百から六百名の生徒を、後者は新八が監督となり、二百名余の生徒を指導することになった。私学校全体の主宰者は篠原であり、新八は砲兵監督の地位にとどまった。

新八は西郷の傍らを離れたくなかったが、帰郷した者に西洋砲術の熟練者が少なく、篠原らのたっての願いに根負けし、「主宰ではなく教官としてなら」という条件で、これを承諾した。

いかに頑健《がんけん》な体力を誇る新八でも、いつ何時、病に倒れるとも限らず、藩費や官費で学んできた砲術を後進に伝えておくことを義務と考えたのだ。

私学校は、鹿児島城下の各郷中にも設けられた。それらは百余にも上り、分校と呼ばれた。分校を設けないと、農事から離れられない者たちが教育を受けられないからだ。

分校は小学校校舎を夜間だけ借用し、本校から講師が出講する形を取った。そのため篠原や新八は、昼間は本校で、夜には分校で講義するという多忙な日々を送ることになる。

さらに西郷や桐野らが、維新の功によって得た賞典禄《しょうてんろく》を原資《げんし》とする賞典学校も設けられた。

賞典学校とは、戊辰戦没者の子弟たちを主たる対象とした陸軍士官の幼年学校のことである。

講師にはオランダ人のシケーベルやイギリス人のコップスもおり、明治八年（一八七五）には、三名の若者をフランスに留学までさせた。

同じく明治八年、原野を開墾して粟《あわ》・唐芋《からいも》・大根等の農作物を作るかたわら、学業を修めるという目的の吉野開墾社も創立された。

これは士族授産の試みの一つで、西郷自ら開墾学校生と共に鍬を振るい、芋を掘った。

この経費は、西郷らの賞典禄だけでは足りず、鹿児島県令・大山綱良《つなよし》の計らいで、旧藩から県に引き継がれた積立金でまかなわれることになる。

かくして西郷の「王を尊び、民を憐《あわ》れみ、正義を実行する」という理念を奉じ、十代から五十代までの男子が勉学や労働に励む私学校が発足した。

新八らが私学校の運営に掛かりきりになっている間も、内外の情勢は緊迫《きんぱく》の度を深めていた。

四月二十四日、佐賀の乱を平定し、東京に戻った大久保を待っていたのは、台湾問題である。

これは明治四年十一月、琉球県宮古島《みやこじま》の漁民が嵐に遭《あ》い、台湾の南端に漂着したものの、先住民によって五十四人が惨殺《ざんさつ》された事件に端《たん》を発する。

明治六年に外務卿の副島種臣《としん》が渡清した際、清国が「台湾の生蕃《せいばん》は化外《けがい》の民」として統治権の放棄《ほうき》に等しい発言をしたので、征台の大義ができた。

この計画を推し進めたのは、大久保、大隈重信、そして台湾蛮地事務都督に任命された西郷従道である。

木戸は「征韓反対の舌の根も乾かぬうちに台湾出兵とは、筋《すじ》が通らない」と言って反対したが、大久保は聞かない。そのため怒った木戸は参議を辞職する。

しかし、日清間の衝突を憂慮《ゆうりょ》したイギリス公使パークスやアメリカ公使ビンガムの介入《かいにゅう》により、大久保の決意は揺らぎ始める。大久保は出兵中止に傾いたが、今度は、兵を率いて長崎まで行っていた西郷従道が承知しない。

四月二十九日、大久保は東京を発つが、大久保が長崎に到着する前日の五月二日、従道は約三千六百の兵を率い、長崎を後にしていた。出発してしまったものをどうすることもできず、致し方なく大久保は追認という形を取る。

この結果、明治七年五月、従道は台湾へと上陸した。

ところが、これが惨憺《さんたん》たる失敗に終わる。

弓矢しか持たない生蕃が相手である。難なく制圧に成功したが、マラリアなどの熱病にやられ、五百六十一人が命を落とした。

しかも出兵経費は千二百六十万円、輸送船代金は七百七十万円にも上った。

九月、大久保は全権大使として清国に渡り、清国政府から賠償《ばいしょう》金《きん》五十万テールを勝ち取り、日記に「古今稀有《ここんけう》の事にして、生涯亦《また》無き所なり」と自らの功を誇ったが、五十万テールは日本円にして六十七万円にすぎず、収支は全く合っていない。

むろん、これらのことは後に分かったことで、当時の日本国内は「大久保よくやった」という空気に満ちていた。

大久保としては台湾出兵を成功と強弁し、佐賀の乱の即時鎮圧と合わせた実績で周囲を黙らせ、「有司専制」を、さらに推し進めようと考えていた。

しかし実際のところ、佐賀の乱は姑息《こそく》な挑発行為によるものであり、台湾出兵は大失敗に終わっていた。

私学校で教鞭《きょうべん》を執る日々が始まった。

毎朝、清の作った弁当を提げて、新八は私学校に通い、教壇に上って砲術を講義するか、演習場で砲撃の実射演習をした。そして夕方になると、いずれかの分校に馬を走らせた。

一方、西郷は武村から開墾社に通い、若者と一緒に畑を耕していた。桐野も、西郷とは別に吉田村の原野を開墾していた。

新八が、砲術学校の監督官に就くことを西郷に告げた時、西郷は「どうか、二才たちを抑えてくいやい」と言って頭を下げた。

私学校の生徒たちは至って素直で勉強熱心だった。皆、国家のために学び、国家の発展のために、己の一身《いっしん》を捧げようとする者ばかりである。

西郷が唱えた「戊辰戦役《せんえき》で命を捧げた先達《せんだつ》の志を継ぎ、国家非常の際には、命をなげうつ青年を育成する」という目的は、十分に達せられると思われた。

明治七年後半は、士族の反乱や対外的な国難もなく、静かに暮れていった。新八は、こうした平穏《へいおん》が、ずっと続くのではないかという期待を抱くようになっていた。

十二

年が変わって明治八年になった。

私学校で学ぶことで、日頃の鬱屈《うっくつ》を多少なりとも解消できた鹿児島県士族たちは、前向きな日々を送れるようになった。それを破ったのは「評論新聞」である。

明治六年の政変に際し、愛知県官吏を辞した海老原穆《えびはらぼく》は、郷里である鹿児島に帰らず、言論の道に進む。その海老原が創刊したのが、政治評論紙「評論新聞」だった。

海老原は紙上で過激な政府批判を展開、間接的に不平士族を扇動した。

後に吉井友実が「十年戦乱（西南戦争）の不幸を生ぜしは評論新聞の放論、最も与《あずか》りて大なり」と述べたが、評論新聞は士族反乱を支持し、武力蜂起による政府転覆《てんぷく》を唱えた。

時あたかも、伊藤博文と井上馨の斡旋《あっせん》で大阪会議が開かれ、大久保、木戸、板垣の間で妥協《だきょう》が成立した頃である。

立憲政体樹立・三権分立・二院制議会発足など、下野した板垣が強く訴えていたことを、政府として取り組むことになり、三月には、板垣と木戸が参議に復帰し、四月には、大審院《だいしんいん》や元老院《げんろういん》も設置されることになる。

大久保に民権運動の分裂を図るために板垣を取り込み、また木戸を復帰させることで、有司専制に対する世間の批判を回避するという狙いがあった。病に苦しむ木戸を復帰させたところで、自らの独裁体制は揺るがないと見切っていたのだ。

その思惑通り、板垣は自由民権派から裏切り者扱いされ、それを「評論新聞」が煽ることで、政府に対する批判は日に日に高まっていった。

さらに五月、政府がロシアと樺太・千島《ちしま》交換条約を締結《ていけつ》することで、士族のみならず一般市民の間でも、非難の声がごうごうと沸き上がる。

これに対して、政府は反政府的言論活動を封じるべく六月、新聞紙条例と讒謗律《ざんぼうりつ》を制定し、言論の統制に本腰を入れ始めた。

そんな折に起こったのが、江華島《こうかとう》事件である。

この事件は同年九月、日本の艦船「雲揚《うんよう》」が、朝鮮半島の漢江《かんこう》河口の江華島付近でボートを下ろして測量を行っていたところ、朝鮮側の砲台から砲撃があったため、即座に応戦し、砲台を破壊した上、占拠した事件である。

当時の万国公法《ばんこくこうほう》では、海域の測量に関する明確な取り決めはなく、大型船は安全な航行を図るため、沿岸測量を勝手にやっていた。

全くの偶発的事件だったが、大久保は「この機を逃すまじ」とばかりに六隻《せき》の軍艦を派遣し、黒田清隆と井上馨の二人に全権を委任し、朝鮮側を外交交渉の席に着かせた。

その結果、翌明治九年（一八七六）二月に日朝修好条規《しゅうこうじょうき》が結ばれる。

これは明らかな不平等条約で、かつて日本が欧米にやられたことを、朝鮮にやったことになる。

この話を聞いた西郷は激怒した。

西郷は、使節を派遣した上で外交交渉を行い、それが決裂して開戦するなら仕方ないが、それをせずに姦計《かんけい》をめぐらして戦端を開くのは、「道を尽《つく》さず只《ただ》弱きを慢《あなど》り強きを恐れ候心底《しんてい》より起り候もの」と罵倒した。

すなわち「外交的手段を尽くさず、挑発行為によって戦端を開くのは、弱い者（朝鮮国）を侮《あなど》り、強い者（欧米列強）を恐れる心から起こったもの」というのだ。

この話が伝わると、江華島事件を好意的に捉えていた民権派や征韓派も、政府に対する批判を強めた。

不平士族、自由民権派に加えて、地租改正・徴兵令に反対する農民一揆という三大勢力が反政府で一致し、そのいずれもが、西郷の動向を注視するという情勢になりつつあった。

こうした世間の喧噪《けんそう》と距離を置いたまま、新八の日常は続いていた。

自宅の広縁《ひろえん》の柱に背をもたせ掛けた新八は、初秋の月を眺めつつ、コンサーティーナを弾いていた。

「そん曲をよく弾かれますね」

妻の清が襖《ふすま》を開けて入ってきた。

「子らは、もう寝たのか」

「そん音色《ねいろ》を聴きながら、うんずいと（ぐっすりと）――」

十八になる長男の岩熊と十五になる次男の二蔵は、すでに私学校の寄宿舎に移っており、家に残っているのは、三男の十熊と長女の孝子だけだった。

「おいが帰ってきた頃は、物珍しいんか、こいを弾いてくれと、ようせがまれたが、もう飽《あ》いたんかな」

「子とは、そげなもんです」

笑みを浮かべつつ傍らに座した清は、いまだ多い蚊《か》を払うため、団扇《うちわ》で煽いでくれた。しかし、あまりにゆっくり煽ぐので、ほとんど効果がない。

——清はいつもこうだ。

新八は、そうした清のおっとりした性分《しょうぶん》を愛していた。

幼少の頃から夫婦になることを決められていた二人は、激しく好き合った末に結ばれたわけでもなく、相手の親に頼み込んで一緒になったわけでもない。二人は、ただ成り行きに身を任せていただけだった。

しかも清の器量は十人並の上、これといって愛嬌《あいきょう》があるわけでもない。

——欧米では、男と女は手を握り、人前で相抱擁《あいほうよう》し、感極まると口と口を合わせていたな。

それらの光景に慣れるまで、新八の目には、こうした男女の行為は「卑猥《ひわい》の醜俗《しゅうぞく》」としか映らなかった。

——妻とは熱情の対象ではなく、空気のような、そこにいて当たり前のものだ。

そんなことを思いつつコンサーティーナを弾いていると、清が、のんびりとした口調で問うてきた。

「旦《だん》那さん、そん曲は何ちいうのですか」

弾く手を休めずに新八が答える。

「こいはな、『ル・タン・デ・スリーズ』ちゅうフランスの歌だ」

「歌ちゅうことは、歌詞があっとですか」

「はい」

「歌えますかの」

「歌えもはん」

そのとぼけたようなやりとりに、新八は吹き出したが、清は真顔《まがお》のままである。

「そいでは、どげなことを歌《うと》とるのですか」

実は新八にも、よく分からない。

「確か、さくらんぼのことを歌《うと》とると思うたが」

この曲は、後に『さくらんぼの実る頃』というタイトルが付けられ、フランスを代表するシャンソンの名曲として、世界中に広がっていく。

「さくらんぼ、ですか」

清が気のない返事をした。すでに歌詞のことなど、どうでもよくなっているのだ。

――清らしいな。

清は薩摩女にしては珍しく感情の起伏《きふく》が少なく、何かに動じたり慌てたりすることがない。

清の母は早くに亡くなり、父の十蔵は慶応三年に病死したが、清は国事に奔走する新八に文句一つ言わず、十蔵の葬儀を済ませた。

――おいは、よき嫁をもらった。

いつの間にか清は、新八になくてはならない存在となっていた。

「じゃっどん、どこで、そいを手に入れたとですか」

新八が、「パリだ」と答えると、清は自信なさそうに問うてきた。

「パリちいうとフランスの――」

「ああ、そうだ」

「パリは、どげなとこですか」

「そうさな」

新八の脳裏に、パリで過ごした日々がよみがえった。

しかし、あらゆる光景が脈絡《みゃくらく》なく浮かんでは消え、それを言葉にすることができない。

「よし。パリの情景が浮かぶ曲を弾いちゃる」と言うと、新八は別の曲を弾いた。

『愛の喜びは』と呼ばれる曲である。

清は、うっとりするように聴き入っている。

新八が弾き終わると、清は感じ入ったように、長いため息をついた。

「みごて（美しい）曲ですね」

「おはんにも分かっっか」

「あたいかて分かいもす」

清が口を尖らせた。

「そいは、悪うごわした」

清の要望に応えて、新八は何度も『愛の喜びは』を弾いた。

しばしの間、それに聴き入っていた清が、ぽつりと言った。

「旦那さんと、いっずい（いつまで）こげんしていられますかね」

清がこんなことを言うのは、初めてである。

どう答えていいか迷った末、新八は言った。

「分かいもはん」

それ以上、清はそのことに触れなかった。

ただ団扇の作るわずかな風だけが、清の思いと共に新八の許に吹いてきた。

この頃、鹿児島出身の大蔵官僚・松方正義《まつかたまさよし》の依頼で、私学校の様子を探るべく帰郷した高橋新吉が、新八と会っている。

高橋新吉とは、英和辞書の草分けである通称「薩摩辞書」を編纂《へんさん》した英学者兼官僚で、新八の従弟《いとこ》にあたる。

この時、新八は新吉に「（私学校党の形勢は）、あたかも四斗樽《しとだる》に水をいっぱいにし、腐れ縄で括《くく》っているような有様で、西郷や自分の力でも抑えることはできない。いずれ破裂は免《まぬか》れ得まい」と語ったとされる。

「評論新聞」に煽られた私学校の若者たちは、政府への不満を募らせており、何かのきっかけがあれば暴発する恐れがあった。

この時、「ぜひ、西郷先生《せごせんせ》にお会いしたい」という新吉の望みを入れた新八は、桜島南東部の有村《ありむら》温泉で湯治中の西郷の許に連れていった。

西郷はこの頃、陰嚢水腫が悪化し、治療のために湯治場を転々としていた。

新吉は、くれぐれも軽挙を慎《つつし》むよう説いたが、西郷は「そげなこちゃ、分かっといもす」と言って、新吉の危惧を笑い飛ばした。

釈然《しゃくぜん》としない思いを抱きつつ、新吉は勤務地の長崎に戻っていった。

こうしたことを知ってか知らずか、政府は士族の不満を煽るような政策を矢継ぎ早に発表していた。

明治九年三月、廃刀令が発布された。これは、明治四年に発布された士族の脱刀を自由とする散髪脱刀令をさらに進めたもので、軍人と警察官以外の帯刀を禁ずるというものだった。

続いて八月、政府は金禄《きんろく》公債証書発行条例を公布して、士族の家禄を公債証書として支給する代わりに、家禄制度を廃止することにした。

秩禄《ちつろく》処分である。

この二つの改革により、士族は物心両面で打撃をこうむり、その憤懣は限界に達しつつあった。

まず蜂起したのは、熊本の敬神党《けいしんとう》（神風連《じんぷうれん》）である。

幕末の熊本藩には三つの党派があった。藩校教育の延長線上にある学校党、開明的な実学党、そして国学・神道《しんとう》思想を崇奉《すうほう》する勤王党である。

幕末の頃、実学党の横井小楠《しょうなん》が全国的な名声を博すことにより、ほかの二党は衰え、熊本藩は尊王攘夷活動から一歩、身を引いた存在となってしまう。

すなわち明治維新となっても、新政府の顕官《けんかん》に名を連ねる者がおらず、ひいてはそれが、熊本県人全体の出世を阻《はば》むことになった。

そのため県令は、敬神党の幹部に神官の地位を与え、生活の安定を図ることで鎮静化しようとした。それでも彼らの政府への不満はぬぐえず、そこに廃刀令と秩禄処分が重なり、遂に暴発に至ったのだ。

敬神党は、「宇気比《うけい》」という神籤《しんせん》で神慮《しんりよ》をうかがい、事を決していた。ところが、これまで何度やっても「時期尚早」と出た宇気比が、十月二十四日ばかりは「時期至れり」となった。

首魁の太田黒伴雄《おおたぐろともお》をはじめとした百九十名の敬神党は、その日の深夜、三隊に分かれて熊本鎮台要人宅、砲兵舎、歩兵舎に奇襲を敢行《かんこう》し、熊本鎮台司令長官の種田政明《まさあき》少将らを殺害の上、鎮台の奪取に成功した。

そこまではうまくいったが、敬神党は火器を嫌い、和装に甲冑《かっちゅう》を着て、武器も刀槍《とうそう》だけだったため、鎮台の組織的反撃が始まると、瞬く間に鎮圧された。

太田黒は自害し、百十四名が戦死か自刃《じじん》して果てた。

これに呼応して二十七日、福岡藩の支藩・秋月藩の士族二百三十余が決起するが、三十一日には鎮圧される。五日間の戦いで秋月士族は、戦死十九名と自刃十三名を出して壊滅した。

同月二十六日、長州萩《はぎ》でも反乱の狼煙《のろし》が上がった。

萩の乱である。

その中心人物の前原一誠《まえばらいっせい》は、かつて吉田松陰《しょういん》門下の俊秀《しゅんしゅう》として鳴らし、倒幕運動でも活躍したので、明治新政府では参議兼兵部《ひょうぶ》大輔まで務めていた。ところが同郷の木戸孝允との仲が悪く、徴兵制をめぐって対立し、この頃は下野していた。

敬神党の蜂起を聞いた前原は、同志三百三十人余と挙兵し、山口県庁攻撃に向かった。だが各鎮台から派遣された兵に包囲されたため脱出した末、捕らえられて斬首される。

これにより長州藩の不満分子が一掃された。

こうした不平士族の反乱に際して、西郷と私学校党は沈黙を守っていた。

しかし情報だけは鹿児島にも伝わり、血気に逸る若者たちを刺激した。彼らは日夜、議論に明け暮れ、落ち着いて勉学に励むような雰囲気《ふんいき》は、次第に失われていった。

新八の言った四斗樽の水は、いよいよ膨張《ぼうちょう》し、破裂寸前になっていた。

第二章

砲声天衝《ほうせいてんしょう》

一

頻発《ひんぱつ》する不平士族の反乱に、鹿児島も沸き立っていた。

それでも対岸の火事程度で済んでいたのは、県が自主的に救済措置《そち》を取り、地租《ちそ》改正や秩禄《ちつろく》処分といった矢継ぎ早な制度改革から、旧士族を守っていたからだ。

しかし各地の不平士族の決起は、鹿児島の若者たちを刺激していた。

明治九年（一八七六）十二月四日、「幹部の意思統一を図ろう」という桐野利秋《きりのとしあき》の呼びかけに応じ、西郷を筆頭に篠原国幹《しのはらくにもと》、別府晋介《べっぷしんすけ》、辺見十郎太《へんみじゅうろうた》らが、吉田村にある桐野の別宅に集まった。むろん新八《しんぱち》も参加した。

この席で強硬論を主張したのは、別府と辺見である。

辺見十郎太は、嘉永《かえい》二年（一八四九）生まれの二十八歳。出身は西郷と同じ小姓組《こしょうぐみ》で、下級の城下士《じょうかし》である。戊辰《ぼしん》戦争では薩摩《さつま》藩の斬り込み隊長の役割を担《にな》い、奥州白河城《おうしゅうしらかわ》攻防戦では比類なき活躍を示した。

赤ら顔で目つきが鋭く、髪も髯《ひげ》も赤く、その声は「雷の如《ごと》し」と敵味方から恐れられた辺見は、主戦派の急先鋒として常に強硬論を唱えていた。

別府や辺見の抑え役に回ることの多かった桐野にしても、地租改正によって貧《ひん》窮《きゅう》の極《きわ》みに追い込まれた農民たちのために、「奸臣《かんしん》を討ち、民《たみ》の疾苦《しっく》を救うべし」と、この席で訴えた。

これに対し、篠原は「時期尚早《しょうそう》」を唱えたが、「政府の締め付けが厳しくなれば、逆に手遅れになる」と桐野に反論されて口をつぐんだ。

政府は鹿児島県への圧力を強めており、その一方で政府軍の軍備を強化し、兵の調練にも力を入れ始めている。つまり時は政府に味方していた。

それでも新八は、「何の大義もなく決起はできない」「大義がなければ、各地の不平士族も呼応《こおう》しない」と説《と》き、何とか決起を思いとどまらせようとした。

だが桐野らは納得せず、最後に西郷の意見を聞くことで、今後の方針を決めようということになった。

皆が注視する中、西郷は一言、「機を待つべし」と言った。これにより決起は見送られたが、何かきっかけがあれば、もはや西郷や新八をしても、暴発を抑え込める見通しは立たなくなっていた。

こうした火種を内包《ないほう》しつつ、明治十年（一八七七）の正月が明けた。

一月八日からは私学校《しがっこう》の授業が再開されるので、七日は皆で集まり、大掃除《おおそうじ》をすることになっていた。年末の煤払《すすはら》いで、あらかたきれいになっているので、さして手間はかからなかったが、年末年始にたまった埃《ほこり》や汚れを丹念に取り除いた。

夜は正月飾りなどを練兵場の一所《ひとところ》に集めて、鬼火《おにび》焚《た》きが行われる。

鹿児島の鬼火焚きは本州のドンド焼きや左義長《さぎちょう》と同じで、正月飾りに憑《つ》いた悪霊《あくりょう》を焼き払うためのものだが、鹿児島では大櫓《おおやぐら》を組み、その下に正月飾りを積んで行う。

夕方、櫓を組む威勢のいい声が聞こえると、近所の老若男女が正月飾りを持って集まってきた。女たちは大釜を持ち寄り、練兵場で海老雑煮《えびぞうに》を作る。

新八も家族そろって練兵場に出かけ、雑煮を食べて舌鼓《したつづみ》を打った。

早くも酒が回ってきた者たちは、歓声を上げ始めている。

その中心で、いよいよ鬼火焚きが始まろうとしていた。若者たちが走り回り、櫓の周囲に散った正月飾りを櫓の下に寄せ始めている。

清《きよ》は「子らが火を怖《こわ》がる」と言い、三男の十熊《とくま》と長女の孝子《たかこ》の手を引いて先に帰っていった。長男の岩熊《いわくま》と次男の二蔵《にぞう》は鬼火焚きを手伝っているので、広い練兵場のどこにいるのか分からない。

練兵場の隅《すみ》で新八が一人佇み、焼酎《しょうちゅう》を飲んでいると、篠原国幹がやってきた。

篠原は新八より一つ下の四十一歳。朴訥《ぼくとつ》、寡黙《かもく》、一本気と、薩摩隼人《はやと》のすべての気質を併《あわ》せ持つような男である。

後の西南戦争で共に戦った熊本隊の佐々友房《さつさともふさ》は、篠原を評して「年齢は五十くらいに見え、頭は半《なか》ばまで禿《は》げ、頬骨《ほおぼね》が高く、眼光《がんこう》は射るがごとくである。謹厳実《きんげんじつ》直《ちょく》の風あり、一見して人に畏敬《いけい》の念を起こさせる」と記している。

その篠原の背後に、見慣れぬ顔の若者が二人いた。

「こちらにおる二才《にせ》は、山形の庄内《しょうない》から来ちょる」

正月の挨拶《あいさつ》を交わすと、早速、篠原が言った。

「ああ、話には聞いとる」

二人の若者が恐る恐る頭を下げた。

戊辰戦争で庄内藩は最後まで新政府軍に抵抗した。西郷はその武勇をたたえ、寛《かん》大《だい》な処置を取ったので、庄内藩と西郷の間には、強い信頼関係が生まれた。

維新後、砲術修業の名目で旧藩士七十名を鹿児島に留学させるなどして、西郷との紐帯《ちゅうたい》を強めた庄内藩は、明治六年の政変で西郷が下野《げや》した際には、東京に留学させていた六人の若者のうち二名を、西郷に随伴《ずいはん》させて鹿児島に下《くだ》した。

それが、この二人である。

「ほれ、名乗んやい」

篠原に背を押され、背の高い方が一歩、踏み出した。

「伴兼之《ばんかねゆき》と申します」

「いくつになる」

「十八です」

「そっちは」

新八が顎《あご》で指すと、もう一人が勢いよく進み出た。

「榊原政治《さかきばらまさはる》といいます。十六になります」

いまだ幼さを残すその少年は、瞳《ひとみ》をきらきらさせていた。

「遠えとこ、よう来もした」

新八が笑うと、それまで強張《こわば》っていた二人の顔もほころんだ。

篠原が二人の肩に手を置く。

「新八さん、以後、よろしゅう頼んます」

「分かいもした」

「そいで今年から、この榊原に砲術を習わせよう思うちょりもす」

篠原が小さい方の背を押す。

「二人に別々の知識を付けさすちゅうわけだな」

「はい。従卒にでん伝令にでん、使ってくいやい」

そう言うと篠原は、伴を連れて去っていった。

「そこにお掛けんさい」と声をかけると、心細げな顔をしていた榊原は、少し離れた場所に腰を下ろした。

新八が破《わ》れ茶碗に焼酎を注《つ》いで渡す。

「砲術を習いたいか」

「ああ、はい」

榊原が、さして砲術に興味がないことを、新八は一目で見抜いた。

「まあ、飲《や》んなさい」

「いただきます」と言って、焼酎を喉《のど》に流し込んだ榊原は、激しく咳《せ》き込んだ。

「本気で砲術を習いたいのか」

新八が標準語で問うと、榊原は意外にはきはきと答えた。

「私は藩命でこちらに来ていますので、それは当然のことです。ただ――」

一瞬、口ごもった後、榊原は思い切るように言った。

「砲術だけでなく、私は西洋の文化全般を学びたいのです」

「ということは、いつの日か外国に行きたいのだな」

「はい。外国の文物を学び、郷里の発展に尽くしたいのです」

「よき心がけだ」

新八が榊原の持つ碗に焼酎をなみなみと注ぐと、榊原は一気に飲み干した。

「無理をするな」

「北国の男ですから」

期せずして二人の顔に笑《え》みが広がる。

その時、先ほど組んだ櫓が、夜目《よめ》にも分かる黒煙を発しながら燃え始めた。

いよいよ祭りは、たけなわである。

「それで、私の話を聞きたいのだな」

「はい。村田先生が外国で見たもの、聞いたもの、すべてをお聞きしたいです」

「先生はよせ。村田さんでよい」

「はっ、はい」

新八にとっても、渡航体験は鮮烈なものだった。しかし脳裏《のうり》に、あらゆる記憶が重なるように現れては消えるので、どこから話していいのか分からない。

新八は思い出の中に入っていった。

「陸が見えたぞ！」
船内の廊下をばたばたと走り回る音がすると、誰かの声が聞こえた。
船室に備え付けられた時計を見ると、午前六時を回っている。

――ようやく着いたか。

船酔い疲れした体を寝台から起こしつつ、新八は大きく伸びをした。

明治四年十二月六日、太平洋郵便蒸気船アメリカ号に乗った岩倉使節団は、サンフランシスコ港に着こうとしていた。

身支度《みじたく》を整えた新八は早速、甲板《かんぱん》に出てみた。空は曇天《どんてん》で、海上には霧が発生している。

外輪船《がいりんせん》特有の水をかく音に混じって、おびただしい数の海鳥のかまびすしい声が聞こえてきた。陸が近いのだ。

皆が顔を向けている方を見ると、灯《あか》りが明滅している。

船員の一人が、そちらを指差して何か言っている。

「あれはポニタ岬《みさき》の灯台だそうです」

船員の言葉を通詞《つうじ》が訳す。

その時、甲板を震《ふる》わせて砲声が轟《とどろ》いた。皆、度胆《どぎも》を抜かれたが、それが到着を知らせる空砲《くうほう》と知り、照れ臭そうに苦笑《にがわら》いを浮かべている。

十一月十二日に横浜港を発《た》ってから、二十四日間の船旅を終え、ようやく一行はアメリカ合衆国に着いた。

深い霧の中から岬らしき陸地が姿を現した。日本のように緑が鬱蒼《うっそう》と茂っているわけではなく、裸山《はだかやま》のところどころに芝らしき草が生えているにすぎない。何かが動いているのは、放牧されている牛や羊のようだ。

続いて霧の彼方《かなた》に大きな湾が見えてきた。

警笛《けいてき》を鳴らしながら水先案内船も現れる。

接舷《せつげん》された案内船から何人かが乗り込んだらしく、船員たちが甲板上を走り回り、入港の支度が始まった。それを機に皆、荷物をまとめに船室に戻っていく。新八もそれに倣《なら》った。

荷物を持って再び甲板に上がると、アメリカ号は金門《きんもん》海峡を通過して、湾の奥深くまで進んでいくところだった。

湾に突き出たような岬の突端に、いくつもの砲が筒先を出す石造りの砲台が見えた。そこから煙が上がったかと思うと、続いて砲声が空気を震わせた。

歓迎の祝砲である。それは十五発も続き、あまりの轟音《ごうおん》に皆、耳を覆《おお》っている。

午前八時頃、ようやく船は停止した。

サンフランシスコ港には軍艦や商船が三百余も停泊しており、その賑《にぎ》わいは江戸湾の比ではない。

この頃のサンフランシスコは、人口五万六千の中規模都市であり、アメリカ合衆国の西の玄関口の役割を担っていた。

停泊する軍艦の祝砲が空に響き、アメリカ号もさかんに答砲《とうほう》を返した。その音の凄《すさ》まじさは、言語に絶する。

陸岸《おか》を見ると、四、五階はある煉瓦《れんが》造りの建物が所狭しと連なっており、その前を人々が忙しげに行き交《か》っている。木造の平屋か二階家が立ち並ぶ日本とは、大違いである。

桟橋《さんばし》に鈴なりになって、手を振っている人々の姿も認められた。どうやら人々は、日本人一行を歓迎すべく港に集まっているらしい。

大歓迎を受けつつ、いよいよアメリカの土を踏んだ一行は、埠頭《ふとう》から馬車で一路、モントゴメリー街のグランドホテルに向かった。

グランドホテルはルネッサンス風建築の五階建てのホテルで、部屋数は三百に及ぶ。一階は大理石が敷き詰められ、酒、煙草《たばこ》、薬などの売店はもとより、洋服屋、浴場（サウナ）、理髪店、玉突《ビリヤード》き場まである。

西洋人たちは怪訝《けげん》そうな顔で日本人たちを一瞥《いちべつ》し、ロビーの一隅にある小部屋に入っていく。一行もボーイに導かれ、そちらに向かった。

なぜこんな狭い部屋に入るのか誰も分からず、皆で尻込みしていると、渡航経験のある旧幕臣の長野桂次郎《けいじろう》が大笑いしながら入っていった。

しかし長野が手招きしても、誰も入らない。それを見た新八は、岩倉たちを押しのけて入ってみた。中は実に狭く、三人も入れば肩が触れ合うほどである。ボーイが鉄の引き戸を締め、ボタンを押すと、大きな軋《きし》み音を立て、小部屋が浮き上がった。

岩倉や大久保は、唖然《あぜん》として新八たちを見つめている。その姿も瞬く間に消えていった。

顔を引きつらせつつ、両手で手すりに摑《つか》まる新八を見て、長野が大笑いした。

「村田さん、これはエレベーターといって、ホテル内を上下する時に使います」

部屋に入ると、浴室や便所までもが部屋ごとにあり、洗面台の蛇口《じゃぐち》をひねると、お湯まで流れてきた。室内には、大鏡、絨毯《じゅうたん》、カーテン、ガス灯、寝台まで備わっており、まさに絵で見た欧州《おうしゅう》の王侯《おうこう》貴族の館《やかた》のようである。

――これでは敵《かな》わぬ。

日本に来る外国人から、その文明の発展の早さを聞いていたものの、ここまでとは思っていなかった。

同室の長野は、「万延《まんえん》元年（一八六〇）に来た時は、ガス灯はロビーくらいで、各部屋の照明は手燭《てしょく》でした」と言っているので、発展が日進月歩《にっしんげっぽ》であることも分かった。

この日の夜、一行は三百人を収容するという大食堂で夕食を取ったが、西洋文明の話で持ちきりとなった。

翌七日からは、大蔵、工部、兵部《ひょうぶ》、文部《もんぶ》、司法などの組に分かれて挨拶回りをする予定だが、新八は侍従長《じじゅうちょう》の随行員《ずいこういん》なので、さして多忙ではない。

それゆえ新八は、ぶらりと散策に出た。

街は人で溢《あふ》れ、至るところに乗り合いの鉄道馬車が走っている。

新八は御者《ぎょしゃ》に手招きされるままに乗ってみた。これが心地《ここち》よいので半日も乗っていると、乗車したグランドホテルの前で馬車が止まり、御者が迷惑そうな顔で降りるよう指示してきた。致し方なく降りると、背後から呼び止められ、乗車賃を要求された。それで初めて、鉄道馬車は無料の乗り物ではなく、個人が運営しているものだと気づいた。

この国の女性が着る衣装も奇妙だった。裾《すそ》が地面に触れるほど長い袴《はかま》をはき、それに骨を入れて半球に膨《ふく》らませ、腹の部分は提灯《ちょうちん》ヘゴ（コルセット）で締め上げている。

それだけでも十分におかしいのだが、夫婦で手をつないで歩く習慣にはまいった。夫は妻にかしずき、何かに乗るとなると手を取り、腰を下ろす時には、椅子《いす》を引いてやるのにも唖然とさせられた。

長野によると、夫が妻をいたわるのは西洋では当然のことで、妻を重んじることが、夫婦仲を良好に保つ秘訣《ひけつ》だという。

散策にも飽きてきた十四日、ホテルの大食堂で歓迎の晩餐会《ばんさんかい》が開かれた。後に「日の丸演説」として有名になる伊藤博文《ひろぶみ》の演説が行われたのは、この時である。

伊藤は、「わが国の国旗である日の丸は、朝日を象徴するもので、日本国はこれから、世界における文明諸国の中天《ちゅうてん》に向けて昇っていくつもりです」と、日本人の心意気を述べ、万雷《ばんらい》の拍手を浴びた。

その後は舞踏会《ぶとうかい》となった。音楽が奏《かな》でられると、男女は手を取り合って中央に進み、相抱擁《あいほうよう》して踊《おど》り始めた。その体を密着させた様は猥褻《わいせつ》としか思えず、使節団の大半が目を背《そむ》けていた。

新八も、さすがに見苦しいと思ったが、よく見ると男女は節度《せつど》を守り、いかにも楽しそうである。これも習俗の一つなのだと、新八は無理に納得した。

この翌日から、再び諸施設見学の日々が始まる。

サンフランシスコ近郊に連れ出された一行は、羊毛紡績場《ぼうせきじょう》などの工場、会社、学校、病院、消防署などを見学後、十二月二十二日、ようやく次の目的地であるワシントンに向かった。

サンフランシスコからワシントンへ行くには、北米大陸を西から東に五千キロも横断せねばならず、その旅は七昼夜にも及ぶ。

米政府の計らいで、一行は鉄道車両を五両を借り切り、一路、ワシントンを目指した。

意外だったのは郊外に出てからである。高くもなければ低くもない丘陵《きゅうりょう》がどこまでも続き、牛が放牧されているだけなのだ。冬ということもあり、それらはほとんど禿山《はげやま》だった。時折、家々や風車小屋が見えるが、人影らしきものを見るのはまれである。これにより人口が都市に集中し、郊外は無人に近いことも分かってきた。

そうこうしているうちに、雪がちらほら降り出してきた。少しずつ標高の高いところに向かっているようだ。前方を見やると、雪をかぶった巍々《ぎぎ》たる山嶺《さんれい》が連なっている。長野によるとシェラネバタ山脈だという。

長野は、「あんなものは序の口で、後ろにはロッキー山脈が控えています。これは、アメリカを東西に分断するほどの山脈です」と言うが、あんな高峰《こうほう》を列車がいかに越えるのか、新八には想像もつかなかった。

案の定《じょう》、山岳地帯に入ると積雪で列車は速度が落ち、ようやくソルトレークシティに着いたものの、ここから先は、雪をかいてからでないと進めないという。

結局、一行はソルトレークシティで十八日間を費やすことになる。

雪に閉ざされた小さな町にすぎないソルトレークシティには、見学すべき場所もなく、モルモン教の大寺院を見た後は、温泉につかるなどして退屈な日々を送るしかなかった。

正月をソルトレークシティで過ごした後、ようやく列車は動き出した。ロッキー山脈を下ってからオマハまで続く大自然の美しさには、新八も目を奪われた。シカゴを経て、一行が首都ワシントンに入ったのは、明治五年（一八七二）一月二十一日である。ホワイトハウスや国会議事堂など大型建築物が林立する「宏大壮《こうだいそう》麗《れい》なる様」には、皆、声もなかった。

二十五日には、岩倉ら代表がホワイトハウスを訪問し、グラント大統領と会見した上、国書を提出した。また合衆国議事堂を訪れ、上下院《じょうかいん》の歓迎も受けた。

ここで三十七州の連合体であるアメリカ合衆国の共和制について話を聞き、使節団幹部の目指す近代天皇制国家に、それをどのように取り入れていくか、昼夜を分かたず議論した。

アメリカ合衆国の政体の特徴は、各州の自主・独立にある。ひいては、それが人民の自主・独立の精神につながり、建国から開拓の歴史にも色濃く反映されていると知った。

封建制が終焉《しゅうえん》したとはいえ、いまだ日本国の秩序は上下関係から成っている。下の者は上の者に従い、意見を異《こと》にすることはまれである。

新八は、その典型こそ薩摩にあると思った。すべてウドさあに任せている。

――二才どもは己で考えることをせず、すべてウドさあに任せている。

それを正しいものと新八も思ってきた。西郷の下《もと》に一糸《いっし》乱れぬ統制を見せ、薩摩藩は幕末の荒波を乗り越え、明治維新を成し遂《と》げた。しかしその弊害《へいがい》として、若者たちは自ら考えようとせず、あらゆる判断を西郷に託すようになった。

ワシントンでの歓迎式典は続いた。当初の予定では国書を大統領に奉呈《ほうてい》し、不平等条約改正の希望があることを伝えるだけで、次の滞在地であるイギリスに向かうつもりでいた。

ところが、駐米少弁務使《しょうべんむし》（駐米公使格）の森有礼《ありのり》が、条約改正の本交渉を始めたらどうかと提案してきた。在ワシントンの森でさえ、勘違いしてしまうほどの歓迎ぶりだからだ。

この提案に、常は慎重《しんちょう》な伊藤も、その気になった。

だが国務長官のフィッシュは、「天皇陛下の委任状がないと、交渉には応じられない」と言う。岩倉や大久保は、「自分たちは日本政府の代表なので、委任状は要《い》らない」と主張するが、当時の外交慣例として、条約改正交渉に国家元首の委任状は必須《ひっす》である。

そのため大久保と伊藤が、委任状を取りに東京まで急遽《きゅうきょ》、戻ることになる。

この間、新八たちは大蔵省、特許庁、スミソニアン研究所（博物館兼教育研究機関）などを見学し、それなりに収穫はあったが、学校や工場などはサンフランシスコとさして変わらないため、見学先にも限界がある。

そこで岩倉は、工部省理事官の肥田為良《ひだためよし》をリーダーとする産業施設使節団を別働隊として編制し、フィラデルフィアに向かわせた。

この頃のフィラデルフィアは、戸数十万、人口五十万の一大工業都市である。退屈していた新八も、長野と共に同行を希望した。本来が宮内省所属の新八である。宮内省の理事や随行員の第一の目的は、イギリスやフランスなどの王制国家が、近代化を進めるにあたって、どのように旧来の支配体制と折り合いを付けているかを調査することにある。それゆえ宮内省関係者でフィラデルフィア行きを希望したのは、新八だけだった。

フィラデルフィアの町は清潔で広く、商店では、ガラスやガス灯が当たり前のように使われていた。そのため市街は夜になっても昼のように明るく、人の波はいっこうに衰えない。

肥田率いる別働隊九名は、二十五日間にわたってフィラデルフィアに滞在し、繊維《せんい》、造船、鋳物《いもの》、皮革《ひかく》、製糖、ガラス製品などの様々な工場や産業施設を見学、アメリカ側の人々を質問攻めにし、詳細な報告書を作成した。

しかし新八だけは三月二十六日、フィラデルフィア組を途中離脱し、宮内省の代表である侍従長の東久世《ひがしくぜ》通禧《みちとみ》らとニューヨークで合流した。

この時、新八は東久世からフランスに先行してほしいとの命を受ける。

これを了解した新八は一人、一行に先駆けてフランスに直行することになった。

一方、大久保と伊藤が天皇の委任状を持ってワシントンに戻ったものの、条約改正交渉は不調に終わる。その後、ニューヨークとボストンで大歓迎を受けた一行は七月三日、大西洋を横断してイギリスに向かった。

二

そこまで話したところで、炎の塊《かたまり》となった櫓が崩れ落ち、歓声が沸き上がった。これにより魔や厄《やく》が燃え尽きたことになり、女子供は安堵《あんど》して家路《いえじ》に就《つ》く。

「とても面白いお話でした」

炎に照らされた榊原の瞳は輝いていた。

「もう、よいか」

「はい。まだお聞きしたいのですが、そろそろ戻らねばなりません」

「そうであったな」

榊原は伴と共に篠原の家に泊めてもらっているため、帰宅時間を気にしていた。

「この続きは、また話してやる」

新八がそう言うと、榊原は「ぜひお願いします」と言って、幾度《いくど》も頭を下げながら去っていった。


時代の熱気は、鹿児島をも覆いつつあった。

私学校の若者たちは政府の政策に憤激し、政府打倒の声を上げ始めていた。

こうした情勢を聞いた大久保は、腹心の大警視《だいけいし》・川路利良《かわじとしよし》に鹿児島の状況視察と私学校党の離間《りかん》工作を命じた。川路は少警部の中原尚雄《なかはらなおお》ら鹿児島出身者二十三名を、正月の帰省《きせい》にかこつけて派遣する。彼らの大半は、城下士ではなく郷士階級の外城士《とじょうし》だった。つまり、城下士に対して恨《うら》みや嫉妬《しっと》がある者たちである。

川路は彼らを鹿児島に帰省させ、「私学校党決起の可能性」「決起の大義名分はどこにあるのか」「決起した場合の作戦や勝算はどうなっているのか」「挙兵の資金をどうするのか」などを調べさせることにした。

さらに大久保は別の一手を打っていた。それが四斗樽《しとだる》の腐れ縄を断ち切ることになる。

明治十年二月一日の早朝、自宅の戸を激しく叩《たた》く音で目覚めた新八は、清が出ようとするのを制し、自ら表口に向かった。

心張《しんば》り棒を外して立てつけの悪い戸を開けると、別府晋介が立っていた。

「新八さん、大変《じょじょ》なこちなった」

別府の顔は紅潮《こうちょう》している。

「どげんした」

「二才《にせ》どもが――」

上《うわ》ずった声で別府が言った。

「草牟田《そうむた》の火薬庫を襲いもした」

草牟田の火薬庫とは、鹿児島市街北方に尾根を広げる城山《しろやま》の西にある弾薬貯蔵庫のことだ。

新八は己《おのれ》の耳を疑った。

「襲ったち、どげんこつじゃ」

「二才どもが、弾薬を運び出そうとした政府の役人を襲ったとです」

「なんちことを仕出かしたんだ」

新八が天を仰《あお》ぐ。

「誰《だい》がやった」

「首謀者は、松永清之丞《せいのじょう》と堀新次郎と聞いちょいもす」

一月二十九日の夜、松永や堀が焼酎を酌《く》み交わしながら悲憤慷慨《ひふんこうがい》していると、政府の役人らしき者たちが草牟田の火薬庫から銃器や弾薬を運び出しているとの一報が入った。これに怒った松永と堀は、同志二十名と謀《はか》って草牟田の火薬庫を襲ったというのだ。

松永は同じ郷中《ごじゅう》の後輩である。

――あん、馬鹿が。

しかし、もう何を言っても始まらない。

「小根占温泉《こねじめ》におる西郷先生《せごせんせ》の許《もと》には、小兵衛《こへえ》を走らせもした」

小兵衛とは、二十歳も離れた西郷の末弟《まってい》のことである。

「よし、行こう」

下駄《げた》をつっ掛けた新八が、そのまま出ようとすると、背後から清が外套《がいとう》を掛けてくれた。

振り向かずに「すまん」と言うと、新八は別府と共に走り出した。行き先は聞いていないが、背後から別府の「篠原さんの家でごわす」という声が聞こえた。

篠原邸なら目と鼻の先である。薄明《はくめい》の中、篠原邸に駆け込むと、すでに表口のガス灯がともされ、家の前には人が行き来していた。

「あっ、村田さん」

玄関の警備に当たっていたのは、榊原と伴である。

「二人とも、よろしゅう頼んぞ」

「はっ」

二人が直立不動の姿勢で敬礼する。

「おう新八さん、待っちょいもしたぞ」

篠原が、その巨体をゆするようにして現れた。

「皆、集まっちょるか」

「もちろんじゃ」

篠原邸の居間に入ると、灯火を中央にして桐野らが議論していた。

そこにいるのは桐野と辺見に加え、池上《いけのうえ》四郎と野村忍介《おしすけ》である。

三十六歳の池上は、維新後は薩摩閥の諜報《ちょうほう》分野を担当し、明治五年に清国と朝鮮に二組四名の軍事スパイを送り込んだ際、その作戦責任者となった。その時、朝鮮に派遣された一人が別府である。池上の深沈厚重《しんちんこうじゅう》な性格は、西郷をして、「四郎どんは漢《かん》の張良《ちょうりょう》のごとある」と言わしめたほどだった。張良とは漢の始祖・劉邦《りゅうほう》の軍師のことである。

一方、三十二歳の野村は、薩摩人の中では珍しい「議者《ぎしゃ》」、すなわち理屈に強い議論上手として知られている。この時、野村は鹿児島警察署長を務めており、事件の概要《がいよう》を報告するために呼ばれていた。

篠原に導かれ、新八と別府も座に着いた。

「そいじゃ忍介、頼む」

「はい」と言いつつ、野村が状況を説明した。

かねてより鹿児島には、磯に造船所が、滝の神に銃器と火薬の製造所が、草牟田、田上《たがみ》、坂元上之原《さかもとうえのはら》などに火薬庫が置かれていた。これらは旧薩摩藩の所有だったが、維新後、海軍省に移管されていた。

実はこの少し前、西国各地で不平士族の決起が相次いだことを憂慮《ゆうりよ》した木戸孝允《たかよし》は、鹿児島に置いてある銃器、弾薬、火薬類を大阪に移送することを提案した。

しかし、そんなことをすれば、逆に私学校党を刺激することになるという海軍大輔《たゆう》・川村純義《すみよし》らの意見もあり、そのままになっていた。これを思い出した大久保は、搬出《はんしゆつ》を強行することにしたのだ。むろん、私学校党を挑発するためである。

一月二十九日の夜、三菱会社の汽船・赤龍《せきりゆう》丸が、草牟田の火薬庫から銃器と弾薬の搬出を始めた。それを聞いた松永や堀ら私学校生徒二十数名は、草牟田に駆け付け、搬出を阻止《そし》した上、小銃弾六万発を奪った。

この事件は小規模で怪我人《けがにん》も出ていないため、私学校の幹部たちは、西郷にも知らせず静観《せいかん》していた。だが三十一日深夜、今度は一千名を超える私学校生徒が、二手に分かれて草牟田と磯の造船所を襲撃し、二万四千発の銃弾と小銃多数を奪うに至り、大事件に発展した。

「こいは一蔵《いちぞう》さんの挑発じゃろ。そいに乗せられる阿呆《あほう》がおるか！」

新八が呆れ顔で吐き捨てた。

「じゃっどん新八さん、こげんなっては、おいたちでん二才らを止《と》むっことはできん」

桐野が、さも当然のごとく言う。

「おい、桐野」

篠原が畳を叩く。

「まさかおはんが、二才を焚《た》きつけたんではなかかな」

「なんちこと言う！」

桐野が身を乗り出し、篠原とにらみ合った。

「やめんか！」

新八がすかさず間に入り、双方を引き剝《は》がす。

「同志で諍《いさ》こちょる場合か。西郷先生が来らるっまで、おいたちが二才どもを抑えんならんぞ」

いずれにせよ、一千人が参加した大暴動である。すぐに鎮静させないと、政府に鹿児島攻撃の口実を与えてしまう。

「篠原さん」

桐野が腕組みしつつ言った。

「二才たちが大事をしでかしたのは事実じゃ。じゃっどん、こげんなってしもたからには、矢は弦《つる》を放たれ、剣が鞘《さや》から抜かれたも同じではあいもはんか。もう西郷先生でん抑えられん。そいなら、断《だん》の一字があうだけじゃ」

「そげんじゃ、そげんじゃ」

別府と辺見が桐野に同調する。

「おはんら、何《なん》を考えちょる！」

篠原が桐野の襟首《えりくび》を摑むと、すかさず皆が止めに入り、二人は離された。

「桐野、大事を誤ればどげんなる。二才もおいたちも賊として討たれ、鹿児島は灰になるっど」

新八が諭《さと》すように言っても、桐野は反発するだけである。

「そいしか手がなければ、武器弾薬を返し、二才の首謀者を政府に引き渡すちゅうんですかの」

「そげんなことはできん」

桐野が新八から篠原に向き直った。

「篠原さん、ここが正念場じゃ。こんまま手をこまぬいておれば、残る武器弾薬を運び出され、おいたちは決起したくてもできなくなっど」

鹿児島から武器弾薬を運び出されてしまえば、私学校党は丸裸の状態で政府から難癖を付けられ、下手をすると、政府軍に攻撃される恐れもある。

「とにかく西郷先生の到着を待とう」

それを結論として、この日の会合はお開きとなった。

しかし、幹部たちが静観の構えを取ったため、二月一日と二日の両日にわたり、若者たちは各地の武器弾薬を勝手に私学校に運び込み、それを阻止しようとした政府側の官吏《かんり》と衝突を繰り返した。さらに造船所に押し寄せ、海軍の官吏を追い出し、これを占拠《せんきょ》するという挙に出た。

一方、西郷が小兵衛から第一報を聞いたのは、一日の夜である。

西郷は膝《ひざ》を打ち、「ちょっ、しもた」と言ったという。また別伝では「我事已《わがことや》む」、つまり「自分のできることは終わった」と言ったとされる。

翌二日には、辺見も小根占に着いて西郷に事情を説明し、小兵衛を交えた三人は船と馬を使って鹿児島を目指した。

西郷らが鹿児島に戻ったのは、二月三日である。これにより、若者たちは落ち着きを取り戻した。ところが、その日の夜、再び事態は急転する。

三

二月三日の夜、私学校の道場で拷問《ごうもん》が行われていると分校で聞いた新八は、共に分校に出講していた篠原と馬を飛ばして城下に戻った。

二人が駆け付けた時、道場は修羅《しゅら》場《ば》と化していた。

「何《なん》、やっちょっ！」

道場の中央につり下げられた男が、竹刀《しない》で叩かれている。男は血まみれで、慈悲《じひ》を請《こ》うようにうめいていた。

「桐野、こや、なんちことだ！」

篠原の怒声《どせい》が轟く。

道場の壁に寄り掛かった桐野と別府は、辺見が男を叩くのを見物していた。その傍らには、野村と見知らぬ男が一人いる。

「見ての通いじゃ」

「よせ！」

篠原が辺見から竹刀を取り上げる。

「桐野、こいは中原じゃなかか」

新八の問いに桐野がうなずく。

「こいは国を売った男じゃ」

「どげん意味だ」

「谷口」

道場の隅で顔を引きつらせていた三十前後の男が、「はい」と答えつつ背筋を伸ばした。

「この者は谷口登太《とうた》といい、伊集院《いじゅういん》の外城士だ。この者によると、正之進《しょうのしん》（川路利良）の命を受けた中原たちは、おいたちの状況を探索すうために鹿児島に派遣されたちゅうことだ。つまい密偵《みってい》じゃ」

川路が派遣した二十三人は、全員が川路の部下の警察関係者で、しかも同じ船に乗って、同じ日に鹿児島に着いた。それで私学校党に警戒されないはずはないのだが、川路はわざと密偵を捕らえさせ、私学校党を激高《げきこう》させることまで考えていた節がある。

辺見が口を挟む。

「おいたちをなめくさっちょる。こいで密偵と分からん阿呆がどけおる！」

桐野が続ける。

「じゃで、おいたちは此奴《こやつ》らの目的を探るため、逆密偵として谷口を潜《もぐ》り込ませた。谷口は私学校にも属しちょらんし、台湾の役《えき》で中原の戦友だったちゅうことで信用されておるからな」

谷口がうなずく。

——何てことだ。

たとえそれが事実だとしても、それだけで拷問するというのが、新八には理解できない。

「そいでも、中原をこいほど痛めつけるちゅうのは、やいすぎじゃ」

「そんだけではあいもはん！」

別府が憎悪《ぞうお》をあらわにする。

「谷口、おはんの口から言てやれ」

「はい」と言いつつ、進み出た谷口は信じ難いことを口にした。

「中原たちは、西郷先生《せごせんせ》を殺しに来たっちゅう話です」

新八と篠原が唖然として顔を見合わせると、桐野が言った。

「中原たちにはな、おいたちの探索だけでなく、西郷先生を暗殺する目的があるんじゃ」

「暗殺じゃと——」

篠原の頬が引きつる。

辺見が、篠原の手から竹刀を奪い返す。

「此奴に聞けば分かっことだ！」

辺見に打たれた中原が、うめき声を上げる。

「どや、おはんらは西郷先生を殺しに来たんな」

「ああ、はい……」

中原がはっきりと言った。

「もうよか」

桐野が辺見を制した。

「こいを聞いて、お二人はどげん思われもすか」

「許せん」

篠原の顔は赤く上気している。

「待て」

それでも新八は食い下がった。

「拷問でんすれば、そん場の痛みから逃《のが》るため、嘘でん言う」

「いえ」

谷口が口を挟んだ。

「おいは、ここに連れてくっ前に聞き出しもした」

その言葉は決定的だった。

谷口によると、中原は西郷に面談を申し入れ、その場で西郷と刺し違える覚悟《かくご》でいると語ったという。

「こん野郎《わろ》！」

篠原が中原の顔面を殴《なぐ》った。

「藤十郎《とうじゆうろう》、やめい！」

背後から篠原の巨体を押さえつつ、新八が野村に問う。

「ほかん者はどげんなっちょる」

「大半は捕らえています。こちらで奴らに協力した者も含め、五十七人ほどになります」

野村は、維新前から他国の者と交渉することが多かったため、仲間内でも標準語を使う。

「何《なん》ちゅうことだ」

それだけの数の密偵や協力者が捕まっているとしたら、西郷暗殺計画は、私学校党の若者の末端《まったん》にまで知れわたっているはずだ。

——四斗樽を結んでいた腐れ縄は、ほどなくして切れる。

新八が唇を噛《か》んだその時である。

「おはんら、何《なん》しちっと！」

銅鐘《どうしょう》のような声が道場に響きわたった。

「西郷先生――」

西郷が小兵衛を伴って現れた。

「下ろせ」

西郷に命じられた小兵衛は、脇差《わきざし》を抜いて紐《ひも》を切り、中原を下ろした。

畳《たたみ》の上に落ちた中原は、息も絶え絶えである。

「小兵衛、別府と辺見に手伝わせ、医務室で手当せい」

「はい」と言うや、小兵衛は二人を促して中原を運び出していった。

「西郷先生、中原は――」

弁明しようとする桐野を制し、西郷が野村に問うた。

「こいは、なんちこった！」

野村が経緯を説明する。

「一蔵がおいに死んでほしいなら、『死んでくれんか』と頼めばよか。そいをなぜ――」

西郷が悲しげに顔を伏せた。

「もうよか。一蔵には、おいが直談判《じかだんぱん》しもす」

「何を仰《おお》せか」

皆が色めきたつ。

「そいで何《なん》もかも終わらせう」

「お待ち下さい」

桐野である。

「西郷先生お一人で、東京に行かれると仰せか」

「そんつもいだ」

新八が話を引き取った。

「東京に行けば、みすみす殺さるっだけではあいもはんか」

「おいの身は、おいの勝手にさせてくいやい」

「もう西郷先生の身は、西郷先生だけのもんではあいもはん。鹿児島の将来が掛かっちょりもす。ここは皆の意見を聞いてくいやい」

新八の視線が西郷の大きな瞳を捉える。

「皆の意見か――」

しばし考えた末、西郷が言った。

「そいなら、皆でよう話し合うがよか」

「あいがとごわす」

皆が頭を下げる中、西郷は大股《おおまた》で道場から去っていった。

事ここに至れば、私学校に所属する者全員が納得する形で、事態を収拾せねばならない。

新八は覚悟を決めた。

この後の打ち合わせで、大集会が二月五日、私学校内にある百五十畳敷きの大講堂で行われることになった。その知らせを、鹿児島全土に散る幹部全員に一日で伝えねばならない。別府、辺見、野村、小兵衛らが早速、各地に散っていった。

一方、東京では、私学校党の火薬庫襲撃と密偵団発覚の一報を受けた大久保が、快哉《かいさい》を叫んでいた。

二月七日付の伊藤博文宛《あ》ての書簡の中で、大久保は「誠に朝廷（のために）不幸（中）の幸《さいわい》とひそかに心中《しんちゅう》に笑《わらい》を生　候《しょうじそうろう》位《くらい》に有之《これあり》候」と書き残している。

西郷と私学校党は、大久保の張りめぐらせた網に搦《から》め取られたのだ。

四

二月五日の朝、私学校には、鹿児島各地から続々と人が詰めかけてきていた。招集《しょうしゅう》のかかった二百人余の幹部のほかにも、興奮した若者たちが集まり、講堂を取り巻いている。

新八が姿を現すと、多くの若者が寄ってきて、それぞれの主張を唱える。それらのすべてが、決起を促すものである。

人だかりをかき分けるようにして新八が講堂に入ると、興奮した者たちが、そこかしこで口角泡《こうかくあわ》を飛ばして議論していた。

――これでは、とても無理だ。

すでに慎重論を唱える時期は過ぎていた。今できることは、何らかの穏当《おんとう》な策を提示することで沸騰《ふっとう》を抑えていくしかない。

やがて西郷が現れた。紋服《もんぷく》姿で帯刀《たいとう》している。維新の際、江戸城に乗り込んだ出《い》で立ちそのままである。

どよめきが起こると、中央に道が空けられた。そこを巨体がのしのしと進んでいく。講堂は一瞬にして静まり返り、皆、茫然《ぼうぜん》とその姿を見ている。

西郷が大幹部以外の者の前に現れるのは久しぶりであり、皆、あらためてその姿に打たれたのだ。

西郷が座に着くと、議長役の野村忍介が、ここに至るまでの経緯を説明した。

続いて野村が皆に意見を求めると、早速、辺見が立ち上がる。

「堂々と政府問罪《もんざい》の兵を起こすべし！」

「そうだ！」

堂内が揺れるほど沸き立つ。

「先生を奉《ほう》じ、率兵《そっぺい》上京の上、維新をやり直そう！」

別府がさらに煽《あお》る。

「そうだ。維新のやり直しじゃ！」

「大久保と川路の首を取るべし！」

皆、口々に過激なことを言い募《つの》る。

西郷を見ると、その太い腕を組み、ただ瞑目していた。

――ウドさあ、何を考えている。

西郷の心の奥底は、新八にも分からない。

篠原と桐野も黙《もく》していた。

篠原は苦渋《くじゅう》に満ちた顔つきで、中空《ちゅうくう》の一点を見つめている。一方の桐野は、余裕のある様子で事の成り行きを見守っていた。

――桐野の肚《はら》は固まっている。

辺見と別府に激論を吐かせ、皆を興奮の坩堝《るつぼ》に巻き込み、ここぞという時、桐野自らが意見を述べ、一気に率兵上京に持っていこうというのだ。

――勝負どころはまだだ。

桐野に対抗するがごとく、新八も黙していた。

多くを語る者に皆はなびかない。その反面、ここぞという時に口を開く者の言《げん》は千鈞《せんきん》の重みとなる。

尤《もっと》も、ここで興奮している者たちを鎮静化《ちんせいか》しようとしても、逆に反発を食らうことになる。それなら抗議の方法に議題が移った時、穏当な策を提案すればよい。

「待てい！」

突然、入口付近で講堂も揺らぐほどの大声が轟いた。皆の顔が一斉《いっせい》にそちらを向く。

その声を聞けば、新八には、それが誰か見ずとも分かった。

「弥一郎《やいちろう》、何用《なんよう》じゃ！」

予想もしなかった者の登場に慌てたのか、桐野が喚《わめ》き返す。

それを無視し、人をかき分けるようにして西郷の前に立ったその男は、敬礼すると言った。

「永山弥一郎、ただ今、蝦夷地《えぞち》から戻りました」

「よう戻った」

西郷の相好《そうごう》が崩れる。

永山弥一郎は新八より二歳年下の四十歳。戊辰戦争で活躍し、維新後には陸軍少佐となったが、北海道に渡り、屯田兵《とんでんへい》を率《ひき》いて士族授産《じゅさん》の道を開こうとした。その後、陸軍に復帰して中佐になるが、政府が、ロシアとの間に樺太《からふと》・千島《ちしま》交換条約を結ぶや、憤然《ふんぜん》として官を辞し、故郷に戻った。

永山が周囲を見回しつつ言う。

「何やら不穏《ふおん》な談合をしてるようですな」

西郷は笑みをたたえたままである。

「皆、聞け」

永山が皆に向き直った。

「今、われらが起てば、日本国は再び内戦となる。民は疲弊《ひへい》し、日本の明日を担うべき尊い命が失われる。そこをロシアに付け込まれたらどうする。国際社会は餓狼《がろう》の戦いと何ら変わらん。弱った者から食われるだけだ」

永山は国際感覚に優れ、常に世界情勢に目を向けていた。北海道に渡ったのも、士族授産の道を切り開くというだけでなく、ロシアが南下してきた際、即時に対応できるよう、屯田兵を鍛《きた》えておくという目的があった。

「それゆえ内戦を起こしてはいかん。政府に文句があるなら、詰問使《きつもんし》を送ればよい」

永山は標準語で話をする。各地から集まった屯田兵との会話を円滑《えんかつ》に行うために、自ら薩摩弁を封じたのだ。

「そいでは手ぬるい！」

別府が立ち上がる。

「一蔵さんは西郷先生を殺そうちした。許せんことではあいもはんか」

皆から賛意の声が上がるが、永山は平然と返した。

「それでは問うが、率兵上京の大義はどこにある」

虚を突かれたように、別府が口をつぐむ。

「一蔵さんたちが密偵を送り込み、西郷先生を殺そうとしたのが事実であっても、それで戦争を起こすわけにはいかん」

「売られた喧嘩《けんか》を買わんつもいですか」

「これは喧嘩ではない！」

永山の怒声が轟く。

「正しい手続きにより政府に抗議し、首謀者を突き止める。そして法に照らして罰する。それがすべてだ」

それを聞いた桐野が立ち上がる。勝負どころと見たのだ。

「弥一郎、ええかげんにせぃよ」

「何だと」

摑みかからんばかりの二人を、それぞれの背後にいる者が押さえる。

「弥一郎、まだ分からんか。こん国ん法とは一蔵さんのことだ。法廷に訴え出たとて、判決は知れちょる！」

「たとえそうであっても、法治国家では武力に訴えてはいかん。新八さん、そうであろう」

皆の視線が新八に向けられた。

弥一郎は、新八が己に賛同してくれるものと信じている。

新八がゆっくりと立ち上がる。

「戦うのはいつでもできる。しかし今は戦うべきではない。西郷先生とわしが護衛の兵だけ連れて東京に行く。西郷先生には一蔵さんと腹を割って話してもらう」

「新八さん」

桐野が憤然《ふんぜん》として言った。

「すでに二才らが火薬庫を襲撃し、武器弾薬を強奪《ごうだつ》したのだ。そいを忘れては困る。一蔵さんは必ず下手人《げしゅにん》を差し出せち言う」

確かにそうしなければ、政府の面目《めんぼく》は丸つぶれである。しかし首謀者を引き渡したところで、大久保が二の矢、三の矢を放ってくるのは間違いない。

「皆は、そいでもよかか！」

桐野の問いかけに、「反対」という声が渦巻く。

――火薬庫襲撃は、桐野が二才らに命じたか、もしくは黙認したのだ。それゆえ桐野は、若者たちを引き渡すことなど絶対にできない立場にある。

「半次郎よ」

永山が桐野を通称で呼んだ。

「そんなに戦《いくさ》がやりたいか」

「そげんじゃなか。政府の理不尽《りふじん》を糺《ただ》し、維新をもう一度、やり直したいんじゃ」

怒濤《どとう》のような賛同の声が沸き上がる。

「日本人どうしで戦うことに何の意味がある。いつの日か日本国は、外国と干戈《かんか》を交えることになる。われらはその日に備え、力を蓄《たくわ》えておくべきではないか」

永山が皆を諭すように言う。

陸軍内で、桐野や篠原と同格の地位にまで昇り詰めながら、すべてを捨てて北海道に赴《おもむ》き、ロシアの南下に備えていた永山ならではの考え方である。

これを待っていたかのように、穏健《おんけん》派の野村忍介、村田三介、河野主一郎《こうのしゅいちろう》らが賛意を示した。三人共に弁は立ち、理路整然と挙兵の愚《ぐ》を説く。

興奮していた者たちも冷静さを取り戻し、やはり「詰問使を送る」という線が妥《だ》当《とう》だと思い始めた時である。机を叩く音がすると、篠原が立ち上がった。

「おはんらは、そいほど死ぬのが怖《お》じのか」

薩摩人にとって、「死ぬのが怖《こわ》いのか」と問われるほどの屈辱《くつじょく》はない。つまり篠原は、「もう議論をすべき時ではない」と言いたいのだ。

――藤十郎、肚を決めたな。

新八には、それがよく分かる。

桐野が立ち上がった。

「そろそろ西郷先生のお気持ちをお聞かせいただこうと思うが、その前に、私の意見を述べさせていただく」

居並ぶ幹部たちを見回すと、桐野が標準語で言った。

「すでに細かい大義などにこだわっている場合ではない。今は、ただ断の一字あるのみ。君側《くんそく》の奸《かん》を一掃《いっそう》し、政体を一新する。この目的のために先生を押し立て、旗《き》鼓《こ》堂々と東上する。それ以外に取るべき道はない！」

再び拍手が巻き起こり、賛同の声が上がる。

「西郷先生、お願いします」と言いつつ、桐野が西郷に一礼した。

それまで瞑目していた西郷が、ゆっくりと目を開けた。

「おいは、ここで皆と芋《いも》を掘って余生を送るつもいでおった。じゃっどん一蔵は、おいを殺し、どしても薩摩をつぶす気でいるらしい」

西郷が悲しげに顔を歪《ゆが》めた。

「おいの命など、一蔵にくれてやってもよか。じゃっどん、薩摩をつぶすことだけは許さん。おいが黙っとったら、一蔵は、あん手こん手を使って薩摩を締め上げてくうじゃろ」

大久保のことを最もよく知る西郷には、すべてが見通せていた。確かに、このまま隠忍自重《いんにんじちょう》を続けても、じり貧《ひん》になるのは私学校党である。

「そいで考《かん》げたのだが――」

次の一言で薩摩の命運が決まる。講堂内は水を打ったように静まった。

「おいの命、おはんらに預けもそ」

その言葉の意味が分かった瞬間、万雷《ばんらい》の拍手と歓声が沸き上がった。

永山は、信じられないといった面持《おもも》ちで西郷を見ている。

「皆が上京すうなら、おいも行く。ただな、こちらからは戦わずに上京すうつもいだ」

「戦わずに――、と仰せか」

桐野が問い返す。

「ああ、そいでよければ皆と行く。おいには兵を率いる権限があってな」

西郷は現役の陸軍大将である。陸軍大将には、全国の兵を率いる権利が法的に保障されており、すべての将兵がその命に従うべきだと、西郷は考えていた。

つまり西郷は、法的根拠と己の威徳《いとく》により、熊本鎮台《ちんだい》をはじめとした各地の兵は雪崩《なだれ》を打って己に従い、隊列に加わると思っているのだ。

それがいかに困難か、新八には分かっていた。

――この国のすべての男子《おのこ》が、西郷を慕《した》っているわけではない。旧幕臣や戊辰戦争で痛めつけられた東北旧藩の連中は、報復の機会を待っている。

彼らのように屈辱を強《し》いられてきた者の中には、功を挙げることで、政府内での栄達を望む者もいるはずだ。

「西郷先生がそげん仰せなら、そいで構いもはん」

桐野が深々と頭を下げた。

その瞬間、率兵上京と決まった。

次は、いかなる形で上京するかである。それについては翌六日に議論することになり、この日は散会となった。

皆、興奮を抑えきれず、握手をしたり、肩を叩き合ったりしながら外に出ていく。外には、私学校の生徒を中心とした若者が、今か今かと結論が出るのを待っている。

どうやら最初に出た誰かが、外で待つ者たちに「率兵上京に決定」と告げたらしい。外では、沸くような歓声が上がっている。

「新八さん」

傍《かたわ》らにいる篠原が声をかけてきた。

「やるち決めたらやり抜こう」

「ああ、分かっちょる」

それだけ言うと、篠原は桐野の許に向かった。作戦の下打ち合わせである。

「新八さんは、これでよいのか」

次に新八の前にやってきたのは、永山である。

「兵を率いて上京することになれば、必ず戦争になる。そうなれば、多くの二才たちを殺すことになる。それでもよいのか」

「それは分かっている。しかし今は、これしか道がない。このまま下手人を差し出して謝罪したところで、一蔵さんは必ず次の手を打ってくる」

「そうかもしれんが——」

まだ永山は何か言いたげである。

鹿児島士族と私学校党を解体することは、すでに大久保の決定事項であり、挑発行為をいくら堪《こら》えても、いつかは身ぐるみ剝がされるのだ。

「新八さん、無尽蔵《むじんぞう》に兵員弾薬を補給できる政府軍と、限りあるわれらでは戦にならんぞ」

「その通りだ。それゆえ熊本鎮台を落とし、われらの強さを見せつけ、各地の士族を決起させる。それを盾《たて》に一蔵さんと交渉し、西郷さんを参議《さんぎ》に復帰させる」

新八が考えているのは、緒戦《しょせん》で敵の出鼻《でばな》をくじき、大久保らを対話のテーブルに着かせるという戦線不拡大策である。

「そんなことができるのか」

「それがいかに困難でも、やらねばならん」

永山は天を仰ぐと悲しげな顔で言った。

「もはや手遅れなのだな」

歩み去ろうとする永山の背に、新八は問いかけた。

「弥一郎、東京に戻るか」

「いや」

永山は振り向くと、やれやれという顔付きで言った。

「皆と行《こう》を共にする」

新八は、永山がきっとそうするであろうと思っていた。

遂に四斗樽を結んでいた腐れ縄は切れ、水が溢《あふ》れ返った。

五

翌六日は、いかなる方法で上京するかで議論が繰り広げられた。

あくまで政府への抗議という名目での出兵のため、戦わずに東京に至ることが最も望ましい。

そのため、いかに兵力を損耗《そんもう》せずに第一の目標地点である大阪に入るかに、議論の焦点《しょうてん》が絞《しぼ》られた。

西郷小兵衛は、海軍力を持たないことが薩軍の弱点だと主張し、まず海路で長崎に向かい、そこで政府軍の軍艦を奪い、一手は大阪か神戸に上陸し、もう一手は横浜から東京に向かい、軍事力で威圧して政府に改革を迫ろうと主張した。

しかしこの策には、いかに政府の軍艦を奪うか強奪《ごうだつ》という方法論の点において、大きな欠陥《けっかん》があった。また軍艦強奪となれば、「戦わずして上京する」という大前提が、のっけから崩れる。

野村忍介は「三道分進論」なるものを唱えた。すなわち、一手は熊本鎮台を従わせた後、佐賀と福岡の同志を糾合《きゅうごう》した上で東上する。一手は宮崎と大分の同志を誘って四国に渡り、高知の同志と共に大阪に向かう。もう一手は下関《しものせき》に直行し、旧長州藩の同志を募る、という策である。しかしこれは、ただでさえ少ない薩軍の兵力を分散することになる上、何らかの不都合が生じて足並みがそろわないと、各個撃破される恐れがある。

結局、池上四郎の唱える「まず熊本鎮台を従わせた後、悠然《ゆうぜん》と東上する」という最も常識的な策が採択された。

かつて熊本鎮台司令長官を務めていた桐野も、もしも鎮台が従わずに戦となっても「落とせる」と言ったため、異議を唱える者はいなかった。

確かについ先頃、二百にも満たぬ敬神党《けいしんとう》（神風連《じんぷうれん》）に熊本城を奪取され、大いに面目を失った鎮台である。万余の薩摩隼人が押し寄せれば、降伏か落城は必至《ひっし》と思われた。

新八としては、熊本鎮台を占拠した時点で、各地に檄《げき》を飛ばして決起を促し、その対処に政府が音《ね》を上げるのを待って、交渉を開始するつもりでいた。それゆえ最も穏当な池上の案に異《い》を唱えることはなかった。

終始、黙して語らなかった西郷は、最後に是非《ぜひ》を問われると、一言「異存あいもはん」とだけ答えた。

薩軍の依拠《いきょ》するのは、「陸軍大将の西郷には、兵を率いる権限がある」「西郷を攻撃する者は逆賊であり、薩軍には逆賊と交戦する権利がある」という二点である。

これにより薩軍の理論武装は整ったが、大久保はそこまで読んで西郷と私学校党を起たせるため、西郷が下野した折に、陸軍大将の地位だけを残した可能性すらある。

鹿児島出陣は二月十五日と決まり、それぞれ準備に入ることになった。

その間にも、鹿児島各地から続々と志願兵が集まってきていた。

その総数は一万三千余に上った。

彼らは、私学校を取り巻くほどの長蛇《ちょうだ》の列を作り、受付で己の名を記入して配属の決定を待った。

薩軍の編制と大隊長は以下の通りである。

総指揮官　西郷隆盛

本営付護衛隊長（参謀格）　淵辺群平《ふちべぐんぺい》

一番大隊　篠原国幹

二番大隊　村田新八
三番大隊　永山弥一郎
四番大隊　桐野利秋
五番大隊　池上四郎
六番・七番連合大隊　別府晋介

一個大隊は二千余から成り、それが二百余の十小隊に分けられた。つまりそれぞれの大隊は、一番から十番までの小隊で構成される。

ただし六番・七番連合大隊だけは、鹿児島県内でも土着性の高い加治木《かじき》・帖佐《ちようさ》・蒲生《かもう》・国分《こくぶ》などの郷士で編制され、連合大隊長として別府晋介が統括《とうかつ》することになった。

六番・七番連合大隊は、それぞれ千五百名程度で、小隊も八十名とされ、六番大隊長には越山休蔵《こしやまきゆうぞう》が、同じく七番大隊長には児玉強之助《こだまきようのすけ》が就いた。

各大隊の副官は、それぞれの一番小隊長が担った。一番大隊一番小隊長の西郷小兵衛や、二番大隊一番小隊長の松永清之丞、三番大隊一番小隊長の辺見十郎太らである。

新八の副官となる松永は、草牟田の火薬庫を襲い、挙兵のきっかけを作った一人で、出陣前から「生きて帰るつもりはあいもはん」と言っていた。

また、薩軍の砲は四斤山砲《よんきんさんぽう》二十八門、十二斤野砲《やほう》二門、臼砲《きゆうほう》三十門から成り、戦闘時に各大隊に分散配備される。さらに諸隊には、大小の荷駄《にだ》隊が付けられた。

こうした兵站《へいたん》事務は、旧薩摩藩家老の桂久武《かつらひさたけ》が担当した。

二月十四日、午前七時、本隊に先駆けて大斥候《だいせつこう》隊三百名が鹿児島を発し、西目筋《にしめすじ》（伊集院道）を熊本に向かった。

鹿児島城下から熊本に向かうには、伊集院、川内《せんだい》、阿久根《あくね》、出水《いずみ》、水俣《みなまた》を通る海岸線沿いの西目筋と、加治木、栗野、大口《おおくち》を経て、佐敷《さしき》で西目筋に合流する東目筋の二道がある。

この二道を有効に使い、いかに全軍を迅速《じんそく》に熊本まで送るかが、最初の課題となった。

閲兵《えっぺい》式の後、大斥候隊に続き、別府晋介率いる六・七番連合大隊が、東目筋を北上していった。

薩軍の総兵力は、「一番立《だて》」と呼ばれる最初の編制では、私学校などの生徒を加えても一万六千余にすぎず、「三万五千から四万か」という政府の密偵の見積もりを大幅に下回っていた。

こうした動きに対し、政府が何もしなかったわけではない。この頃、明治天皇も政治に関与し始めており、独自の考えを持つようになってきていた。

明治天皇は西郷を兄のように慕っており、政府と鹿児島の間を調停するつもりでいた。しかし、天皇自ら鹿児島に赴くわけにはいかない。

そこで天皇は川村純義を慰撫《いぶ》に向かわせた。

川村は旧薩摩藩士で西郷の縁戚《えんせき》にあたり、その温厚篤実《おんこうとくじつ》な性格から、大久保と西郷の双方から信《しん》を置かれている。

二月九日、錦江湾《きんこう》に入った川村の乗船が、鹿児島港に接岸しようとすると、激しい銃声が聞こえた。警備に当たっていた兵が、上陸を阻もうとしたのだ。致し方なく川村は使者を送り、県令の大山綱良《つなよし》を船に呼び出した。

大山の言い分は明快である。薩軍は西郷暗殺計画の自白書を得ており、西郷の率兵上京は政府に尋問《じんもん》するためであって、政府と戦うわけではないというのだ。これに対して川村は、暗殺計画なるものは大義にはならず、まず中原たちを引き渡し、裁判にかけるべきだと説く。だが大山は、裁判を経ずしても陸軍大将には兵を率いる権限があり、「政府に尋問の筋これあり」という大義名分は、法的に問題はないと言い張る。

結局、二人の議論は平行線をたどり、会談は物別れに終わった。

別れ際、川村は西郷との会談を取り持ってくれるよう、大山に依頼した。大山も了解し、西郷の内諾《ないだく》も得た。しかし桐野が間に入って、これを阻止するに及び、遂《つい》に最後の綱は断《た》たれた。

川村は鹿児島に上陸すらできず、空《むな》しく故郷を後にした。

その帰途、川村は山県有朋《やまがたありとも》と伊藤博文に、「到底鎮定《ちんてい》すべからず、既《すで》に挙兵の勢《いきおい》に迫り」という電報を打った。

後に川村は、「もう五日、六日早く鹿児島に入っていれば、西郷に賊名《ぞくめい》をこうむらせることはなかった」と言って、口惜《くや》しがったという。

後の回想録で、大久保は「(西郷が)無名之軽挙《むめいのけいきよ》をやらかすはずがない」「己が西郷に会いに行くと言っているのを押しとどめられた」などと述懐《じゆつかい》しているが、それは自らを正当化するためであり、いよいよ戦争は避け難いとなった時、先に挙げた伊藤博文への書簡にある通り、喜びを隠しきれなかった。

しかも川村が錦江湾に入った九日、大久保は川路利良に命じて、四百八十二名の警視隊を船で熊本に向かわせている。

警視隊は鎮台兵とは異なり、実戦経験のある士族で編制され、川路は「ほかの部隊に後《おく》れを取るな」とはっぱをかけていた。この部隊は、各地で人員や物資の積み込みを行ったこともあり、二十日に熊本の外港・百貫石《ひやっかんせき》に着くことになる。

鹿児島の春は早い。

一月も末になると、梅は開花し、田の畔《あぜ》や畑の隅に菜の花の絨毯《じゅうたん》が敷かれ始める。気温も上がり、天気のよい日は汗ばむほどで、人々は野良《のら》仕事に精を出す。しかしこの年は、なかなか寒気が去らず、いつまでも薩摩絣《がすり》の下に襦袢《じゅばん》を重ね着する日々が続いた。

出陣前夜にあたる二月十四日には、雪が降った。そのため薩軍の閲兵式は、雪の中で行われた。

閲兵式が終わると、新八は岩熊と二蔵を寄宿舎から呼び出した。家族そろって出陣前の一夜を過ごそうと思ったのだ。

夕食後、広縁《ひろえん》から庭に降る雪を眺めつつ、新八はロッキー山脈で足止めを食らった時のことを思い出していた。あの時、果てるともなく降る雪のため、山中に立ち往生《おうじょう》させられた使節団一行は、自然の猛威を思い知った。

――この雪が積もらねばよいのだが。

雪は行軍を滞らせ、兵たちの体力と気力を奪う。

「父上」

清が用意してくれた着替えなどを背嚢《はいのう》に入れていると、岩熊と二蔵が居間《いま》に入ってきた。

「二蔵、家はどうだ」

「はい。久しぶりに母上の作る飯《めし》を腹いっぱい食べ、力がわいてきました」

二蔵がおどけて言う。

「岩熊はどうだ」

「こうした機会をいただき、お礼の申し上げようもありません」

二人には、父子の会話では標準語を使うよう申し渡してある。

「明日から、われらはどうなるか分からん。覚悟はできておるな」

「はい」と、二人が口をそろえる。

父子や兄弟は別々の部隊に分けるという薩軍の方針により、岩熊も二蔵も、新八とは別の大隊に所属していた。

「母上はどうしている」

「今年は冷えると仰せになり、われら三人分の木綿の襦袢を縫《ぬ》っておられます」

——清も戦っておるのだ。

それを思うと、己の身はまだしも、息子二人だけは無事に返してやりたいと思う。

当初は、「戦わずに東京に赴く」という前提で準備を進めていた薩軍だったが、この頃になると、大久保は、帝《みかど》の綸旨《りんじ》を得て征討令を発するという噂が流れてきていた。つまり薩軍は逆賊とされ、全面戦争となる可能性が出てきたのだ。

――となれば、二人の命を真っ先に捧《ささ》げねばならん。

大幹部として、また大隊長として、それは当然のことだった。

「母上は何か言っていたか」

「此度《こたび》は戦にならんので、われらが風邪《かぜ》をひくことだけが心配だと仰せでした」

二蔵が笑みをたたえて言う。

――清は、そう思いたいのだ。

おそらく近所の女房たちも同じなのだろう。

「岩熊、二蔵」

「はっ」

二人が背筋を伸ばす。

「どうやら此度は、戦になりそうだ」

その言葉に、岩熊はゆっくりとうなずき、二蔵は生唾《なまつば》をのみ込んだ。

「そなたら二人は、村田新八の息子だ」

「はい」と、二人が胸を張って返事をする。

「戦となれば、わしの名に恥じぬよう、皆の範《はん》となる戦いぶりを示さねばならぬ」

二蔵が「もとより」と答えると、岩熊が「当然のことです」と応じた。

その顔には、必死の決意が漲《みなぎ》っている。

「それが分かっているのなら、わしが言うべき言葉はない。明日は早い。もう寝ろ」

「はい」と言うや、二人は下がっていった。

二人がいなくなると、居間は沈黙に支配された。

襖《ふすま》を隔《へだ》て、わずかな衣擦《きぬず》れの音が聞こえる。

「清、こちらに来い」

「失礼しもす」という声がすると、襖を開けて清が入ってきた。その手には、縫いかけの襦袢がある。

「そげん無理せんでんよか。もう春だ」

「ほいなら捨ててくいやい」

「清の縫った襦袢だ。捨てらるっか」

「ああ」

懸命に嗚咽《おえつ》を堪えていた清が、その場に突《つ》っ伏《ぷ》した。

「清、心配は要らん。戦にはないもはん」

「そいは、ほんのこっですか」

うなずく新八を見て、清の顔に笑みが広がる。しかし、それはすぐに泣き笑いになった。

清が泣くのを見るのは、新八も初めてである。

「旦那《だん》さんがそげん仰せなら、もう泣きもはん」

「そいがよか」

新八は優しく清を抱き寄せた。

「清、雪でも見るか」

「はい」

障子を少し開けると、新八の家の狭い庭に、雪は深々《しんしん》と降り積もっていた。

「旦那さん、きっと来年も、こげんして二人で雪を見られもすね」

新八はそれに答えず、固く清を抱きしめた。

六

二月十五日、いよいよ出陣の日が来た。

この日、一家はいつもと変わらぬ朝を迎え、そろって飯を食べた。

新八が終始、無言でいるためか、兄弟は言葉少なに何か戯《ざ》れ言《ごと》を交わしては、控えめな笑みを浮かべている。

新八は、これが家族そろっての最後の食事と分かっていた。

──だが、いつもと変わらぬことが大切なのだ。

兵の中には、親類や近所一同を集め、別れの盃《さかずき》を交わしている者もいる。しかし新八は、そうした大げさなことをするのが嫌だった。

上がり框《かまち》に腰を下ろし、草鞋《わらじ》の紐を結ぼうとすると、清が三和土《たたき》に膝をついて紐を結んでくれた。

その健気《けなげ》な仕草から、無事を祈る清の気持ちが伝わってくる。

新八はあえて礼を言わず、されるに任せた。

「こいでよか」

立ち上がって草鞋の具合を確かめると、新八はそれだけ言った。

清は上がり框に正座して、じっと新八を見つめていた。その傍らには、二人の幼子が緊張した面持ちで立っている。

あえて未練を断ち切るように視線を外に向けると、庭は白一色となっていた。

そこでは、二人の息子が楽しげに言葉を交わしている。

──この庭で、二人を相手によく遊んだな。

そんなことを思いつつ、短い石畳をゆっくりと踏みしめて表門をくぐった。

「そいでは行く」

新八が振り向かずに言うと、清の声が返ってきた。

「お気をつけて」

別れの言葉はそれだけである。

――清、いつまでも元気でな。

表通りに出て振り向くと、清は十熊の手を持ち、「さよなら」をさせていた。

いつもと違う空気を覚《さと》ったのか、孝子は泣き出さんばかりの顔をしている。

「よし、行くか」

清に最後の一瞥を送った新八は、家族への思いを断ち切り、前に向き直った。

雪は、いまだ降り続いていた。城下でさえ白一色になるくらいなのだ。峠では、どれだけ積もっているか想像もつかない。

鹿児島県は九州山地を北限とし、東西南を海に囲まれているため、古来、独立国の様相を呈《てい》してきた。まさに「国中、八分《ぶ》は山にて」（『西遊雑記《さいゆうざつき》』）、「丘陵国内に縦横紛乱《ふんらん》して平坦《へいたん》なる処《ところ》甚《はなは》だ少なし」（『薩摩見聞記』）といった有様《ありさま》で、山や丘を越えなければ、他国どころか隣の村に行くことさえままならない地である。

その険《けわ》しい峠道が、雪で閉ざされているとなると、常以上に兵の体力は消耗《しょうもう》する。それだけならまだしも、進軍が滞《とどこお》れば、敵に防戦の準備をする時間を与えてしまう。

積雪の中での城攻めとなれば、寄手の行き足が鈍《にぶ》り、城方《しろかた》の砲銃の格好《かっこう》の標的となる。

新八は一瞬、自分たちの行動が、天意に背《そむ》いているのではないかと思った。

新八の軍装は一風、変わっている。欧米に行った際、礼装用に使っていた燕尾服《えんびふく》を着て、その上にフロックコートを羽織り、ズボンをはいていた。雪道なので脚絆《きゃはん》を巻いて草鞋履《ば》きにし、腰にはサーベルではなく太刀《たち》を差し、頭には山高帽《やまたかぼう》をかぶっていた。

別段、目立とうとしているわけではなく、洋装に慣れたこともあり、動きやすい格好をしただけだ。

二人の息子を従えて薩軍本営に入ると、練兵場は人でごった返していた。城下の雪は、すでに五、六寸も積もっていたが、私学校の練兵場だけは、多くの人が踏みならしているためか、雪は泥濘《ぬかるみ》と化している。

「それでは父上、これにて失礼します」

「おう、しっかりやれ」

「はい」と言うや二人の息子は、配属された隊に向かって走っていった。

その後ろ姿を見送りつつ、新八は、二人が自分の息子として生まれてきてくれたことに心から感謝した。

この日は一番・二番両大隊の出陣である。翌十六日は三番と四番大隊、十七日は五番大隊と砲隊、そして同日最後に、西郷のいる本営が鹿児島城下を後にする。

新八は、最初の集合地である川尻《かわしり》まで西郷と行を共にすることになっている。

――長い旅になるのか、ならぬのか。

皆は東京まで行くつもりでいるが、その途次《とじ》の戦いを思えば、どこまで行けるかは、誰にも分からない。

西郷が校舎の中から姿を現した。陸軍大将の肩章《けんしょう》も鮮やかな軍服姿だが、顔つきは穏やかである。

篠原が目で合図すると、当番と書かれた腕章《わんしょう》を付けた兵数人が、「集合！」と叫びつつ駆け回った。

瞬く間に隊列が整えられた。

昨日、閲兵式は行われているので、この日は、篠原が簡単な訓示をしただけで出陣となった。

新八は、桐野や淵辺群平と共に西郷の本営に随行するため、二番大隊を小隊長らに預け、出陣を見送った。

——彼らを生きたまま帰せるか。

戦争となれば犠牲《ぎせい》は付き物である。しかも政府軍は、潤沢《じゅんたく》な資金に物を言わせて買い込んだ最新兵器を使ってくる。そうなれば、どれだけの者が命を落とすか想像もつかない。

薩軍の銃器類には後装旋条《こうそうせんじょう》式のスナイドル銃もあるが、内製していた専用の薬《やっ》莢《きょう》が不足し、前装《ぜんそう》式のミニエー銃やエンピール銃が主兵器となっている。

前装式の銃は、弾《たま》を込めるのに後装式の五倍も時間がかかる上、雨にも弱いため、銃撃戦になった場合の不利は否《いな》めない。しかも出発時に支給された弾丸は一人当たり百五十発で、激戦となれば一日どころか半日で使い果たしてしまう。

こうした弱みを抱《かか》えながらも、一番・二番両大隊は鹿児島で五十年ぶりの大雪を踏みしめつつ、意気揚々《ようよう》と私学校を出発した。奇数番隊は西目筋を、偶数番隊は東目筋を進むことになるので、鹿児島市街を出れば、両隊は東西に分かれることになる。

後に残った桐野や新八は、そのまま校舎内に宿泊し、夜通し作戦会議を開くと、翌十六日早朝、三番・四番両大隊を見送った。

三番大隊一番小隊に所属する岩熊の姿が見えてきた。新八が軽くうなずくと、岩熊もかすかに顎を上下させた。

――すまなかった。

新八は心中、岩熊に詫《わ》びた。

アメリカに留学し、ひたすら学問の道を歩んでいた岩熊を、結局、新八は巻き込んでしまった。しかし、たとえ新八が東京に残ったとしても、帰郷していた岩熊は、自分の考えで薩軍に参加したに違いない。

――あのままアメリカにおればな。

岩熊は単に留学の予定を消化して帰国したのだが、それが、たまたま薩軍の決起の時と重なってしまった。

今でも多くの薩摩隼人が欧米で何かを学んでいる。彼らは、留学期間が決起と重なることで、命を長らえることができた。そうした一人に、日露戦争で名を馳《は》せる東郷平八郎もいる。

運命と言えばそれまでだが、新八とて、本音を言えば不憫《ふびん》で仕方がない。

――これも天運とあきらめ、立派に死んでくれ。

それ以外に、新八が岩熊にかける言葉はなかった。

やがて多くの兵たちの陰に隠れ、岩熊の姿が見えなくなった。

傍らに立つ西郷は、兵たちに慈愛の籠《こも》った眼差《まなざ》しを送りながら、誰かと視線が合う度に、小さくうなずいている。

——ウドさあにとっては皆、息子なのだ。

西郷の庶長子で十七歳の菊次郎も前日、一番大隊の兵卒として出陣している。

嫡子《ちゃくし》の寅太郎《とらたろう》は、十一歳なので留守を命じられていた。

十七日の午前、五番大隊と砲隊が出陣していった。五番大隊一番小隊に配属されている二蔵は、頬を紅潮させ、じっと新八を見つめていた。

新八はその幼さの残る顔を見て、胸がいっぱいになった。しかし立場上、それを顔に出すことはできない。新八は厳《いか》めしい顔のまま二蔵を見送った。

同日午後、いよいよ本営が出発する。

西郷は二百余の護衛兵に守られ、馬上、悠然と本営を出た。それに従う桐野と新八も騎乗《きじょう》している。道の両側には老人や女子供が溢れんばかりに並び、西郷の出陣を見守っていた。

「頼みもしたぞ」という声が、幾重《いくえ》にもなって聞こえる。

西郷の姿を見た女たちは手を合わせ、中には、ひざまずく老婆《ろうば》もいた。

——皆、夫や息子の無事をウドさあに託しておるのだ。

西郷は、それらにいちいちうなずきながら進んでいく。

「父上」

その時、群衆の中から寅太郎が進み出た。

「お供させてくいやい」

「よかど」

意外にも西郷は息子に供を許した。

――これが最後と分かっておるのだ。

寅太郎は、うれしそうに西郷の馬前《ばぜん》を進む。

――あっ。

見送る人々の中に清がいた。二人の子も連れている。

清は手を振るでもなく、新八の姿を記憶にとどめんとしているかのように、じっと見つめていた。新八は小さくうなずくと、山高帽を目深《まぶか》にかぶった。

――清、あいがとな。

それ以外に、もはや言葉はなかった。

城下を出た西郷は、旧主筋の島津《しまづ》久光《ひさみつ》と、その息子で最後の藩主・茂久《しげひさ》の住む磯《いそ》邸《てい》まで行き、馬を下りて門前で三度、拝礼した後、行軍を再開した。

磯邸の門は最後まで閉まったままだった。久光が局外中立を宣言していたからだ。尤も、かねてより西郷と久光は犬猿《けんえん》の仲であり、言葉をかけてもらえるとは、西郷も思っていない。

それでも大久保は、薩軍が鹿児島市街を去った後の三月八日、勅使《ちよくし》を派遣し、西郷らに協力せぬよう久光に釘を刺すのを忘れなかった。

この後、市街の外れまで来た時、西郷は同道してきた寅太郎に、「もうよか」と優しく声をかけた。寅太郎は素直《すなお》に隊列から離れ、唇《くちびる》を嚙み締めて父を見送った。

懸念《けねん》した通り、行軍は難航を極めた。

十六日から十九日まで、雪は降ったりやんだりを繰り返し、六・七番大隊の兵士の日記によると、「積雪尺余《しやくよ》、天地悉《ことごと》く白」という有様だったという。鹿児島と熊本の県境を越える頃には、一メートルから一・五メートルもの雪の中を進むことになり、薩軍の体力と時間は奪われていった。

一方、熊本鎮台の置かれた熊本城は、籠城《ろうじよう》支度に大わらわとなっていた。

熊本城は慶長《けいちよう》十二年（一六〇七）、肥後《ひご》半国十九万五千石を豊臣秀吉から拝領した加藤清正《きよまさ》が築いた城である。

東西南北の四方を坪井《つぼい》川、白《しら》川、井芹《いせり》川に囲まれた熊本城の城域《じよういき》は百ヘクタールもあり、その全周は五・三キロにも及んだ。さらに、坪井川沿いの城東に千葉城を、南東に嶽《たけ》ノ丸と呼ばれる出城《でじろ》を築き、敵の渡河《とか》を阻むようになっていた。

この城の弱点は、地続きで斜面もなだらかな北西側で、清正はここに三の丸、二の丸、西出丸を重層的に築き、防御力を強化していた。

政府から征討令は届いていないものの、熊本鎮台司令長官の谷干城《たてき》らは、小銃、大砲、弾薬、糧食などをかき集めた上、川や堀に渡された橋をことごとく撤去《てっきょ》し、至るところに胸壁《きょうへき》や堡塁《ほるい》を設けていた。

谷は、熊本城の踏ん張りいかんが戦局を左右すると心得、不退転《ふたいてん》の覚悟で守り抜くつもりでいる。

熊本鎮台軍は第十三連隊を中心に、小倉《こくら》の第十四連隊から二個中隊、さらに警視隊四百八十二名の増援を受け、最終的に三千四百余の兵力となるが、その大半は徴兵《ちょうへい》された農兵で、戦の経験はなきに等しい。

しかも、かつて槍と刀だけが武器の神風連に城を奪取されたことから、兵たちは戦々恐々《せんせんきょうきょう》としており、歩哨《ほしょう》が野犬を敵と見誤って発砲するなど、その緊張は頂点に達していた。

こうした空気は谷ら幹部にも伝染し、薩軍の六・七番連合大隊が北上中という一報が入るや、空砲を撃って市民に退去を促した上、翌十九日の正午、「射界《しゃかい》の清《せい》掃《そう》」のため城下を焼き払うことにする。

薩軍北上の一報に接した政府も、迅速に対応した。

十六日、京都に入った大久保は、勅使として自ら鹿児島に行く許可を求めるが、天皇は有栖《ありす》川宮熾仁《がわのみやたるひと》親王を勅使に任じた。

佐賀の乱の例を引くまでもなく、大久保を行かせれば間違いなく戦争になると、天皇も知っているのだ。

しかし事ここに至れば、勅使は征討総督《そうとく》に変わる可能性が高く、現に二日後の十八日、勅使派遣は中止され、有栖川宮は征討総督に任じられる。

薩軍北上の情報が次々ともたらされ、平和裏《へいわり》に事を収めようとしていた天皇の最後の望みも断たれた。

有栖川宮の下には、参軍（総司令官）として山県有朋が陸軍を、川村純義が海軍を統括することになり、実戦部隊として、野津鎮雄《のづしずお》少将の第一旅団と三好重臣《みよししげおみ》少将の第二旅団、合わせて二千余が編制された。

野津は、かつて精忠組に所属しており、西郷に付き従って戊辰戦争を戦った同胞《どうほう》である。

戊辰戦争時、薩軍の小隊長には、一番隊に桐野、二番隊に新八、三番隊に篠原が配されていたが、野津は五番隊の小隊長を務めていた。

兵器、兵力、輸送、通信など、戦争における重要な要素の大半で、政府軍は薩軍を圧倒していた。それを考えれば、各地の不平士族が一斉蜂起《ほうき》する以外、薩軍が勝つ術《すべ》は初めからなかったと言える。

ところが各地の不平士族は、西郷が決起したことに沸き立ったものの、その大義の点で同調することに二の足を踏んでいた。「西郷を殺そうとした」という真偽《しんぎ》定かでない理由では、起ちたくても起てないのだ。

それは、熊本鎮台内にいる西郷支持派も同様である。

谷に次ぐ参謀長の地位にある鹿児島出身の樺山資紀《かばやますけのり》は、当初、西郷に与《くみ》すると見られていた。しかし樺山は寝返りに足るだけの大義がないため、「如何《いか》に西郷大将であっても、非職《ひしょく》の一私人が、大兵を引率して、鎮台下を通過することは、断じてなり申さぬ」（『西南記伝』）と言い、西郷と戦う道を選ぶ。「非職の一私人」とあるのは、すでにこの時、西郷は陸軍大将の地位を剝奪《はくだつ》されていたからだ。

しかも圧倒的な軍事力の差は、各地の士族にも知れわたっており、薩軍が緒戦を大勝利で飾るか否かによって、去就《きょしゅう》を決めようとする者が大半だった。

薩軍の勝利は、迅速に熊本鎮台を落とせるか否かに懸《か》かっていた。

七

それでも西郷は、戦わずに上京する方針を貫くつもりでいた。

出発前、県令の大山綱良に、「二月下旬か三月上旬までには大阪に達すべく」と語っており、途次の県庁や鎮台に、「政府に尋問の筋これあり」という通知をしておくよう依頼していた。

いずれにせよ熊本県庁と熊本鎮台の間では、薩軍の北上を阻止する方針が固まっており、二月十九日に天皇の征討令が届くことによって、鎮台は「薩軍征討」の大義を得ることになる。

同じ十九日、谷や樺山をはじめとした鎮台幹部は「射界の清掃」をするため、そろって朝から城下に出ていた。その隙を突くように、午前十一時前後、熊本城内で突然、火の手が上がり、天守閣や本丸御殿などを焼き尽くした。

鎮台が自焼したという説も流布《るふ》されたが、ほぼすべての食料にあたる糧米《りょうまい》五百石を焼き尽くしたこと、兵器弾薬が類焼しかかったこと、非戦闘員の収容と傷病者の病院として予定していた本丸御殿が焼けてしまったことから、失火か放火ということになった。

午後には城下にも火が放たれ、予定通り、熊本城下の南から東にかけての一帯は、焼け野原になった。

しかし、焼かれてしまった兵糧《ひょうろう》の欠乏《けつぼう》はいかんともし難く、谷らは、避難していた民衆から、強制的に食料を買い上げるなどして六百石を調達した。

一方、薩軍本営と砲隊は東目筋を進み、十九日には四番大隊に続いて大口に向かうつもりでいたが、大雪に阻まれて先行部隊の進軍が滞っていると聞き、堀切峠を越えて人吉《ひとよし》に出た後、八代《やつしろ》に向かうことにする。

この日は、その途次にある吉田に一泊することになり、西郷をはじめとした幹部は、この町の豪農である東郷熊助宅を宿とした。

長く降り続いた雪もやみ、雲間からは星も垣間《かいま》見える。しかし、降り積もった雪をかき分けて峠道を行くのは容易でないはずで、新八は先発している諸隊の苦労を思った。

この日の夕刻、六・七番連合大隊を率いる別府晋介から、熊本方面で火災が発生したらしいという一報が入った。そこには、「熊本城方面にて黒煙天にたなびけり、火勢天に輝き白日《はくじつ》の如し」と書かれていた。

実はこの時、薩軍は熊本城本丸等の主要施設が燃えているとは思いもよらず、鎮台が城下を焼き払ったと見ていた。

城下を焼くということは、鎮台が不退転の覚悟を示したことになり、わずかながらも可能性のあった「非戦のまま入城」という道が閉ざされたことになる。

この噂は瞬く間に兵の間にも広がり、全軍に緊張が漲った。

早速、開かれた軍議の席で、西郷を前にした桐野は「もはや決戦あるのみ」と主張、西郷に肚を決めるよう促した。

中途半端な気持ちで戦場に赴くことほど危険なことはなく、鎮台が抗戦の意志を明らかにした今、こちらも覚悟を決めねばならないというのだ。

さらに桐野は攻城の布陣も披露《ひろう》した。それを聞けば、桐野が出陣前から戦う前提でいたことは明らかだった。

瞑目し、腕組みしたまま桐野の話に耳を傾けていた西郷は、決断を迫る桐野に「よかど」とだけ言った。これにより開戦は必至となり、桐野は手配りのため、軍議が開かれていた西郷の部屋を後にした。

残ったのは、西郷と新八だけである。

あれだけ、「戦わずして」ということにこだわってきた西郷である。それが桐野に説得されたぐらいで、開戦を了承するとは思ってもみなかった。

「ウドさあ、こいでよかな」

新八の問いかけにも、西郷は少し笑みを浮かべ、よいとも悪いとも言わない。

「こんままいけば、ウドさあは天朝《てんちよう》に弓引く賊魁《ぞくかい》にされもす。そいでもよかな。そげんすっことが帝にとってどいほど辛《つら》いか、お分かいじゃなかか」

この少し後に西郷の挙兵を聞いた明治天皇は、表向きは「断固討伐《だんことうばつ》すべし」という姿勢を示しつつも、その実、とても残念がっていたという。

「ウドさあが死に場所を求めちょるのは、よう知っちょいもす。じゃっどん、ウドさあが死んのは、ここではあいもはん」

大きな両の手で、飲むでもない茶碗を弄《もてあそ》びつつ、西郷が言った。

「新八さん、おいの身は、もう、おいのもんじゃらせんから」

「そげなことあいもはん。ウドさあの身はウドさあのもんだ。どげんしたいかを、ここで言ってくいやい」

それでも西郷は、黙したまま語らない。

しばしの沈黙の後、西郷の気持ちを代弁するかのように新八が言った。

「ウドさあ、ここは鎮台に使者を遣《つか》わし、征討令の有無《うむ》を確かめ、もし出ていたなら兵を引きもんそ。勅令《ちょくれい》に従うというのなら、皆も納得しもす」

しかし西郷は、ただうなだれて何も答えない。

その胡麻《ごま》を振ったような頭には、白いものが目立ち始めている。

「引くなら、こいが最後とないもす」

それでも西郷は押し黙ったまま、薄くなった頭頂《とうちょう》を見せている。

もはや新八には、かけるべき言葉が見つからなかった。

――ウドさあ、何を考えている。

嫌なことを嫌と言うのが人である。だが西郷は嫌なことでも嫌と言わず、己の命運を天に委《ゆだ》ねようとしている。

――そいが、ウドさあのよいところでもあり、悪いところでもある。

新八が立ち上がった。西郷は両手で茶碗を握り、石のように身を固くさせている。

「失礼しもす」

「はい」

新八は西郷一人を残して、自分の部屋に向かった。

――いよいよだな。

最後の望みが絶たれ、新八にも覚悟を決める時が訪れた。

――やるなら、誰よりも勇猛に戦うだけだ。

それ以外に、もはや道はない。

部屋に戻ると、従卒の榊原政治が障子の前に立っていた。

「まだ、いたのか」

従卒たちには、すでに寝るよう伝えてある。

「はい。大隊長」

「その大隊長というのはやめろ。二人の時は村田さんでいい」

「はっ、はい」

怒られたと思ったのか、榊原は怯《おび》えたように身を縮ませた。

その様子が可笑《おか》しく、新八は相好《そうごう》を崩した。

「榊原、一緒に風呂に行こう」

「えっ」

「心配要らん。私には、二才をむじる（かわいがる）趣味はない。ただ、誰かと語りたいのだ」

新八は、榊原を従えて町の共同風呂に向かった。

――こうしてのんびりと湯につかることも、これが最後であろうな。

明日からの苛酷な日々を思うと、気分は浮き立たない。

――これから、どれほどの二才が命を落とすのか。

大砲や砲弾の進化により、戊辰役《えき》の戦場は地獄と化していた。

とくに霰弾《さんだん》の威力は凄《すさ》まじく、中空で四方に弾子《だんし》が飛び散り、一度に多くの兵士を傷つける。

それでも即死した者は幸せだった。腕や足を吹き飛ばされた者、腹を引き裂かれた者、頭蓋《ずがい》を割られた者たちは皆、のた打ち回り、苦しみの中で死んでいった。

誰しもが、その少し前までは戯れ言を言いつつ勇猛に戦っていた者たちである。それが強烈な痛みから正気を失い、赤子《あかご》のように泣き喚《わめ》いて死んでいく。

新八は、幾度となく彼らにとどめを刺してやった。その生前の雄姿《ゆうし》だけを、皆の記憶にとどめさせたいからだ。

——わしが死ぬ時は、誰が、とどめを刺してくれるのか。

それが誰であろうと、とどめを刺してくれる者が近くにいれば幸いである。しかし戦争の神は、人の思惑通りには運命を用意していない。新八も、醜態《しゅうたい》を晒《さら》す可能性はあるのだ。

——それが戦というものだ。

「その傷は新選組と斬り合った時のものですか」

湯煙の向こうから、榊原が遠慮がちに問うてきた。

新八の体には多くの刀創《とうそう》がある。各地の湯治場《とうじば》で、猟師や農民から、その理由を問われることもしばしばあった。

「見ての通り、かなりやられた」

「それでも一人、斬ったとか」

「ああ、斬ったな」

新八にとって、それが人を殺した唯一の経験である。

「新選組を斬るなんて、すごいことです」

「つまらぬことだ」

新八の語気が強まり、榊原が首をすくめた。

「聞きたいか」

「ぜひ、聞かせて下さい」


慶応三年（一八六七）十二月十一日、鳥羽伏見《とばふしみ》の戦いが勃発《ぼっぱつ》する直前のことである。

この頃、薩長《さっちょう》両藩と旧幕府側との緊張は頂点に達していた。

夕闇迫る頃、薩軍監軍（憲兵隊長）の新八は、山野田一輔《やまのだかずすけ》や堀新次郎ら五人の部下を率いて、二条城周辺を巡邏《じゅんら》していた。京都守護職邸の前を通り、中立売通《なかだちうり》りを進んでいる時、四人の武士と出くわした。

殺気を感じた新八が、左手の屋敷の塀を背に立ち止まると、武士は「何方《いずかた》か」と、どこの藩の者かを問うてきた。

「薩藩《さつぱん》」と答えると、すかさず相手が、半円形に新八を取り囲んだ。

すでに山野田らは、五間《けん》（約九メートル）ほど先を歩いている。

こうした際、仲間に助けを求めないのが薩摩隼人の流儀である。新八は、黙って下駄を脱ぎ捨てると刀を抜いた。それを見た敵は、裂帛《れっぱく》の気合を上げつつ斬り掛かってきた。

正面の敵の刀を左に払った新八は、右から掛かってきた敵の刀をかわしつつ、胴を払った。

手応えがあったが、敵を斃《たお》すには至っていない。その時、山野田らも駆け付け、双方は暗がりで斬り合いとなった。

勘だけが頼りの乱闘である。

「チェストー！」

示現《じげん》流の甲高《かんだか》い叫びが幾重にも連なり、刀がぶつかる時に生じる火花が散る。

流れ出る血に手を滑《すべ》らせながらも、新八は斬り掛かってくる敵と幾度も刃を合わせた。しかし血脂《ちあぶら》で刃が滑り、敵に致命傷《ちめいしょう》を与えることができない。それは敵も同じらしく、やがて劣勢《れっせい》を覚ったのか、一つの死骸《しがい》を残して逃げ去った。

「やった。やったぞ！」

山野田の興奮冷めやらぬ声が聞こえる。

どうやら新八が胴を払った男は、山野田にとどめを刺されたらしい。

さすがの新八も息が上がって、その場から動けない。

「追うな！」

こうした場合、深追いは禁物《きんもつ》だ。

刀を見ると曲がって鞘に収まらず、致し方なく新八は、抜き身のままの刀を支えにして、その場に立っていた。

多分、背や腕を何カ所か斬られているはずだが、興奮から痛みを感じず、どこを斬られたかも、正確には分からない。ただ足元の血だまりが、どんどん広がっていくのが分かる。

「新八さん、だいじょっか！」

山野田は眼前にいるのだが、その声は遠くで叫んでいるようにしか聞こえない。

――これは死ぬかもしれない。

朦朧《もうろう》とする意識の下で、それを思った。

次に気づいた時、新八は薩摩藩養病局（臨時病院）に寝かされていた。

どうやら命だけは取り留めたようだ。

後で調べてもらったところ、襲ってきたのは新選組隊士だと判明した。

この頃になると、新選組隊士は制服を着用せず、浪士同然の姿で徘徊《はいかい》し、薩長の廻番《まわりばん》が敵か味方か躊躇《ちゆうちよ》している隙に襲うようになっていた。

およそ二十日間、新八は床《とこ》に就いていたが、やがて回復して戊辰戦争にも参加できた。

「それだけのことだ。何の自慢にもならん」

「村田さんは新選組を斬ったのですね」

榊原が憧憬《しょうけい》を込めて言う。

「人を殺して、何の自慢になる！」

「すみませんでした」

新八の語気に驚き、榊原はうなだれた。

「もうよい。それよりお前は、別の話が聞きたいのだろう」

「はい。フランスに渡ってからのことです」

湯煙の中で、榊原の瞳が輝いていた。


明治五年四月四日、新八はフランスの表玄関マルセイユに降り立った。従者も連れない単独行である。

使節団一行は、いまだアメリカにとどまっていた。というのも、大久保と伊藤が日本から持ってきた天皇の委任状を米国政府に渡し、ワシントンで条約改正交渉を始めようとしていたからだ。

新八がイギリスを見学せずにフランスに直行したのには、理由《わけ》があった。

産業革命を成し遂げたイギリスは、リヴァプール、マンチェスター、グラスゴー、ニューキャッスルといった工業都市を擁《よう》する世界を代表する工業国である。宮内省を代表して派遣された侍従長の東久世通禧としては、イギリスの王制と近代化の折り合いを調査することも大切だが、工場や造船所の見学が多くなると想定されるため、フランスの見学に力点を置くことにした。そのため誰かをフランスに先行させ、効率のよい見学予定を組ませようとしたのだ。

アメリカ滞在が思いのほか長引き、ここからは、すべてを段取りよく進めないと、見学予定の国々すべてを回りきれないこともあり得る。

元来《がんらい》が生真面目《きまじめ》な東久世としては、予定を消化できないことだけは避けたい。

そこで、宮内省の随行員の中からフランスに誰かを派遣しようと思ったが、先行してフランス入りしている他省の随行員の一人に、薩摩藩出身の高崎正風《まさかぜ》がいることに気づいた。東久世は、高崎と同郷の新八なら何かにつけて事がうまく運ぶと思い、新八に白羽《しらは》の矢を立てたのだ。

新八としても、アメリカで工場や造船所は何カ所も見学しているので、喜んで引き受けた。

マルセイユから寝台列車でパリへと向かった新八は、四月五日の朝、パリ北駅に到着した。

夏も近いので、パリは霧に包まれてはいなかったが、多くの機関車の上げる蒸気が、あたかも霧のように漂っており、独特の風情《ふぜい》がある。

多くの乗客と共に新八がホームに降り立つと、山高帽にステッキを持った男が待っていた。

高崎正風である。

文久《ぶんきゅう》三年（一八六三）に長州勢力を京から追い落とした八月十八日の政変の折、高崎は会津《あいづ》藩との折衝《せっしょう》役を担い、薩会《さっかい》同盟締結の立役者となった。戊辰戦争時は、公武合体派として会津藩等の武力討伐に断固反対したため、西郷や大久保から疎《うと》んじられ、維新後は閑職《かんしょく》にとどまっていた。しかし数年前、ようやく政府に出仕し、左院《さいん》使節団の一員として一行に加わった。

入市税関を通過し、駅の外に出た新八は広い空を見上げた。

海外への憧《あこが》れが強い者にとってパリは格別である。新八もその例に漏《も》れず、こうしてパリの空を見ると、喩《たと》えようもない高揚感《こうようかん》に包まれた。

朝一番の郵便馬車が、馬蹄《ばてい》の音も高らかに目の前を通り過ぎていく。

――パリに来たのだな。

新八が周囲の風景を感慨《かんがい》深く眺めている間も、馬車に荷を積み終えたポーターと高崎が、何事かやり合っている。ポーターはさかんにある方角を指差すが、高崎は首を左右に振っている。

ポーターはホテルの呼び込みも兼ねているのだ。こうした光景はアメリカでも見られたので、何をやっているのか、新八にも察せられる。

やがて高崎が、五フラン銀貨を一枚渡して話はついた。

高崎に促され、ようやく新八は馬車に乗った。

パリの町は、早朝特有の活気が漂っていた。

段差の大きい敷石の上を、鉄の車輪の転がる音が聞こえてくる。近郊の村々から野菜、食肉、卵、バターなどを満載した農民の荷車が集まってくるのだ。

野菜の山の上に乗った少年が、新八と高崎を物珍しげに眺めている。さすがに東洋人を見ることは、めったにないのだろう。

新八が微笑《ほほえ》むと、少年もはにかみながら軽く手を挙げた。その様が妙に堂に入《い》っており、新八は世界の都に来たことを実感した。

やがて馬車は、途方もなく幅の広い大通りを走り始めた。

「ここはシャンゼリゼ通りといい、道幅は四十間近く（約七十メートル）ある」

ほんの二週間ばかり前に来たにもかかわらず、高崎は長くパリに住んでいるような口ぶりである。

「そげんあっとか」

「おそらく世界一だ」

高崎によると、この時から二十年ほど前、セーヌ県知事となったオスマンという男が、ナポレオン三世の意を受けてパリの大改造に取り組み、路地《ろじ》が多くて生活環境が劣悪《れつあく》だったパリを、近代都市に生まれ変わらせたという。

言われてみれば、町の至る所に建築資材と思《おぼ》しき石材が転がっている。今でも都市建設が続いているのだ。

そうした華やかな一面とは裏腹に、みすぼらしい身なりの人々が、金属製の大《おお》鋏《ばさみ》を持って何か探しては背負った籠《かご》に入れている。

「あれは屑《くず》拾いだ。気にするな」

高崎に言わせると、屑拾いは、この町の名物のようなものだという。

「上下水道、学校、病院はもとより、ルーヴル宮も、オスマンによって造られた」

過去のパリがいかなるものだったか知らないが、その銀杏《いちょう》並木が続く美しい街並みを見れば、オスマンの大改造が徹底されていたことが、よく分かる。

「ここが凱旋《がいせん》門だ」

馬車が止まったので、新八は窓から顔を出し、その大きな門を見上げた。

「ここがパリの中心か」

「ああ、そういうことになる」

凱旋門から放射状に広がる十二の大道は郊外まで延びており、凱旋門に各地の物資が集まるようにできていると、高崎は自慢げに語った。

――近代化は都市計画からという見本だな。

高崎が馭者《ぎょしゃ》に進むよう促すと、馬車は再び石畳の上を走り出した。

「じゃっどん、こいでは敵に攻められれば、ひとたまりもなかな」

「さすが新八だ」

新八の指摘通り、一八七〇年から七一年にかけて行われた普仏《ふふつ》戦争において、各地でプロイセン軍に敗れたフランス軍は、パリを包囲されて降伏のやむなきに至った。凱旋門を中心にした十二の大道は、軍事的には弱点でしかなかったのだ。

これによりナポレオン三世は失脚し、フランスは共和制に移行する。

「パリの大改造は、よい面ばかりではない」

「と言うと」

「水清ければ魚棲《す》まず、ということだ」

高崎によると、それまでのパリの象徴でもあった貧民窟《くつ》が一掃《いっそう》され、そこにあった酒場や売春宿もなくなり、夜の楽しみが減ったというのだ。むろん高崎も、改造以前のパリのことなど知る由《よし》もないはずだが、人伝《ひとづて》に聞いているらしい。

「そげん不衛生なものは、ない方がましじゃ」

「ところが、不衛生ではないのだ」

王制下で進められていた管理売春は、メゾン・クローズという認可を受けた公認娼《しょう》家《か》だけに限られていた。そこには梅毒《ばいどく》などを患《わずら》っていない健全な娼婦《しょうふ》がそろっており、男性は安心して遊ぶことができた。しかし大改造後、表立って売春を認めない政府により、それらの娼家は激減させられる。そのため私娼《ししょう》が増え、逆に衛生環境は悪化したという。

――近代化とは難しいものだな。

町は近代化されても、人は近代化されず、様々な欲望を抱《かか》えたまま生きていくことに変わりはない。新八は人という生き物の業《ごう》の深さを思った。

「ここだ」

凱旋門を通り過ぎ、シャンゼリゼ通りの端《はし》かとおぼしき寂《さび》しげな場所で、高崎が馬車を止めた。そこはホテルではなく、都市計画で新たに建てられたとおぼしき住宅地である。

「ここは、ロン・ポワンという地区だ」

この時代のシャンゼリゼ通りは、コンコルド広場からロン・ポワンまでであり、盛《さか》り場は中心部だけにあった。

「こいはホテルじゃなかか」

高崎によると、その家は共用の居間や台所と、いくつかの個室に分かれているアパルトマンと呼ばれる住居だという。

「ここには、私も含めて何人かの日本人が住んでいる」

そう言うと高崎は、表口を開けて中へと入っていく。

二人が居間に入ると、歓声がして三人の女が立ち上がった。

三人とも化粧《けしょう》は濃く、胸元をはだけたレース織のペチコートを着ていた。腰は絞られ、象牙《ぞうげ》で作られたとおぼしき扇子《せんす》や、薄手の肩掛けをひらひらさせている。

さすがの新八にも、一目で彼女たちが娼婦だと分かる。

膨らんだ裾を翻《ひるがえ》して新八に近づいてきた女たちは、たじろぐ新八の腕を左右から取り、部屋の中央に置かれたソファに連れていった。

そこに座っていた一人の男が立ち上がると、頭を下げた。

「お久《さ》しかぶいです」

おかしな発音の鹿児島弁で挨拶したその男は、すらりとした体軀《たいく》を折って頭を下げた。

突き出た目、厚い唇、開いた額《ひたい》は、とても好男子とは言えないが、それらの欠点のすべてが、どことなく愛嬌《あいきよう》になっている。

「西園寺《さいおんじ》さんか。しばらく見ぬ間に立派になられた」

その男は西園寺公望《きんもち》という若い公家《くげ》だった。むろん鹿児島の出ではないのだが、ふざけて鹿児島弁を使ったのだ。

「戊辰役以来ですな」

新八が笑みを浮かべて握手を求めると、十三歳下の西園寺は、名門公家の出という誇りを微塵《みじん》も見せずに、新八の手を両手で握り返してきた。

徳大寺《とくだいじ》家の次男として生まれた西園寺は、四歳の時、西園寺家に養子入りし、その家督《かとく》を相続した。幼少の頃は、明治天皇と年が近いこともあり、頻繁《ひんぱん》に宮中に召《め》されて共に遊び、共に学んだ。

天皇同様、西園寺も若年《じやくねん》だったため、幕末における活躍は見られないが、戊辰戦争では山陰道鎮撫《ちんぶ》総督や方面軍大参謀の地位に就き、明治新政府では新潟府知事を拝命した。

しかし海外留学への思いは断ち難く、明治三年、二十二歳の時にフランス留学を希望し、翌年、パリ・コミューン最中のフランスにやってきた。

バカロレア（大学入学資格試験）に合格した西園寺は、パリ大学（ソルボンヌ大学）法学部で学んでいた。

「普仏戦争でプロイセンに負けたフランスでは、革命が起こり、一揆《いっき》がパリを占拠《せんきょ》しました。共和国はヴェルサイユに政府を移し、パリの実権は一揆に握られました」

西園寺はよくしゃべる。新八は、もっぱら聞き役である。とくにパリ・コミューンの話になると、その舌の回転は止まらない。

西園寺のオハコは、弾雨の中を走り回って革命を実見したという自慢話である。それが武士階級出身者たちに対抗できる、西園寺の唯一の武勇譚《たん》なのだろう。女たちは左右に群がって笑みを浮かべているだけで、むろん何の話だか分かっていない。時折、高崎がフランス語で何か言うので、その度にうなずくだけだ。

「この酒は何だ」

西園寺がグラスに口を付けた隙に、ようやく新八が問うた。

「ああ、アプサントですよ」

「そのアプ何とかとは、何だ」

「アプサントと呼ばれる植物から作った酒です」

「しかし、こいつは――」

「強すぎますか」

は、次第に薄れていった。


「そんなことはない」

新八が強がりを言いつつ盃を干すと、女たちが嬌声《きょうせい》を上げた。

「それで、パリとヴェルサイユに政府が二つできまして——」

西園寺の話は続いたが、女たちの注ぐアプサントを立て続けに飲んだ新八の意識は、次第に薄れていった。

「話はここまでだ」

「えっ」

新八が湯壺から出ると、榊原が残念そうに立ち上がった。

「わしとて男だ。聖人君子ではない」

パリでの最初の夜、新八は女を抱いた。

根が真面目な高崎は、金を払って一人の女を帰してしまったが、西園寺は流暢《りゅうちょう》なフランス語を駆使《くし》しつつ、いつまでも女といちゃついていた。

新八が一人の女の肩を借りて個室に向かおうとすると、西園寺が、「この女たちは、メゾン・クローズから出張してきているので、病気持ちではありません。それを証明する政府の鑑札《かんさつ》もあります。ゆっくりお楽しみ下さい」と言って笑った。

その後の記憶は定かでない。

むろん、羽化登仙《うかとうせん》の境地《きょうち》をさまよったことは確かだが、酒に酔いすぎ、それを楽しむほどではなかった。

「明日は早い。この続きはまたにする」

「はい」

榊原は素直にうなずいたが、その顔には続きを楽しみにしていると書いてある。

むろん新八は、それについて触れるつもりはない。だいたい記憶がないのだ。よかったとも悪かったとも言えない。

――しかし、あのことを語るべきか否か。

パリの日々は、放蕩《ほうとう》ばかりではなかった。

新八の脳裏に、鮮烈な思い出がよみがえる。

――あの日々に帰れたらな。

新八は迷っていた。その後のパリ滞在中に起こったことを、榊原にだけでも伝えておこうかと思ったのだ。


二月二十日早朝、先頭を行く別府晋介の六番・七番連合大隊は、宇土《うと》を経て午後二時に川尻に着いた。

川尻は熊本城から南へ約八キロの距離にあり、薩軍の本営予定地である。

この日、熊本士族の池辺吉十郎《いけべきちじゆうろう》が別府の許を訪れ、熊本学校党七百余の参陣を申し出た。

初の県外からの参加を、別府は大いに喜んだ。

だが池辺が、熊本城の攻略法を問うたところ、別府は、「台兵若し我往路を遮らば、只一蹴《ただいっしゅう》して過ぎんのみ。別に方略なし」と言ったという（『西南記伝』）。

方略などないのは、別府のみならず薩軍の将兵すべてに共通した意識だった。

つまり神風連が簡単に落とした熊本鎮台など、薩軍にとっては物の数ではないと思っていたのだ。

同日、綿貫少警視率いる警視隊四百八十二人が、熊本の外港・百貫石に着いた。前日の征討令発布を聞き、港で樽酒を開いて祝っていると、薩軍の斥候隊が城から四キロ南西の高橋に出没しているとの一報が入り、慌てて城に急行することになる。

この頃、同じく入城予定の乃木希典《のぎまれすけ》少佐率いる第十四連隊主力千四百余は、小倉でスナイドル銃の到着を待っていた。しかし新式銃は、いつまで待っても届かない。結局、乃木の部隊は入城できないことになる。

この日の夜、鎮台側の威力偵察部隊と薩軍の斥候部隊が衝突した。小競《こぜ》り合いだったが、薩軍は何人かの鎮台兵を捕らえた。

この者たちを拷問すると、征討令が出ていること、鎮台は徹底抗戦する方針で、早くも臨戦態勢にあることなどを吐いた。

川尻から戻ってきた別府を交え、軍議を開いた新八や桐野は、熊本鎮台への攻撃を決定する。

あらゆる状況を勘案しても衝突は避け難く、ここで攻撃をためらっていても、薩軍にとって得るものはない。時は鎮台側に味方しているのだ。

――一戦して鎮台をねじ伏せ、われらの強さを示し、全国各地の不平士族の決起を待つ。

新八も肚を決めた。

翌二十一日、西郷の本営二百余は、人吉から球磨《くま》川を下って八代に着く。

いよいよ、国内最後の内戦の火蓋《ひぶた》が切って落とされようとしていた。

第三章 士《し》道《どう》悠《ゆう》遠《えん》

一

二月二十一日、午前七時半、別府晋介《べっぷしんすけ》率いる六番・七番連合大隊が、南東方面から熊本城下に侵入した。熊本鎮台《ちんだい》側に先に仕掛けさせることを企図して、平然と隊《たい》伍《ご》を組んでの進軍である。

これを見た鎮台側は、ためらうことなく砲撃を開始した。

ここに西南戦争が始まる。

別府隊は形ばかり応戦した後、この日は郊外まで引いた。

これで開戦の大義はできた。

すなわち別府は、「鎮台兵を率《ひき》いる権限を持つ陸軍大将の軍に攻撃を仕掛けた」という大義を作ったのだ。むろん西郷が陸軍大将を解任されたことなど、薩軍《さつぐん》側は知る由《よし》もない。

開戦の一報を受けた有栖川宮《ありすがわのみや》は、熊本鎮台司令長官の谷干城《たてき》に対し、「討伐《とうばつ》の方針は変わらない。心配せずに兵の士気を高めるよう努力し、一撃で賊を破るべし。国民の関心は、この一戦に掛かっている」という訓辞《くんじ》を送っている。

政府としては鎮台兵に官軍としての正当性を与え、揺るぎない気持ちで戦わせたかった。それだけ西郷の存在は大きく、末端の兵士にとっては、西郷の軍を攻撃することに精神的抵抗があったのだ。

薩軍幹部たちは、この日の夜、川尻《かわしり》の本営から十八キロほど南の小川に集まり、軍議を開いた。

議題は熊本城攻めの戦術についてで、参加した幹部は、村田新八《しんぱち》、篠原国幹《しのはらくにもと》、桐野利秋《きりのとしあき》、別府晋介、池上《いけのうえ》四郎、淵辺群平《ふちべぐんぺい》らである。

この軍議では、全軍で城を攻めるか、一部の部隊を北上させて、福岡・久留米《くるめ》方面から南下してくるはずの政府軍に備えるかを論じ合ったが、現時点では政府軍の南下はないと判断し、少なくとも二十二日は、全軍で城攻めを行うことに決した。

作戦は至って単純である。

池上の五番大隊千七百と、桐野の四番大隊八百の合計二千五百余の正面軍が、城の大手にあたる南東方面から攻め寄せる。

ちなみに一大隊は二千という単位だが、一大隊が全体で行動することは少なく、小隊単位で作戦に従事することになる。

一方、篠原の一番大隊千六百、新八の二番大隊六百、別府の連合大隊八百の合計三千余の背面軍は、城の搦手《からめて》にあたる西方から攻め掛かることになった。

薩軍としては、二方面作戦によって鎮台の火力と兵力を分散させ、隙を見て、それぞれ城内への侵入を図《はか》るつもりでいた。とくに、どこの口を突破するという意思統一はなく、戦国時代さながらに、諸将が先陣を競う形である。

雪の影響で、いまだ砲隊は行軍中であり、砲の援護を受けずに突破を図るという無謀《むぼう》な作戦だが、かつて熊本鎮台司令長官を務めたことのある桐野が、「砲がなくても落とせる」と太鼓判《たいこばん》を押したので、ほかの者は黙るしかなかった。

しかも桐野は弾丸の不足を憂慮《ゆうりよ》し、「発弾は五発を限る。白兵をもって城内に突入せよ」という命を下《くだ》した。いくら弾丸が不足しているからといって、五発だけ放った後、抜刀《ばっとう》突撃するなど近代戦では考えられない。

これに篠原が異《い》を唱《とな》えると、桐野は「神風連《じんぷうれん》にできたことが、おいたちにできんはずがなか」と言って、篠原の意見を退けた。

神風連の奇跡的成功が、鎮台を侮《あなど》ることにつながっていたのだ。

文官としての経歴を歩み始めていた新八としては、桐野に反論することができない。熊本城に詳しくないのは篠原とて同じで、口をへの字に結んで黙ってしまった。

――弥一郎《やいちろう》がおれば、何と言ったか。

永山も、さして熊本城のことを知っているわけではない。だが永山なら、「砲の到着を待つべし」と主張して譲らなかったかもしれない。

——ここに弥一郎がいないことは、天意なのか。

空は晴れてきたとはいえ、山間ではいまだ積雪が残っており、砲隊だけで砲を運ぶのは困難となっていた。そのため三番大隊すべてと四番大隊の半数が、それを手伝っている。

これにより永山の到着は遅れていた。

砲の援護なしに突破を図れば、城を攻略できたとしても、それなりの損害を覚悟《かくご》せねばならない。だが、ここで砲の到着を待っていても、それがいつになるかは分からない。下手をすれば、久留米方面から政府軍が到着し、二面作戦を強《し》いられることになるかもしれない。

いくつかの偶然が重なり、薩軍は強行策を取らねばならなくなっていた。

翌朝三時、川尻を発した薩軍は、熊本城に近づくと軍を二つに分かった。

熊本城の東から南にかけては、外堀のように白《しら》川が、内堀のように坪井《つぼい》川が流れており、先日まで、それぞれに橋が架《か》かっていた。

しかし今は、それらの橋も落とされており、まず架橋《かきょう》するところから始めねばならない。

午前六時頃、池上の五番大隊が安巳《あんせい》橋と長六《ちょうろく》橋を復旧すべく、白川に接近すると、これに気づいた下馬《げば》橋砲台から初弾が発射された。

下馬橋とは坪井川に架かる橋のことである。砲台は橋の近くにあるのではなく、城内にあるのだが、便宜《べんぎ》的に下馬橋砲台と呼ばれていた。

五番大隊はこれに応戦しつつ素早く架橋し、白川を渡河した。

すかさず下馬橋背後の嶽《たけ》ノ丸、さらに千葉城や飯田丸からも砲撃が開始される。

とくに飯田丸に置かれた二十ドイム臼砲《きゅうほう》の威力は凄《すさ》まじく、直撃を受けた兵は、肉片となって飛び散った。

轟音《ごうおん》が天地を揺るがし、瞬《また》く間《ま》に熊本城一帯は砲煙《ほうえん》に包まれた。

──いよいよ、始まったな。

この砲声を城の南西部の花岡山で聞いた新八は、突撃開始の旗が揚《あ》がるのを待っていた。

──池上さん、負けるな。

幹部の中では最も穏やかで、軍人にはほど遠い性格の池上が、この大戦《おおいくさ》の口火を切ることになるとは思ってもみなかった。

その頃、五番大隊長の池上は決死の覚悟で城に迫っていた。

周囲から「深沈厚重《しんちんこうじゅう》」と謳《うた》われた池上だが、「陸路、北上し、まずは熊本城を落とす」という己《おのれ》の策が採択されたことで、強い責任を感じていた。

だが白川を渡河した五番大隊は、下馬橋からの砲撃に耐えきれず、東に迂回《うかい》せざるを得なかった。そうなると今度は、千葉城からの砲撃をまともに食らう。轟音と共に土煙が上がり、兵の四肢《しし》が吹き飛ぶ。頭上からは、土砂と手足が一緒に降ってくる。

白兵突撃などできないと覚《さと》った池上は、千葉城への接近をあきらめ、さらに北に回った。

結局、五番大隊は城北の錦山《にしきやま》神社に陣を布き、京町口の埋《うずみ》門に向けて突撃を試みるが、門前に屍《しかばね》の山を築くだけだった。

続いて、桐野の四番大隊が下馬橋に肉薄した。大隊長の桐野は本営に詰めているので、この部隊の指揮は、一番小隊長の堀新次郎が執《と》っていた。

堀は、草牟田《そうむた》の火薬庫を襲って開戦のきっかけを作った一人である。

しかし五番大隊同様、四番大隊も下馬橋砲台から砲撃を受け、橋を渡ることができない。

城の東から南にかけて「射界《しやかい》の清掃《せいそう》」が行われていたため、遮蔽物《しやへいぶつ》がなく、鎮台にとって薩軍は格好の標的である。

一方、正面軍から少し遅れて、花岡山を出発した新八ら背面軍は、井芹《いせり》川を渡河し、藤崎台地の突端部にある砲台に向けて攻撃を開始した。

藤崎台地は西に突出する形を成しており、その突端部の先に段山《だにやま》がある。藤崎台地と段山の間には、幅五メートルほどの堀切《ほりきり》があり、厳密には、段山は城外になる。ただ藤崎台地と変わらぬ高さにあるため、ここを奪えば、藤崎台地攻略の橋頭堡《きょうとうほ》にできる。

台地突端部の北方の漆畑《うるしばたけ》へは篠原隊が、南の法華《ほっけ》坂方面には別府隊が、そして段山の奪取には、別府隊の水間《みずま》、竹下、柚木《ゆずき》の三小隊を先鋒《せんぽう》とした新八の部隊が、同時に襲い掛かることになっていた。

鎮台側も、ここが熊本城で最も脆弱《ぜいじゃく》な部分だと承知しており、藤崎台地突端の片山邸に堅固な砲陣地を築いていた。

片山邸とは、旧熊本藩重臣の片山多門《たもん》の屋敷のことだが、至るところに胸壁《きょうへき》や堡塁《ほるい》が築かれ、すでに原形をとどめていない。

砲銃弾が飛び交《か》う中、まず水間、竹下、柚木の三小隊が突撃していく。

その時である。敵の砲撃が始まっていないにもかかわらず、突然、爆発が起こり、兵の体が四散《しさん》した。

――地雷《じらい》か。

兵の行き足が鈍《にぶ》る。実害よりも兵を怖気《おじけ》づかせるという点において、地雷ほど効果的なものはない。

「よし、続け！」

地雷による動揺が広がる前に、新八は散兵壕《さんぺいごう》を飛び出した。従卒《じゅうそつ》たちも続く。その中には、「薩二」と大書された大隊旗を持つ榊原政治《さかきばらまさはる》の姿も見える。

「突撃！」と喚《わめ》きつつ、先頭を切って駆け出す新八を見て、われに返ったかのように兵も続く。

敵は最初から段山を放棄《ほうき》しているらしく、その四、五十メートル四方のなだらかな丘に、人影はない。そこを先行する三小隊が登っていく。

——敵は段山を死地としたのか。

こうした場合、段山を死守しようとすると、鎮台方にも相当の損害が出る。しかも段山は独立橋頭堡的な地形にあり、背後から自在に兵を送り込めないため、守り抜くのは覚束《おぼつか》ない。つまり鎮台は、あえて薩軍に段山を取らせ、そこに火力を集中し、損耗《そんもう》を強いるという策に出たのだ。

三小隊が段山の頂上にたどり着いた時である。鼓膜《こまく》が破れるかと思われるほどの轟音と共に、敵の砲撃が始まった。

至近弾も落ち始めた。その度に、地中から土の山がわき上がり、土砂の雨を降らせる。

突撃は、ずっと走り続けるわけではない。適時、凹凸《おうとつ》地形を選んで身を伏せ、そこで一息入れてから再び走り出すのだ。

いったん休んでいた新八が、立ち上がろうとした時、背後から轟音が聞こえた。土煙が晴れた時、兵たちが折り重なるようにして倒れているのが見えた。

――すまぬ。

新八は心中、兵に詫《わ》びつつも、隠れていた溝から飛び出した。

「進め、進め！」

常であれば、指揮官はその責任上、己の身を安全な場所に置かねばならない。だがこの戦いに限っては、そんなことを言ってはいられない。

轟音が聴力を麻痺《まひ》させ、鼓膜は「ぐわんぐわん」とうなりを上げている。従卒の一人が、新八の腕を押さえて何か言っている。「戻って下さい」とでも言っているのだろうが、聞こえないのをいいことに、新八はそれを無視した。

「チェストー！」

新八は、示現《じげん》流独特の叫び声を上げつつ走った。それを見た者たちも、それぞれ何かを叫びながら走り出した。

砲弾や地雷が炸裂《さくれつ》し、四方から土砂が降ってくる。

――もう一息だ。

ようやく段山の麓《ふもと》にたどり着いた。

「大丈夫か」

「はい！」
兵士たちは顔にも体にも土を浴びて、すでに真っ黒である。
「よし、登るぞ」
先頭を切った三小隊の兵は、すでに段山の上に折り敷き、銃撃を始めている。
「撃《う》て、撃て！」
ここに来て、北と南からの味方の援護が奏功《そうこう》し始め、敵の砲撃が弱まってきた。
敵の砲数にも限りがあり、破られそうな口に砲口を向けざるを得ないのだ。
しかし、このままでは砲のある鎮台側が、小銃しかない新八らを押し切ること
は、目に見えていた。その前に白兵戦に持ち込み、城の一角《いっかく》を崩す必要がある。そ
のためには、堀切にいったん下り、そこから石垣を登らねばならない。
勇ある者は小銃を撃ちつつ堀底に下りようとするが、少しでも物陰から体を乗り
出すと、集中砲火を浴びる。そのため身動きが取れなくなってしまった。
――やはり、砲隊を待つべきだったか。
いくら薩兵が強悍《きょうかん》でも、砲がなければ、格好の的になるだけなのだ。
――あれは、まさか彦八か。
片山邸を見ると、指揮棒を振るって懸命に兵を叱咤《しった》している将官がいた。
同郷の与倉知実《よくらともざね》中佐である。

与倉は、第十三連隊長として熊本城に入っていた。

——彦八め、肚《はら》を決めたな。

精忠組《せいちゅうぐみ》ではなかったものの、与倉も西郷に心酔《しんすい》する一人である。薩軍の中には、与倉が何らかの形で、城内から内応の手を講じてくれるのではないのかという淡《あわ》い期待を抱《いだ》く者もいたほどだ。

——彦八は表裏《ひょうり》を疑われ、陣頭に立たされたのだな。

それが自ら希望したものなのか、谷から命じられたものなのかは分からない。

実は与倉同様、樺山資紀《かばやますけのり》も最前線を自ら志願し、藤崎神社で別府本隊と壮絶な戦闘を繰り広げていた。この時、樺山は胸部貫通銃創《きょうぶかんつうじゅうそう》を負い、しばらく戦えなくなるが、谷ら幹部の信頼を勝ち得ることには成功する。

熊本鎮台に配属されていた西郷信者たちは、己の赤心《せきしん》を証明するために、死を賭《と》して戦わねばならない立場に追い込まれていた。

新八には、与倉の気持ちもよく分かる。だが敵となったからには、情けは禁物《きんもつ》だ。

——彦八、覚悟せいよ。

新八は狙撃手を何人か呼ぶと、与倉だけを狙い撃つよう命じた。

その距離は、おおよそ七十メートル。

与倉は指揮棒で段山を差し、「撃て、撃て」と連呼している。

それを認めた狙撃手たちが、ゆっくりと狙いを付ける。

「いつでもよかです」

「よし、撃て」

狙撃手から放たれた弾の一つが、見事、与倉の腹を貫いた。

倒れた与倉を、周囲の者たちが担《かつ》いで後方に下げている。

重傷を負ったのは間違いない。

与倉を倒したところで新八に喜びなどなかった。それでも将として、味方を鼓舞《こぶ》せねばならない。

「敵将を討ち取ったぞ！」

「応！」

薩軍から歓声が上がる。

この時、重傷を負った与倉は翌日、息を引き取る。身重《みおも》の妻は城内で出産したばかりだったが、与倉が初めての子の顔を見ることはなかった。

「抜刀！」

新八が刀を抜いた。それを見た兵たちも新八に倣《なら》う。

隊旗を大切そうに抱《かか》えている榊原も、歯を食いしばって刀を握っている。

「お前は、わしといろ」

新八が榊原に厳しく申し渡す。

「行かせて下さい」

「馬鹿め。旗持ちの務めを忘れるな！」

新八に怒鳴《どな》られた榊原が悄然《しょうぜん》とうなずく。

先ほどと比べて、幾分《いくぶん》か敵の火力が弱まったように感じられる。指揮官が撃たれ、敵の腰が引けてきているのだ。

――よし、今だ。

戊辰戦争を小隊長として経験した新八は、勝機を摑《つか》むことに長《た》けていた。

「突撃！」

新八の命を待っていたかのように、勇ある者たちが堀底に飛び下り始めた。

たちまち数人が撃たれる。堀そのものは五メートルほどの深さしかないが、堀底に下りてから這《は》い上る形になるので、敵の格好の標的となる。

だが犠牲を出しても、ここを突破しないことには、攻略の目途《めど》が立たない。

「ひるむな。もう一息だ！」

さすがに指揮官として、新八は堀底に下りることまではできない。

――わしも、いつか死ぬ。だが、それは今ではないのだ。許してくれ。

彼らの死に報いるためには、いつか己の命を捧《ささ》げねばならない。それが、兵を死地に送り出す将官の覚悟である。

一方、薩兵の抜刀攻撃を想定していた鎮台側は、胸壁の上から銃弾の雨を降らせてきた。薩軍の勇士たちが屍となり、次々と堀底に折り重なる。その惨状を見るのは、誰でも辛《つら》い。だが新八は、指揮官として目を背《そむ》けるわけにはいかない。

その時、背後から砲声が轟いた。

午前十一時、ようやく砲隊の一部が着いたのだ。

——これで押し切れる。

と思ったが、到着したのはほんの数門らしく、砲撃は散発的で、ほとんど効果がない。それを見た敵は逃げることなく、これまでと変わらず撃ち返してくる。

鎮台兵は農兵ばかりと聞いていたが、片山邸には精鋭が籠《こも》っているらしい。

実は片山邸の守備に就いているのは警視隊であり、士気も高く銃の扱いにも慣れていた。

何度となく突撃を仕掛けたものの、攻略の手掛かりは摑めない。

やがて日が落ち、どちらからともなく銃撃がやみ、この日の戦いが終わった。

結局、薩軍は段山を奪えただけに終わった。

この日、ようやくスナイドル銃を入手した乃木希典《のぎまれすけ》少佐率いる第十四連隊が、雪に覆《おお》われた三池《みいけ》街道を、熊本へと向かっていた。

福岡・久留米方面から熊本に向かう場合、南関《みなみのせき》から石貫《いしぬき》を経《へ》て高瀬まで南下し、菊池川を渡って東に行くと木葉《このは》に出る。そこから田原坂《たばるざか》を越えて植木に向かうのだが、この経路が、大砲を通すことができる唯一の道となる。

また高瀬で菊池川を渡った後、木葉を経ずして南東に向かい、吉次《きちじ》峠を経て木留《きとめ》から熊本に至る脇道もある。この道を使えば、植木を通らなくても熊本に達するが、険しい山道となるので、大砲の上げ下ろしをするのは至難《しなん》の業《わざ》である。

さらに、南関から東に折れて山鹿《やまが》に至り、そこから南下して、田原坂を右手に見ながら植木に至る道もあるが、こちらは大迂回路となる。

一方、植木から熊本城までは平坦《へいたん》な道が続く上、距離もわずか十二キロである。

つまり政府軍の南下を防ぐには、薩軍は山鹿、田原坂、吉次峠の三カ所を死守する必要があった。

二十二日の昼、熊本城から二十五キロほど北方の高瀬まで来たところで、開戦の一報を受けた乃木は、精兵六十だけを率いて十五キロほど南東の植木に急行した。

実は、ここまで雪道を強行軍で来たので、兵たちの疲労や靴擦《くつず》れがひどくなり、動けない者まで出ていたため、戦える者だけ選抜したところ、六十名しかいなかったのである。

やがて追いついてきた者も含め、兵は四百余になるが、乃木隊の動向は、すでに薩軍に察知されており、村田三介率いる五番大隊二番小隊が接近していた。それを知らない乃木隊が植木で小休止していたところ、村田三介隊の夜襲を受けた。致し方なく、田原坂を越えて西方の木葉まで撤退《てったい》した乃木だったが、そこで連《れん》隊旗《たいき》を奪われたことを知る。

連隊旗は軍隊の魂であり、それを奪われたことは軍人である乃木の心に深い傷を残した。それが、後の明治天皇への殉死《じゅんし》につながっていく。

こうして乃木隊の入城は阻止《そし》されたが、同じ日、野津鎮雄《のづしずお》少将の第一旅団と三好《みよし》重臣《しげおみ》少将の第二旅団、合わせて二千名余が博多に上陸していた。

いよいよ戦雲は急を告げてきた。

二

「断固として突破すべし！」

篠原が、その分厚い手で机を叩《たた》いた。

二月二十二日の深夜、熊本城南東の本荘《ほんじょう》にある田添《たぞえ》邸では、永山を除く大幹部全員が一堂に会し、軍議が開かれていた。

この場には西郷もいる。

「明日は全軍をもって城を攻撃すべし。それで兵の半数を失うとも、城を落とせば、この戦いの大勢《たいせい》は決する」

篠原は、どのような犠牲《ぎせい》を払ってでも熊本城を攻略すべしと主張した。

「お待ち下さい」

末席《まつせき》近くにいた野村忍介《おしすけ》が手を挙げた。野村は四番大隊三番小隊長を務めている。

「力ずくで熊本城を落とせたとしても、精鋭を失えば、迫りくる政府軍との戦いを勝ち抜けません。一部の部隊に城を包囲させ、残る全軍で北上し、田原坂に拠《よ》って政府軍を撃破した後、長崎と小倉《こくら》を押さえて敵の兵站《へいたん》を断てば、政府は援兵も物資も送れず、おのずと熊本鎮台は降伏します」

野村の策は理に適《かな》っている。

政府軍は、福岡・久留米方面から三池街道を使って南下するしかなく、大砲を伴っているので、必ず田原坂を通る。

そこを先んじて押さえ、要塞化してしまえば、政府軍は手も足も出ないはずだ。

田原坂とは、比高《ひこう》六十から八十メートルほどの小丘《しょうきゅう》が一・五キロほど続く田原台地（植木台地）に通された坂のことで、地形によって西方の低地から一ノ坂、二ノ坂、三ノ坂という区分がなされている。

これらの坂は、戦国時代に加藤清正《きよまさ》が田原台地を掘削《くっさく》して造ったもので、福岡・久留米方面から熊本に通じる三池街道が通されていた。

清正は、北方から来る敵に対する最初の防衛陣地として田原坂を取り立てた。そのため三池街道を付け替え、わざとこの台地を通すようにした上、坂を蛇行《だこう》させ、切通しにして左右を切り立った崖《がけ》か谷にした。つまり田原坂は、道や坂というより一個の要害だった。

『西南記伝』の表現を借りれば、「一夫之《いっぷこれ》を守れば三軍も行くべからざる地勢たり」、すなわち「一兵で守っても、大軍が進めない地形」ということになる。

「よろしいか」

薩軍きっての「議者《ぎしゃ》」と呼ばれた野村の弁舌《べんぜつ》は、この日も冴《さ》えていた。

「長崎と小倉を押さえた後は、九州全土を斬り従えます。この状態で防御に徹し、全国各地の士族の決起を待つのです」

野村の策に、池上と西郷小兵衛《こへえ》が賛意を示すが、別府が異を唱えた。

「熊本城を落とせんちゅう事実が諸国に知れわたれば、起《た》つべき時期を見計らっちょる有志たちも起てなくないもす。ここはまず、熊本城を落とすべきとは思いもはんか」

それに鼓舞されたかのように、篠原が熱弁を振るう。

「かつて江戸で彰義隊《しょうぎ》を屠《ほふ》った時、おいたちは敵の銃火に身を晒《さら》しながら上野山の黒門口に殺到した。戦が終わった時、そこには、二才《にせ》の屍がうずたかく積まれちょった。そいでも一日で彰義隊を倒せたからこそ、維新は成ったんじゃなかか」

確かに損害を厭《いと》わぬ白兵攻撃こそ、薩軍の強さの源である。

辺見十郎太《へんみじゅうろうた》が身を乗り出した。

「鎮台兵など物の数ではなか。一つの口さえ奪えば、城は落ちたも同然ではあいもはんか」

――その一つの口を奪うことが難しいのだ。

それでも新八は、口をつぐんでいた。

こうした軍議の場で、新八があまり発言しないのには理由があった。戊辰《ぼしん》戦争終結後、軍人としての道を歩んだ桐野や篠原と違って、文官となった新八は、こと戦については軍人たちに一歩、譲るところがあったからだ。

「明日、総攻撃を行うべし」

篠原が、腹の底から気合を入れるような声音《こわね》で言う。

「それでは明日、城を落とせなかったら、どうしますか」

野村の一言に、皆、黙り込んだ。

万が一、そんなことにでもなれば、全国に衝撃が走り、決起の機会をうかがう有志たちは意気消沈《しょうちん》する。

「実は、わしも迷ちょる」

桐野の発言に、「何を迷う！」と篠原が顔色を変える。

「とにかく聞いてくいやい」

篠原を制した桐野が、苦渋《くじゅう》の色を額ににじませた。

「おいたちの兵力なら、一日で熊本城を落とせるち言うたのはおいじゃ。じゃっどん敵も必死だ。こいだけ諸所に胸壁をめぐらせ、砲力を強化しちょるとは思わんかった。ここは思案のしどころじゃ」

かつて鎮台司令長官を務めていた桐野でさえ予想もつかないほど、鎮台の防御力は強化されていた。それを侮った責任を、桐野は感じているのだ。

議論は平行線をたどった。

となれば、西郷の裁決を仰《あお》ぐしかない。

西郷は、やや離れた位置に置かれた椅子《いす》に座して沈思黙考《ちんしもっこう》している。

「西郷先生《せごせんせ》、どげんすべきか、お言葉をくいやい」

桐野が促すと、西郷が組んでいた腕を解いた。

「おはんらは今日、よう戦った。じゃっどん清正公《せいしよこ》さんの城だ。抜けんのも仕方ありもはん」

清正公とは加藤清正のことである。

西郷が立ち上がる。皆、何か訓令があると思って息をのむ。

「おいが口を挟《はさ》むことは何《なん》もなか。策は皆で立てっがよか」

西郷は、皆の期待をはぐらかすかのように背を向けた。

――ウドさあ、それは、ずるいのではないか。

新八が「待ってくいやい」と言う前に、野村が言った。

「お待ち下さい」

「何《なん》か」

「すでに博多には野津少将らの率いる敵二旅団が上陸し、こちらに向かってきています」

「ああ、七左《しちざ》が博多に着いたとね」

七左とは、七左衛門の幼名《ようみよう》を持つ野津鎮雄少将のことである。

西郷は旧友に会えることを喜ぶかのように、笑《え》みを浮かべた。

「このまま何も手を打たないと、明後日には田原坂を越えてきます」

野村は真剣である。

「そいなら、七左と戦うがよか」

西郷はそう言うと、軍議の場を後にした。

もはや桐野も、西郷に意見を求めることはなかった。すべての決断を幹部たちに委《ゆだ》ねている西郷に、何を言っても明快な答えは返ってこないからであろう。

「村田さん、どうする」

ここまで黙《もく》してきた新八に、桐野が問うた。

意見を控えていた新八だが、幹部の一人として、問われれば答えねばならない。

「そうさな」

一同を見回した後、新八は口を開いた。

「田原坂の線で敵を押しとどめねばならんちゅうこつでは、皆、一致しちょっな」

皆が無言でうなずく。

「七左が来る前に、胸壁や堡塁を築いちょらんと厄介《やっかい》なことになる」

「尤《もっと》もなことです」

野村が同意する。

「こん場で兵を分くっのは上策ではなかが、一手を田原坂に向かわせ、残る一手で城を囲んどくほかあんまい」

「待ってくいやい」

反論しようとする篠原を新八が制した。

「藤十郎《とうじゅうろう》どんの言わんとしちょることは、よう分かる。じゃっどん、城を落とせんまま七左たちがやってきたら、おいたちはしまいじゃろ」

薩軍が熊本城の攻撃に掛けられる時間は、一日半から二日しかない。それまでに城を攻略しないと、田原坂の南に敵を入れてしまい、熊本平野での野戦《やせん》になる。となれば、あらゆる面で政府軍が優位に立つ。

篠原が口をへの字に曲げて黙した。別府も天を仰いでいる。

二人にも、一日半や二日で、城を落とせる自信がないのだ。

「田原坂で敵を殲滅《せんめつ》し、その勢いで北上し、長崎と小倉を押さえる。そげんすれば熊本城は、自然と立ち枯るっのじゃなかか」

新八が結論付けた。それに反論する者はいない。

これにより作戦が決定し、議題は部隊編制に移った。

まず二十二日の深夜、田原坂に六個小隊千二百名を急派し、翌日から順次、桐野、篠原、新八、別府の順に移動することになった。

西郷も田原坂の主力軍に同行する。

熊本城の包囲は池上四郎を攻城指揮官とし、正面軍二千と背面軍千二百を配する。

こうして戦線の中心は、田原坂方面へと移っていった。

三

二十三日、熊本城では、相変わらず戦闘が続いていた。

池上は守りを固めて積極的な攻勢を取らない方針でいたが、城内から出撃してきた決死隊によって、薩軍が占拠していた城西の日向崎《ひなたざき》村を奪取されたため、なし崩し的に戦闘が始まった。

夜明け頃に日向崎村を奪還した薩軍は、七番大隊一番小隊長の坂元敬介が、逃げる敵を追いつつ高麗《こうらい》門を突破し、県庁を攻撃する。辺見十郎太の三番大隊一番小隊も、それに続いた。

しかし、四方《よも》池《ち》まで進出していた薩軍砲隊が砲戦で力負けし、坂元や辺見も撤退を余儀《よぎ》なくされる。結局、この日の攻撃も失敗に終わった。

県庁の制圧まで後わずかだったことを思えば、この日に全兵力と砲力を投入していれば、熊本城を落とすことができたかもしれない。

砲戦は翌日も展開されたが、戦局の打開はできず、熊本城をめぐる攻防は小康状態に入る。

同じ二十三日、薩軍主力が向かっていた田原坂方面でも、戦闘が行われていた。朝八時半、増強された薩軍が、乃木希典率いる第十四連隊が陣取る木葉に猛攻を掛ける。戦局は一進一退となるが、午後一時頃、山鹿に向かっていた薩軍四個小隊が側面から攻撃に加わったため、俄然《がぜん》、薩軍有利となった。

乃木は馬を撃たれて落馬し、副官の第三大隊長・吉松秀枝《よしまつほつえ》少佐は、部下二十名と銃剣突撃を敢行し、斬り死にを遂《と》げた。

十四連隊は、敗走に近い状態で北方に退却していった。

その後には、百六十挺もの新品スナイドル銃や一万二千発の弾丸が残されており、四斗樽《しとだる》に入った清酒《せいしゅ》もあった。早速、清酒を開けた薩軍は祝盃を上げた。

二十三日の戦いで、政府軍の死者は二十九名、薩軍は四名だった。

戦いの後、木葉と高瀬の間に流れる菊池川を渡り、第十四連隊が拠点としている南関まで進出しようという声も上がったが、いかんせん大隊長不在での勝利のため、村田三介らは大事を取って菊池川の線で追撃を取りやめた。この判断が翌日、政府軍を高瀬まで進出させることにつながる。

二十四日、木留に着いた新八は早速、本営の設営を始めた。

西郷や幹部の宿舎は村人を立ち退《の》かせた後の民家を使うが、敵の攻撃に備えて村の周囲に胸壁や堡塁を築かねばならない。

新八はそれらの構築作業の陣頭指揮を執りつつ、田原坂方面を眺めた。

木留から見上げる田原坂は、ゆるやかな傾斜の小丘で、段々畑が幾重《いくえ》にも続き、その頂《いただき》に多少の木々が生えているだけだった。

どこから見ても、ただの丘でしかない田原坂だが、西方の木葉方面から来る場合、一転して大要害と化す。

「ここを守《も》い抜《ぬ》けっかな」

そう言いながら現れたのは、篠原である。

篠原は、自ら率いる第一大隊と共に吉次峠方面を守ることになっていた。

吉次峠は田原台地の南四キロほどのところにあり、田原坂を通らずに熊本に達することができる道の一つである。

「陣所は築けもしたか」

新八の問いかけに篠原が笑顔で答える。

「まだまだ、こいかあですよ」

「敵は吉次を越ゆてっくかの」

「分かいもはんが、近づけば痛い目に遭《あ》わせもす」

篠原は自信に溢《あふ》れていた。

敵は薩軍の守る田原坂を孤立させるべく、先に吉次峠の攻略を目指してくることも考えられる。

それでも吉次峠に至るには、山麓近くの横平山《よこひらやま》と中腹付近の半高山《はんこうやま》を越えねばならず、そこに堡塁や砲台を築けば、容易なことでは突破されないはずだ。

しかも政府軍が吉次峠を攻略するには、田原台地と並行するように走る二俣台地を先に確保せねばならない。

「新八さん、西郷先生《せごせんせ》は、どげんしておられる」

「先ほど、犬を連れて田原坂の方に向かわれた」

眉間《みけん》に皺《しわ》を寄せて田原坂方面を眺めていた篠原が、おもむろに言った。

「新八さん、こいでよかね」

「そいは皆で決めたことではなかか」

しかし篠原は、何かに思い悩んでいるように見える。

「おいたちは、西郷先生を巻き込んでしもたんではあいもはんか」

その問いには、新八も口をつぐまざるを得ない。

右手の田原坂から、左手の吉次峠へと風が吹いていた。その風は生暖《なまあたた》かく、春の到来を告げていた。

「新八さん、おいたちは西郷先生と死んことで、先生を、おいたちだけのもんとしたいんではあいもはんか」

新八は何も答えなかった。言われてみれば、新八にも思い当たる節《ふし》がある。新政府ができてから、西郷が他国の者と親しくしたり、特別に目を掛けているのを知ったりすると、新八の心は波立った。すでに藩という垣根が取り払われているのは分かるが、西郷についてだけは、どうしても納得できないのだ。

西郷が下野《げや》した時、桐野や篠原は内心、「こいで、おいたちの西郷先生を取り戻せる」と思ったに違いない。新八には、その心情が痛いほど分かる。

「新八さん、おいたちは先生を、日本の西郷先生ではなく薩摩の西郷どん、つまい、おいたちだけの西郷さんにしておきたいちゅう気持ちが、あっとじゃなかか」

そうでなければ、この無謀な決起を説明できない。

「藤十郎どんの言う通いかもしれん。じゃっどん、そいはおいたちだけでなく、ここに来ちょる皆にも言えることじゃなかか」

「そいでは西郷先生とは、何《なん》な」

「もはや――」

新八は一瞬、ためらった後、思い切って言った。

「人じゃなか」

それは西郷自身も気づいていることであり、だからこそ己の身を新八たちに預けつつあった。

「分からん。じゃっどん、そげんなっかもしれん」

すでに西郷は、尊敬や憧憬《しょうけい》の対象といった段階を通り越し、神仏の域に近づきつつあった。

「つまり神仏ちゅう――」

たのだ。

「新八さん、一蔵《いちぞう》さんはそいを知っちょるから、日本国のために西郷先生と、おいたちを抹殺《まっさつ》したかね」

新八には、大久保の気持ちも分かる気がした。幼少の頃、西郷は大久保だけのものだった。しかし次第に新八や桐野が成長し、西郷を分かち合うようになった。今となっては、大久保は西郷を独占することはできない。その結果、大久保本人も気づいていない憎悪《ぞうお》が生まれた。

つまり大久保は、愛するがゆえに西郷を殺すしかないのだ。

――一蔵さん、本当にそいでよかな。

何も答えない新八を見て、篠原は「もう行きもす」と言って背を向けた。だが数歩、行ったところで立ち止まると、振り向いた。

「新八さん、まさかおいたちも、一蔵さんに手え貸しちょることになるんじゃなかか」

「そげんこたあなか！」

新八の剣幕に驚いた篠原は、再び背を向けると、肩を落として吉次峠の方に去っていった。

――ウドさあ自身も、そいに手え貸しちょる。

新八は、西郷と自分たちが、額《ひたい》に汗して神社を建てているような気がした。その作業には、大久保や政府側に付いた薩摩人たちも手を貸している。

――その落成《らくせい》の祭礼が、この戦か。

この戦いが終わった時、西郷はその神社のご神体《しんたい》となる。そして神として、永劫《えいごう》の時を生きていくのだ。

その時、夕餉《ゆうげ》を告げる喇叭《らつぱ》が高らかに吹かれた。

気づけば、夕日は田原坂の向こうに沈み、その一帯は黒々とした固まりと化している。

明日からの激戦を予告するかのように、風が強くなってきた。

田原坂の頂上付近に立つ木々が揺らいでいるのが、わずかに見える。

――あそこで死ぬことになるのだな。

その何の変哲もない丘陵《きゆうりよう》が、多くの若者の血を吸い取ることになるのを、すでに新八は知っていた。

その夜、宿舎にあてられた木留の民家で、新八が部隊配置などを考えていると、榊原政治が茶を運んできた。

「すまん」

「これが私の仕事ですから」

「その通りだ。従卒というのも立派な仕事だ」

囲炉裏《いろり》に掛かった自在鉤《じざいかぎ》から薬缶《やかん》を外《はず》すと、榊原が茶を淹《い》れた。

「お前も飲め」

「はっ、はい」

新八が、民家にあった茶碗に茶を注《つ》ぐ。

「すみません」

「一つだけ言っておく」

「はっ」と言いつつ、榊原の顔が引き締まる。

「ここは熊本城以上の激戦地になる。それゆえ第二大隊の本営をしっかり守らねばならぬ。わしが本営を出ることになっても、お前は、わしの代わりに本営と隊旗を守れ」

「しかし――」

榊原の顔が不服そうに曇《くも》った。

「それだけ本営とは大切なものだ。万が一、わしが戻らず、西郷先生が陣を引くことになったら、何も考えず先生に付き従え」

「分かりました」

榊原が不承不承《ふしょうぶしょう》うなずく。

「ところで、伴《ばん》とは会ったか」

「いいえ。鹿児島を出てから会っていません」

榊原と一緒に庄内《しょうない》から派遣されてきた伴兼之《かねゆき》は、五番大隊一番小隊に属し、田原坂の陣地設営に当たっている。

「今日の昼に小隊長の河野《こうの》（主一郎《しゅいちろう》）が来ていたので、様子を聞いたのだが、伴は至って元気で、率先《そっせん》して働いておるとのことだ」

「そうですか」

榊原の顔がほころぶ。

「お前らの故郷《くに》は、どんなところだ」

戊辰戦争で庄内藩が降伏した際、西郷は庄内藩の城下町・鶴岡に行ったが、新八は西郷の命を受けて先に江戸に戻ったため、庄内藩領に足を踏み入れていない。

「われらの故郷は、何もないところです」

その答えに新八が噴き出した。

「田んぼと山くらいはあるだろう」

「はい。田んぼは嫌になるほどあります。庄内平野はよい米が穫《と》れます。平野の真ん中を最上《もがみ》川が流れ、出羽《でわ》富士と呼ばれる鳥海山《ちょうかいさん》が、どこからでも眺められます」

故郷の風景を思い出したのか、榊原は懐《なつ》かしげな顔をしている。

「帰りたいか」

「いえ――」

榊原が言いよどむ。

「正直に申せ」

「もちろん帰りたいです」

「この戦が終わったら帰れ」

「それなら村田さんも一度、庄内に来て下さい。うまい米を腹いっぱい食べてもらいます」

「そうだな」

それがもはや叶《かな》わぬことを、榊原は分かっていないのだ。

気まずい沈黙を払うかのように、新八がコンサーティーナを取り出した。

「弾《ひ》いていただけるのですか」

「ああ」

新八は、『ル・タン・デ・スリーズ』や『愛の喜びは』といったオハコを弾きながらパリでの日々に思いを馳《は》せた。

パリでの仕事が始まった。

この地に滞在する西園寺公望《さいおんじきんもち》の案内で、新八と高崎正風《まさかぜ》は関係省庁を回った。たいていは不愛想《ぶあいそう》なフランス人でも、遠来《えんらい》の客が来ると聞けば友好的になる。しかも西園寺のフランス語はほぼ完璧《かんぺき》なので、意思の疎通《そつう》も滞《とどこお》りがない。

この頃のパリは、ロンドンと並ぶ人口百八十万の大都市だが、工場の煤煙《ばいえん》で常に曇っているロンドンとは比較にならないほど、空は青く澄《す》み渡り、空気は清浄だと言われていた。

数日の間、西園寺の案内で様々な役所の関係部署を回ったが、岩倉一行がいつパリに来るか定かでないため、見学日程が組めず、単なる挨拶《あいさつ》回りに終始した。

それでもチュイルリー宮、ヴェルサイユ宮殿、迎賓館《げいひんかん》、オペラ座、パリ国立図書館といった、都市に必須《ひっす》の文化施設の見学予定を立てることはできた。

とくに東久世《ひがしくぜ》から、外国の賓客《ひんきゃく》を迎えた際の施設や段取りを聞いておくよう指示されていた新八は、エリーゼ宮（大統領官邸）での歓迎行事のあらましを調べておいた。

高崎も、兵学校、砲台、鉱山学校、天文台、銀行、下水道、中央市場といった各省庁の関心のありそうな施設を見て回り、全省共通の見学場所や複数の省庁が同時に見学する場所などを検討し、目星を付けた。

だが使節団本隊が着いたら着いたで、理事や随行員《ずいこういん》から好き勝手な要望が噴出し、予定通りに行かなくなるのは目に見えている。

新八たちは精力的に動き回ったが、パリの役所は三時には閉まるので、その後は手持ち無沙汰《ぶさた》になる。そのため西園寺の案内で、夜のパリを満喫《まんきつ》することになった。

西園寺の行きつけは、グラン・ブールヴァールのヴォードヴィル座の隣にあるカフェ・アメリカンである。この店は通りに面した一階でビールを、二階でアメリカ風の牛ステーキが食べられることで有名だった。

客待ちの娼婦《しょうふ》も多く、一階で話をしている最中にも、娼婦たちは思わせぶりな歩き方で目の前をひっきりなしに行き来する。中には話しかけてくる者もいるが、西園寺はそっけない態度で追い払った。

腹もでき上がり、時間も九時を回ると、西園寺はミュージックホール、ナイトクラブ、ダンスホールといったパリの歓楽街に新八たちを連れ出した。

しかし高崎だけは、「もう結構」と言って先に帰るのが常である。高崎は、パリの夜を楽しむには謹厳実直《きんげんじっちょく》にすぎた。

この日は、いよいよメゾン・クローズに行くことになった。

メゾン・クローズとは十九世紀後半に登場した政府公認の娼館《しょうかん》で、娼婦を一定の場所に囲い込み、これを監視することにより、梅毒《ばいどく》などの性病の蔓延《まんえん》を防ぐという狙いがあった。

この時代、梅毒は、その感染性の高さがフランスの人口減少に結び付くほど深刻な社会問題となっていた。つまり私娼《ししょう》から感染した夫が、それを妻にうつし、死産率を高めていたのだ。

こうした事情により、定期的に医師の診断を受けた「安全を証明された娼婦」への要望が高まり、国家公認の娼館であるメゾン・クローズができた。

その道すがら、馬車に揺られながら西園寺は語った。

「売春というのは必要悪です。どんな厳罰をもってしても、売春は根絶できません。禁止しても無駄《むだ》なものなら、容認した上で厳重に監視し、細かく規制するほかありません」

「しかし、そうした堅苦《かたくる》しいところには、人が寄り付かないのではないか」

「そんなことはありません。世の中には、いかなる規制をもってしても欲望を抑えられない男たちがいます。とくに、こちらの連中はね」

日本語で話しているにもかかわらず、最後のところで西園寺は声をひそめた。

やがて、紅《くれない》色のガス灯に照らされた看板らしきものが見えてきた。そこには店の名はなく、番地だけが書かれている。

「メゾン・クローズは、店の名を大きく表示することを禁じられています。公序良俗上の問題です。その代わり、番地を目立たせることによって、初めての客でも分かるようにしています」

西園寺が知った風に言った。

つまり、「パリ風俗案内」のような小冊子が欧州諸外国向けに出されており、旅行者は、それを見てメゾン・クローズの番地を知り、やってくるというのだ。

そこは大きな洋館だった。馭者《ぎょしゃ》が合図すると、門番らしき男が鉄の門を開けた。馬車ごと庭に入ると、アーチ型の馬車寄せで、馭者は馬車を止めた。

「これが売春宿なのか」

「驚きましたか。かつての王侯《おうこう》貴族の邸宅を買い取ったのです」

鎧戸《よろいど》の中央には、ライオンの顔が刻まれたノッカーが掛けられており、いかにも重々しい雰囲気である。

慣れた手つきで西園寺がそれを叩くと、すぐにメイドが現れた。

二人を招き入れたメイドは、色鮮やかなタペストリーで壁面が飾られた階段を先導していく。

二階の小部屋に案内すると、メイドは去っていった。

「とても娼婦がおるようには思えないが」

小部屋の調度品《ちょうどひん》は、すべて高級家具で、壁には大きな宗教画が懸《か》かっている。

その絵は磔《はりつけ》にされて死んだ男を皆で下ろしている構図で、どうしてこんなものを絵にするのか、新八には理解できない。

それを眺めていると、隣の続き部屋から、長い煙管《きせる》を手にした中年のマダムが現れた。

「シャバネへようこそ」

「今日は、新しいお客さんを連れてきたよ」

西園寺は馴染《なじみ》客らしい。

「ああ、よくいらっしゃる日本の学生さんね。それなら料金の説明はしないわよ」

「もちろんです。マダム」

西園寺は貴婦人に対するように片手を背に回し、一方の手でマダムの手に接吻《せっぷん》した。

「それでは、こちらへ」

マダムに導かれ、左右に古い漆器《しっき》や調度類が飾られた廊下を行くと、両開きの扉が現れた。

「ゆっくりお楽しみ下さい」

マダムがそれを押し開くと、そこは大きなサロンだった。

「ようこそムッシュ」

早速、数人の娼婦がすり寄ってくる。

ほかの客は四人ほどで、それぞれグラスを片手に、気に入った娼婦と歓談している。

相手がいない娼婦は、ソファに寝そべったり、鏡台の前で髪をとかしたりしながら、こちらに意味ありげな視線を送ってくる。

娼婦たちは、ガーターベルトや露出した肩をあからさまに見せつけているが、どちらかと言うと情欲をそそられるというより、その肉付きのよさに圧倒される。

——日本の女とは、食べているものが違うのだな。

西園寺と新八は誘《いざな》われるままに空いているソファに座り、注がれるままにアプサントやシャルトルーズといった酒を飲んだ。

さすがに少し控えたので、新八は、さほど酔わずにフランス語の会話を楽しめた。

——ここは社交場も兼ねているのだ。

メゾン・クローズは、情交だけが目的でなく、京の茶屋や待合のように、芸妓《げいぎ》と会話するという楽しみもある場所なのだと、新八は知った。

しばらく会話を楽しんでいると、西園寺は「お先に」と言って、二人の女を両手に抱えたまま、いずこかに消えた。

——女二人と何をする。

新八には分からないことだらけだ。

やがて新八も、隣にいた長身の女と共に小部屋に向かった。

新八には女の好みのようなものはないが、太り肉《じし》の女は肌が荒れていることが多く、どちらかといえば長身で色黒の方が好みだった。

その後のことは、言わずもがなである。

こうして新八のパリの日々が始まった。

だが根が淡白《たんぱく》な新八は、三度も行けばメゾン・クローズにも飽きてきた。

それを察知した西園寺は、新八をアノーブル、ムラン、モンティヨンといった別の店にも連れていったが、内装などが多少異なる程度で、やることは同じである。

とくに通うほど気に入った娼婦もいない。

新八は酒だけ飲んで帰ることもあれば、女を抱いても、西園寺を残して先に帰ることが多くなった。そうしたある日、その事件は起こった。

四

明治十年（一八七七）二月二十四日、南関に踏みとどまった政府軍の乃木少佐は、久留米まで来ていた第一旅団に使者を派し、援軍を請《こ》うた。

これに応えるべく、野津少将は一個中隊約千五百余を南関に向かわせた。

南関で合流した政府軍は、石貫《いしぬき》まで進んで高瀬をうかがう。

対する薩軍も、熊本から増援部隊が続々と駆け付けてきていた。

薩軍本営では、連日の陣地構築作業で疲労困憊《こんぱい》している部隊を休ませ、増援部隊を菊池川対岸に進出させ、高瀬を再占拠しようと目論《もくろ》んでいた。

三番大隊七番小隊長の岩切喜次郎《いわきりきじろう》に率いられた三小隊三百と、佐々友房《さっさともふさ》に率いられた熊本隊三小隊三百は、二十五日の午後四時頃、高瀬大橋を渡った。

菊池川西岸に進出した薩軍は敵の前衛部隊を蹴散《けち》らすが、日が落ちたため、東岸の伊倉へと戻った。

これが高瀬第一戦と呼ばれる戦いである。

岩切からの増援要請に応えた木留の薩軍本営では、越山休蔵《こしやまきゅうぞう》率いる三小隊二百五十余を夜のうちに派遣し、越山は川部田《かわべた》に陣を布《し》いた。

つまり北東から南西に流れる菊池川沿いに、上流から越山隊、熊本隊、岩切隊の三小隊が、離れて布陣したことになる。

一方、西岸の石貫に本営を置いた政府軍は、前・中・後の三軍に分かれて菊池川を渡河し、対岸に陣を布く薩軍へ攻撃を仕掛けることにした。政府軍としては、薩軍の増援部隊が到着する前に、対岸の敵を蹴散らしておきたい。

翌二十六日の午前五時頃、迫間から菊池川を渡った先鋒の乃木隊五百が、越山隊を襲った。

兵力で倍する乃木隊の攻勢を支えきれず、越山隊は木葉まで退却する。

乃木は初めての勝ち戦に勇躍し、これを追って田原坂付近まで攻め寄せたが、第二旅団の三好少将が撤退を命じたため、涙をのんで対岸に戻った。

この時、三好が増援部隊を送り、田原坂を占拠しなかったことが、後の田原坂をめぐる凄惨《せいさん》な戦いを招くことになる。

この煽りを受けた熊本隊も、撤退を余儀なくされた。

この日の政府軍の勝利は大きかった。これまで「負けない」と敵味方共に信じられてきた薩軍の常勝神話を崩壊させたからだ。

　これが、後に高瀬第二戦と呼ばれる戦いである。

　海上でも戦いは始まっていた。

　同日、政府海軍は、龍驤《りゆうじよう》・春日《かすが》・鳳翔《ほうしよう》といった軍艦を九州に派遣し、すでに八代《やつしろ》湾や島原湾に入港させていた。その監視網に、補給物資を満載して熊本の外港・百貫石《ひやつかんせき》に向かっていた薩軍の迎陽《げいよう》丸が引っ掛かった。戦闘力を持たない輸送船の迎陽丸は、戦わずして白旗を掲《かか》げ、政府海軍に拿捕《だほ》された。田原坂迎撃《げいげき》戦を行う上で必須の武器弾薬や食料の補給が、これによって滞ることになる。

　その夜、田原坂を越えて木葉まで前進した薩軍は、戦闘方針を決める軍議を開いた。この軍議には、田原坂まで来ている大幹部が、そろって参加したものの、西郷は姿を現さなかった。

　迎陽丸が拿捕されたことにより、軍議の場には、沈鬱《ちんうつ》な空気が漂っていた。

「弾薬が足らん。どげんすっか」

　篠原がぼやくが、桐野は強気である。

「木留と山鹿に弾薬製造所を設くっで、一日四千から五千の弾丸が造れる」

「いつからそげんなる」

「七、八日後やっど」

「そいでは遅い」

「そいまでは、今ある十万発の弾丸を使えばよか」

「そんな綱渡りのような戦がでくっか」

二人がにらみ合う。

「待て」と言いつつ、新八が間に入った。

「半次郎、弾丸を造るには地金《じがね》がいる。そんあてはあっとか」

弾丸の元となるのは鉄や銅であり、近隣の百姓家から鉄製の農耕具を供出させない限り、使えるものは寺の梵鐘《ぼんしょう》くらいしかない。

「熊本から運ばせれば何とかなっじゃろ」

「そいでは、兵の負担はいけんすっ」

「では、どげんせい言うんか！」

桐野が、大机の上に広げられた絵図面を叩く。

「よろしいか」

野村忍介が発言を求めた。

「武器弾薬が潤沢《じゅんたく》な敵と正面から戦えば、たとえ勝ったとしても、以後の戦いが苦しくなります。それゆえ兵を二つに分かち、一方は高瀬を攻略すると見せかけて敵を引き付け、一方はひそかに山鹿に向かい――」

野村は一同を見回すと、地図の一点を指した。

「敵の後衛陣地となった南関を襲う。そうなれば、われらに背後を押さえられた敵は浮足立ちます。そこを突けば――」

「待て」

篠原である。

「おいたちは西郷先生を擁《よう》する正義の軍じゃなかか。そうした奇策で勝っても、世間からは『薩軍は奇策を弄《ろう》さねば勝てんのか』と言わるっだけだ」

「そん通いだ」

桐野である。

「たとえ南関を奪ったとて、久留米方面から敵は増強されてくる。逆に味方が南関に孤立し、敵の挟撃《きょうげき》を受く羽目《はめ》に陥《おちい》ったらどげんす」

「敵兵力が増強されつつあるというのは事実です。しかしそれが、いつやってくるかは分かりません。敵の増援部隊が南関に着く前に、石貫から高瀬に展開している敵を叩く。これしかありません」

「そんな危険な賭《か》けがでくっか」

篠原が首を左右に振る。

「弾丸を節約しながら戦って勝つには、危険な賭けをせねばなりません」

「野村」と新八が問う。

「敵の新手は、まだ久留米方面から南下してきておらんのか」

「久留米方面には、何人もの斥候《せっこう》を出していますが、いまだその情報は入ってきていません」

「よし、野村の策で行こう」

「待ってくいやい」

桐野である。

「もう一戦、やってみんか」

「そうじゃ」と篠原が賛同する。

「おいたちが陣頭に立ち、敵に当たれば、必ず勝てる」

別府や辺見も桐野と篠原に同調する。

「分かった」

新八が断じた。

「明日一日、正攻法で行こう。そいでも敵を追い払うことができんちゅうことになれば、野村の策でよかな」

皆は押し黙った。

「そいでよかな」

篠原と桐野が「よか」と言ってうなずいたが、野村は納得しない。

「それでは弾薬が――」

「もうよか」

新八が野村を黙らせた。

――堪《こら》えろ。

野村をにらみつけることで、新八は己の意思を伝えた。

野村の言うことに理があるのは明らかだった。しかし、このまま野村の策を支持したところで、薩軍の軍事面を担う両翼である篠原と桐野が譲るはずはなく、軍議は平行線をたどる。

――何とも中途半端だが、仕方がない。

文官の道を歩んだがゆえに、軍事面では、どうしても篠原と桐野に一歩譲らざるを得ないことが、新八には歯がゆい。

――桐野と篠原を立てなければ、軍の統制は取れなくなる。

西郷が作戦への直接関与を放棄している今、軍事面は二人に任せるしかない。

続いて作戦の詳細に入り、桐野の説く「三面合撃《ごうげき》策」で行くことになった。

五

二月二十六日の夜から翌二十七日の朝方にかけて、薩軍の移動が始まった。

北方の山鹿方面へは、桐野に率いられた三小隊六百名の右翼《うよく》軍が、菊池川に面した川部田から向津留一帯には、篠原に率いられた六小隊千二百名の中央軍が、南西の伊倉方面には、新八に率いられた五小隊千名の左翼《さよく》軍が、それぞれ進出した。

ところが政府軍は高瀬大橋を落とし、菊池川西岸に三千二百の部隊を展開させていた。

午前六時、高瀬大橋が落とされたことを知った篠原は、北方の川部田の渡しに向かう。川部田なら徒渉《としょう》できるからだ。

この動きを察知した第二旅団の三好少将は、迫間に移動して迎撃準備を整えた。

一方、薩軍の前衛を担うのは別府隊である。

徒渉しようとする別府隊に、政府軍が砲撃を加えることで、高瀬第三戦が始まった。この戦いは、後に西南戦争の天王山《てんのうざん》と呼ばれることになる。

政府軍の四斤野砲《よんきんやほう》の威力は凄まじく、薩軍の徒渉は困難を極めた。それでも薩軍は山砲《さんぽう》、野砲、臼砲を総動員し、徒渉を援護する。

砲声は雷鳴のように轟き、黒煙が空を覆う。兵の喊声《かんせい》と絶叫が混ざり合い、赤く染まった菊池川は、薩軍兵士の死体を淡々《たんたん》と下流に運んでいく。

だが損害は薩軍ばかりではない。

開戦劈頭《へきとう》、砲座で指揮を執っていた三好が肘《ひじ》に貫通銃創を負い、第二旅団本営に後送される。それでも政府軍の砲撃は止まない。

かたや桐野の右翼軍は、高瀬より七キロほど上流で菊池川を渡り、高瀬を目指した。これを迎え撃ったのが、迫間に布陣《ふじん》する乃木隊である。

乃木は陣頭に立って突撃するが、兵力に勝る薩軍は鎧袖《がいしゅう》一触《いっしょく》でこれを破り、桐野は難なく元玉名《もとたまな》まで進出した。

高瀬の東北三・五キロの元玉名には、標高八十メートルほどの稲荷山《いなりやま》という小丘がある。南関と高瀬を結ぶ街道の東にあるこの丘を押さえれば、玉名平野全体が見渡せるだけでなく、政府軍の南関からの支援部隊の来援を妨《さまた》げることができる。

しかし桐野は篠原隊との合流を優先し、この山の戦略的重要性を見逃していた。

一方、新八率いる左翼軍も、高瀬から二キロ半ほど下流の小島《おしま》から徒渉を開始した。

中央軍から左翼軍に増援された一番大隊の三小隊は、さらに南西から菊池川を渡り、左翼軍の左側を進んだ。

この部隊は、西郷小兵衛の一番小隊をはじめとした六百名である。

岩崎原に殺到した左翼軍を迎え撃ったのが、政府軍の第八大隊だった。

双方は激しい砲銃戦を展開したが、勝負はつかず、戦局は膠着《こうちゃく》状態になる。だが小兵衛ら増援部隊が敵の側背《そくはい》を突こうとしたことで、政府軍は浮足立ち、永徳寺《えいとくじ》と繁根木《はねぎ》の陣を捨て、北方へと敗走した。

この結果、新八率いる左翼軍は、対岸に高瀬を望む繁根木川河畔まで進出した。

同じ頃、元玉名まで進出した右翼軍は高瀬に迫ろうとしていたが、政府軍に阻止されていた。それでも桐野は強行突破を図るべく、部隊をひたすら前進させた。ところがその時、西方の稲荷山から砲銃弾の雨が降ってきた。これにより右翼軍の進撃が止まる。

ようやく稲荷山の重要性に気づいた桐野は、一部の部隊を割いて稲荷山の攻略を図ろうとしたが、山頂を確保した政府軍は薩軍の攻撃を凌《しの》ぎきる。結局、桐野は稲荷山を奪取できず、元玉名に釘付けにされた。

『西南記伝』には、「(稲荷山の攻防は) 此役《このえき》の天王山にして、一得一失《いっとくいっしつ》(一進一退)、両軍の運命を決すと謂《い》うべし。而《しか》して薩軍の稲荷山を占《し》めることを得ざりしは、実に第一着の失敗なりしなり」とある。

——あと一息だ。

黒煙が立ち込める中、新八は繁根木川を挟んで、高瀬の敵と砲銃戦を繰り広げていた。

高瀬に追い込まれた敵は、菊池川を隔てて中央軍とも砲銃戦を展開しており、火力をどちらかに集中できない。ここで北方から右翼軍が突入してくれば、「三面合撃策」は実現し、高瀬の政府軍は潰《つい》え去る。

——この戦は勝てる。

薩軍の「三面合撃策」は、あと一歩で成功するところまできていた。しかし日は、中天から西に傾き始めている。

——半次郎はまだか。

右翼軍が迫間に至ったという一報を、新八はひたすら待った。

「伝令！」

「どうした！」

「中島《なかじま》小隊長から『弾丸の補充を求む』とのことです」

補充用の弾丸は、すでに底をついている。

「中島に伝えよ。こちらにも弾はない。おいも後から続くので突撃せい」

「分かりました」

伝令が駆け去った。

――いよいよだな。

新八が白兵突撃を覚悟した時である。

敵の砲撃が突然、盛んになった。しかも、これまで届いていなかった敵の砲弾が、近くに落ち始めている。

――どうなっておるのだ。

兵が吹き飛び、味方の砲が破壊される。

敵の砲力が強化されれば、陣所を構築していない薩軍の不利は否《いな》めない。

「大隊長！」

その時、最前線で砲銃戦を展開していた二番小隊長の中島健彦《たけひこ》が、左翼軍の仮本営とした急造の胸壁に飛び込んできた。

「敵は菊池川河畔《かはん》の砲を、どんどんこっちに回してきています」

中島は鹿児島生まれだが、幼少の頃、藩主・島津茂久《しまづしげひさ》の小姓《こしょう》とされて江戸藩邸詰めとなったため、流暢《りゅうちょう》な江戸弁を使う。「容貌《ようぼう》温和、君子《くんし》の風あり」（『西南記伝』）と謳《うた》われた中島だが、戦となれば豹変《ひょうへん》し、辺見十郎太と共に薩軍の斬り込み隊長的役割を担っていた。

「菊池川河畔の砲を、こちらに向けているだと。どういうことだ」

「どうやら中央軍が撤退したようです」

「何だと」

新八は絶句した。

――勝ち戦ではないか。

誰よりも勇猛果敢《かかん》な篠原が、渡河もせずに兵を引くなど考え難い。

「このままでは、われらは壊滅します。いったん繁根木まで引きましょう」

その間にも前線からは、凄まじい砲声と断末魔《だんまつま》の悲鳴が聞こえてくる。

「致し方ない」

撤退の喇叭が吹かれると、味方が次々と戻ってくる。

その間も敵の砲撃は間断《かんだん》なく続き、兵の体が宙を飛ぶ。

「中島、わしはここで殿軍《しんがり》を引き受ける。お前は兵をまとめて繁根木まで引け」

「分かりました」

「待て」

胸壁から出ていこうとする中島を、新八が呼び止めた。

「この者も連れていけ」

新八が榊原の襟首《えりくび》を摑んだ。

「村田さん、私は――」

「うるさい！」

新八が榊原を引き倒すと、中島が抱え起こした。

「お前には軍旗を守ることを託した。撤退の時は、いち早く引くのが役目だ」

軍旗を守る従卒は、大将よりも先に撤退することが許されている。乃木が連隊旗を奪われたのも、連隊旗を託して先に逃がした兵が、銃撃されてしまったからだ。

「早く来い！」

中島に尻を叩かれるようにして、榊原が駆け去った。

しばらくすると、逃げてくる味方兵の数が減ってきた。

「よし、引くぞ」

新八も撤退に移ったが、敵の追撃はなく、殿軍は無事に繁根木まで引くことができた。

それから一時間ほど、繁根木で桐野の突入を待ったが、その一報は遂に入らなかった。

日没が近づいてきたため、新八は致し方なく、左翼軍を率いて菊池川対岸の伊倉へと引いた。

この後、桐野の右翼軍も撤退に移り、薩軍は菊池川西岸に一兵もいなくなった。

最終的に高瀬を守り切った政府軍が、戦略的勝利を得たことになる。

この戦い、すなわち高瀬第三戦の死者数は、三方面軍合わせて二十二名の薩軍に対して政府軍は六十四を数え、双方譲らぬ大激戦だったことを証明している。

伊倉に野営する新八が作戦失敗の理由を知ったのは、その夜のことである。

この日の午後二時頃、早朝から砲銃戦を展開していた中央軍では、一部の部隊で弾丸が尽き、その部隊が引き始めた。ところがそれにつられて、撤退命令が出たと勘違いした他の部隊も退却してしまった。これは後陣に控えていた篠原にも寝耳に水で、兵を前線に戻そうとしたが、次々と諸隊が引き揚げてきてしまい、収拾がつかなくなったという。

これにより余力の生じた高瀬の政府軍は、新八率いる左翼軍に向けて火力を集中し、撤退させることに成功した。

一方、右翼軍は稲荷山からの砲撃で足止めを食らい、合流が遅れたと分かった。「三面合撃策」にこだわる桐野が中央軍の渡河を援護することを優先し、戦略要地である稲荷山を取りにいかなかったことが敗因だった。しかも桐野が率いてきたのは、わずか三小隊であり、山鹿には十小隊も置いてきていた。十小隊あれば稲荷山奪取は確実であり、兵力不足が右翼軍の足を最後まで引っ張る形になった。

桐野としては、南関に駐屯《ちゆうとん》する野津少将の第一旅団が高瀬の救援に向かった場合、留守となった南関を、野村率いる十小隊に突かせようとしていたのだ。しかしこの温存策も、野津が動かなかったため空転した。

——衰勢《すいせい》に陥る時は、こんなものだ。

かつて東北戊辰戦争の折、新政府軍は、やることなすことすべてうまくいった。逆に会津《あいづ》をはじめとした奥羽越《おううえつ》列藩同盟軍は、すべてが裏目に出て、あれよあれよという間に崩壊していった。

時の勢いと言ってしまえばそれまでだが、勝者には、目に見えない何かが味方しているとしか思えない。

——われらは時代の流れに逆《さか》らっているのか。

新八には、日本の舵取《かじと》りを大久保利通《としみち》一人に担わせろと、天が言っているように思えた。

翌朝、左翼軍が木留に引き揚げようとしている矢先、一つの遺骸《いがい》が運ばれてきた。

付き従ってきた兵から、それが西郷小兵衛だと知らされ、新八は言葉を失った。

潰走《かいそう》する敵を追っている際、流れ弾《だま》が左胸に当たり、その場で息絶えたという。

「身幹《しんかん》長大、状貌秀偉《じょうぼうしゅうい》、しかして挙止沈重《きょしちんちょう》、言語寡黙《かもく》、また西郷翁《おう》の弟たるにそむかず」（佐々友房談）とたたえられた小兵衛は、長兄の隆盛からも厚く信頼されていたという。

この日、新八率いる左翼軍は、小兵衛の遺骸を守るように吉次峠を越えて木留に戻った。

木留では兵たちが整列し、外套《がいとう》で覆われた小兵衛の遺骸を迎えた。これに立ち会えなかった者たちも、「聞く者痛惜《つうせき》せざる者なし」というほど、人望ある小兵衛の死を悼《いた》んだという。

西郷は事前にその死を聞かされていたためか、無言で小兵衛を迎えた。

しかし肉親の死に直面しても、西郷の表情は変わらない。その大きな瞳《ひとみ》は、「わしもすぐ行きもす」と語っているようだった。

西郷の長男・菊次郎も担架《たんか》で運ばれてきた。桐野の右翼軍に属して戦った菊次郎は、敵の砲撃によって片足を吹き飛ばされていた。

西郷と共に新八も菊次郎を出迎えたが、西郷は視線を合わせ、ただうなずくだけで、ねぎらいの言葉もかけなかった。

その顔からは、一切の感情も読み取れない。

――ウドさあにとっては、肉親も皆と同じなのだ。

西郷が肉親を特別扱いしないのを、新八はよく知っていた。それゆえ新八も、率先して二人の息子を前線に出した。

長男の岩熊は三番大隊一番小隊に所属しているので、永山や辺見と共に海岸線の警備に当たっている。次男の二蔵は五番大隊に所属しており、熊本城包囲陣にいる。幸いにして二人は、死の危険が少ない部隊に配属されていたが、苦戦が続いて兵員が不足すれば、田原坂方面への配置替えも十分にあり得る。

前線に出ることになれば、生と死は隣り合わせだ。

すでに己や息子たちの死を覚悟している新八だが、息子が先立つのを見るのは忍びない。

――だが、それも覚悟せねばならぬ。

大隊長の一人として、新八は己の命を粗末《そまつ》にできない。つまり、息子の死を先に迎えることも十分にあり得るのだ。

多くの兵を殺しても、指揮官として無駄死にはできない。だとしたら、死んでいった者たちへの償《つぐな》いとして、息子たちの命を捧げねばならない。

――岩熊、二蔵、村田新八の息子として立派に死んでくれ。

新八は心中、二人の息子に語りかけた。

六

「三面合撃策」が失敗した薩軍は意気消沈《しょうちん》していた。

これが苦戦慣れした軍隊ならまだしも、自他ともに認める日本最強の軍団が、熊本城を攻略できず、さらに高瀬の戦いで事実上の敗北を喫《きっ》したとあっては、この戦いの帰趨《きすう》に不安を持つのは当然だった。

すでに兵士たちの間では、桐野や新八ら大隊長の指揮に疑問を持つ声も上がり始めていた。

敗軍の中で唯一、意気軒昂《けんこう》なのは野村忍介である。

山鹿に残ったため、野村は高瀬第三戦に参加していない。それゆえ、切歯扼腕《せっしやくわん》しながら戦況を見守っていた。しかしこうなってしまえば、自信をなくしつつある大隊長たちや、士気が衰えた兵たちを鼓舞できるのは、野村に代表される小隊長たちしかいない。

野村は、既存《きぞん》の十三小隊に熊本の協同隊四百や宮崎の飫肥《おび》隊五百を加え、三千の兵で南関を奪取する作戦を実行に移すべしと主張した。

ちなみに鹿児島出陣の折、一個小隊は二百名の編制だったが、死傷者によって目減りし、この頃になると桐野の四番大隊でさえ、十三の小隊数で二千余の兵力まで落ちていた。

元々、「強行策が失敗した時は、野村の策で行く」という約束なので、野村の作戦計画は実行に移されることになった。

一方、政府軍は、陸軍参軍の山県有朋や征討総督の有栖川宮が博多に到着した。続いて三月一日には、別働第一旅団を率いる大山巌《いわお》少将が、最新式の重砲を擁する砲兵隊を率いて博多に上陸した。

また有線通信施設も続々と届けられ、各所に駐屯する政府軍の間に架設《かせつ》されていった。これは「軍電」と呼ばれ、最終的には、八百キロに及ぶ通信網が敷設《ふせつ》されることになる。

それに比べて、戦国時代さながらに伝令や狼煙《のろし》を連絡手段としている薩軍は、情報戦の面で大きな後《おく》れを取っていた。

博多に着いた山県は、南関にいる野津に、自らが率いてきた諸隊が合流するのを待って攻勢に転じるよう命じた。ところが三好少将負傷のため、第二旅団の指揮も執ることになった野津は、第一・第二両旅団だけで攻勢を掛けるつもりでいた。さもないと守勢に転じた薩軍は、田原坂の防衛陣地をさらに強化してしまうからだ。

野津は「すぐに攻勢に転ずべし」と山県に意見具申《ぐしん》するが、田原坂の地形を知らない山県は、これを退ける。

後に田原坂を実見した山県は、野津の判断が正しかったことを認め、無謀な突撃で犠牲となった兵士を思って涙したという。

こうした空白期間を、薩軍は無駄にできない。

各地から馳せ参じた諸隊が加わり、総勢七千余となった薩軍田原坂守備隊は、昼夜を分かたず胸壁や堡塁の構築に当たっていた。

この時に築いた胸壁は、桐野の率いる別働隊三千がいる山鹿から、吉次峠の最高点にあたる標高六百八十一メートルの三ノ岳《たけ》まで及び、二十キロの長さとなる長大な防衛線を形作ることになる。

とくに大砲が通せる唯一の道である田原坂には、「五十歩に一堡塁、百歩に一胸壁」（『征西戦記稿《せいせいせんきこう》』）と、後に政府軍が嘆くほどの堅固《けんご》な陣を築いた。

つまり五十歩ごとに土塁《どるい》や土俵を盛り上げて道を遮断《しやだん》し、百歩ごとに兵が避退できる散兵壕《さんぺいごう》を築くことによって、神出鬼没《しんしゆつきぼつ》の陣地戦を展開しようというのだ。

三月一日、新八はいつものように、上半身裸になって鶴嘴《つるはし》を振るっていた。

雪がやんでからは晴天の日が多くなったが、この前後は曇天《どんてん》の日が増え、間もなく雨の日が多くなるという地元民の声も聞こえてきていた。それを考えれば、早急に工事を進めねばならない。

雨となれば、ミニエー銃などの前装銃を主力とする薩軍は、スナイドル銃などの後装銃を装備する政府軍に太刀打ちできない。

――降らんでくれよ。

天を見上げ、首に掛けた手巾《しゆきん》で汗をふいた時である。

「新八さん、精が出ますな」

二匹の犬を連れた西郷が現れた。いつもと変わらず薩摩絣《がすり》を着流し、下駄《げた》を履《は》いている。

作業している者たちが直立して敬礼すると、「よか、よか」と言って制した西郷は、のっしのっしと近づいてきた。

「ちと休みもはんか」

「はい」と言いつつ、新八が鶴嘴を置くと、西郷は犬のことなどを話しつつ、見晴らしのいい田原坂山頂に向かった。

山頂には、この冬の最後を飾るかのような北風が吹いていた。

常の大将であれば、己を威厳あるものに見せるべく、人前に出る時は、肩章《けんしよう》も派手派手しい軍服を着用し、胸には多くの勲章《くんしよう》をぶらさげる。

しかし西郷は、そんなことをしない。すでに西郷という存在自体が伝説であり、着飾ろうと着飾るまいと、その価値は変わらないからだ。

「新八さん、多くの二才が死にもした。その責《せき》は、おいが負わねばないもはん」

切り株に腰を下ろしつつ西郷が呟《つぶや》く。

新八は、それに何と答えてよいか分からない。

桐野であれば、「そんなことはあいもはん」と頭から否定し、西郷の気持ちを鼓舞しようとするはずだが、新八は、そんな慰《なぐさ》めを言う気になれない。

「そいは、おいたちにも責があいもす」

「いや、おいが殺したとです」

「ウドさあ」

苛立《いらだ》つように新八が言う。

「こげんなっことは、初めから分かってたじゃなかですか。そいを今更《いまさら》――」

「堪《こら》えてくいやい」

新八の言葉を遮ると、西郷は黙りこくってしまった。その顔には、この世の苦しみをすべて背負ったような苦渋がにじんでいる。

西郷は新八に救いを求めていた。だが新八は西郷を突き放した。言葉を尽くして慰めたところで、西郷の苦しみが和《やわ》らぐとは思えないからだ。

「ウドさあ、こいからいけんしもすか」

その問いには答えず、ただ西郷はうつむいている。

「もうやめたいんなら、やめもんそ」

すでに戦闘の火蓋《ひぶた》が切られた今となっては、誰も咎《とが》めなしというわけにはいかない。しかし新八や桐野が出頭し、西郷を拉致《らち》していたと言えば、新八たちは死刑になっても、西郷を救える可能性はある。

だが法廷で、「おいは知りもはん」と西郷が言うはずがなく、西郷も死刑になる公算が高い。

——やはり、戦いを続けるしかないのか。

犬の頭を撫《な》でていた西郷が、ぽつりと言った。

「もはや後には引けもはん」

「そいでは、最後の一兵となっまで戦い抜くっちゅうことで、よかですな」

西郷が顔を上げた。その視線の先は、政府軍が陣を布く北方に据えられている。

「戦を続ければ、薩摩はなくないもすか」

事ここに至っても、西郷の発想の中心には薩摩が鎮座している。それが西郷のよいところであり、限界でもある。

「こうなってしもうては薩摩も長州もあいもはん。日本は一つになろち懸命にもがいちょいもす。おそらく——」

新八はいったん言葉を切ると、思いきるように言った。

「こん戦は、そん最後の一つになうでしょう」

「そいがこん国にとって、よかちゅうことでしょうか」

「分かいもはん」

それが、新八の偽《いつわ》らざる本音である。

「そげんじゃろね。他国のもんも分からんから起ちもはん」

西郷の大きな顔に、自嘲《じちょう》的な笑みが広がる。

西郷は己が起てば、全国各地の不平士族が、われもわれもと起つと思っていた。ところがその目論見《もくろみ》は外れ、土佐《とさ》の板垣退助《いたがきたいすけ》さえ自重《じちょう》を唱《とな》えているという。

——戦機を読み取ることに長けた板垣のことだ。もはや、われらに勝ち目はないと踏んでいるに違いない。

熊本城を落とせず、菊池川以北に進出できない薩軍を、板垣は見限ったのだ。

——それは、全国各地の士族も同じことだ。

やはり他力本願で事態の打開を図ろうなどという考えが、甘かったのだ。

「ウドさあ、今ん政府が腐っちょることは誰《だい》にでも分かいもす。じゃっどん皆が皆、お国のために己の命を捧げる覚悟まではできておいもはん」

人は皆、命が惜《お》しいし、金や地位もほしい。それが分かっていないところに、西郷の愛すべき点と欠陥《けっかん》がある。

はないか。

――それを分からせぬようにしたのは、わしであり桐野であり、薩摩の同胞ではないか。

西郷が起てば天下が動くなどと考えるのは、薩摩人だけであり、他国の者たちは、冷静に戦況を見守っているのだ。

よしんば思惑通りに東京まで勝ち進み、大久保の政府を倒したところで、西郷新政府の要職には桐野や新八が就くだけで、他国の者たちにとって、現状はさして変わらない。

桐野や新八が西郷に倣《なら》って清貧を貫き、旧士族の権利を認め、貪官汚吏《たんかんおり》を駆逐《くちく》すると宣言しても、他国の者たちが信じるとは思えない。

――つまり、そんなあてにならないことに、命を懸けるつもりなどないのだ。

「ウドさあ、始《はい》めた喧嘩《けんか》は終わいまでやりもんそ」

「はい」

素直《すなお》にうなずくと、西郷が立ち上がった。

来た時と変わらず、西郷は犬の綱を引きながら、のっしのっしと道を引き返していった。

空は晴れ渡り、山々の上には薄く朧雲《おぼろぐも》が懸かっている。

子供の頃から見慣れてきた平凡極まりない風景が、新八には心底、愛《いと》おしく思えてきた。

──死が近づいておるのだ。

もはや鹿児島に帰ることはないものと、新八は思っていた。

七

三月三日、奇《く》しくも両軍が同時に動いた。

未明、山鹿に陣を張る桐野の別働隊が、南関に向けて進撃を開始する。熊本協同隊と飫肥隊の増援を受け、総勢三千人余の大部隊である。

山鹿から南関に至る道は二つあり、桐野や野村率いる主力部隊は本道の豊前《ぶぜん》街道を、残る部隊は北方の間道《かんどう》を進んだ。

政府軍も山鹿からの攻撃は想定しており、勾配《こうばい》のきつい車坂の難所に堡塁や胸壁を築き、頑強《がんきょう》に応戦してきた。

それでも桐野隊の先鋒《せんぽう》を担う堀新次郎の三小隊や協同隊の果敢な突撃により、午前八時頃、本隊は車坂の線を突破する。

この時、協同隊隊長の平川惟一《いいち》が戦死したが、それに挫《くじ》けることなく、逃げる政府軍を追って、薩軍は永野原《ながのはる》に殺到した。

しかし永野原の政府軍の防衛線は堅固で、どうしても抜けない。これを見た野村が、右翼の山裾を迂回して攻撃することで、ようやく突破できた。

勢いに乗った桐野らは、続く梅迫口《うめさこ》と腹切坂の敵も撃破し、間道を通った部隊が待つ板楠《いたくす》に到着した。ここで再び合流を果たした桐野隊は、翌四日の朝を期し、西方十キロほどにある南関に突入することになった。

一方、前日に増援部隊が次々と到着した政府軍は、この日、吉次峠と木葉に同時攻撃を掛けることにした。

吉次峠攻略部隊は未明、小島から菊池川を渡ると、薩軍が守備を放棄した伊倉を経て、立岩《たていわ》に前哨《ぜんしょう》陣地を築いていた薩軍に奇襲を掛けた。たまらず敗走する薩軍を追って原倉に至った政府軍は、激戦の末に原倉を占領し、吉次峠方面をうかがった。

これに対し、吉次峠を守っていた熊本隊の佐々友房は、敗走する薩軍を抜刀して押しとどめ、何とか戦線を維持しようとした。

だが敗勢に陥った軍は、なかなか言うことを聞かない。佐々が何とか態勢を立て直そうとしていると、三ノ岳方面にいた篠原が吉次峠に姿を現した。すると、薩軍の混乱は瞬時に収まった。

佐々は、この時の篠原の印象を「顴骨《けんこつ》（頬骨）高く秀《ひい》で眼光射るが如《ごと》く謹厳剛《きんげんごう》直《ちょく》の風あり。一見人をして畏敬《いけい》の心を起《おこ》さしむ」と記している。

夜明けと同時に高瀬から菊池川を徒渉した政府軍の田原坂攻略部隊は、薩軍が造りかけていた稲佐の防衛線に猛攻を掛け、これを落とすと、木葉で踏みとどまろうとする薩軍と激しく砲銃戦を展開し、これを粉砕《ふんさい》した。さらに薩軍を追った政府軍は、一気に田原坂の上り口にあたる境木《さかいぎ》まで達する。

なし崩し的に後退した薩軍は、要塞と化している田原坂に兵を集結させた。政府軍の攻勢があった場合、あらかじめ決めていた行動である。すなわち、木葉や境木といった平地で消耗戦を展開することを避け、余力を残して、田原坂の線で敵を押しとどめようというのだ。


三月四日は雨となった。

政府軍は、田原坂攻略部隊を二手に分けることにする。

一隊は田原坂北方を迂回し、平原を経て植木に向かったが、田原坂の北面陣地から集中砲火を浴びて、鈴麦《すずむぎ》まで撤退した。

一方、田原坂本道を進んだ一隊は、境木に布かれた砲列に援護され、中谷《なかたに》川に架かる眼鏡《めがね》橋を渡り、一ノ坂に突入した。

一ノ坂の上り口右手にあった松林が、薙刀《なぎなた》で切り払われたようになるほどの援護砲撃の後だったが、薩軍は散兵壕でこれを凌ぎ、政府軍が攻め上ってくるところを反撃に転じた。

次々と先頭を駆ける者が撃たれ、政府軍の行き足が鈍る。

それを見計らい薩軍抜刀隊が突撃する。白兵戦になると、薩軍は農民出身者が大半の政府軍を圧倒した。

「チェストー！」

肉を斬り、骨を断つ音と断末魔の絶叫が交錯《こうさく》する。

白兵攻撃によって討たれた政府軍兵士の死骸《しがい》は、折り重なるように田原坂の斜面に横たわり、川のように流れる血により、土の色が見えなくなるほどだった。

田原坂は狭い切通しで、左右は切り立った崖か谷である。そのため政府軍兵士は、唯一の道をしゃにむに登るしかない。薩軍の狙撃手は、先頭を走る敵兵に狙いを定め、一発必中の覚悟で狙撃する。身を隠したくとも遮蔽物《しゃへいぶつ》などない坂である。その場に伏せても狙撃手の格好の標的となる。来た道を引き返そうにも、後から後から後続部隊が押し上がってくるので、それもままならない。かくして政府軍兵士は、運を天に任せた突撃を繰り返すことになる。

『西南記伝』には、「官軍進む者は、必ず傷つき、退く者は必ず殪《たお》れ、復《ま》た一人の完膚《かんぷ》あるものなかりき（無傷の者は一人もいない）」とある。

夕方になり、政府軍は一ノ坂から退却していった。

それでも二俣台地を占拠できたので、全く無駄な攻撃にはならなかった。

新八は半高山にいた。

新八と篠原は、田原坂は守ることに徹し、吉次峠攻略を目指す敵を、反転逆襲によって叩くことにした。案の定《じょう》、敵は吉次峠攻略を目指し、原倉まで進んできた。

この一報を聞いた新八は、猛然と半高山を駆け下りた。

予期せぬ薩軍の急襲に、敵は驚き慌《あわ》て敗走する。野津の首は取れなかったものの、新八は原倉を奪回した。しかし篠原隊との合流が果たせなかったため、敵を深追いせず、木留の本営に戻った。

そこには、敵味方の負傷者が運び込まれていた。

敵の負傷者は、生き残る可能性のある者は後方に送って治療し、致命傷《ちめいしょう》を負っている者は、その旨《むね》を申し聞かせて死を納得させ、氏名・出身地・遺言《ゆいごん》を書き取ってから、とどめを刺す。

農民出身者が大半にもかかわらず、ほとんどの者は見苦しい態度を見せず、従容《しょうよう》として死を受け入れた。

新八は、本営前に敵味方の遺骸を並べ、陣僧に供養《くよう》を依頼した。

——皆、よく戦った。

敵味方の区別なく、新八は一人一人の顔を確かめ、彼らの勇気をたたえた。

——亡骸《なきがら》となってしまえば、敵も味方もない。

あらためて新八は、同じ日本人が敵味方に分かれて戦う愚《ぐ》を覚った。

いくつもの偶然が重なり、こうしたことになってしまったが、本来は、この国のために捧げるべき命である。

——内戦は、これを最後とすべきだ。

新八には敵を撃退した喜びよりも、その思いばかりが浮かんだ。

そこに驚くべき情報が入ってきた。

南関に迫っていた桐野が、山鹿まで撤退したというのだ。桐野の伝令によると、板楠に野営した桐野隊は、夜が明けるや南関目指して進撃を開始した。ところがその途次、田原坂方面の戦況を見にやらせた伝令が戻り、「田原坂でお味方大敗」と伝えてきた。

これに驚いた桐野は、いったん兵を板楠にとどめ、確報を待ったが、そのどれもが「薩軍大敗」と伝えてくる。「それでも南関に攻め寄せるべし」と主張する野村を抑え、桐野は山鹿までの撤退を決定した。

しかし山鹿に戻ると、「薩軍大敗」は虚報で、味方は田原坂を守り切ったとのことだった。

大幹部の間では意思疎通《そつう》が図《はか》れていた作戦も、末端《まったん》の伝令までは知らされておらず、味方が稲佐と木葉の防衛線を放棄したことを、伝令たちは大敗を喫したと勘違いしたのだ。

桐野は天を仰ぎ、野村は地団駄《じだんだ》踏んで口惜《くや》しがった。今後の戦況を占う上で、南関を取るかどうかは、それだけ重要だった。

新八が愕然《がくぜん》としていると、西郷が入ってきた。

「ウドさあ、作戦は失敗しもした」

「聞きもした」

西郷がその巨体を椅子に下ろすと、椅子が悲鳴を上げる。

――もはやウドさあにとっては、作戦が成功しようが失敗しようがどうでもよいのだ。

勝とうが負けようが、この戦が終わった時、西郷は死を選ぶであろうと、新八は思った。

「新八さん、今日も多くの二才《にせ》が死にもしたの」

「仰せの通り、敵も味方も多くの者たちが死にもした」

「二才が死ぬのに、敵も味方もあいもはん」

西郷が肩を落とす。

——それではなぜ、戦いを続けるのか。

それを問うてしまえば、西郷をさらに苦しめることになる。

「こいからは、もっと死にもす」

「やっぱい、そげんないもすね」

「そいでも、ウドさあはよかな」

それには何も答えず、西郷はただ腕を組んで目を閉じていた。

「ウドさあ、そいに耐えられもすね」

「耐えられもはん」

西郷がきっぱりと言った。

「そいでは、ないごて戦を続くとですか」

その問いに、西郷は黙して語らない。

その時、幔幕《まんまく》の外から榊原政治の声がした。

「大隊長」

「何だ！」

新八の不機嫌を知り、恐る恐る榊原が言った。

「篠原大隊長が——、おいでです」

「おう藤十郎、入れ」

新八が出入口に向かって怒鳴ったが、どうしたわけか篠原は入ってこない。

「どした！」

「篠原さんは――」

それに続く榊原の言葉は、嗚咽《おえつ》でかき消された。

西郷の顔を見ると、先ほどまでの茫然《ぼうぜん》とした色は消え、その巨眼《うどめ》で、身じろぎもせず出入口を見つめている。

「篠原君のご遺骸を入れてくいやい」

西郷が厳《おごそ》かに言う。

――まさか、藤十郎が死んだというのか。

新八には今、目の前で起こっていることが、にわかに理解できない。

榊原が幔幕を押し開くと、担架に乗せられた篠原の遺骸が入ってきた。

それを持つのは篠原の従卒の伴兼之と、五番大隊八番小隊長の石橋清八《せいはち》である。

「藤十郎どん、長い間、あいがとございもした。こいからは、ゆるりと休んでくいやい」

長机の上に横たえられた篠原の遺骸を前にして、直立不動の姿勢を取った西郷は、深く頭を下げた。新八と従卒たちもそれに倣う。

篠原の死を看取《みと》った石橋によると、この日に限って篠原は、近衛兵の制服に白縮《しろちり》緬《めん》の兵児帯《へこおび》を締め、裏地の真紅《しんく》が鮮やかな黒羅紗《くろらしゃ》の外套をまとい、腰には銀装の大刀を佩《は》いていたという。

――死を覚悟していたのだな。

質素を好む篠原である。死出の旅のために用意していた軍装としか思えない。

石橋の話によると、原倉の六本楠《ろくほんぐす》という地で敵と遭遇《そうぐう》した篠原隊は、砲銃戦を展開した。

篠原自ら銃を取り、立射《りっしゃ》しつつ前進する。これを見て、さすがに危ないと思った石橋が、「もちっと下がってくいやい」と外套の裾を押さえると、「清八どん、構《かも》な！　おいの死に場所は、おいが決めちゃる」と、篠原は答えたという。

篠原の気迫に押された敵は浮足《うきあし》立ち、やがて退却に移った。

「さてと、原倉に行っか」

そう言って篠原が前に一歩、踏み出した時である。

突然、斉射《せいしゃ》音が響き、篠原は倒れた。

「篠原さん！」と叫びつつ駆け寄った石橋の胸倉《むなぐら》を摑んだ篠原は、「おいのことはうっちょけて、せしこ（急いで）原倉に向こべし」と言って、事切れたという。

敵は近くの雑木林に隠れ、篠原を狙っていたのだ。たちまち雑木林を包囲した薩軍は、銃撃の雨を浴びせた。

その後、雑木林の中を調べると、何人かの政府軍兵士の死骸が転がっていた。

その中の一人の死骸を見て、石橋は唖然《あぜん》とした。

「まさか江田が――」

死骸の一つは、近衛兵時代に篠原の直属部下だった江田国通《くにみち》少佐だった。

江田は、かつて上野戦争や東北戊辰戦争でも活躍した篠原股肱《ここう》の部下である。その勇猛果敢さは、猛者《もさ》ぞろいの薩摩隼人の中でも際立《きわだ》っており、篠原はいたく江田を可愛《かわい》がっていた。

西郷が下野した時、江田は篠原や桐野と袂を分かち、そのまま近衛兵に残る道を選んだ。それについては今更、とやかく言うつもりはない。しかし新八には、なぜ江田が己の身を犠牲にしてまで、大恩ある篠原を討ちたかったのかが分からない。

かつて共に戦場を駆け、互いに助け合い、酒が入れば肩を組んで故郷の歌を歌った同胞が殺し合わねばならない現実に、新八は慄然《りつぜん》とした。

「藤十郎どんだけでなく、正蔵《しょうぞう》どんも死にもしたか」

目頭《めがしら》を押さえた西郷は、はらはらと涙をこぼした。

正蔵とは江田の通称である。西郷にとっては、篠原も江田も同胞なのだ。

もはや新八に言葉はなかった。

指揮官でありながら、命の危険を顧《かえり》みず先頭を進んだ篠原も、自らの命を犠牲にしてまで篠原を討とうとした江田も、新八には理解できない。

何のために同胞が殺し合うのか、考えれば考えるほど、新八には分からなくなってきた。

篠原の一番大隊は、代わりとなるべき一番小隊長の西郷小兵衛もすでに戦死しているため、当面、大隊長は置かず、小隊単位で機動的に運用されることになった。

その結果、吉次峠方面の守備隊は、新八が指揮を執ることになる。

この日の戦いは、これまでになく凄惨を極めた。政府軍の死傷者は二百十七名に達したが、それでも田原坂を抜けず、吉次峠方面への攻撃も失敗したことで、政府軍兵士に「薩軍強し」を改めて印象付けることになった。

夕刻、野津率いる政府軍主力部隊は、菊池川を渡河し、高瀬に引いていった。結局、この日の大攻勢で、政府軍は菊池川以東の稲佐、木葉、二俣台地の線を押さえただけに終わった。

しかし薩軍も、伝令の勘違いから大魚《たいぎょ》を逃したことに変わりはない。

田原坂の戦いは、いつ果てるとも分からぬ膠着状態に陥りつつあった。

八

多くの犠牲を払いつつも、政府軍は菊池川以東の地の一部を確保した。これを足掛かりに田原坂を攻略せねば、犠牲となった者たちは報われない。

占領地の死守を掲げた政府軍は三月五日、二俣台地に堡塁や胸壁を築き、田原坂攻略の橋頭堡化を図ろうとしていた。

一方、敵の菊池川以東への進出を許した薩軍は、これを追い返すべく同日、奇襲攻撃を敢行する。

熾烈《しれつ》な戦闘が繰り広げられ、政府軍は五十六名もの死傷者を出したが、何とか占領地を守り切った。

翌六日、さらに占領地を拡大すべく、今度は政府軍が第二次総攻撃を行う。これに対して薩軍は抜刀攻撃によって政府軍を斬りまくった。この日、政府軍の死傷者は九十九名に上った。

七日、作戦を変更した政府軍は、田原坂と吉次峠方面の攻撃を陽動とし、決死隊に木葉川沿いの低地を進ませた。舟底《ふなぞこ》から中久保を経て、あわよくば木留の薩軍本営を陥れようというのだ。

この作戦は、四日の戦いで確保した二俣台地から、砲撃による援護を受けられるからこそ可能だった。

しかし横平山を守る熊本隊が、政府軍の動きをいち早く察知し、逆に二俣台地に攻め上った。

これにより、二俣台地の政府軍砲台の援護力が弱まり、決死隊は舟底と中久保の中間辺りで薩軍に囲まれた。

木葉川沿いの隘路《あいろ》に敵を押し込めた薩軍は、銃撃と抜刀攻撃によって、決死隊を壊滅させた。

この結果、七日の政府軍の死傷者は二百五十九名を数えた。

だが政府軍も、田原坂突破にすべてを懸けていたわけではない。

同日、前左大臣の島津久光《ひさみつ》の薩軍への荷担《かたん》を未然に防ぐべく、大久保は、勅使《ちょくし》として柳原前光《さきみつ》を鹿児島に派遣した。これには、鹿児島出身の黒田清隆《きよたか》（参議兼開拓使長官）と高島鞆之助《とものすけ》（陸軍大佐）も随行している。

一行は軍艦四隻と二千の兵に守られて鹿児島に上陸、いまだ旧藩時代の勢力を保持する島津久光に釘を刺し、西郷暗殺計画が露見して薩軍の捕虜《ほりょ》となっていた中原尚雄《なおお》らを解放した。さらに県令の大山綱良《つなよし》を逮捕《たいほ》し、薩軍の武器調達を行っていたウイリスを鹿児島から退去させた。中でも大きかったのは、薩軍の弾薬を没収し、火薬製造所や船舶《せんぱく》を破壊したことである。

この日の夜、翌日の手配りを終えた新八が木留の本営に戻ると、従卒の榊原政治が熱い茶を淹れて待っていた。

「いつもすまぬな」

「前線に立つ方々に比べれば、大したことではありません」

後方にいることに不満を感じている榊原が、少し皮肉を込めて言った。

共に庄内藩から派遣されてきた伴兼之は、篠原亡き後、前線への配置換えを希望し、今は抜刀隊の一員になっている。

「わしが死ねば、お前も前線に出られる」

「そういう意味ではありません」

榊原が口を尖《とが》らせた。

「まあ、焦《あせ》るな。これだけ弾が飛び交《か》っているのだ。死ぬのはいつでもできる」

この戦場で、それを戯《ざ》れ言《ごと》として聞く者はいない。

政府軍が田原坂の戦闘で費消《ひしょう》した弾丸は、一日平均三十二万発、多い日は六十万発である。後の日露戦争における旅順《りょじゅん》攻撃において日本軍が費消した弾丸でさえ、一日平均三十万発で、田原坂に及ばない。

その中には、双方の撃ち合った弾丸が空中で衝突した「かち合い弾（行合弾）」も多くあり、田原坂周辺は、まさに「弾雨降り注《そそ》ぐ」という形容がふさわしい戦場と化した。

「伴とは話ができたか」

「はい。篠原さんの遺骸を運んできた際に、一言、二言ですが――」

「責任を感じていただろうな」

「ええ。篠原さんの前を固めようとしても、雷鳴のような怒声《どせい》で『下がってお れ！』と言われ、致し方なく篠原さんの背後に身を引いたところを撃たれたそうです」

新八に言葉はなかった。

――篠原は、高瀬第三戦の責を一身に背負っていたのだな。

高瀬第三戦において、弾丸の欠乏から篠原の中央軍が退却を始めたことで、「三面合撃策」が失敗したのは事実である。

それは篠原一人の責に帰《き》すべきことではないにせよ、武だけを己のよりどころとして生きてきた男にとって、耐えがたい屈辱《くつじょく》だったに違いない。

「伴は死ぬ覚悟です」

榊原が唐突に言った。

「私も死なせて下さい」

「馬鹿野郎！」

新八の中で何かが爆発した。

「それで藤十郎が浮かばれるのか。伴とお前が生き残り、この戦いを語り継いでこそ、藤十郎や死んでいった仲間も報われるのだ！」

「は、はい」

「命を粗末にしてはいかん。指揮系統から、わしは伴に何も言ってやれぬ。しかし次に会った時、お前からそのことを伝えてやれ」

「分かりました」

榊原が肩を震《ふる》わせつつ言った。

「実は、伴の兄さんも、敵としてこの戦場に来ているそうです」

「何だと」

榊原によると、伴兼之は伴家の四男で、上に長男の兼吉《かねきち》、鱸《すずき》家に養子入りした次男の成信《なりのぶ》、同じく秋保《あきほ》家に養子入りした三男の親兼《ちかかね》がいる。

「こちらに来ているのは次兄の成信さんです。成信さんは陸軍嚮導《きようどう》団に入り、少《しよう》尉《い》になられているそうです」

榊原が言葉を震わせつつ続けた。

「私も成信さんをよく知っています。庄内藩士は皆、西郷先生が大好きです。中でも成信さんは、西郷先生を敬愛すること一方《ひとかた》でなく、兼之さんと私が鹿児島に留学すると決まった時には、『よかった、よかった』と、手を叩いてお喜びでした」

――何ということだ。

新八は暗澹《あんたん》たる気持ちになった。

――われらは誰と戦っておるのだ。そもそも敵など、どこにいるのだ。

政府軍として戦っている旧薩摩藩士はもとより、長州藩出身の山県有朋でさえ、西郷という男を愛している。西郷を憎んでいる人間など、この国にいないと言っても過言ではない。

――一蔵さん以外にはな。

その大久保とて、どこまで本気で西郷を憎んでいるのか分からない。否《いな》、憎んでいるのではなく、行きすぎてしまった愛情の始末に困り、西郷を殺すしかなくなっているのだ。

――皆、訳の分からぬままに戦い、傷つき、死んでいくのだ。

榊原が続けた。

「成信さんが、あまりに西郷先生のことを敬愛するので、嚮導団時代の同僚で、西郷先生が下野した際、鹿児島に戻ることになった宮里正俊《みやさとまさとし》さんが、西郷先生の書幅《しょふく》を贈ったとのことです」

「宮里が――」

宮里は薩軍に加わり、今は永山に付き従って沿岸防備に当たっている。

「そこには、こう書かれていました」

榊原は、西郷が作ったというその五言律詩《ごごんりつし》を暗記していた。

一貫す唯々《いい》の諾《だく》
従来鉄石《てっせき》の肝《かん》
貧居傑士《ひんきょけっし》を生じ
勲業《くんぎょう》多難に顕《あら》わる
雪に耐えて梅花《ばいか》麗《うるわ》しく
霜《しも》を経て楓葉丹《ふうようあか》し
如《も》し能《よ》く天意を識《し》らば
豈敢《あにあ》えて自《おのず》から安きを謀《はか》らむや

「一旦《いったん》心に許したことはどこまでも貫き通し、これまでの鉄や石のように堅《かた》い精神を持ちつづけよ。貧乏な家にすぐれた人物が生まれ、手柄《てがら》は多くの苦難を経た後、世にあらわれる。梅の花は雪のきびしさに耐えぬいて美しく、かえでの葉は霜のきびしさにふれた後、真赤にもみじする。もし、そのように自然の理《ことわり》を理解できたら、どうして強いて自分で安楽になろうとすることがあろうか。そんなことはしなくてよい」（佐高信《さたかまこと》訳／『西郷隆盛伝説』より）

この律詩は、「外甥政直《がいせいまさなお》に示す」という題が付けられている。

政直とは西郷の妹コトの三男・市来勘六《いちきかんろく》のことで、明治五年（一八七二）、勘六がアメリカに留学する際、西郷はこの律詩を与えた。

この時代の人間の気概《きがい》をこれほど端的《たんてき》に表した詩はなく、そこに書かれているのは、まさに西郷の生き方そのものである。

鱸成信は日々、この律詩を口ずさんでいたため、弟の伴兼之はもとより、榊原も覚えてしまったのだという。

その成信が、敬愛する西郷を討つべく、この地に来ているのだ。

ちなみに伴兼之の兄・鱸成信は四月六日、植木で戦死することになる。

「村田さん、われわれは何のために戦っているのでしょう」

――その問いには誰も答えられない。

新八は無言でコンサーティーナを取り出すと、『ル・タン・デ・スリーズ』を弾き始めた。

寂しげな旋律が辺りに漂う。

「榊原」

「はっ」と言いつつ、うつむいて唇を噛んでいた榊原が顔を上げた。

「わしには、ある思い出がある」

「思い出——」

「そうだ。あの懐かしい地でのことだ」

フランスでの思い出を榊原に語る決心が、ようやくついた。

明治五年も六月に入り、心なしか雨の日が多くなった気がする。

在仏も二カ月を過ぎ、すっかりパリの生活に慣れた新八は、郊外まで足を延ばし、フォンテンブロー公園をあてもなく歩いたり、サンジェルマン・アンレに鉄道を見に行ったりしていた。

いつ来るか分からない岩倉使節団本隊のための下準備は、五月初めには終わっており、後は関連官庁に見学日程を告げて、調整してもらうだけだ。

西園寺公望《きんもち》はバカロレア（大学入学資格試験）に合格したものの、パリ大学のディプローム（修了免許状）を取るべく、勉強せねばならないという建て前があり、昼は出歩きたがらない。ほかの日本人たちの目を気にしているのだ。それでも夜になると元気になるのは、相変わらずだった。

一方、高崎正風《まさかぜ》は生来、生真面目な性質《たち》のため、昼は図書館に通い、夜は宿舎で読書するという毎日を送っている。

そうしたことから、新八は一人、馬車と徒歩で名所をめぐるようになった。それでも、たいていの名所に行ってしまうと、暇を持て余すようになる。それゆえ新八は、あてもなくパリの街を歩いた。

オスマンの大改造は、観光客の目に付きやすい場所から始められたらしく、いまだ古いパリの雰囲気を残す街区が、そこかしこに残っている。

そぼ降る雨の中、この日も新八はパリ六区を散策した。

六区のシンボルは、サンジェルマン・デ・プレ教会である。そのロマネスク様式の尖塔《せんとう》の周囲は、立ち退きが徹底されていないらしく、そこかしこに庶民の生活の臭《にお》いが漂っている。石畳の中央に穿《うが》たれた小さな路央下水溝《ろおうげすいこう》にも、生活水が絶えず流れており、どこかで誰かが、ひっそりと暮らしているのが分かる。

しかし、郊外の労働者住宅地で見られたような所狭しと掛けられている洗濯物や、子供たちの騒ぐ声はなく、町全体は静まり返っていた。

さすがに人が減ったためか、パリ名物の汚臭《おしゅう》は、ほのかにする程度だ。オスマンの大改造以前に貧民街で見られたような、便壺《べんつぼ》で用を足したものを夜の間に、路央下水溝に流すようなことは、もうないのだろう。

西園寺の話によると、一八三二年のコレラ大流行の際、政府が「糞尿《ふんにょう》を路上や川に流すな。生活廃棄物（生ゴミなど）は、しかるべき場所で焼却《しょうきゃく》せよ」と通達しても、住民たちは「自分だけは大丈夫」とばかりに生活習慣を変えようとしなかった。そのためコレラは猖獗《しょうけつ》を極め、パリだけで一万八千人が死亡した。

一方、糞尿を肥料として使うという廃棄物再利用の仕組みが、うまく回っている日本では、江戸期に入ってから疫病《えきびょう》の発生は極端に少なくなっていた。

――西洋人というのは不思議なものだ。

産業革命に見られるように、西洋人は特定分野に凄まじいばかりの力を発揮するが、人の命にかかわるような肝要《かんよう》な部分に手抜きをする。

――つまり、そこに金を稼《かせ》ぐ機会がないと分かると、誰も熱意を持たないのだ。

新八の目から見ると、西洋人は利己《りこ》主義者の集まりである。その時、自分さえよければ、後はどうなろうと構わないのだ。

――ところが、われらは違う。

日本人、とくに薩摩人のような閉鎖《へいさ》社会を生きてきた者にとって、郷中《ごじゅう》は家族と変わらず、郷中外でも薩摩人なら、血のつながった親類のようなものだった。

そうした横のつながりだけでなく、縦のつながり、すなわち、これからの時代を生きる子々孫々のためを考え、行動するのが日本人である。それは日本が島国であり、なおかつ幕藩体制によって、藩という単位で各地の独立性が保たれてきたことによる。安定した時代が続いた結果、藩という概念の浸透は領民にまで及び、藩は、そこに生きる人々の誇りにまで昇華された。

――和魂《わこん》洋才か。

維新この方、明治新政府はこの方針を掲げ、西洋の文物《ぶんぶつ》を取り入れることに意欲的だった。しかし、それがあまりに性急に過ぎ、和魂の部分が、なおざりにされている気もする。しかも大久保を首班とする政府は、藩を解体し、日本人が日本人として拠《よ》って立つべき唯一の矜持《きょうじ》である武士という概念をも破壊しようとしている。

――その調和を保っていくことが大切なのにもかかわらずだ。

そんなことを思いつつ歩いていると、見知らぬ街路に迷い込んでしまった。

――先ほど、ドラゴン通りという看板を見たが。

辻馬車も通れる広さのドラゴン通りから、いつの間にか、名もない狭い路地に入り込んでしまったらしい。左右には半ば廃屋《はいおく》と化した建物が続き、日中でも日が差すことはないのだろう。湿った路面には苔《こけ》が生えている。

――困ったな。

地図を見ようと、手に提《さ》げていた小さな鞄《かばん》を下ろした時である。

風のように現れた何者かが、鞄を奪って駆け去った。鞄の中には、ほぼ全財産が入っている。

「あっ、何《なん》すっ!」

思わず鹿児島弁が出た。

一瞬、見えた背中から、それが子供と分かった。

新八は必死にその後を追う。

その小さな生き物は、犬よりも素早く路地から路地を駆け抜けていく。そのあまりの速さに、新八でさえ付いていけない。

遂にその姿を見失い、路地を走り抜ける靴音だけが聞こえるようになった。

――こいつはまずいな。

ところが突如《とつじょ》、靴音が止まると、門扉《もんぴ》を開ける音がした。

新八はその音を記憶に刻み付けると、子供が消えたと思《おぼ》しき街路に立った。

――さてと、どの建物か。

その街路はひっそりとしており、人の気配はない。

新八は最初の門扉を開けてみたが、音が違う。続いて対面の建物の門扉を押してみるが、これも違う。何軒か試した後、記憶に残る音と同じ音がする門扉に出くわした。

――ここだ。

中に入ると、じめじめした空気が鼻をつく。

――人が住んでいないのだな。

すでに立ち退きが始まっているらしく、建物の内部は静まり返っている。

新八は注意深く床を見た。思った通り、子供のものと思《おぼ》しき濡れた靴跡が点々と階段を上っていた。

その足跡をたどっていくと、階段の終着点である屋根裏部屋の前で消えていた。

その時、中から物音と人声が聞こえた。

――女性か。

母親が子供を叱《しか》っているようだが、その声は弱々しく、新八のフランス語の知識では聞き取れない。

――致し方ない。

内心、苦笑を漏《も》らしつつドアノブに手を掛けると、鍵など掛かっておらず、音を立ててドアが開いた。

その大仰《おおぎょう》な音が鳴りやむ前に、こちらを見る女性と、五歳くらいの男の子の姿が目に入った。

女性の手には、新八の鞄が握られている。

「ボンジュール、マダム」

新八は皮肉交じりに挨拶すると、部屋の中をつかつかと進み、二人の前に立った。

男の子は「しまった」という顔をして何歩か後ずさったが、女性は、いかにもすまなそうに顔を伏せている。

母親と思われるその女性は意外に若く、透《す》き通るように白い肌をしていた。その瞳も青く澄んでおり、人形かと見紛《みまが》うばかりである。しかし、半身を床《とこ》の中に入れており、目の下に隈《くま》のあることから、何らかの病気にかかっているようだ。

「マダム、それは私のものです」

新八がフランス語で言うと、女性は困ったように顔を伏せた。

「申し訳ありません。この子は手癖が悪くて」

「私は鞄が戻れば、それで結構です」

「警察には――」

「伝えません」

　女性が安堵《あんど》のため息をついた。

「それではマダム」

　鞄を受け取る際、新八は、その女性の腕が異様に細いことに気づいた。

「マダム、つかぬことをお聞きしますが、ご病気なのですか」

「はい。長く患《わずら》っております」

「食べ物はあるのですか」

　女性が驚いたように顔を上げた。

「私のことを心配していただけるのですか」

「はい」

「ご心配には及びません」

「これは失礼しました」

　新八が軽く頭を下げると、女性が男の子に言った。

「マラン、こちらの紳士に謝りなさい」

　しかしその子は、敵意をあらわにした目を新八に注いでいる。

「マラン、聞き分けのない子。どうか私の言うことを聞いて」

　マランと呼ばれた男の子は、堰《せき》を切ったように泣き出した。

――致し方ない。

新八は財布《さいふ》からいくばくかの銀貨を取り出すと、薄汚れたシーツの上に置いた。

「これだけあれば、何回か食事はできるでしょう」

「えっ、いただけるのですか」

「もちろんです。ささやかですが――」

「何とお礼を申し上げていいか。これでマランに食事を与えられます」

女性は銀貨を手にすると、押し頂くようにした。

「ずっと食べていないのですね」

「はい。お恥ずかしい話ですが」

室内を見回すと、家財道具らしきものはほとんどない。

――最初からなかったのか、売り払ったのか。

いずれにしても、その女性と子供は、パリで生活する者の最下層に属していることだけは確かだ。

「ここは、もうすぐ壊されるのですね」

「そう聞いています」

「立ち退きはいつになりますか」

「二月《ふたつき》ほど先です」

「行くあてはあるのですか」

女性は力なく首を左右に振った。

――身を寄せる場所もなく、仕方なくここに残っているのだな。

立ち退きに際し、フランス政府がいくばくかの補助を出すとは聞いていたが、それとて雀《すずめ》の涙に違いない。使い切ってしまえば、それまでである。

「この子は施設に入れられるでしょう」

「どうしてですか」

「この子は、私の子供ではありません。浮浪児《ふろうじ》でした。しかも耳が聞こえません。私が自分の子だと言い張っても、官憲は、この子をどこかに連れていきます」

パリには、何らかの理由で親から捨てられた浮浪児がうようよいた。マランという十《とお》にも満たない少年が、どのような経緯で両親と別れたのかは知る由もないが、両親が生きていくのに精一杯だったことだけは間違いない。

「あなたの名は」

女性が初めて、そのきらきらと光る青い瞳を新八に合わせた。

「ラシェルと言います」

「私の名は新八」

「シ、ン、パ、チ」

「そうです。日本から来ました」

「あのジャポンからですか」

ラシェルと名乗った女性の顔が一瞬、明るくなった。日本について、何か知っているのかもしれない。

「日本に関心がおありですか」

「はい。色彩豊かな国と聞いています」

先ほどまでの疲れ果てた顔が嘘のように、ラシェルの顔が少女のように輝いた。

フランス人が、浮世絵を通じて日本に強い関心を持っていることを、新八は思い出した。

「仰せの通り。日本には、山にも海にも色が溢れています」

「いつか行ってみたい」

ラシェルの瞳は遠くを見つめていた。

「こんなお願いをするのは気が引けますが、日本の話を少し聞かせていただけませんか」

「いいですよ。私もフランス語の勉強になる」

新八は快くうなずき、二時間ばかり日本のことを語ってやった。

ラシェルは、目を輝かせて新八の話を聞いていた。その傍《かたわ》らでは、不思議そうな顔をしてマランが二人を見つめている。

新八のパリでの生活は、奇妙な方向に舵《かじ》を切り始めていた。

「榊原、私は薩摩の〝木強者《ぼっけもん》〟にすぎない。本来であれば、そのまま〝木強者〟として生き、死んでいくだけだった。しかし──」

「しかし──、どうしたのです」

榊原は、頰を紅潮《こうちょう》させて次の言葉を待っている。

「人は、人との出会いによって人生が変わる」

「どういうことです」

それには答えず、新八が、再びコンサーティーナを手にしようとした時である。

突然、砲声が轟き、続いて豆を炒《い》るような銃撃音が続いた。

「何事だ！」

榊原と共に仮兵舎の外に出ると、伝令が走ってきた。

「夜襲《やしゅう》です！」

「場所は」

「一ノ坂！」

「よし、行くぞ。皆に集まるよう伝えよ」

新八がそう命じると、榊原をはじめとした新八付きの従卒たちが、四方に散っていった。

九

八日の夜、一ノ坂に夜襲を掛けた政府軍だったが、薩軍の反撃に遭い、百五十一名もの死傷者を出して撤退した。薩軍の抜刀攻撃は、昼間より夜の方が脅威《きょうい》だと知った政府軍は、以後、夜襲を控えることになる。

田原坂正面からの攻略をあきらめた政府軍は、田原坂本道を見下ろせる位置にある横平山の奪取を目指した。

横平山は三ノ岳や半高山から続く尾根の末端に位置し、その頂上からは田原坂だけでなく、政府軍が確保している二俣台地を一望できる。それゆえ政府軍の動きや配置は、薩軍にすべて把握《はあく》されてしまう。

その横平山の先端に築かれているのが、薩軍の五郎山堡塁である。この小さな丘が、双方の激戦の舞台となった。

九日、二俣台地から横平山に進もうとした政府軍と、五郎山堡塁でこれを阻止しようとした薩軍の間で、激しい砲銃戦が展開された。

双方、押しては引いての展開になり、白兵戦にまでもつれ込んだが、多大な犠牲を払いつつも、政府軍が五郎山堡塁を奪取した。これにより政府軍は、横平山攻略の足掛かりを摑んだ。その代償として、この日の政府軍の死傷者は、実に百八十二名を数えた。

十日を休養にあてた政府軍は翌日、横平山に総攻撃を仕掛ける。

双方は一歩も譲らぬ攻防を繰り広げるが、薩軍は砲銃戦の合間に抜刀突撃を効果的に織り交ぜ、政府軍を寄せ付けない。結局、この日の政府軍の死傷者は、百七十三名に及んだ。

政府軍の損害も甚《はなは》だしかったが、補充のない薩軍にも余裕がなくなりつつあった。とくに弾丸の欠乏は深刻で、夜になると戦場を回り、弾丸を拾い集め、鋳直《いなお》して使うという有様である。

政府軍は、十三日を期して再び横平山に総攻撃を掛ける予定でいた。しかし十三日は風雨が激しく、翌日に延期される。

桐野の担当する山鹿方面では、山鹿の西二キロほどの鍋田で戦闘があり、村田三介が戦死した。村田三介とは、緒戦で乃木希典の軍旗を奪取する功を挙げた五番大隊二番小隊長のことである。

十三日、新八が半高山の陣所で飯を食っていると、懐かしい顔が幔幕をくぐってきた。

「まっさか――、宇太郎《うたろう》どんではあいもはんか」

新八は唖然とした。

「お久《さ》しかぶいです」

貴島清《きじまきよし》が、その長身を折り曲げるようにして頭を下げた。

「おじゃったもんせ」

歩み寄った新八は、貴島の分厚い手を力強く握った。

天保《てんぽう》十四年（一八四三）、鹿児島県新屋敷町で生まれた貴島は、新八より七つ年下で、世代的には新八や桐野と、別府や辺見の間に位置する。幼少の頃から、その才は傑出《けっしゅつ》しており、鹿児島の次代を担う一人として、西郷や大久保から期待を寄せられていた。

鳥羽伏見《とばふしみ》の戦いから東北戊辰戦争にかけて活躍した貴島は、明治四年には近衛陸軍少佐、熊本鎮台鹿児島分営長を務めた。しかし明治七年、貴島が東京出張中、失火から鹿児島分営が焼失し、その責任を取って辞任した。折しも西郷らが下野し、私学校《しがっこう》が設立されたが、貴島は、どちらかというと私学校に批判的な立場を取っていた。

ところが熊本で薩軍と政府軍の間で戦いが始まり、鹿児島にも薩軍の苦戦が伝わってくると、居ても立ってもいられなくなった貴島は、宮崎県方面の同志四百を募《つの》って決起した。これに呼応《こおう》した旧高鍋藩士の坂田諸潔《もろきよ》は、百三十の兵を率いて貴島と合流し、共に田原坂まで進んできた。

　この両隊に加え、飫肥・佐土原《さどはら》・高岡などからやってきた増援部隊を統合し、新たに八番大隊が結成され、貴島が大隊長の座に就いた。

「新八さん、うまくいっておらんごっな」

「まあ、見ての通いだ」

　新八が苦笑いした。

「後手に回ってばかりでは、いかんと思いもす」

「そいなら、どげんすりゃよかか」

「機を見て大分方面に押し出しもんそ」

「陽動か」

「元々、おいは勝手にそげんすっつもいでいもした。じゃっどん桐野さんから、とにかくこちらに来て、敵を防ぐのを手伝ってくれと頼まれ――」

　貴島は口惜しげに唇を噛んだ。

　確かに貴島の言うことは正しい。防衛戦に主眼を置く場合でも、敵の注意をそらす役割を持った遊撃部隊を他地域で活動させると、敵の兵力が分散される。

「ここで四つ相撲《よずもう》を取ろうちゅうても、補給のある敵と、そいが途絶えつつあるおいたちでは、勝負になりもはん」

――それは分かっている。

貴島の言う通りだが、敵の攻勢を押しとどめるのに精一杯な今、桐野の気持ちも分からないではない。

新八は、この話を続けても意味がないと覚った。すでに貴島と八番大隊は、田原坂に来てしまったのだ。

「宇太郎どん、あてにしておりもす」

「任せてくいやい」

貴島は、そのえらの張った頬を上下させて笑った。

――また有為《ゆうい》の人材を一人、巻き込んでしまったな。

貴島が参加してくれたことは、何にも増して心強い。だが友として考えれば、鹿児島にいてほしかったという思いもある。

十四日の午前六時、田原坂に三発の号砲が轟き、政府軍の総攻撃が始まった。

二俣台地と五郎山から、援護の砲撃を受けた政府軍兵士は、横平山に殺到し、そこを守る薩軍と凄まじい砲銃戦を展開した。

隘路を進む政府軍は、散開したくともできず塊《かたまり》となってしまう。そこを薩軍の銃撃が襲う。ほとんど百発百中だが、薩軍も弾丸が不足気味である。

味方の屍を乗り越えつつ、ひた押しに押した政府軍は、遂に三つの堡塁を奪った。この時、至近距離になったところで、政府軍としては初めてとなる抜刀突撃を敢行し、白兵戦で薩軍を押し切った。

弾丸不足で薩軍の腰が引けていたとはいえ、白兵戦で薩軍に勝ったことは、政府軍にとって大きな自信となる。

数日前、南関で輸送業務に携《たずさ》わっていた大警部の上田良貞《よしさだ》が、抜刀隊の結成を山県有朋に進言した。最初は難色を示した山県だったが、最後にはこれを許し、警視隊から腕に覚えのある者たちが百名ほど選抜された。その中核を成していたのは鹿児島県の外城士《とじょうし》だった。彼らは薩軍の主力を成す城下士に対して、父祖代々、虐《しいた》げられてきた恨《うら》みを晴らすつもりでいた。

またこの抜刀隊には、会津藩出身者も多く参加しており、戊辰戦争の恨みを晴らそうと意気込んでいた。抜刀隊の一員となった旧会津藩出身の田村五郎二等少警部は、「戊辰の復讐、戊辰の復讐」と喚きながら、薩軍兵士と斬り合いを演じ、十三人まで斬ったという（『郵便報知新聞』犬養毅《いぬかいつよし》記者）。

横平山の危機を聞いた新八は、半高山の陣を飛び出すと、貴島の八番大隊を先頭に押し立て、横平山に迫った。

「進め、進め！」

砲弾が炸裂《さくれつ》し、銃弾が飛び交う中、貴島は先頭を切って山を駆け下り、鬼神《きしん》のごとき活躍を見せる。この時、横平山の三塁を奪った政府軍は一瞬、気の抜けた状態になっていた。そこに八番大隊が雪崩《なだ》れ込んだ。再び山を震わせるほどの砲銃戦が始まり、今度は薩軍が、横平山の三つの堡塁を取り返した。

退却する政府軍を追った薩軍は二俣台地まで迫るが、政府軍の砲撃が激しくなり、撤退を余儀なくされた。

この日の戦いは田原坂開戦以来、最大規模の戦いとなり、政府軍は、実に三百二十一名もの死傷者を出した。

翌十五日、新八は河野《こうの》喜八郎率いる奇襲部隊に、横平山を包囲する政府軍陣地に奇襲を掛けさせ、敵を一掃《いっそう》した。これを聞いた第一・第二旅団を率いる野津鎮雄少将は、南関から到着する増援部隊を次々と投入し、ひた押しに押してきた。これにより河野喜八郎隊は横平山山頂まで引いたが、野津は攻撃の手を緩めない。

午後になり、「横平山危機」の一報に接した新八は、自ら全軍を率いて横平山に向かうが、その時には河野隊は全滅しており、横平山は奪取されていた。

先に仕掛けたにもかかわらず、敵の反転逆襲を許し、横平山を制圧されてしまうとは思ってもみなかった。政府軍は兵員の増強をいくらでもでき、消耗戦となった時、薩軍の不利は否めない。

――これからの戦いは、その前提で考えねばならない。

政府軍と同じような戦い方をしていては勝ち目がないことを、新八は痛感した。日が暮れてきたこともあり、新八は横平山の再奪還をあきらめ、半高山へと引いた。その背に、政府軍の万歳三唱の声が重くのしかかる。

この日、政府軍は二百二十四名もの死傷者を出したが、横平山の奪取に成功した。

『征西戦記稿』には、「是の日の戦は開戦以来第一の劇戦《げきせん》（激戦）なりとす。（中略）戦の劇烈《げきれつ》（激烈）なる、我が邦《くに》（国）古今の歴史上に未《いま》だ嘗《かつ》て見ざる所なり」と記されている。

多大な犠牲を払った政府軍だが、薩軍の田原坂・吉次峠両守備隊の連携《れんけい》を断ち切り、それぞれを孤立させることに成功した。

なお同日、山鹿方面でも桐野率いる薩軍と政府軍の間で激戦が展開されたが、桐野らは山鹿を守り切った。

横平山を奪取して意気騰《あ》がる政府軍は十七日、意を決したような総攻撃を掛けてきた。

政府軍は横平山山頂に大砲を引き上げ、田原坂や七本柿木《ななもとかきのき》台場に向けて砲撃を行い、その後、突撃を敢行した。しかし薩軍の抵抗も頑強で、夕方になって政府軍は引いていった。

翌十八日、田原坂方面での戦闘は小競《こぜ》り合いに終始したが、政府軍は東の阿蘇山《あそさん》方面から薩軍の側背《そくはい》を突こうと、豊後《ぶんご》口から五百名の警視隊を進出させた。

貴島がやりたかったことを、逆にやられたのだ。

これを聞いた桐野は、山鹿から兵を送らざるを得なくなる。

山鹿方面でも、十七日から政府軍が攻勢を強めており、薩軍は防戦一方になりつつあった。


十九日は双方に動きがなく、夜から豪雨となった。

深夜になり、新八が陣所でまどろんでいると、伝令が木留まで至急、来てほしいと伝えてきた。緊急の軍議である。

激しい雨の中、馬を駆って木留に着いた新八が、本営にしている豪農屋敷の中に入ると、考えもしなかった者がいた。

「岩熊ではないか」

「お久《さ》しぶいです」

岩熊は正座し、丁寧《ていねい》に頭を下げた。

新八は、岩熊が何かの情報を持ってきたのだと直感した。雨の中を来たため、軍服を着替えさせてもらったらしく、ぶかぶかの薩摩絣を着せられている。

岩熊を囲んで、桐野、別府、淵辺、野村、貴島らが顔をそろえていた。

「いけんした」

ほかの者のいる手前、再会の喜びを顔に出すことはできない。新八は、あえて難しい顔で座に着いた。

「新八さん」

その時、西郷が、その巨体を揺するようにして現れた。

西郷が腰を下ろすと、桐野が岩熊に話すよう促す。

「敵が、日奈久《ひなぐ》の南の洲口《すぐち》に上陸してきました」

洲口とは、熊本市街から南に五十キロほど行ったところにある小さな港である。

「海岸線は、永山が警戒に当たっていたはずだが」

熊本県西部の有明海沿岸には多数の港があり、複雑に入り組む沿岸地帯のすべてを、永山の三番大隊だけで監視するのは、初めから無理な話だった。しかも田原坂の戦いが激しさを増すにつれ、三番大隊から間引《まび》きが行われ、その総数は五百から六百ほどに減っている。

永山は、政府軍の上陸を水際で阻止するという方針でいたが、これでは守りようがない。

背後への上陸という最も恐れていたことが現実となったのだ。

「敵兵力は、どれほどと見積もっとう」

桐野の問いに岩熊が答える。

「四千前後だと思います」

敵が本気で熊本城の囲みを解こうとしていることが、これで明らかとなった。

「なぜ上陸を防げなかったのか!」

別府が口惜しげに膝を叩く。

「日奈久にいた一小隊が、すぐに上陸の阻止に向かいましたが、敵艦の艦砲射撃もあり、瞬く間に蹴散らされました」

「弥一郎は、どげんした」

西郷の問いかけに、岩熊は畏《かしこ》まって答えた。

「日奈久を放棄し、北の八代の線まで守備隊を引かせ、小隊を三つの中隊に再編制した上、大隊長ご本人は川尻の大隊本営から八代に向かっております。同時に辺見小隊長を鹿児島に派遣し、募兵《ぼへい》に当たらせ、敵を逆に挟撃せんとしています」

戊辰戦争時の白河城攻めや会津母成峠《ぼなり》突破の際、薩藩《さつぱん》きっての軍略家である伊地《いじ》知正治《ちまさはる》の策を忠実に実行に移し、成功させた立役者《たてやくしゃ》の一人が永山である。

伊地知から軍略を学んだ永山は、逆挟撃策を取ろうとしていた。

「何としても、八代を守り切らねばならん」

新八の言に、皆がうなずく。

八代は、熊本平野の南端にある南肥後《ひご》最大の港湾都市である。八代を政府軍に押さえられると、田原坂や熊本城包囲陣への物資の補給は、人吉経由で山中の道を使わねばならなくなる。

いわば八代は、薩軍の生命線だった。

実はこの時、八代もすでに制圧されていた。その前に伝令に出た岩熊は、それを知らなかったのだ。

「半次郎」と西郷がその巨眼を桐野に向けた。

ここのところ、よそよそしく「桐野さん」と呼んでいた西郷が、珍しく通称で桐野を呼んだ。それだけ戦況が切迫してきているのだ。

「こっちからも、南下軍を出す方がよかな」

「はい。すぐにでん」

「そいから、十郎太に鹿児島で強引な募兵をさせんようしちくい」

「分かいもした」

西郷が新八に顔を向けた。

「晋介と群平を送っか」

「そいがよかです」

西郷は別府晋介と淵辺群平を鹿児島に送り、辺見に協力させることにした。

西郷に代わり、新八が二人に命じた。

「晋介、群平、今夜のうち鹿児島に行ってくれ」

むろん二人に否はない。

「談合は、こいで終わりにしもんそ。皆、今晩はよう眠ってくいやい」

そう言うと、西郷は奥の部屋に戻っていった。

危機的状況を迎えつつあるためか、ここのところ西郷自ら軍議に参加するようになっていた。

幹部たちは、それぞれ何事か話し合いながら軍議の場を後にした。新八が戻ろうとした時、背後から声がかかった。

「父上」

「村田大隊長と呼べ」

「はっ」と答えつつ、岩熊が直立不動の姿勢を取る。

「雨の中、馬を駆けさせてきたのだな」

「はい」

「使者の仕事が終わった後、永山からは、どのような命を受けている」

「今晩はこちらで休息し、明朝、川尻に戻れと命じられております」

「どこに泊まる」

岩熊が困った顔をした。

「ついてこい」

「はっ」

馬を替えてもらった岩熊は、新八と共に半高山に向かった。

半高山の陣所に着いた新八と岩熊は、二人で予備の寝台を作ると、枕を並べて横になった。

――こうして二人で過ごすのも、今夜が最後になるかもしれない。

新八は、この一晩の大切さに思い至った。

「もう父上と呼んでもよろしいですか」

岩熊がおずおずと問うてきた。

「当たり前だ」

新八が笑み崩れる。

「父上、いつ何時、敵が鹿児島に上陸してくるか分からず、故郷にいる母上たちが心配です」

すでに三月七日、柳原勅使一行が鹿児島に上陸していたが、その時は占領されるには至らず、鹿児島はいまだ薩軍の支配下にある。

「この国はな、曲がりなりにも欧米に倣った法治国家だ。家族にまで累《るい》は及ばん」

「そうでしたね」

「二蔵はどうしている」

「風の噂では元気にしているとのことですが、確かなことは分かりません」

「そうか」

それは新八も同様である。

池上四郎の五番大隊は依然として熊本城を包囲しているが、大きな動きはない。

「岩熊、明日からは、どの戦場も地獄になる」

「もとより望むところです」

「どうやら、お前がアメリカで学んできたことを、この国のために役立てることはできそうもない。父として——」

新八は、込み上げてくるものを懸命に堪えた。

「これほど無念なことはない」

「何を仰せです。たとえ短くとも、私は精一杯、学ばせてもらえました。これ以上の果報者《かほうもの》はおりませぬ」

「しかし、それを役立てられぬのだぞ」

「それは致し方ないことです。ただ――」

岩熊が、しっかりとした口調で言った。

「私が学んできたことは、時間を見つけてまとめております。いつの日か誰かの役に立てば、それで十分です」

「そうか」

新八は感無量だった。知らぬ間に、岩熊は立派な男に成長していた。おそらく新八の知らないところで、言い交わした相手がいるかもしれない。だが新八は、それを問う気になれなかった。相手の名を聞いたところで、何をしてやれるわけでもないからだ。

「何度も言うようだが――」

そう前置きし、新八は強い口調で言った。

「村田新八の子として、立派に死んでくれ」

「しかと承りました」

「私も、すぐに後を追う」

それについては何も答えず、逆に岩熊が問うた。

「父上、私が死ねば、二蔵は死なずともよろしいですね」

大幹部の一人として、多くの兵を死なせた責の一端は、新八にもある。それゆえ新八は、己と息子の命を捧げねばならない。しかし岩熊は、二蔵だけは救ってほしいというのだ。

――これは取引なのだな。

しばし沈黙した後、新八は言った。

「二蔵には、強いて死ねとは言わぬ」

「それを聞いて安堵しました」

岩熊は心底ほっとしたかのように、ため息をついた。

「岩熊、このままだと弥一郎は、お前を伝令として使い続ける」

新八は一瞬、躊躇した後、思いきって言った。

「弥一郎には増援を頼んどる。その時、志願せい」

「つまり、田原坂に来いと仰せですね」

「ああ、むろん弥一郎は衝背《しょうはい》軍を抑えねばならんので、どうなるかは分からぬ。だが、同じ死ぬなら、こちらで死んでほしいのだ」

「分かりました」

兵士たちに岩熊の死を見せることで、新八は皆の気持ちを一つにしようと思っていた。そうすれば、兵士たちは新八の命に忠実に従い、いかなる死地にも赴《おもむ》いてくれる。

息子の命を犠牲にしてまで、大隊長の仕事を全うしようという己に、新八は嫌悪を覚えた。

――ただ「勝つ」という一点に向かって、すべてのものを犠牲にせねばならぬのだ。

「弥一郎が『行かんでよい』と言ったら、『親父の近《ち》こで死なせてくいやい』とでも言え」

二人は声を上げて笑った。

「分かりました。そう言います」

それだけ言うと、岩熊は口をつぐんだ。

新八の脳裏に、思い出が脈絡《みゃくらく》もなく現れては消えた。

気づくと、隣から気持ちよさそうな寝息が聞こえてきた。

幼い頃、岩熊は新八と清《きよ》の間で、安心しきったように眠っていた。今の岩熊は、その時と同じ寝顔をしている。

――お前を守ってやれなかった。

新八は、どうしても岩熊の命を捧げねばならないと思っていた。むろん生きている者も死んでいった者も、そんなことを誰も望んでいない。しかし死んでいった者に対する贖罪《しょくざい》として、それだけはやらねばならなかった。

新八は慟哭《どうこく》を抑えると、岩熊の毛布を首まで引き上げてやった。それだけが今、息子にしてやれる唯一のことである。

――今宵《こよい》一夜だけでも、安心して休んでくれ。

新八は、いつまでも息子の寝顔を見ていた。

第四章

覆水不返《ふくすいふへん》

一

三月二十日午前五時、岩熊《いわくま》を送り出してから三十分もしないうちに、高瀬の方角から号砲が三発轟《とどろ》いた。政府軍の総攻撃開始の合図である。

前夜から降り続いた雨は勢いを緩《ゆる》めず、周囲には霧が立ち込めている。その中を政府軍の前進が始まった。

喊声《かんせい》が怒濤《どとう》のように渦巻き、曇天《どんてん》に響きわたる。はじめは散発的だった砲音も、絶え間なく轟くようになり、すぐに会話もままならなくなった。

「この雨では今日も休戦」と思い込んでいた薩軍《さつぐん》の対応は遅れた。

政府軍は一ノ坂を制圧、その勢いで攻め上ってくる。

一方の薩軍は次々と散兵壕《さんぺいごう》を放棄し、二ノ坂まで撤退《てったい》した。

しかし政府軍の主攻は、一ノ坂から攻め上る正面攻撃隊ではなく側面攻撃隊だった。夜の間に舟底《ふなぞこ》付近まで接近していた政府軍側面攻撃隊は、薩軍の築いた七本《ななもと》柿木《かきのき》台場目指して猛然と突撃した。

ここを守っているのは高鍋《たかなべ》隊二百である。

七本柿木台場は背後に回られやすい支尾根《しおね》に築かれていたが、こうした地形を十分に把握《はあく》していなかった高鍋隊は、舟底から押し寄せる敵に気を取られ、側面と背面への注意を怠《おこた》った。そのため三方から這《は》い上った政府軍は、高鍋隊を包囲して白兵戦を展開し、これを壊滅させた。

七本柿木台場を取られたことで、田原坂《たばるざか》と木留《きとめ》の間が分断された。しかも中久保を守っていた貴島《きじま》隊・佐土原《さどはら》隊・熊本隊は、七本柿木台場からの砲撃を受けて壊乱する。

貴島らを追って木留と植木に殺到した政府軍は、午前十一時には、これらの薩軍後方陣地を制圧、薩軍が遺棄《いき》していった武器・弾薬・食料を奪い取った。

前後を押さえられてしまえば、いかに堅塁《けんるい》を誇る田原坂も無力である。

正面と背後から攻め上ってきた敵に抗する術《すべ》もなく、薩軍兵士は、田原坂の斜面を転げ落ちるようにして逃走した。

これにより、十七昼夜にわたった田原坂の激戦は終止符を打つ。

だがこの日だけで、政府軍の死傷者は四百九十五名にも及んだ。つまり作戦は成功したものの、犠牲《ぎせい》を覚悟《かくご》の強硬策を取った政府軍も、相応の出血を強《し》いられたことになる。

結局、田原坂攻防戦での政府軍の死傷者は、十七日間合計で二千四百一。うち死者は千六百余に達した。これに対して薩軍は死傷者三千余と推定される。

日本戦史上、一つの戦場で、これだけの人的損害を出した戦いはほかにない。

半高山《はんこうやま》に陣を布《し》く新八《しんぱち》ら吉次《きちじ》峠守備隊は、田原坂方面の薩軍陣地が崩壊したとは思ってもいなかった。雨霧に閉ざされて展望は利《き》かず、斥候《せっこう》を出しても断片的な情報しか入ってこない。

それでも、敵の攻撃に何日も耐えてきた田原坂である。新八と小隊長たちは、さして心配していなかった。

ところが午後が近づき、徐々に戦況が明らかになってきた。

ようやく味方の大敗を知った新八は、田原坂への援軍派遣が遅きに失したと覚《さと》る。そうなれば、木留と植木の線で敵を食い止めねばならない。

——ウドさあは無事か。

あまりに早い瓦解《がかい》に、木留の本営にいる西郷が、無事に退避できたかどうか分からない。

新八は一隊を率《ひき》いて木留に向かい、西郷の撤退を助け、さらに負傷兵の収容に努めようと思った。

「松永、中島《なかじま》！」

新八は、一番小隊長の松永清之丞《きよのじょう》と二番小隊長の中島健彦《たけひこ》を呼んだ。

「こいから味方を収容しに行く。中島は一緒に来い。松永はここに残り、おいの代わりに指揮を執《と》れ」

「おいも連れてってくいやい！」

松永が必死の形相《ぎょうそう》で懇願《こんがん》する。

これまで松永は火薬庫襲撃の首謀者の一人として、死地を求めるような戦い方をしていた。自分の目の届かないところに置いていけば、自殺に近い戦死を遂げることも考えられる。そうなってしまえば第二大隊の指揮官はいなくなり、全滅も免《まぬか》れ得ない。

――致し方ない。

「分かった。付いてこい」

「あいがとございもす」

残る小隊長らに半高山及び吉次峠の守備を任せた新八は、二小隊百五十名ほどの兵を率い、木留に向かった。

木葉川《このは》河畔《かはん》まで行くと、白兵戦を展開する敵味方の姿が見えてきた。味方兵は何とか木葉川を渡って、こちらに逃れてこようとするが、河畔で追いつかれて背後から銃撃されている。

「撃《う》て、撃て！」

対岸から銃撃を浴びせると、新八たちに気づいた政府軍兵士は、一目散《いちもくさん》に逃げていく。

木葉川の対岸に渡り、負傷した味方兵の収容を終えると、新八は木留に向かった。負傷兵の護衛と看護に五十名ほどの兵を割《さ》いたので、新八が率いるのは百名程度である。

木留に近づいたところで、敵の銃撃が激しくなった。たまらず馬を下り、そこにあった散兵壕の中に身を隠す。小銃弾が飛び交《か》い、どこかから悲鳴や絶叫が聞こえてくる。

その時、松永が新八のいる散兵壕に飛び込んできた。

「大隊長、こんままここにおっても、敵は増えるばかりではあいもはんか。一気に勝敗を決しもんそ」

松永の言う通り、敵の数は次第に増えてきており、そのうち大砲も引いてくるに違いない。

そうなれば火力の差から撤退を余儀《よぎ》なくされる。

「おいが斬り込みを掛けもす。そん間に木留を突破し、植木に向こてくいやい」

――此奴《こやつ》は死ぬ気か。

松永の顔をじっと見た後、新八は意を決した。

「分かった」

松永の顔に笑《え》みが広がる。

「そいでは冥途《めいど》で会いもんそ」

「松永、無理はすな」

それに笑みで答えると、松永は麾下《きか》の兵を集め、抜刀《ばっとう》突撃の機をうかがった。

「中島、行っど」

「はっ」

新八は中島健彦と共に、その隙を突いて敵陣を突っ切るつもりである。

松永が最後に顔を向けた。新八がゆっくりとうなずくのを見た松永は、「チェスト－！」という気合を発しつつ散兵壕を飛び出した。

「援護しろ！」

激しい銃撃音がして敵兵がたじろぐ。松永らが硝煙《しょうえん》の向こうに消えていく。

「よし、行くぞ」

頃合いを見計らい、新八たちも散兵壕から飛び出した。

松永隊の抜刀攻撃に驚いた敵は、いったん四散《しさん》したが、落ち着きを取り戻せば、必ず追撃してくる。その前に、植木にたどり着けるかどうかが勝負である。

新八は懸命に駆けた。

この後、松永の消息は途絶えるが、木留で戦死したとされている。

新八は木留を突破し、植木に向かった。

途中、幾度《いくど》か敵と遭遇《そうぐう》することもあったが、どの敵も背を見せていた。というのも、貴島の八番大隊と砲銃戦を展開しているためで、敵は、まさか背後から新八たちが迫っているとは思ってもいなかった。

瞬《また》く間《ま》に敵を蹴散《けち》らした新八は、植木を確保した。

早速、駆け寄ってきた貴島によると、西郷は、すでにどこかに退却したという。

それを聞いて一安心したものの、政府軍に制圧されている間に、植木に備蓄《びちく》しておいた弾薬は運び出され、食料庫は焼かれていた。

そうとなれば植木防衛の必要性は薄れる。平地の植木で敵を防げないと覚った新八は、植木から南に一・五キロほど行ったところにある向坂《むこうざか》で踏みとどまることにした。

読んで字のごとく、向坂はなだらかな坂となっており、傾斜の分だけでも薩軍に有利になることは間違いない。

「向坂へ行け！」

新八が指揮棒を振り上げて兵士たちに命じていると、負傷者らしき者を背負った榊原《さかきばら》が、後方から追いすがってくるのが見えた。

「何をやっておる！」

榊原が新八の前でくずおれた。その顔は涙でくしゃくしゃになっている。

榊原が背負ってきた者は、手足をだらんと垂らし、すでに息絶えていた。

「遺骸《いがい》を背負ってきてどうする」

「申し訳ありません」

その時になって、ようやく新八は、それが誰か分かった。

「伴《ばん》か──」

ほつれた髪をかき分けると、血に染まった伴の顔が現れた。

「大隊長の後を追っている途次《とじ》、お味方の死骸《しがい》の中に伴を見つけました」

「それで背負ってきたのか」

「はい」

どうやら榊原は、伴の遺骸を背負って数キロを歩いてきたようだ。

「これだけの混乱の中、伴の遺骸を見つけるなど奇跡です。きっと伴が──」

榊原が嗚咽《おえつ》を堪《こら》える。

「連れていってほしいと、私を呼んだに違いありません」

──確かにこの状況では、そう思うのも無理からぬ。

しかし新八は、厳しい声音で言い渡した。

「榊原、伴はもう死んでいる。お前の気持ちは分かるが、伴の遺骸をここに置き、いち早く撤退するのだ」

「嫌です。せめて伴の遺骸を埋葬したいのです。異郷で死に、死骸を烏《からす》についばまれるなど、とても耐えられません」

「致し方ない」

新八は伴の片腕を自分の肩に回した。

「すみません」

二人は、伴を担いで向坂を目指した。


向坂では、先に着いていた中島や貴島が堡塁《ほるい》や胸壁《きようへき》造りに精を出していた。この線を突破されると、十キロほど南の熊本城まで要害地形はなく、薩軍の形成した戦線は一気に瓦解する。

伴の遺骸を近くの農家に安置した新八は、中島と貴島に向坂の防衛線を託し、明朝、山鹿《やまが》まで行って、桐野《きりの》と善後策を講じることにした。

夜になって仮陣所とした農家に戻ると、榊原が遺骸の傍《かたわ》らで一人、ぼんやりしていた。すでに涙も涸《か》れたのか、煤煙《ばいえん》で黒々とした榊原の顔には、涙の跡だけが残っている。

「穴は掘ったか」

新八が榊原の横に座した。

「はい。農家の主人の許しを得て裏山に掘りました」

「経《きょう》は上げたか」

伴の枕頭《ちんとう》には一本の蠟燭《ろうそく》が立てられ、寂《さび》しげな光を放っている。

「農家の主人が子供の頃、寺の小僧をしていたそうで、上げてもらいました」

「そうか。それはよかった」

その場に座した新八は、手を合わせると線香を献じた。

――われらのために若い命を散らさせてしまい申し訳ない。後はゆっくり休んでくれ。

伴が死んだことで、何としても榊原を郷里《くに》に帰さねばならなくなった。

新八が意を決したように言う。

「榊原、死んでしまえば人は骸《むくろ》となるだけだ。伴の骸はここにあっても、伴の心はここにない」

「私も、そんな気がしていました」

「伴の心は、すでに庄内《しょうない》に帰っている」

「はい」

新八が強い口調で問う。

「お前に今の伴の気持ちが分かるか」

「分かりません」

「お前に生きて郷里に帰ってほしいと思っているはずだ」

その言葉に虚を突かれたかのように、榊原が押し黙る。

「お前は死んではならん。それゆえ、私の傍らを離れるな」

榊原が小さくうなずいた。

だが今となっては、榊原を郷里に帰す方法などない。敵に降伏すれば殺される可能性もあり、どこかに隠しても、薩軍と離れ離れになってしまえば誰も助けてくれない。つまり榊原を生きて郷里に帰すには、薩軍の中に置いて、できるだけ危険な目に遭《あ》わさぬようにしておき、しかるべき機会に、信頼できる相手に託すしかないのだ。

——だが、誰に頼む。

新八の脳裏に黒田清隆《きよたか》の顔が浮かんだ。

義に厚い黒田なら、何とかしてくれるかもしれない。黒田はかつて周囲の反対を押し切り、箱館《はこだて》戦争に敗れた榎本武揚《えのもとたけあき》や大鳥圭介《けいすけ》の赦免《しやめん》を勝ち取ったことがある。庄内出身の少年兵一人ぐらい、救ってくれるに違いない。

しかし新八が黒田にそれを依頼できるのは、降伏交渉の時くらいである。

「村田さん」

「何だ」

「あの時、村田さんは『人は、人との出会いによって人生が変わる』と仰《おお》せでした。それは、パリでのラシェルとの出会いのことですね」

「ああ、そうだ」

「私は、幼い頃からずっと伴と一緒でした。少し年長の伴から様々なことを教わり、私は目を開かれました。私は村田さんが、ラシェルによってどう変わったのかを知りたいのです」

新八の心は瞬時にしてパリに飛んだ。それは今、直面している地獄とは、ほど遠い世界だった。

「分かった。話してやろう」

すでに防戦の手配りは終わり、明朝、山鹿に行くだけだ。これからは、こうして榊原とゆっくりと向き合う機会もないかもしれない。それならば、話せることは今、話しておくべきだと新八は思った。

ドラゴン通りで辻馬車を降りた新八は、野菜、パン、水の壜《びん》を入れた布袋を両手に抱《かか》え、ラシェルのアパルトマンに向かった。

部屋の前で敵意を含んだ目でマランににらまれたが、新八は「ボンジュール」と言って、袋の中身を見せるようにした。するとマランの視線は新八の抱える布袋に移り、そこから見えている食材に釘付けになった。

――育ち盛《ざか》りだ。腹が減って仕方ないのだろう。病《やまい》のラシェルにも、栄養のあるものを食べさせねばならない。

「マラン、ドアを開けてくれないか」

新八が顎《あご》で指し示すと、マランは素直《すなお》に従った。

食べ物の威力は何物にも勝《まさ》ると、新八は再認識した。

室内に入った新八は、ラシェルが台所にいるのを見つけた。

「ラシェル、起きていて大丈夫なのか」

「はい。今日は具合がよくて」

そう言いつつも、ラシェルの足元は覚束《おぼつか》ない。

「寝ていなさい」

そう言うと、新八はラシェルをベッドまで導いた。

「後は任せて」

新八がにこりと笑うと、ラシェルも微笑《ほほえ》み返した。

新八は、自炊《じすい》の多い高崎からポトフの作り方を学んできていた。

しかし鍋にオリーブオイルを入れ、にんにくを炒《いた》めたまではよかったが、その後に、何をどういう順で入れればいいか忘れてしまった。

――確かメモを持ってきたな。

ところが、どのポケットを探ってもメモが見つからない。

「大丈夫ですか」

台所の様子が気になるのか、ラシェルが起きてきた。

「もちろんだ。心配は要らない」

「にんにくが焦《こ》げてしまいます」

ラシェルは新八の手首を軽く押さえると、鍋の取っ手に手を掛けた。

「任せて下さい」

ラシェルは手際よく馬鈴薯《ばれいしょ》、人参《にんじん》、玉葱《たまねぎ》といった野菜を炒めていく。

「子供の頃、母の代わりをしていましたので」

炒め物が終わると、鍋に水を入れてパセリやセロリといった風味を調える野菜を入れ、さらに塩胡椒《こしょう》をかける。

やがて、おいしそうなポトフができ上がった。

さすがのマランも食欲には勝てず、仏頂面《ぶっちょうづら》でテーブルに着いた。

温かい食事は打ち解けた雰囲気《ふんいき》を醸《かも》し出す。

「ラシェルはパリで生まれ育ったのですか」

「いいえ。ノルマンディーのフェカンという港町で生まれました」

「ノルマンディーとは――」

「白い断崖《だんがい》が続く、とても美しいところです」

新八には、それがどういう風景だか想像できないが、ラシェルの生まれ故郷が、喩《たと》えようもなく美しい地であることは理解できた。

というのもラシェルの顔が、一瞬にして花が咲いたかのように明るくなったからである。

「いつか、あの地に帰りたい」

ラシェルの青い瞳《ひとみ》は、遠い故郷の風景を見ていた。

「それで、ご両親は」

「父は、フェカンに流れてきた画家でした」

「ああ、それで日本の絵を知っていたのですね」

「そうです。父が『遠い国には、われわれの考えつかないような絵がある』と言っていました。それでパリに出てきた後、様々な日本の絵を見ました」

「版画だね」

「はい。歪《ゆが》んだ大きな顔の描かれた絵が、とくに印象に残りました」

「写楽《しゃらく》だ」

「あっ、そうです」

ラシェルの顔に笑みが広がる。

「それで、父上は有名な絵描《えか》きなのかい」

「いいえ。画家と言っても、酒場や宿屋の看板を描いて食べていたので、絵を売って入るお金はわずかでした」

新八は言葉に詰まったが、それを意に介《かい》さず、ラシェルは続けた。

「でも父は、とても上手な画家でした。エトルタの断崖を描かせたら、父の右に出る画家はいません。私は父の自転車の後ろに乗せられ、よくフェカンからエトルタまで行きました。あれは本当に楽しい思い出です」

「父上の描いた絵は、どうしたんだい」

「生活のために、すべて売り払ってしまいました。でも絵を売る前の晩、いつも父は、『記憶にとどめておいてくれ』と言って、私にじっくりと見せてくれました。だから私は、絵がなくても作品のすべてを思い出せます」

「お父上は今、どうなさっているのですか」

ラシェルが悲しげに首を左右に振った。

「パリ・コミューンに参加し、投獄《とうごく》されたまま行方《ゆくえ》は分かっていません」

「ちなみに、お名前は何と――」

「父は二流の画家です。おそらく誰に知られることなく獄中《ごくちゅう》で死んだのでしょう」

「私にできる範囲で調べてみます」

「本当ですか」

ラシェルの瞳が輝いた。

新八は、いつまでもこの地にいる身ではない。それゆえラシェルの肉親を探し、彼女を保護してもらうべきだと思った。

「それで、お父上の名は――」

「父の名は、ギュスターヴ・クールベと言います」

ラシェルは紙にスペルを書いた。

「当たってみます」

「ありがとうございます」

「それで母上は――」

ラシェルは一瞬、顔を曇らせたが、意を決したように言った。

「父と母は正式な結婚をしていませんでした。父はフェカンが気に入って滞在していただけで、母とはメゾン・テリエという店で知り合いました」

新八は心中、舌打ちした。

「いいえ、お気になさらず。確かに母は春をひさいでいましたが、父と恋に落ちました」

「それで、あなたが生まれたのですね」

「はい」

ラシェルが寂しげに微笑む。

「お母様は故郷におられるのですか」

「いいえ、父が投獄されてすぐ、母は病気になり、苦しみながら死にました」

その病気が何かは、問うまでもない。

「当時、私も十五になっていましたので、お針子《はりこ》をして貯めたお金を持って、パリに出ました」

その後は、お定まりの道を歩んだに違いない。パリに出て女衒《ぜげん》に騙《だま》され、落ちるところまで落ちたのだ。

新八は話題を転じる機を察した。

「私の故郷の話をしましょうか」

「ぜひ、お願いします」

新八はマランのために紙に絵を描きながら、日本と鹿児島のことを懸命に伝えようとした。

初めはそっぽを向いていたマランも、次第に興味を持ったのか、新八の手元をのぞくようになった。

そうしているうちに夜も更《ふ》け、そろそろ帰る時刻になった。

「また、来て下さいますね」

「もちろんです」

「そうだ。父の唯一の形見をお見せしましょう」

ラシェルは寝室まで行くと、何かのケースを抱えてきた。

「父は売れるものはすべて売り払い、私たちの許を去っていきましたが、これだけは手放さず、私に残してくれました」

ラシェルがケースから取り出したのは、楽器のようだった。

「これはコンサーティーナという楽器です。父は酒に酔っていい気分になると、これを弾《ひ》いてくれました」

ラシェルがコンサーティーナを弾き始めた。その優美な音色に、ラシェルの美しい声がかぶさり、新八はあまりの心地《ここち》よさに陶然《とうぜん》とした。

二

「という次第だ。この先は、またにしよう」

「しかしなぜ、そのコンセルチナを村田さんがお持ちなのですか」

榊原が訝《いぶか》しげな眼差《まなざ》しを向けてきた。

「そのことか」

新八が苦笑《にがわら》いを浮かべる。

「それも次だ」

「はい」

榊原も今夜ばかりは素直に従った。

明日は早いので、新八を休ませねばならないと思ったのだ。

田原坂の失陥《しっかん》は薩軍にとって大きな痛手となった。だが落胆してばかりもいられない。

山鹿防衛がままならないと判断した桐野は二十一日、山鹿を放棄《ほうき》し、その十キロほど東の隈府《わいふ》に本営を移した。

これにより、吉次峠—木留—荻迫《おぎさこ》—植木（向坂）—隈府が、薩軍の新たな防衛線となった。

一方、熊本の南部で衝背軍《しょうはい》を相手にしている永山弥一郎《やいちろう》は、十九日に川尻を発して松橋《まつばせ》で軍を三つに分かち、三道から八代《やつしろ》に迫ろうとした。ところが、その途中の宮原《みやのはる》や鏡《かがみ》で政府軍の先遣隊と遭遇する。

この一帯は、大小の河川が有明海《ありあけかい》に注いでおり、進退がままならない。そのため両軍は、氷川《ひかわ》を挟《はさ》んで双方譲《ゆず》らぬ砲銃戦を展開した。

戦線は膠着《こうちゃく》するかに見えたが、二十一日、衝背軍全体の指揮官である黒田清隆陸軍中将が別働第一旅団を率いて日奈久《ひなぐ》に上陸し、さらに二十五日、山田顕義《あきよし》少将が別働第二旅団を、川路利良《かわじとしよし》大警視（陸軍少将兼任）が警官だけで編制された別働第三旅団を率いて続き、衝背軍は増強された。

十九日に上陸していた先遣部隊は、別働第一旅団に編入され、黒田の指揮下に入った。

また当初、別働第一旅団を名乗り、博多方面から田原坂戦線の後詰《ごづめ》に入っていた大山巖《いわお》少将率いる部隊は、第四旅団と呼ばれることになる。

すなわち政府軍は、熊本の北方より第一から第四旅団を、熊本南部には、衝背軍と呼ばれる別働第一から第三旅団を展開することになった。

二十六日、衝背軍は三手に分かれて進撃し、薩軍を松橋まで後退させた。

松橋と熊本城は、二十キロほどの距離である。しかも松橋からは肥後《ひご》平野が開けており、要害となるべき地もない。

永山弥一郎は松橋南部の娑婆神《さばがみ》峠に防衛線を築き、持久戦《じきゅうせん》の構えを取ると、御《み》船新田《ふねしんでん》の閘門《こうもん》（水門）を開いて一帯を水浸《みずびた》しにした。

増強された政府軍を撃破することは叶わぬと見切った永山は、少しでも時間を稼《かせ》ごうとした。

これで敵の進撃を押しとどめられると確信した永山は、川尻に残してきた留守部隊百人余を、かねてから増援要請されていた熊本北部戦線に回すことにした。

その中には岩熊もいる。岩熊は貴島清《きよし》の八番大隊に配属された。

新八は貴島に、「伝令ではなく兵として使ってくれ」と伝えていた。

大雨となった三十日、熊本北部にさしたる動きはなかったが、南部の松橋では、大きな戦闘があった。

これほどの雨の中、政府軍の攻撃はないと踏んだ薩軍が気を抜いていたところ、その裏をかくように政府軍は総攻撃を掛け、潮《しお》の満ち引きを利用して浜の道を突破し、遂に松橋を占領した。これにより孤立を恐れた娑婆神峠の薩軍も、陣を払わざるを得なくなった。

松橋を放棄した薩軍の次の防衛線は、松橋から五キロほど北方の宇土《うと》である。宇土から熊本城までは十五キロほどしかない。

四月一日、雨と泥濘《ぬかるみ》に悩まされながら、両軍は宇土で激しい砲銃戦を展開した。しかし遂に薩軍は力負けし、川尻まで撤退する。永山は、宇土と熊本の間に横たわる緑川の線で政府軍を押しとどめるつもりでいた。

同じ日、熊本北部では、政府軍の猛攻により、吉次峠の薩軍陣地が攻略された。これで、早くも新たな防衛線の一角が崩れた。

さらに翌二日、いったん奪回《だっかい》していた木留も陥落し、薩軍は荻迫・植木の線まで後退する。

吉次峠に加えて木留をも失ったことは、薩軍にとって大きな痛手だった。

この結果、政府軍は木留、薩軍は荻迫に陣を構えて対峙《たいじ》することになる。

その日の夜のことである。

軍議のために出向いていた隈府から戻ったばかりの新八の許に、伝令の到着を告げる榊原の声が聞こえた。

「村田大隊長に貴島大隊長から伝令が入ります」

「岩熊か」と一瞬思った新八だったが、貴島に「岩熊を伝令にせず、兵にしてくれ」と伝えてあったことを思い出した。

「入れ」

榊原に伴われ、伝令が入ってきた。

その顔色を見た時、新八はすべてを察した。

「申し上げます。本日の夕刻、ご子息《しそく》の村田岩熊兵卒が植木近郊で戦死しました」

伝令の顔は緊張によって紅潮《こうちょう》し、その逆に榊原の顔は蒼白《そうはく》になっている。

波立つ心を抑えつつ、新八は冷静を装って問うた。

「そうか。それで、どのような最期《さいご》であったか」

「伝え聞いたところによると、敵が退却を始めたため、村田兵卒は植木の堡塁を飛び出し、追撃に掛かったところで、胸に銃弾を受けたそうです」

「前を向いて死んだのだな」

「はっ」

「即死だったか」

伝令が言葉に詰まった。

「即死だったかと聞いておる！」

「後方陣地に搬送途中、お亡くなりになりました」

即死ではなかったものの、苦しみが短時間だったことが救いだった。

「それで貴島大隊長から、村田大隊長の指示を仰《あお》ぐよう承ってきました」

貴島のいる散兵壕は、徒歩でほんの四十分ほどである。

──死に顔だけでも見に行ってやるか。

だが新八は、すぐにその考えを打ち消した。

「まだ埋葬していないのだな」

「はい」

「皆と一緒に埋葬してくれ」

そう言うと新八は背を向けた。

せめて泥で汚れた岩熊の顔をぬぐってやりたい。それが新八のできる最後のことである。だが軍隊組織に身を置いた時から、すでに親と子ではなく将と兵であると、新八は己《おのれ》に言い聞かせてきた。それゆえ息子だけを特別扱いするわけにはいかない。

新八は早く一人になりたかった。

「まだ何かあるのか！」

背を向けたまま新八が怒鳴《どな》る。

「はっ」

伝令は直立不動の姿勢を取ると、下ろした背嚢《はいのう》から風呂敷《ふろしき》包みを取り出した。

「貴島大隊長から、村田兵卒の遺品を預かってまいりました」

「そうか。そこに置いていけ」

「はっ、失礼します」

風呂敷包みを机の上に置くと、伝令は逃げるように走り去った。

「村田大隊長」

榊原である。

「何だ」

風呂敷包みを見つめていた新八が顔を上げると、榊原が唇《くちびる》を震《ふる》わせていた。

「よろしいのですか」

「何がだ」

「岩熊さんの許に行かずとも、よろしいのですか」

「くどい！」

「失礼しました！」

新八の剣幕に驚いた榊原は、慌てて新八の天幕から出ていった。

ようやく一人になった新八が、風呂敷を開けると、岩熊が戦場にまで持ってきていた手回り品が出てきた。その中には英語の辞書もある。

――出征時は、生きる希望を捨てていなかったのだな。

岩熊は欧米の文物《ぶんぶつ》をもっと学び、それを日本のために役立てたいと思っていたのだ。それを思うと胸が張り裂けそうになる。

――岩熊、すまなかった。

幼い岩熊を肩車して村の祭礼に行った日のことが、突然、思い出された。新八の肩の上で、岩熊は得意になってはしゃいでいた。落ちそうになる岩熊を、清《きよ》が「これ、これ」と言いながら背後から支えていた。あの時、岩熊は、己の生涯がたった十九年で終わるなど考えもしなかっただろう。

――せめて、あのような日々が、もう少しあれば。

しかし今更《いまさら》、それを思っても始まらない。

――岩熊は、立派な薩摩隼人《さつまはやと》として死んだのだ。何を悔いることがある。

泣くまいと思っても、涙が込み上げてくる。

それでも新八は堪えた。

――岩熊、よく戦った。

岩熊の遺骸が安置されている北方に向かって、新八は敬礼した。

その時、ふと気づいたことがある。

──岩熊は、学んできたことを書き留めていると申していたが。

遺品の中に、岩熊の言っていたノートはなかった。

──きっと、どこかで落としたのだ。

新八には、それだけが心残りだった。

──誰か、その価値の分かる者に拾われておればよいのだが。

おそらく、それが拾われたかどうかを知る前に、新八も死を迎えることになる。

新八はノートを誰かが拾い、日本のために役立ててくれることを祈った。

英語と日本語で書かれたこのノートは、従軍記者の福地源一郎《ふくちげんいちろう》（桜痴《おうち》）によって、戦場で拾われることになる。内容を理解できない兵卒であれば捨ててしまうところを、英語の分かる福地に拾われたのは、奇跡以外の何物でもなかった。

福地が、このことを東京日日《にちにち》新聞紙上に書いたので、岩熊のノートは多くの人の目に触れることになる。


四月三日、政府衝背軍は、一部の部隊を松橋の東方十七・五キロの甲佐《こうさ》に向かわせた。甲佐には薩軍の兵站《へいたん》拠点がある。

甲佐を守るのは佐土原隊である。政府軍が迫っているという知らせを受けた佐土原隊は、緑川対岸の堅志田《かたしだ》まで進んできた政府軍に先制攻撃を仕掛けるが、返り討ちに遭《あ》い、その日のうちに甲佐を占領された。これにより薩軍は、海岸道だけでなく五木《いつき》街道も遮断《しゃだん》され、鹿児島からの補給が途絶《とぜつ》する。

なすところなく後退を重ねる薩軍だったが、ようやくこの頃、鹿児島に戻っていた辺見《へんみ》、別府《べっぷ》、淵辺《ふちべ》によって増援部隊が編制された。

別府らは、半《なか》ば脅《おど》して徴集《ちょうしゅう》した千五百弱の兵を百二十名ずつ十二小隊に編制し、それを六小隊ずつに分け、九番・十番大隊と名付けた。

すぐに北進を始めた両大隊が、人吉まで来た三月三十一日、協同隊の宮崎八郎が隈府から駆け付け、「衝背軍の本拠となっている八代を攻撃せよ」という桐野の命を伝えた。

これを受けた九番・十番大隊は四月五日、球磨《くま》川沿いに北上しながら、八代まで三キロの古麓《ふるふもと》に達し、衝背軍を攻撃するが、古麓の攻略には至らなかった。

翌六日、再び攻撃するも、逆に撃退されてしまう。

この時、球磨川沿いの萩原堤《はぎはらづつみ》で、両軍は激しい砲銃戦を展開した。途中までは一進一退だったが、政府軍増援部隊に側背を突かれて薩軍は敗走する。

この撤退戦で、負傷した別府に代わって殿軍《しんがり》を担った宮崎八郎は、大隊旗《だいたいき》を振って味方を鼓舞《こぶ》したため、狙い撃ちされて戦死した。

戦いが終わった後、遺骸の下帯からルソーの『民約論』が出てきたことで、それが宮崎八郎だと分かったという。

宮崎は筋金入《すじがねい》りの自由民権論者であり、山鹿方面での戦闘中も、少しでも時間があれば、菊池郡や山本郡の民に、自由民権思想を説くことを忘れなかった。その本意は、薩軍と共に現政府を打倒した後、西郷と袂《たもと》を分かち、薩軍と戦って民主政府を樹立することだったという。

一方、主戦場の熊本北部では、木留を落としたことで、政府軍の気勢が上がっていた。しかし四月六日から九日にかけて、政府軍は萩迫の薩軍の防衛線に幾度となく攻撃を仕掛けるが、その度に撃退され、遂に九日、前線部隊を指揮していた乃木少佐も重傷を負い、撤退のやむなきに至った。

同様に、三月三十日から始まった政府軍第三旅団の隈府攻撃も一進一退を繰り返していた。

それでも四月九日、政府軍の強引な攻撃により隈府が陥落し、桐野は、西郷を護衛して二本木《にほんぎ》本営に向かった。

二本木本営とは、熊本城包囲陣の責任者である池上《いけのうえ》四郎が、熊本城の南西二・五キロに築いた包囲軍の指揮所のことである。

薩軍の疲労は限界に達していた。皆、血と泥にまみれた姿で、そこかしこの散兵壕にもたれかかっている。無傷の者は前線の堡塁に張り付いているが、疲労の色は隠せず、かつて鋭気《えいき》溌剌《はつらつ》として鹿児島を出陣した軍団とは思えない。

「新八さん」

「ああ、宇太郎どんか」

貴島清である。

「此度《こたび》は、悔やん申し上げもす」

「岩熊の死に水を取ってもらい、あいがとな」

「薩摩隼人の名に恥じぬ最期でした」

「もうよか。今頃、岩熊は、あの世で好きな勉学に励《はげ》んじょる」

「まこち逸材《いつざい》でごわした」

貴島の瞳から熱いものが流れる。

確かに岩熊は、親の新八が驚くほど、よくできた息子だった。そんな息子を、新八は殺してしまったのだ。

「それで敵の様子は」

新八は話題を変えた。

「田原坂を攻めあぐんでいた頃とは違い、戦意はとみに上がっといもす」

「総攻撃は近いな」

「なんでん（どの道）、そなりもんそ」

荻迫の線が破られれば、向坂は南を除く三方から包囲攻撃を受ける。

「新八さん、西郷先生《せごせんせ》は二本木本営に無事に着きもしたか」

「先ほど桐野から使いが来て、無事に着《ち》たち伝えっきた」

「そや、よかった」

「じゃっどん、こちらだけでなく、弥一郎んとこも危《あや》うくなってきちょる。南が突破されれば、熊本城の包囲も解かんなならん。そげんなれば、ここを守る意味もなくなる」

「何とかせな、いけもはんな」

常に大人《たいじん》の風がある貴島の顔にも、余裕がなくなりつつある。

西郷が後方に引いたことは、すでに兵たちにも知れわたっており、荻迫と向坂を守る薩軍の戦意は、とみに衰え始めていた。

新八に課せられた使命は、そうした兵たちの気持ちを引き締め、荻迫と向坂の線で、何とか敵を押しとどめることにある。

——正念場、か。

貴島と防戦の手配《てくば》りをした後、ようやく新八は自分の陣所に戻った。

椅子《いす》に座って一息ついていると、榊原が茶を淹れてきた。その顔には、続きの話を促《うなが》す色が溢《あふ》れている。

新八は苦笑しつつ話を始めた。


新八は、毎日のようにラシェルの許を訪れていた。

そのたびに日本のことを話し、フランスのことをラシェルから聞いた。話すことに疲れた時には、コンサーティーナの弾き方をラシェルに教わったりもした。

そうした日々を過ごすことで、この街にずっと住んでいるような感覚になっていた。

——魔都、か。

これまでも多くの男たちが、パリに魅せられ、その一部と化していった。新八の場合、悪所に通うことでそうなったわけではないが、パリでの生活に慣れ、新たな人間関係ができてくるにつれ、次第にパリから離れ難くなっていった。

しかし、そうした日々は長く続かない。

七月に入り、そのことを高崎正風《まさかぜ》から告げられた時、新八はがっくりした。

「ないごて宮内省の面々だけ、先に来るちゅうのか」

「知らん。電報にそう書いてあった。到着予定は七月八日となる」

高崎から電報を奪い取った新八は、それを見つめた。

――ロンドンに退屈したのだな。

この時代、工業化の弊害《へいがい》である煤煙《ばいえん》によって始終《しじゅう》、曇《くも》り空のロンドンに比べ、パリは別天地である。宮内省から派遣された随行員《ずいこういん》たちが、少しでも早くパリに来たいという気持ちも分からなくはない。

「予定より大分、早いな」

「それならそれで、いいじゃないですか」

アパルトマンの窓から外を眺めていた西園寺《さいおんじ》が口を挟んだ。その手には、拾ってきたという子猫が抱かれている。

「さっさと仕事を切り上げて日本に帰れますよ。その方が、お国のためというものです」

確かにほかの省庁に比べ、宮内省の面々が学ぶべきものは少ない。西園寺は、それこそ経費の節減になると言いたいのだ。

「それにしても急すぎる。見学場所の予定が、うまく立てられるか分からん」

「村田さん」

西園寺が、にやにやしながら近づいてきた。

「東久世《ひがしくぜ》さんたちは、そんなこと気にしちゃいませんよ。とにかくパリに来たいだけなのでしょう」

「本隊と日程をずらしてくれたのは、大助かりだ」

高崎が葉巻をくゆらせながら言う。

「仕方ない。すぐに日程を組もう」

——これで当面、ラシェルたちの家に行ってやれない。

新八は政府から派遣された官吏《かんり》であり、仕事を優先せねばならない。

「新八」

早速、関係する役所に向かおうとした新八の背に、高崎の声がかかった。

「何かに入れ込んでいるようだが、いい機会だ。東久世一行が帰国する際は、共にパリを去れ」

どうやら高崎と西園寺は、新八の行動について勘づいているらしい。

「おいは、何《なん》も入れ込んだりしておらん」

「では毎日、食べ物を買い込んでどこに行っている」

「やましいことは何《なん》もない！」

「村田さん」

西園寺が両者の間に割って入る。

「確かに、パリは人を魅惑《みわく》します。しかし女に入れ揚《あ》げたところで、奴らの狙いは、これだけですよ」

西園寺が人差し指と親指で丸を作った。お金の意である。

「貴様！」

新八が西園寺の胸倉《むなぐら》を摑《つか》んだので、西園寺は思わず子猫を落とした。子猫は、悲鳴を上げつつクローゼットの陰に隠れた。

「放して下さい！」

「よせ、新八！」

高崎に手首を摑まれ、ようやく新八は西園寺から手を離した。慌《あわ》てて身を引いた西園寺は、子猫同様、青い顔をして部屋の隅《すみ》に逃れた。

興奮から息を切らした新八に、高崎の冷徹な声が聞こえた。

「入れ揚げるのは、おはんの勝手だ。ただし金は自分の給金から工面《くめん》しろ。決して宮内省の予算に手を付けるな」

「そんなこと、おはんに言われんでも分かっとう！」

ドアをバタンと閉めた新八は、外に出ると関係省庁を回るべく辻馬車を拾った。

七月八日、宮内省一行がパリ北駅に着いた。

馬車を手配して待ち受けた新八と高崎は、一行を馬車に乗せると早速、凱旋《がいせん》門近くのホテルに向かった。

一行は上機嫌で馬車に揺られ、身を乗り出して周囲の風景を見回している。

翌日からは、チュイルリー宮、迎賓館《げいひんかん》、オペラ座、パリ国立図書館、高等法院、博物館、ノートルダム寺院、パリ大学、国立銀行といった、都市に必須《ひっす》の文化施設の見学に連れ回した。

そうした合間にも、フランスの役人と二人になった時など、ギュスターヴ・クールべについて尋ねてみたが、皆、首を左右に振るばかりだった。

夜には観劇はもとより、ナイトクラブ、ダンスホール、カフェ、ブラスリ（女性のいる居酒屋）めぐりである。そうなれば西園寺の出番だが、一行は二十人余もおり、それぞれの行きたい場所も異なる。

そのため西園寺だけでは手が足りず、組を分けて新八や高崎も案内役を担った。

メゾン・クローズなど最もいかがわしい場所に行きたがる連中は西園寺が、観劇など最も穏《おだ》やかな趣味の者たちは高崎が担当したので、新八は、その中間にあたる者たちに随伴《ずいはん》した。

彼らは、ビロードの付いた十字架形の首飾りや、珊瑚《さんご》の耳飾りといった珍奇な土産品《みやげ》をパサージュで買い求め、レストランで食事した後、ナイトクラブに行くらいで、満足してくれた。

日曜日はフランスの官庁も休みなので、ようやく自分の時間ができると思っていたところ、皆で公園を散策しようということになり、致し方なくフォンテンブロー公園に案内した。

次の土日には、ヴェルサイユ宮殿まで一泊二日の旅行である。その合間には、どこかに何かを忘れただの、財布《さいふ》がなくなっただのという小さな事件が必ず起こる。その度に新八は覚えたてのフランス語を駆使《くし》して、問題の解決に当たった。

そんなことが重なり、ラシェルの許には三週間ほど行けなかった。

一行もパリに慣れて自由行動を取れるようになったため、七月の最終日曜日に、ようやく新八も解放された。

朝の打ち合わせで、その日の予定がないと分かった新八は、辻馬車を拾うと、ラシェルの許に向かった。しかしドラゴン通りから、いつもの路地に入ると、これまでとは様子が一変していた。

かつてひっそりとしていたその路地は、人でごった返していた。しかもそれは、全員が解体作業に携《たずさ》わる労働者のようなのだ。

――しまった。

ようやく新八にも、街区の取り壊しが始まったと分かった。

不審げに見つめる労働者たちの間をすり抜け、ラシェルたちの住むアパルトマンの下に立った新八は、その建物が、いまだ立っていることに安心した。

慌てて中に入ろうとした新八の肩に、汚れた手が置かれた。

「旦那《だんな》、ここには入れねえよ」

「なぜだ」

「入れねえもんは入れねえ。お上《かみ》からのお達しだ」

その大柄な男は、脂《あぶら》とやにの混じった体臭《たいしゅう》を漂《ただよ》わせつつ言った。

「これでいいか」

新八が男に五フラン銀貨を渡すと、男は唇を鳴らして喜び、「五分だけだぜ」と言って新八の肩を押した。

階段を駆け上がった新八は、ノックをするやラシェルの部屋のドアを開けた。しかし、そこには誰もいない。追い立てを食らったのだ。

その時、テーブルの下にコンサーティーナのケースが見えた。

何気なく開けると、ケースの蓋《ふた》に当たる部分の内側に、紙片《しへん》が貼り付けてある。

「Pour mon cher la Cité《プール・モン・シエール　ラ・シテ》――」

――「大切な人へ、シテ島」か。

それだけ見れば、誰かが大切な人に、このコンサーティーナをシテ島で贈ったように思えるが、紙片は新しく、これまで見たことがない。

――これは伝言ではないか。いや、きっとそうだ。

ラシェルがコンサーティーナを置いていったのは、それを気に入っていた新八への、せめてもの礼のつもりなのだろう。

――いったいシテ島のどこだ。見当もつかないが行ってみるしかない。

コンサーティーナの箱を手にすると、新八は勢いよく階段を下りていった。


辻馬車を捕まえた新八は、ノートルダム橋を渡ってシテ島に入った。ラシェルたちがどこにいるのか分からないので、ノートルダム橋のシテ島側の袂《たもと》で降り、ノートルダム寺院前の広場に向かった。

巨大な聖堂が、広場を行き来する人々を威圧するかのようにそびえている。その威容を見ていると、信仰心を持たない新八でさえ、天国があるかと錯覚《さっかく》してしまうほどである。

ところが周囲には、動物の死骸のような臭《にお》いが充満し、道には、黒い堆積物《たいせきぶつ》が落ち葉のように積もっている。

「村田さん、シテ島には行ってはいけませんよ」

かつて西園寺が得意げに言っていたのを思い出す。

「あんたは行ったことがあるのか」

「一度だけね」

「何のために行った」

「パリ・コミューンが盛んな頃、見に行ったのです。でも私は、あそこだけはこりごりだ」

「どうしてだ」

「あそこに住む者たちは糞尿《ふんにょう》を街路に垂れ流すわ、残飯《ざんぱん》は捨てるわで、それが馬車に引きつぶされているうちに黒くなり、絨毯《じゅうたん》のように堆積しています。その臭いと言ったら――」

西園寺が嫌悪をあらわにして顔をしかめたのを、新八は覚えている。

シテ島のような貧民窟に下水道はなく、ほかのパリ市街にあるような共同の汲《く》み取り便所もない。そのため住人たちは夜毎《よごと》、糞尿や残飯などを街路に捨てる。雨が降れば、それらの一部はセーヌ河まで流されていく。

シテ島には上水道もなく、住民たちはセーヌ河から水を汲んで飲料水としているので、疫病《えきびょう》が極めて流行《はや》りやすい環境にあった。

――つまり、いったん疫病が流行れば、シテ島どころかパリ全体に蔓延《まんえん》するというわけだ。

島と言ってもシテ島はパリ市内にあるので、人の出入りが激しい。そのためシテ島で疫病が流行り出せば、すぐにパリ全体に広がっていく。

日本の場合、江戸のような人口密集都市でも近郊に田畑があり、肥料としての糞尿の需要がある。栄養価の高いものを食べている上級武士の家などは、糞尿を百姓に売っていたほどだ。しかしパリの場合、パリ市内に農地などなく、糞尿は何の役にも立たない。

――都市というのは、まず下水道からだ。

それは、世界の諸都市を見て回った岩倉使節団全員の認識であり、後にパリに着いた岩倉使節団本隊も、造られてから間もない下水道の見学に、相当の時間を割いたほどだ。

――困った。

新八とて、あてがあってシテ島まで来たわけではない。

とりあえず、目に付いたタピ・フランに飛び込んでみた。タピ・フランとは、カウンターとテーブル席が少しあるだけの小さな居酒屋のことである。

その店は、酒と汗と尿の入り混じった、むせ返るような悪臭に包まれていた。床も不潔そのもので、店の外と何ら変わらぬ黒い堆積物が、床の半ばまで侵入している。壁という壁には、ビールや酒の宣伝らしき看板が所狭しと貼り付けてあり、視線の落ち着く暇もない。

——とんだところに来てしまったな。

そう思いつつ、新八はカウンターの丸椅子に腰かけた。

「ビールを、いや赤ワインにしてくれ」

飲み物を注文したつもりだが、バーテンらしき男は、こちらを見ているだけで返事をしない。

バーテンは薄汚れたシャツを着た中年の男で、その岩塊《がんかい》のような顔からは、一切の感情も読み取れない。

「ビールでもいい」

新八がもう一度言って、銅貨を置くと、ようやくビールらしきものが出てきた。

「質問していいか」

新八が問うても、バーテンは、うんともすんとも言わない。

「シテ島の中で人を探したいのだが、どこに行けばいい」

バーテンが肩をすくめる。

その時、背後から忍び笑いが聞こえた。

「あんたのフランス語じゃ、バスク人には通じないね」

声をかけてきたのは、一人で丸テーブルに座る学者風の男である。濃藍《こあい》色の丸型縁《ふち》なし帽をかぶり、顎《あご》一面に無精鬚《ぶしょうひげ》を生やしている。

「あんたには通じるようだな」

「ああ、何とかね」

「それじゃ、教えてくれ」

「ビール一杯」

新八はもう一枚、銅貨を置き、人差し指を立ててビールをもらうと、男の座る丸テーブルに運んだ。

「あんたはどこから来た」

「日本だ」

「ああ、これから来るという日本人たちの先駆けか」

新聞を読んでいるのか、男は岩倉使節団のことを知っていた。

「そんなところだ。それより、さっきの質問に答えてくれ」

「そうだったな」と言いつつ、男はうまそうにビールを飲んだ。

「ここは、そんなに広くはない。ところが人だけは多い。新生パリに不必要な人間は皆、オスマンのために、ここに押し込められたのさ」

「それで、どうすればいい」

「探しているのは、男か女か」

る。その隣にある古着屋で聞いてみるがいい」

「女だ」

男がにやりとした。

「あんたのような男は、パリの女によく騙される。いまに身ぐるみはがされて——」

「質問に答えろ」

「分かったよ。この通りのどん詰まりまで行くと、同じようなタピ・フランがある。その隣にある古着屋で聞いてみるがいい」

その時、新八はあることに気づいた。

「あんたは学がありそうだが、まさかパリ・コミューンに——」

瞬く間に、男の顔に警戒の色が表れた。

「何のことだか分からないね」

男はとぼけたが、新八は重ねて問うた。

「ギュスターヴ・クールベという画家を知らないか」

「知らんね」

男は急にそわそわし、目を宙にさまよわせている。

——ここでは、パリ・コミューンという言葉は禁句なのだな。

新八は店を出ると、言われるままに通りの奥まで進み、古着屋に入った。しかし、上の名だけではどうにもならないと言われた。ただしマランの存在が大きな特徴となる。新八は、「分かったら礼は弾《はず》む」と言い置いて店を出た。

すでに夕日は西に傾き、すすけた路上に、建物が長い影を落としている。

翌日からは、再び宮内省の面々を連れ回さねばならない。

新八は後ろ髪を引かれる思いで、シテ島を後にした。

三

黒田清隆率いる衝背軍の当面の目標は、熊本城の包囲解除にあった。

四月八日、熊本城内の突囲《とつい》隊が薩軍の包囲陣を突破し、衝背軍に合流を果たした。そのおかげで、初めて城内の様子が政府軍に伝えられた。

城内では食料が欠乏《けつぼう》している上、医薬品も不足しており、負傷した者は治療も受けられず、次々と死んでいるという。

これを聞いた黒田は、早急に川尻を突破して熊本城を解放することにした。

十二日、政府軍が緑川を渡って進撃を開始した。七千にも及ぶ大軍である。

一方、薩軍の川尻防衛軍は二千五百ほどに減っており、弾丸も欠乏気味である。

政府軍の別働第二・第四旅団は海岸線沿いを宇土から川尻を目指し、別働第三旅団は甲佐から御船の山際《やまぎわ》を制圧する。そして別働第一旅団は中央隊として、甲佐から吉野山の西麓《せいろく》を抜けて熊本城の南に至るという三道分進策である。

この頃、二本木の本営で足に受けた銃創の治療に当たっていた永山弥一郎は、川尻に戻ろうとしたが、途次に御船が危ういと聞き、そちらに向かった。永山は足を負傷しているため馬に乗れず、人力車を使った。

御船に着いた永山は歩けないため、路上に据えた酒樽《さかだる》に座り、「諸君何ぞ怯《きよう》なる、死して忠臣と称せらるるはこの時にある。各々《おのおの》死力を尽くし刀折れ矢尽きて止《や》まん」(『薩南血涙史《けつるいし》』)と味方を叱咤したが、薩軍は総崩れとなった。

いよいよとなった時、永山は「天運已《すで》に極まり命数《めいすう》已になく、此則《これすなわ》ち吾湊川《わがみなとがわ》なり」(『戦袍《せんぽう》日記』)と言い残し、近くの老婦人から民家を買い取り、自ら火を放って炎の中で屠腹《とふく》して果てた。

湊川とは、南北朝時代の忠臣・楠木正成《くすのきまさしげ》が最期を遂《と》げた地のことである。大幹部の中で、最後まで挙兵に反対したのは永山だった。しかし挙兵と決まれば、永山は全力で戦い、武人としての生涯を全《まっと》うした。

「弥一郎、人と為《な》り、沈厚《ちんこう》にして寡黙《かもく》、剛直《ごうちょく》にして清廉《せいれん》、裁断に長《ちょう》ず、而《しか》も其人《そのひと》に接する、温和《おんわ》にして義に富む、故《ゆえ》を以《もっ》て、婦人小児と雖《いえど》も、皆弥一郎に親《したし》まざるは無かりしと云《い》う」(『西南記伝』)と謳《うた》われた好漢・永山の壮絶な最期だった。

かくして御船は突破されたが、川尻と甲佐では、十三日まで一進一退が続いていた。

十三日の夜、川尻の陥落が時間の問題と見切った桐野は、二本木の本営を撤収《てっしゅう》し、内陸部の木山に本営を移すという決断を下す。

木山は二本木の東十二・五キロ、御船の北十キロほどにあり、東側に山が迫った後ろ堅固《けんご》の地である。木山なら四方から包囲されることもなく、また万が一、陥落が確実となった場合でも、背後に控える阿蘇外輪山《あそがいりんざん》の山岳地帯に退却できる。

十四日早朝、川尻に総攻撃を掛けた政府軍は薩軍を押しきり、一帯を占拠《せんきょ》した。

この時、一隊を率いていた旧会津《あいづ》藩士の山川浩中佐は、そのまま熊本城まで進撃し、夕刻、城近くまで達すると、政府軍の一部隊であると城内に伝えた。

当初は敵と思っていた鎮台《ちんだい》兵も、これが味方だと分かると、歓呼《かんこ》をもって迎え入れた。

会津戦争当時、敗れはしたものの、獅子奮迅《ししふんじん》の活躍を示した山川は廃藩置県《はいはんちけん》後、敵だった谷干城《たてき》に請われて陸軍に入り、少佐に任じられた。その時の恩を忘れず、自らの手で鎮台を救出することを心に期していたという。しかし山川は後日、山田顕義別働第二旅団司令官から「抜け駆けの功名《こうみょう》」を指摘され、大目玉を食らうことになる。

同日、遂に薩軍は熊本城包囲を解き、木山方面に撤退していった。これにより翌十五日、熊本城は解放された。最初にやってきた別働第一旅団は、大量の牛、鶏《にわとり》、酒、穀物、医薬品を運び込み、鎮台兵を慰労《いろう》した。

この日の朝、向坂を守る新八の許にも撤退命令が届いた。

新八は兵をまとめると五木街道を南下し、植木から十五キロほど南の立田山《たつたやま》南麓の新南部《しんなべ》に陣を布いた。ここは熊本城の東五キロほどにあり、木山を中心にした城東地域への政府軍の侵攻を抑える要地にあたる。

ところが十六日、新南部を放棄して長嶺《ながみね》まで引くよう、木山の桐野から指示があった。戦線を縮小し、守りをいっそう堅固にしようというのだ。長嶺は新南部から二キロほど東にある。

新八が軍を移動させていると、木山で大軍議を行うという知らせが入った。貴島清と中島健彦を伴った新八は、急ぎ木山に向かった。

木山本営には、沈痛な空気が漂っていた。

作戦は次々と齟齬《そご》を来《きた》し、撤退に撤退を重ねる現状を思えば当然だが、何よりも篠原に続く永山の死が、皆の気持ちをいっそう暗くしていた。

「こん地で持久戦に持ち込んど」

桐野が初めから結論めいたことを言うと、すぐに野村忍介《おしすけ》が反論した。

「いや、持久戦となれば外部頼みとなります。これほどあてにならないことはない。ここは、いったん人吉を経由して鹿児島に戻り、再び人心《じんしん》を掌握《しょうあく》し、宮崎や大分に進出すべきです」

「そいでは敗軍になってしまう。ここで一戦して退勢を挽回《ばんかい》すっど」

「この状況で戦っても勝機はありません。この場は隠忍自重《いんにんじちょう》し、捲土重来《けんどちょうらい》を期すべきです」

机を挟んで二人がにらみ合った。以前から二人は折り合いが悪く、衝突ばかりしている。

その時、皆が囲む軍議の席から離れた場に座していた西郷の声がした。

「この地を去れば、兵の士気も衰える。ここで快く一戦して死を決すべし」

――ウドさあ、ここを死に場所とするのか。

新八には、西郷の気持ちがよく分かる。西郷としては、余力のあるうちに大会戦を行い、華々しい最期を飾りたいのだ。

西郷の一言で方針が決まった。

そうなったらなったで、野村は腹案《ふくあん》を持っていた。

「それでは、持久策を取ると見せかけて敵の裏をかき、反転逆襲を掛けましょう」

薩軍の総兵力はいまだ八千あり、組織的反撃態勢を取れる余力を残している。

「どげんす、ちゅうんだ」

桐野が喧嘩腰《けんかごし》で問う。

「敵は、われらを半円形に包み込むような布陣を取るに違いありません。つまり第一から第三旅団と新設の別働第五旅団は、植木方面から新南部へと展開し、別働第一から第三旅団は、熊本、川尻、宇土、堅志田方面から迫ってくるはずです」

野村が指揮棒で机上《きじょう》の地図を叩く。

「まず諸隊が敵の攻勢を抑えている間に、一部の隊が北方ないしは南方から敵陣を突破し、敵の背後に回り込む。そうすれば敵は浮足立ちます。そこを主力軍が押しに押すのです」

「分かった」

桐野が、腕を組んで沈思黙考《ちんしもっこう》する西郷に声をかけた。

「西郷先生《せごせんせ》、こいでよろしか」

腕組みを解いた西郷が再び口を開く。

「そいでよか」

「よし、そいではまず、北方の大津《おおづ》においい、長嶺に新八さん、保田窪《ほたくぼ》に貴島、健軍《たけみや》に吉十郎《きちじゅうろう》どん、御船に佐々《さっさ》の熊本隊ではどげんじゃろ」

御船は永山の自刃《じじん》の後、政府軍が放棄していたのを、薩軍が再占領していた。

「待て」

それまで黙っていた新八が口を開いた。

「ここまで負けてきたんは、おいたち大隊長の責任じゃなかか」

「なんち言う」

桐野が口を尖《とが》らせた。

「もう、おいたちの指揮に兵は付いてこんだろう」

「それは、どういう意味ですか」

野村が唖然として問い返した。

「誰《だい》かが責任を取らんと、いけんちゅうことだ」

「おいも新八さんに賛成じゃ」

新八の意図が分かったのか、大隊長の一人である池上四郎が同意した。

「まさか新八さんは、大隊長全員で責《せき》を負えちゅうのか！」

桐野が唇を震わせて詰め寄る。

「ああ。ここまで負けたんは、おいたちの指揮が悪かったせいじゃなかか」

「なんち言う。そいじゃ、こん後《あと》、誰《だい》が指揮すっちゅうんか」

「こいまでの大隊長は皆、本営付きとして身を引く。前線の指揮は野村、貴島、中島、河野《こうの》、坂元が執《と》ればよか」

坂元とは、一番大隊十番小隊長を務めてきた坂元仲平《ちゅうへい》のことである。一番大隊は、大隊長の篠原国幹《しのはらくにもと》と一番小隊長の西郷小兵衛《こへえ》亡き後、新八の指揮下に入っていたが、小隊長の中でも格別の働きを示した坂元を抜擢《ばってき》しようというのだ。

「やらせっくいやい！」

坂元が机に手を突き、頭《こうべ》を垂れた。坂元は肩を小刻《こきざ》みに震わせている。

「おいもやりもす」

貴島が言うと、残る面々も次々と声を上げた。

「半次郎、よかね」

しばし考えていた桐野が、西郷に目をやった。

「よか」

西郷が、その猪首《いくび》を縦に振った。

「分かいもした」

桐野が、この世の苦渋《くじゅう》をすべて集めたような顔をしてうなずく。

いかに敗軍の責を負うとはいえ、上級指揮官全員の辞職など前代未聞《ぜんだいみもん》である。

――半次郎を抱いて身投げか。

新八は内心、苦笑した。

政府軍を侮《あなど》りがちな桐野を前線の指揮から退かせるには、新八のみならず、大隊長全員で責を負うという形を取るしかない。つまり新八は桐野と心中したのだ。

その後は作戦計画の策定に移った。

八千の薩軍は二千の本営部隊を除き、六千の部隊を周辺に配置した。すなわち北方から、大津に野村忍介、長嶺に貴島清、保田窪に中島健彦、健軍に河野主一郎《しゅいちろう》、そして御船に坂元仲平という布陣である。

御船のある南部戦線は、飯田山や甲佐岳《こうさだけ》といった山々が張り出し、緑川が山裾まで迫っている地もあるため、敵の後方に出ることは困難だった。それゆえ北部戦線を担う野村が、敵の背後に出て植木を占拠する。敵が背後を断たれて慌てたところを、貴島と中島が突出し、油断しているはずの熊本城を占拠することになった。

「こいで、よかな」

桐野の確認に全員がうなずく。

最後に皆の視線が西郷に集まった。西郷は、これまでにないほどの険《けわ》しい顔をしている。

「そいでよか」

これで策は決まった。

かくして、後に「関ヶ原以来の大会戦」と呼ばれる城東会戦の火蓋が、切られることになる。

四

四月十七日の深夜、御船に進出した坂元仲平の部隊千二百に、政府軍別働第三旅団が夜襲《やしゅう》を掛けてきた。激しい砲銃戦が展開されたが、薩軍の士気は衰えておらず、政府軍は撤退を余儀なくされた。

これにより新南部まで来ていた参軍の山県有朋は、抜け駆けや小競り合いを禁じ、二十日をもって総攻撃を掛けることを全軍に通達する。

この頃、政府軍の衝背軍参軍の黒田清隆は、征討総督の有栖川宮《ありすがわのみや》に辞表を提出した。開拓使長官に戻りたいというのが表向きの理由だが、薩軍の討滅に目途《めど》が立ち、これ以上、西郷を追い詰めたくないというのが本音だった。

この辞表は受理され、黒田は九州戦線から去ることになる。

十九日、政府軍は北方から第三・第一・第二旅団が野村忍介隊と、別働第五旅団は貴島清隊と、熊本鎮台軍は中島健彦・河野主一郎両隊と対峙《たいじ》し、その背後の熊本城には第四旅団が控えた。南部戦線では、別働第一から第三旅団が坂元隊と相対していた。また別働第四旅団は、八代方面に展開中の別府晋介率いる九番・十番大隊の抑えに回った。

　二十日早朝、熊本鎮台兵が健軍の河野隊に攻撃を仕掛ける形で、城東会戦が始まった。

　政府軍は火の出るような勢いで薩軍に迫る。

　別働第五旅団と保田窪の中島隊の間では、とくに激戦が展開された。双方一進一退の末、午後三時頃、政府軍が中島隊を押しきるかに見えたが、貴島隊が応援に駆け付けて形勢は逆転し、政府軍は総崩れとなった。保田窪の戦いだけで、別働第五旅団は百三十二名もの戦死者を出している。

　北部戦線では、野村隊とそこに編入された飫肥《おび》・中津両隊が奮戦し、敵を寄せ付けない。

　夕刻まで、北部から中央戦線の戦いは、薩軍有利のまま推移していた。

　一方、三つの別働旅団に攻められた南部戦線の坂元隊は、政府軍に圧倒され、後退に後退を重ねた末、早くも午前十時には御船を占拠された。この時の戦いで、御船に踏みとどまった坂元は戦死した。

　木山の薩軍本営は、御船から逃《のが》れてきた兵で大混乱に陥《おちい》った。

　この時、北方から敵の後方に回り込めないことを訴えに来ていた野村は、この混乱を目《ま》の当たりにし、桐野に浜町《はままち》へと本営を移すことを進言する。浜町とは、木山や御船から東に深く入った阿蘇外輪山中の小村《しょうそん》である。

桐野、新八、池上ら本営付きの大幹部たちは、協議の末、撤退を決定する。しかしその頃、貴島隊は敵陣を粉砕し、熊本城近くまで達していた。そこに河野隊も駆け付け、熊本城の東で決戦が行われようとしていた。

そこに届いたのが、本営からの退却命令である。貴島と河野は無念の臍《ほぞ》を嚙みながら兵を引いた。

関ヶ原以来の大会戦となった城東会戦も、関ヶ原と同じく、一日で決着がつき、敗れた薩軍は阿蘇山中深くに撤退していった。

二十一日、浜町に着いた薩軍は、備前《びぜん》屋という宿で軍議を開いた。

この時、西郷は「熊本に向かい、快戦すべし」と主張したが、何の補充や補給もない状態で、一度敗れた地で再戦を挑むのは無謀に過ぎる。

西郷は死にたかったのだろうが、それを桐野が許すはずはない。

結局、まずは山間の要害である人吉に割拠《かっきょ》し、再起を期すことになった。

人吉は別府らが制圧しており、その周辺の民も、人吉隊として自発的に参加するほど薩軍に好意的である。

桐野は、「この地に割拠すれば二年は持久できる」と豪語した。

球磨川上流の人吉は、鹿児島、熊本、宮崎に通じる街道が交錯《こうさく》する交通の要衝《ようしょう》で、どこから向かうにしても、急峻《きゅうしゅん》な山道を通らねばならず、桐野の言葉も、あながち大げさとは言えなかった。

人吉割拠に西郷も合意し、翌二十二日から順次、出発することになった。


軍議が終わり、新八が宿の外の温泉につかっていると、大きな影が入ってきた。

「新八さん、おやっとさあ」

西郷が「お疲れ様」と言って湯船につかると、大量の湯が溢れ出た。こうした身を削るような日々においても、西郷の体重は日に日に増えているようで、すでに歩くのさえ大儀そうである。

「ウドさあ、人吉まで歩けますか」

「何とかせんな、いけもはん」

「人吉では、またうさぎが撃てればよかですの」

「そいは、ちとむつかしかことになっかもしれもはん」

二人が声を上げて笑った。

新八も本気で言ったわけではない。ただ、いつかそんな日々が取り戻せたら、どれだけいいかと思ったのだ。

「新八さん、見事《みごち》詰められもしたな」

「いかにも、やられもした」

「おいたちは、鎮台攻略にこだわりすぎたかもしれもはん」

西郷は西郷なりに、これまでの戦いを振り返っていた。

「今更、そいを言うたち始まりもはん」

「仰せの通いでごわす」

西郷が勢いよく顔を洗う。

「では、ないごて、ここまで詰められもしたか」

「ウドさあ、そいは考えんでおきもんそ」

新八は今更、西郷と戦術論を戦わせても仕方がないと思っていた。

しばしの沈黙の後、西郷がぽつりと言った。

「もう、やめにしちょるか」

「ウドさあ、そいは手遅れちゅうもんです。ウドさあが何《ない》を言おうが、もう半次郎たちは止められもはん」

「そいでは、おいは何《なよ》すりゃよかか」

西郷にしては珍しく、苛立《いらだ》ったように言った。

「神輿《みこし》に乗って、どこまでも行くしかあいもはん」

「おいを死なせてはくれんのですね」

「ウドさあの体は、もうウドさあんもんじゃなか。ウドさあが生き続くっことだけが、皆の希望になっちょっとです。ウドさあの死に場所は、皆が決めもす」

それだけ言うと、新八は湯から上がった。

風呂から出る時、ちらと振り向くと、西郷が一人、湯の中でうつむいていた。しかし新八は声をかけなかった。開戦前から田原坂の戦いに至るまで、自らを韜晦《とうかい》して、意思をはっきりさせなかった西郷を、突き放したいという思いに駆られていたからだ。

陣所にしている農家に戻ると、土間《どま》に整列した従卒たちが敬礼した。

「もう、おいは大隊長ではない。敬礼は要《い》らん」

――この従卒たちも、どこかの隊に編入させねばならんな。

そのことに気づいた新八は、人吉に着いたら、それを提案しようと思った。

「榊原、茶を淹れてくれ。ほかの者は明日の出発の準備をしろ」

新八は囲炉裏端《いろりばた》に腰掛けた。

早速、榊原が茶を運んでくる。

「そこに座れ」

そう言うと新八は、荷物の中からコンサーティーナを取り出した。

「久しぶりですね」

「ああ」

目をつぶってコンサーティーナを弾いていると、新八は今、どこにいるのか分からなくなってきた。


七月十九日、侍従長の東久世通禧《みちとみ》らをビブリオテーク・デュ・ロワ（王立図書館）に案内した後、帰宅すると、いかめしい封印の捺《お》された政府からの書簡が届いていた。

早速、開けてみると、視察予定先の調査が終わった者は帰国するようにという命令書だった。政府にも、使節団の経費負担が重荷になり始めていたのだ。

東久世からも呼び出され、「とくに調査用件がないなら、われらと一緒に帰国すべし。あるのなら滞在延長願いを出すように」と命じられた。

東久世ら宮内省の使節団は、十月初旬にパリを離れる予定である。

新八は「考えておきます」と言ったきり、東久世に正式の返答をしなかった。

八月になり、パリも本格的な夏となった。だが日本の夏とは違い、日差しは強いものの湿気は少なく、とても過ごしやすい。

東久世たちの予定も、ようやくまばらになり、何もない日は、新八が同行せずとも勝手に出歩くようになった。昼は、パレ・ロワイヤルや市内のそこかしこにあるパサージュで買い物をし、夜ともなれば、西園寺が得意の場所に案内するので、新八は比較的、時間が取れるようになってきた。

あれからシテ島には何度か行っていたが、相変わらず手掛かりはない。もうラシエルもマランも、シテ島にいないのではないかという思いが頭をよぎる。

しかしこの時代のパリで、困窮《こんきゅう》している者が流れ着くのは、シテ島以外、考えられない。

八月のある日曜日、新八はシテ島に渡った。

やみくもに歩いても仕方がないので、かつて入ったタピ・フランに寄ってみた。

案の定《じょう》、あの時と同じように学者風の男が丸テーブルに座っている。

「どうやら探している人は、まだ見つかっていないようですね」

男が、いかにもうれしそうに声をかけてきた。

新八はビールを二つ注文すると、男のテーブルに座った。

「力になってくれないか」

「私がですか」

男は、その言葉を予想していたかのように笑みを浮かべている。

「あんたなら、この町に精通していそうだ。礼は弾む」

「礼なんて要りませんよ。私は金持ちじゃないが、こう見えても食うには困っていません」

男は帽子を少し上げて礼の代わりとし、新八の運んできたビールに口を付けた。

「一緒に探してくれるか」

「いいですとも。時間はたっぷりあります」

「仕事はしていないのか」

「私の仕事は物を書くことです。つまり作家というわけです」

「物を書く――」

「いわば、ここでこうして、あなたのような人間を観察することも仕事なのです」

この時代の日本では、物語作家という職業は、まだ一般的になっていない。

「よく分からんな」

「まあ、記者のようなものです」

「そうか。記者なら分かる。わしの名は村田新八だ」

「私の名は――」

男は、少しもったいを付けてから名乗った。

「エミール・ゾラといいます」

タピ・フランを出ると、ゾラが先に立って歩き出した。

「昔のパリはよかった。不ぞろいな敷石の上を走る馬車の音、焼物直しの角笛《つのぶえ》や鋳掛屋《いかけや》のトランペット、研屋《とぎや》や魚売りの呼び声、高らかに鳴る教会の鐘、これらが渾然一体《こんぜんいったい》となってパリを形作っていました」

「あんたの見てきたパリは、知事のオスマンによって破壊されたというわけか」

「その通り。失われたものは二度と取り戻せない」

ゾラは、空に向けて情けを請うように両手を広げると言った。

「わがパリよ。いずこに消えた」

「それより、女性と男の子だ」

「分かっています。それにしてもなぜ、その二人を探しているのですか」

新八はこれまでの経緯を説明したが、よく考えてみれば、理由らしい理由はない。

「うーむ。その女性は、どうやらよくない病気のようですね」

「よくない病気――」

ゾラに問われるままに、新八はラシェルの様子を詳しく語った。

「やはり、間違いないようです」

「どういうことだ」

ゾラの歩みが止まった。

「ここらを探しても無駄《むだ》かもしれませんよ」

「どうしてだ」

「病《やまい》が病だけに、官憲によって病院に入れられたのでしょう」

新八にも、おおよその察しはつく。

「では、マランはどうなる」

「まずは、そちらですな」

ゾラはパイプに火を付けると、左右を少し見回し、右手に曲がった。

それから饐《す》えた臭いのする裏町の角を幾度か曲がると、河岸《かし》に行き着いた。そこでは、多くの子供たちが水を汲み、それを担いでどこかに駆けていく。

「子供が手っ取り早く金を稼げる方法は、これくらいです」

「水運びか」

この時代、パリの上水施設はシテ島まで延びていないため、島内の人々は、セーヌ河から汲み上げた水を飲料水から生活用水にまで使っていた。

その水汲みを代わりにやってくれるのが、水売りの少年たちである。しかしその数は多く、マランを見つけるのは容易でない。

ゾラは人のよさそうな笑みを浮かべ、マランのことを少年たちに聞いて回るが、皆、一様に首を左右に振る。

すでに日は傾き、別の場所を探してみようとなった時である。

二人の傍らを何者かが駆け抜けていった。その手にはパンが握られている。

「マランだ！」

新八が駆け出したので、ゾラも追ってきた。

「マラン！」

呼び止めようと大声を上げても、耳の聞こえないマランは振り向きもしない。

マランは路地を伝い、通りを横切り、ひたすら疾走する。あの時と違って人通りが多いので、新八が追いつくのは容易でない。

「もう駄目だ」と思ったその時、マランが、ちらりと背後を見た。

一瞬、目が合う。

マランは驚いたような顔をして、足を止めた。

「マラン、盗みは駄目だと、ラシェルから言われていただろう」

息を切らした新八が、笑みを浮かべて近づいていくと、マランの目から涙が溢れ出た。

「もう心配は要らん」

新八がしゃがむと、マランが抱き付いてきた。

その後、マランが身ぶり手ぶりで説明したことを、新八とゾラは何とか解読した。

「やはり、思った通りでした」

「どういうことだ」

「心して聞いて下さい」

ゾラが真剣な眼差しで言った。

「あなたの大切な人は、シフィリスに罹患《りかん》しています」

「何だそれは」

ゾラによると、ラシェルは、性交によってもたらされた細菌性の病気である梅毒《ばいどく》に罹患《りかん》しているという。

官憲はシフィリスの患者を見つけると、強制的に病院に収容しているという。

――確か、西園寺が何か言っていたな。

かつて西園寺は、政府公認のメゾン・クローズにいる娼婦《しょうふ》たちはシフィリスの検査を定期的に受けているから安全だと言っていた。

「となると、ラシェルは今、どこにいる」

「おそらく、サン・サラザール医療刑務所に収監《しゅうかん》されているはずです」

「そこに入れば治るのか」

「まあ、初期であれば治らないこともありませんが――」

梅毒の特効薬・サルバルサンが普及するのは第一次大戦後であり、この時代、水銀療法という極めて危険な治療法に頼るしかなかった。むろんそれも、初期でなければ効き目がない。

「ラシェルは、もう長く患《わずら》っていると言っていた」

「そうでしたか」

ゾラが言葉に詰まった。

「分かった。それでも病院にいるなら安心だ」

「いや、そうでもないのです」

サン・サラザール医療刑務所では、手遅れの患者には治療を施《ほどこ》してくれず、少量の食事を与えるだけで捨て措《お》かれるのだという。しかも衛生状態は極めて悪く、検査用の子宮鏡《しきゅうきょう》や注射器は殺菌されることもなく使い回され、風呂にも入れないため、梅毒患者が淋病《りんびょう》を併発したり、その逆もあったりで、生きて退院できる者は皆無《かいむ》に近いというのだ。それだけならまだしも、治療と監視を担当している修道女たちは、患者を囚人《しゅうじん》同然に扱い、その精神的苦痛は言語に絶するという。

「何ということだ」

「つまり政府は、病の娼婦たちを隔離《かくり》して性病の蔓延を防ぐだけで、娼婦たちの生死など一切、考えていないのです」

ラシェルが解体直前の古いアパルトマンに隠れていた理由が、これで分かった。

「それで、どうします」

「こうした場合に、日本人のやることは一つだ」

そう言うと新八は、マランを抱き上げた。

五

「その後、どうなったのですか」

榊原が興味津々《しんしん》といった顔付きで問う。

「ゾラによると、入院患者の保護者が引き取りを申し出ると、病院は拒否できないことになっているという。それでゾラに戸籍《こせき》を偽造《ぎぞう》して父親を装ってもらい、ラシエルを退院させたのだ」

「つまり正門から堂々と出てきたのですね」

「うむ。私がゾラの執事《しつじ》を装って現れた時、ラシェルは驚いていた。しかし聡明な娘だ。すぐにすべてを察し、われわれに身を委ねたというわけだ」

新八は、その時のゾラのとぼけた演技を思い出し、笑いが込み上げてきた。

「後にラシェルから聞いたのだが、ある日、古いアパルトマンに突然、官憲が現れて、二人を保護すると言ったという」

官憲は、その場で簡単な検査を行い、ラシェルをシフィリスと診断し、医療刑務所に送ると通告した。

その時、ラシェルの目配せを理解したマランは、窓から飛び出し、屋根を伝って逃げ出した。官憲がそちらに気を取られている隙に、ラシェルはあの書置きを残したという。

マランには、あらかじめシテ島に行くよう申し聞かせていたので、その保護だけでも、新八に頼みたかったらしい。

「そういうことでしたか」

「この続きは、またにしよう」

「はい」

榊原は素直に従った。

――いったい、あの日々は何だったのか。

新八には、パリで過ごした一年半が、もはや現実のようには感じられなかった。

四月二十二日、薩軍の移動が始まった。

傷つき疲れ果てた軍隊が重い装備を背負い、標高一千メートルを超える峠が続く峻険《しゅんけん》な山道を行くのは、並大抵のことではない。

運搬が困難な大砲は破壊し、壊れた銃は放棄した。

薩軍一行は日向《ひゅうが》往還を使って馬見原《まみはら》に着くと、道を南に取り、五日がかりで人吉に到着した。

この時の峠越えは苦難の連続で、負傷者の多くが脱落していった。脱落となれば食べ物とてない山中である。取るべき道は自害しかない。それでも自害できる者は、まだましだった。駕籠《かご》に乗せられて脇差《わきざし》も取り上げられた者は、皆の迷惑になることを嫌がり、「殺せ！」と喚《わめ》くが聞き入れてもらえず、駕籠が断崖絶壁に差し掛かったところで、自ら千尋《せんじん》の谷に転がり落ちていった。

無傷の者にも、多くの苦難が待ち受けていた。

峠の頂《いただき》付近には、いまだ積雪が残っており、冬山越えの装備をしていない薩軍兵士の中には、凍傷《とうしょう》になり、人吉到着後、足指を切断せざるを得なくなる者が続出した。

西郷も遂に歩くことが叶わず、途中から竹駕籠を使った。

人吉に着く前日の二十八日、人吉の三十キロ手前の江代《えしろ》で軍議が開かれた。
この時に決まった方針は以下の三点である。

・人吉を長期間、守り抜く
・鹿児島を確保する
・形勢によっては大口《おおくち》から水俣《みなまた》へと進出する

基本的には「持久防御策」だが、兵站という観点からすれば、何としても鹿児島を押さえておかねばならない。そうしておいてから、諸国にいる不平士族の決起を待つわけである。
また部隊編制も変更し、長期戦に耐えられるものとした。

大分方面　奇兵隊　隊長：野村忍介
鹿児島方面　振武《しんぶ》隊　隊長：中島健彦
　行進隊　隊長：相良長良《さがらながよし》
江代方面　正義隊　隊長：河野主一郎
　干城《かんじょう》隊　隊長：阿多《あた》壮五郎

大口方面　雷撃隊　隊長：辺見十郎太
神瀬《こうのせ》方面　常山《じょうざん》隊　隊長：平野正介《しょうすけ》
佐敷《さしき》方面　鵬翼《ほうよく》隊　隊長：淵辺群平《ふちべぐんぺい》

この中で、相良長良は三番大隊五番小隊の兵卒からの抜擢で、阿多壮五郎は三番大隊十番小隊長からの、平野正助は五番大隊七番小隊長からの昇進となる。

大隊長として唯一、指揮官の一人に残っていた貴島も、これを機に前線指揮官から外《はず》れることになった。

また、この頃から西郷と桐野の関係が悪化してきた。桐野を嫌った西郷は直接の会話を拒否し、幹部の誰かを間に入れて話をするようになっていた。こうした空気を感じ取った桐野は、江代にとどまり、そこを出張本営と名付けた。

新八は西郷から桐野に対する不満を聞かされても、無関心を装って聞かないふりをしていた。そうなると、西郷と新八の間にも隙間風が吹いてくる。

それを避けるべく、新八が西郷に肩入れすれば、薩軍は分裂してしまう。新八としては、それだけは避けねばならない。

一方、城東会戦で薩軍を阿蘇の深山《しんざん》に追い込んだ政府軍の山県有朋参軍は、いったん休息を取り、五月六日から攻撃を再開することにした。

「薩軍に迎撃態勢を整えられる」という反対意見もあったが、山県は意に介さず、兵士の休養を優先した。すでに勝利は見えていたからだ。

また山県は鹿児島の確保を最優先とし、各旅団から選抜された九個大隊を鹿児島に派遣することにした。これらの部隊は四月二十七日、熊本百貫石《ひゃっかんせき》から船を使って鹿児島に上陸する。

二十九日、西郷と共に新八も人吉に入った。

西郷は終始、何も語らず、この日の朝、江代から軍議にやってきた桐野に対しても、無視を決め込んでいた。

気まずい軍議が終わり、陣所としている古い武家屋敷に戻ると、いつものように榊原が控えていた。しかし常と異なり、その顔には覚悟の色が表れている。

「村田大隊長、いや村田さん、どうか私を前線に出して下さい」

「何を言う」

「皆が次々と死んでいく中、私だけが安全な場所に身を置いています。周囲からは『あれは、庄内から来たもんだから特別待遇《たいぐう》だ』と陰口を叩かれ、いたたまれないのです」

「そんなことはない」

さらに戦況が悪化すれば、新八の側にいても、榊原が無事でいるとは限らない。その前に、黒田清隆や大山巌《いわお》あたりと交渉する機会を持てれば、何とかなるかもしれないが、それ以外に榊原を救う術はない。

この時の新八は、すでに黒田が戦線から離脱したことを知らない。

「気持ちはよく分かった。だが焦《あせ》るな。事ここに至れば、死ぬべき時と場所は必ず見つかる」

そう言う以外、もはや新八にできることはなかった。

ラシェルを引き取った新八は、ゾラのアドバイスに従い、ブレダ通りのアパルトマンに一室を借りてやった。

ブレダ通りは娼婦が多く住む場所で、環境としてはよくない。だが、都市計画後に造られた低所得者層向けのアパルトマンが多く立ち並んでおり、目立たないように生活するには、もってこいである。

さらに新八は一人の老婆《ろうば》を雇《やと》い、ラシェルの看護をしてもらうことにした。

ラシェルは涙を流して喜び、新八の手を取って幾度となく礼を言った。

八月と九月は平穏《へいおん》無事に過ぎた。

新八は宮内省の面々を様々な場所に案内するかたわら、時間ができれば、食材を買ってラシェルのアパルトマンを訪問した。

ゾラも、しばしばそこに顔を出すようになった。

何の代償も求めずラシェルとマランに愛情を注ぐ新八を見て、ゾラは「日本人とは不思議な生き物だ」と言っては、しきりに首をかしげていた。

いよいよ十月になり、東久世らがパリを去ることになった。

東久世は新八も一緒に帰るよう勧めたが、新八は「語学研修のためにとどまりたい」と言って、この誘いを断った。しかし東久世からは、「それなら七月に帰国命令が届いた際、なぜ滞在延長願いを出さなかったのだ」と反論された。

東久世の言う通りで、弁解の余地もない。

それでも新八は、「もうすぐ岩倉使節団が来るので、彼らを案内した後、帰国する」と陳弁《ちんべん》し、ようやく東久世の了解を取り付けた。

だが政府は甘くない。十月八日、新八に名指しで帰国命令が届いた。

政府の命は絶対であり、パリに残るとなると職を辞さねばならない。つまり以後、私費留学に切り替えざるを得ないことになる。

それでも新八は、パリに残るつもりでいた。

務所で最期を迎えることになる。

──ラシェルの死を看取《みと》るまでは帰れぬ。

今、ラシェルとマランを見捨ててしまえば、二人は生活の術を失い、悲惨な末路《まつろ》をたどるにちがいない。マランは孤児院に収容されるはずだが、ラシェルは医療刑務所で最期を迎えることになる。

──そんな目に遭わせるわけにはいかない。

胸底《むなそこ》からわき上がる得体の知れない情熱に、新八は駆り立てられていた。

同月二十六日、新八は、「もっとフランス語を修めたいので、以後、自費をもって当地に滞在したい」という辞表を宮内省あてに送った。これに対する返事はなく、これまで通りに給与は送られてきたので、何らかの理由で、辞表が受理されなかったとしか考えられなかった。

むろん、その理由は一つしかない。

間もなくやってくるはずの大久保利通が、「まずは話を聞いてから」ということにしたのだ。

一方、ブレダ通りのアパルトマンに落ち着いた当初は、一時的に回復の兆《きざ》しを見せていたラシェルだったが、十月に入ると、次第に病状は悪化していった。

ラシェルは毎日のように発熱し、関節が痛いと言う。それでも動けるうちは、まだましだったが、起き上がれない日が多くなってきた。

新八は毎日のようにラシェルの許に通い、家事を手伝い、食事を作った。

新八はラシェルの前では明るく振る舞っていたが、その陰では、ゾラに医者を探させ、往診をしてもらったり、薬を調合してもらったりしていた。

しかしこの時代、梅毒の中期から末期患者に対する有効な治療法はなく、ゾラに「医者をもうけさせるだけだ」と忠告される始末だった。

十二月になった。ラシェルは日に日に衰え、新八の財布も底をつき始めていた。

そうした最中《さなか》の十六日、岩倉一行がパリに着いた。


その日のパリ北駅は、岩倉使節団一行を出迎える人々で、ごった返していた。

やがて、おびただしい黒煙《こくえん》をたなびかせ、蒸気機関車が滑《すべ》り込んできた。

ホームに列車が止まってドアが開くと、周囲を見回しながら、日本人一行が降りてきた。山高帽《やまたかぼう》をかぶり、ステッキを持った大久保の姿も見える。

「一蔵《いちぞう》さん」

「おう、新八か」

大久保が、ほっとしたような笑みを浮かべた。日本から遠く離れた地で同郷の者と会えたので、さすがの大久保も懐かしいのだ。

「いろいろあったようだな」

新八の耳元で、意味ありげに大久保がささやく。

「何《なん》もあいもはん」

ぶっきらぼうにそう答えると、新八は岩倉や一行に挨拶《あいさつ》をしにいった。

その後は、お決まりの歓迎レセプションである。

軍楽隊が奏《かな》でるマーチと人々の拍手が、いやが上にも歓迎の雰囲気を盛り上げる。その後、フランス人の貴顕《きけん》がホームに設けられた壇上に上がり、次々とスピーチをする。その度《たび》に使節団全員が立ち上がり、帽子を取る。

一時間ばかりで、それも終わり、一行は割り当てられたクーペ馬車に乗り込んだ。

新八が案内された一台に乗ると、先に大久保が座っていた。

——高崎め。

馬車の手配を高崎に任せたため、気を利かせて、新八と大久保を同じ馬車にしたのだ。

一瞬、驚いた新八だが、平然と乗り込むと大久保の隣に座った。

「海外の視察先から辞表を出すなど前代未聞だ」

大久保は新八のことを心配しているというより、面白がっているように見える。

「東久世と喧嘩でもしたのか」

「いえ」

「ああいう無能な輩《やから》は、適当にあしらっておくのがよい」

「では、ないごて、おいを宮内省になんか配属したっですか」

「鹿児島弁は使うな」

大久保は、そう釘を刺すと続けた。

「それでは軍人になりたかったのか」

「いいえ」

そう言うと、新八は押し黙った。

そのことは、これまで何度となく話し合われてきたことである。西郷と大久保は新八に政治家としての道を歩ませるべく、まず宮内省に配属し、朝廷関係者との人脈を築かせようとしたのだ。

「いずれにせよ、辞職とは穏やかでないな」

「男には、筋を通さねばならん時があります」

「女か」

「それを誰に――」

「東久世からだ。何でも西園寺とかいう公家の小僧から聞いたらしい」

「あいつ」

新八が舌打ちした。

二人は同じ公家出身者であり、新八の与《あずか》り知らない人間関係がある。

「女に入れ揚げるとは、お前らしくないぞ」

「そうではないのです」

生来《せいらい》、猜疑心《さいぎしん》の強い大久保が、そんな言葉を信じるはずはない。

「新八、パリは魔都だという。そこかしこに遊郭《ゆうかく》が立ち並び、男の鉄腸《てっちょう》をとろけさせると聞いたぞ」

「そんなことはありません。私は遊郭通いなどしていません」

「だが、女のところに入り浸《びた》っているというのは本当だろう」

「遊び女《め》ではありません」

「では、なんだ」

新八は押し黙った。

確かにラシェルは私娼であり、もしも病を得なければ、今でも、その仕事を続けていたはずだ。それを考えれば、肉体関係がないだけで、すべての指摘は的《まと》を射ている。

やがてコンコルド広場を通り過ぎると、目の前に凱旋門が迫ってきた。左右の銀杏《いちょう》並木は葉を落としており、シャンゼリゼ通りを黄色く染め上げていた。

日本人使節団を乗せた馬車の列は、フランス政府が用意した迎賓館に到着した。

「大久保さん」

馬車を降りようとする大久保を、新八が呼び止めた。

「何だ」

「辞表は受理してもらえんのですか」

珍しく激した大久保が、新八の胸倉を摑む。

「吉之助どんとおいが、おはんのことをどいだけ考え、こん職を与えたか、おはんには分からんのか！」

鹿児島弁でそう言い捨てると、大久保は馬車を降りた。

その時、フランス政府の高官が近寄ってきたので、たった今、激したのが嘘のように、大久保はにこやかに応対している。

新八は馬車の中にとどまったまま、己の考えに沈んだ。

確かに、大久保の言い分にも一理ある。西郷と大久保は、自分たちの世代から少し下の新八の世代が次代の藩閥を担っていくことを期待している。そうでなければ幕末維新において、薩摩藩士が、どこの藩よりも多くの血を流したことは報われない。

——つまりわしは、薩摩っぽの天下を託されているというわけか。

軍人しかできない不器用な篠原や、学問を十分に修めていない桐野では、西郷と大久保の後継は務まらない。黒田清隆、大山巌、西郷従道《つぐみち》、川村純義らにしても、それぞれ一長一短があり、日本国を切り回せるほどの器とは思えない。新八とて、西郷のような徳望家でもなく、大久保のような冷徹な政治家でもない。しかし周囲を見回せば、己の目から見ても、天下を切り回せるのは自分以外にいない。

——日本に帰れば、そんな重荷を背負わされることになるのだな。

新八は己の身が、次第に己のものではなくなっていくのを感じていた。

六

月が替わって五月になった。

人吉に来た翌日から、堡塁や胸壁造りに精を出す日々が続いていた。

一方、永国寺《ようこくじ》に設けられた本営に入った西郷は、犬を連れて散歩する時以外、めったに人前に出ることもなくなっていた。

そんな最中の五月二日の夜、時間ができたと言って、次男の二蔵《にぞう》が新八の許にやってきた。

二蔵とは、鹿児島の自宅を出て以来、顔を合わせていない。

「父上、こいつを持ってきましたぞ」

「芋焼酎《いもじょうちゅう》か」

新八が陣所としている武家屋敷の居間で、二人は久しぶりに盃《さかずき》を交わした。しかし次の瞬間には岩熊のことを思い出し、二人してため息をついていた。

「できることなら、三人で飲みたかった」

二蔵がポツリと言う。

酔いが回るにつれて悲しみが込み上げてくるが、新八は黙っていた。

——岩熊は前を向いて死んだ。決して悔いはないはずだ。

いかに勇猛果敢《かかん》な兵でも、撤退命令が出れば敵に背を向けねばならない。そこを撃たれれば、敵に臆《おく》して逃げたところを撃たれたことになる。とくに負けが込んできた薩軍の場合、そうした死に方をせざるを得ない者も少なくない。

そうした中、岩熊が前進しようとして撃たれたことは、新八にとって、せめてもの慰めとなっていた。

——岩熊は勇士として死んだのだ。

そう己に言い聞かせる以外、どのような救いがあるというのだ。

「この戦が始まってから、兄者と一度だけ話をしたことがあります」

岩熊は伝令をやっていたので、二蔵のいた熊本城包囲陣にも何度か赴《おもむ》いていた。その時に暇を見つけ、二蔵に会いに来たらしい。

「兄者は私に、『死ぬな、生きよ』と幾度も仰せになられました。『死ぬのは自分だけで十分だ』とも」

二蔵の瞳は、すでに潤《うる》んでいた。

「その時、兄者に『絶対に生き残る』と誓わされました」

焼酎にむせつつ、二蔵が話を続ける。

「しかし私も薩摩隼人です。兄者に『生きるも死ぬも天次第。無理に死ぬことはしないが、卑怯《ひきょう》な真似だけはしたくない。死すべき時は死なせていただく』と言うと、兄者は『立派な心掛けだ。それでよい』と言ってくれました」

「その通りだ」

新八は、二蔵の心構えこそ正しいと思った。

戦場では、卑怯な振る舞いをしても周囲に覚られないことが多い。それぞれが敵と戦うのに必死だからだ。どこかに隠れていたり、安全圏を走り回ったりしていただけでも、激戦を生き残れば勇士として扱われる。だが人はごまかせても、自分はごまかせないのだ。

「二蔵よ、死を恐れずに戦え。それで生き残れたなら、天がお前に『生きよ』と命じているのだ」

「分かりました」

「よし、飲め」

新八が二蔵の茶碗に酒を注ぐと、大粒の涙がそこに落ちた。

「兄者――」

二蔵が嗚咽を漏らす。

「泣くな。天の岩熊に笑われるぞ」

「はい。もう泣きません」

懸命に涙を堪えつつ、二蔵が焼酎を飲み干した。

鹿児島に残してきた家族の安否《あんぴ》を気遣いつつ、二蔵は帰っていった。

入れ替わるように入ってきた榊原は、豪奢《ごうしゃ》な布団《ふとん》を抱えていた。

すでに新八の従卒は榊原一人になっている。

「人吉の商人が供出してくれました」

「そうか。それはありがたい」

「村田さん、敵はいつやってくるのでしょう」

布団を敷きながら、榊原が問う。

「そうさな」

五月に入っても敵は沈黙を守っていた。本来であれば、薩軍の防戦態勢が整う前に攻め寄せてくるはずだが、来ないということは、厳しい条件を突き付けて降伏を促《うなが》してくる可能性もある。

——黒田あたりが走り回り、降伏条件として、ウドさあの助命を取り付けようとしているのではあるまいか。

それは降伏条件として、薩軍が最も受け入れやすいものだ。

箱館戦争の折、新政府軍の実質的指揮官だった黒田清隆は、一戦《ひといくさ》終わるごとに、蝦夷《えぞ》政府の榎本武揚らに降伏を打診《だしん》した。結局、最後には榎本らもそれを受け入れるのだが、彼らが東京に護送された後も、黒田は八方奔走《ほんそう》し、遂に榎本ら幹部全員の助命を勝ち取った。

新八は、人情家の黒田が戦線から去ったことをまだ知らない。

——だがウドさあは、降伏を受け入れても命を長らえるつもりはないだろう。

降伏となれば、将兵の助命と引き換えに、西郷は腹を切ると言うに違いない。むろん新八も切るつもりでいる。そうなれば山県ら政府軍は、西郷や新八の首を東京に持ち帰ることができ、面目《めんぼく》を保てる。

——政府にとっても、そろそろ潮時だろう。

膨大《ぼうだい》な国費を投じ、貴重な兵士の命をすりつぶすことを続けていれば、いつの日か、国民の政府に対する不満が爆発する。

——しかし降伏勧告するつもりなら、もう使者が来ていなければおかしい。それがないということは、最後まで戦うつもりなのだ。

もはや、それ以外に考えられない。

「榊原、敵はほどなくしてやってくる」

「やはり——」

「おそらく、万全の攻撃態勢を整えているのだろう」

「それでは、これからも戦えるのですね」

「戦える、か」

新八は苦笑いした。

——榊原は、これで戦が終わってしまうことを案じていたのか。

真顔《まがお》になった新八は、厳しい声音で命じた。

「座れ」

榊原はきょとんとしている。

「座れと申した」

「は、はい」

新八の目の前に榊原が正座した。

「よいか。そのうち、お前も前線に出されるだろう。しかし死すべき時は、天が命じてくれる。最も愚かなことは、死すべき時ではないのに、無駄な突撃をして死ぬことだ。わしはこれまで、そうした者を多く見てきた。人はそうした蛮勇を称揚《しようよう》するが、わしはそうは思わぬ。人はしかるべき場所で、しかるべき時に死なねばならぬ」

「つまり、全力を尽くして戦い、引くべき時は引けと——」

「そうだ。無理に死んでも何にもならぬ。それよりも、生きて次の戦いに備えるのが、真の勇者というものだ」

「分かりました」

榊原が力強く首肯《しゅこう》した。

「実はわしも、死に場所ではなく死に方にこだわってきた。男は、いかなる死に方をするかが大切だとばかり思ってきた。しかしそうではないと、ある人から教えられた」

「ラシェルですね」

「ああ」

新八の心は、一千里の山河を越えてパリに飛んでいった。

「倫敦《ロンドン》にあれば、人をして勉強せしむ。巴黎《パリ》にあれば、人をして愉悦《ゆえつ》せしむ」と、使節団の一員である久米《くめ》邦武《くにたけ》が『米欧回覧実記』に記したパリは、岩倉や大久保をも魅了した。

使節団本隊も東久世一行と変わらず、昼にはヴェルサイユ宮殿やサンジェルマン・アンレといった文化施設を訪ね、パレ・ロワイヤルで土産物《みやげもの》を買い、夜となれば享楽《きょうらく》的な場所に行きたがった。

辞表を提出したが受理してもらえない新八は、致し方なく彼らの案内をした。

大久保は、新八が娼婦に入れ揚げているものと思い込んでいた。新八自身も何が己を駆り立てているのか分からず、この複雑な状況をうまく説明できないでいる。

薩摩人は言い訳がましいことを嫌う。新八もその例にもれず、「議者《ぎしゃ》」ではない。何事も肚《はら》で分かり合うのが、薩摩人なのだ。

大久保は多忙な日々の合間を縫《ぬ》い、幾度か新八の意向を確認した。しかし新八の意志が固いと知ると、年末も押し迫った頃、「これも修行だ。致し方ない」と言って、納得してくれた。

年末ぎりぎりの船便で、大久保は日本政府に書簡を送り、新八の辞職を受理するよう伝えた。

年が明けて明治六年（一八七三）になった。

皆が新年を祝い、連日のように舞踏会に明け暮れている最中の一月十二日、日本から辞職を受理する旨《むね》の通知が届いた。これにより一月末で、新八は官を辞して民間人となる。

むろん給金も一月末までしか払われないが、大久保の厚意で、政府の嘱託《しょくたく》としてパリに滞在し、その依頼に応じて、こちらの情報を日本に伝えたり、フランス語で書かれた文書を翻訳《ほんやく》したり、フランスを訪れる日本政府要人や留学生の世話を焼いたりする仕事を与えられた。

これで食うには困らなくなり、郷里の妻子を困らせることもなくなった。

二月十七日、大久保らがフランスを発つ日がやってきた。

大久保は新八の身を案じ、「いつでも戻ってこい」と言ってくれた。

一行はこの後、ベルギー、オランダ、ドイツ、ロシア、デンマーク、スウェーデン、イタリア、オーストリア、スイスを歴訪してから、フランスのマルセイユに戻り、七月二十日発の船で日本に帰る予定である。

新八は深々と頭を下げつつ、おびただしい黒煙を上げて去りゆく蒸気機関車を見送った。

かくして自由の身となった新八だが、以前と同額の給金をもらえるので、とくに生活に困ることはなかった。

しかし、政府が払ってくれていたアパルトマンの家賃や水道費などは、自腹で払うことになり、多少は切り詰めねばならない。

新八は日を空けずラシェルの許に通ったが、四月、五月、六月と気候が暖かくなるにつれ、ラシェルの容体《ようだい》は悪化の一途《いっと》をたどっていた。

そして七月、ちょうど岩倉使節団が長い欧米視察旅行を終え、マルセイユから日本を目指して帰ろうとしていた頃である。いよいよラシェルが動けなくなった。

ラシェルは意識が混濁《こんだく》することが多くなり、熱に浮かされて、うわ言を呟《つぶや》くようになった。

ゾラが連れてきた医師の診断によると、「持って一月《ひとつき》」とのことである。

医師が帰ると、ラシェルは再び意識を失った。

「眠ったようですね」

ゾラが背後から声をかけてきた。

「ああ、そのようだ」

こうして安らかな寝顔を見ていると、ラシェルに死が迫っているようには思えない。だが病は、確実にラシェルの細い体を蝕《むしば》んでいるのだ。

「シンパチさんは、最期まで看取るつもりなのですね」

「ああ。そのつもりだ」

「職を辞したのですか」

「なぜ知っている」

ラシェルの顔をのぞき込んでいた新八は、驚いてゾラの方を見た。

「これだけ勝手気ままなことをしている男に、給料を払う政府などありません」

「その通りだ」

二人が笑い声を上げた。

「でもシンパチさん、ここからは辛《つら》くなりますよ」

「分かっている」

「しかも、われわれがいることを、彼女は望んでいないかもしれない」

それは新八も考えていた。動けなくなれば、当然、下《しも》の世話も必要になる。老婆が帰ってしまう夜の間は、新八が面倒を見ることになる。

「彼女もレディだ。尊厳を失わせずに見送ってやりたいとは思いませんか」

「どういう意味だ」

ゾラが小さな薬壜を見せた。

「まさか、それは――」

「彼女も望んでいると思いますよ」

新八は次の瞬間、怒りがわいてくると思った。しかし胸の内は、海のように凪《な》いでいる。

「シンパチさん、あなたもそれを考えていたはずです。もう彼女は助からない。それならばいっそのこと――」

「うう……」

その時、ラシェルが苦しげにうめいた。

「どうしたラシェル」

「ああ、シンパチさん、いらしていたのですね」

苦しい息の下でラシェルが言った。

「どうやら、私は長くないようですね」

「何を言っている。病は快方に向かっている」

「それは嘘です。この病気については、よく聞かされていましたから」

新八に言葉はなかった。

「シンパチさん、コンサーティーナを弾いていただけますか」

新八は、かつてラシェルから習った『愛の喜びは』を弾いた。

哀《かな》しげな調べが、夜の帳《とばり》の下りたパリの街に染み入っていく。

新八の演奏にうっとりと聴き入っていたラシェルは、曲が終わると言った。

「父は、エトルタの海を望みながら、小さな私のために、よくその曲を弾いてくれました」

すでにラシェルの瞳は、エトルタの海を見ていた。

「一度でいいから、あの海に帰りたい」

「それほど帰りたいのか」

「はい。でも、もういいのです。私は魂となって帰ります」

新八は、この哀れな女性に何もしてやれない自分が情けなかった。

「目をつぶると、あの白い断崖が目に浮かびます。海猫の鳴き声と浜に打ち寄せる波の音も聞こえてきます。父がイーゼルを抱えて向こうからやってくる。ほら、父が手を振っている」

「ラシェル、もうよいから眠れ」

「シンパチさん、人はしかるべき場所で死ぬのが、最も幸せだと言います。パリは、私の死ぬ場所ではありません。私は、エトルタの海を見ながら死にたい」

そこまで言うと、ラシェルは再び気を失った。

——確かにここは、ラシェルの死に場所ではない。

突然、ある考えが閃《ひらめ》いた。

「よし、行こう」

新八の言葉をゾラが確かめる。

「行こうって、どこに」

「エトルタに決まっている」

「しかし、シフィリスを患っている者は鉄道に乗せてもらえません。だいいち駅に連れていけば、官憲に通報されます」

ゾラの言葉を無視して、新八が問う。

「明日までに、馬車と馭者《ぎよしや》の手配はできるか」

「金さえあれば、この街でできないことなどありません」

ゾラが呆《あき》れたように首を左右に振った。

「では、馬車で行こう」

「シンパチさん、フェカンやエトルタまでは、パリ市内のように石畳が続いているわけではありません。あのようなでこぼこ道を行けば、ラシェルの死を早めることにもなりかねない」

「それでも、ここで死を待つよりはましだ」

「それはそうですが――」

ゾラが困った顔をし、ラシェルとマランを見比べている。

「分かりました。やってみましょう」

「すまない。必要なものは道中、買いそろえる。出発は馬車が手配でき次第だ」

「日本人は実に不思議な生き物だ」

ゾラが、やれやれといった顔つきで出ていった。

「ラシェル、必ず連れていってやる」

マランの頭を撫でながら、新八が呟いた。

ゾラが手配した馬車は、翌日の昼過ぎにやってきた。指定した通り、ベルリーヌ・タイプの箱型馬車である。このタイプは幌《ほろ》ではなく屋根が付いており、六人乗りで居住性も極めてよいので、ラシェルを横にできる。

馬車の足回りは、この頃、普及し始めたスプリングが付いていた。スプリングは悪路を長く行く場合、馬車の振動を抑えるのに必須の装備だった。

馭者には相場の三倍もの駄賃《だちん》を払ったので、ほくほく顔である。ラシェルの身の回りの世話をしてもらうために、馭者の妻にも同行してもらうことになった。

アパルトマンからラシェルを抱いて下ろし、馬車の中に急造した寝床《ねどこ》に横たえると、ラシェルが目を開けた。

「これから、どこかに行くのですか」

「ああ、行く」

「どこに――」

「エトルタだ」

「えっ、本当に」

ラシェルの顔が、とたんに明るくなる。

「あそこで死なせてくれるのですか」

それには答えずマランを抱いて乗せると、新八は馭者に出発するよう合図した。

最後に「あんたはどうする」とゾラに聞くと、「よろしいので」と言うので、新八は走り出した馬車から手を差し伸べ、ゾラを引き上げた。


パリからセーヌ河沿いに北西に向かい、ヴェトイユ、ジヴェルニー、ルーアンを経れば、ラシェルの故郷であるフェカンに至る。さらにラシェルの思い出の地・エトルタまでは、合計二百三十キロの旅となる。

新八は五日から六日の行程を見積もっていたものの、ラシェルの体調を気遣いながら行くので、何日かかるか分からない。

馬車は、パリ市内からは想像できないような田舎道を行く。ゾラの言った通り、でこぼこ道が続き、ラシェルの体が大きく揺れる度に、マランが、その頭を押さえねばならない。

ラシェルの着替えや下の世話は、馬車と一緒に雇い入れた馭者の妻がやってくれた。その度に馬車を止め、新八とゾラは少し離れた場所で煙草《たばこ》を吸った。

青空を見上げながら、ゾラが聞いてきた。

「あなたは、あの娘に惚《ほ》れているのですか」

それは、これまで幾度も自問してきたことである。

「この感情は、愛や恋といったものではないような気がする」

「では、何です」

――これは「恕《じょ》」ではないか。

「恕」とは、「論語」において孔子《こうし》が唱えた言葉である。「人を思いやる心」と訳してしまえば分かりやすいが、真意は伝わりにくい。それゆえ孟子《もうし》は、「恕」を「忍びざるの心」と言い換えた。すなわち他人の悲しみや苦しみを見て、我慢できずに駆け寄ってゆく、衝動《しょうどう》や本能に近い心のことだ。

新八は拙《つたな》いフランス語を駆使し、「恕」の意味をゾラに説明した。

何度か問い返したり、確かめたりしつつ、ようやくゾラにも理解できたようだ。

ゾラは肩をすくめて、「日本人は本当に不思議な生き物だ」と言った。

夏の埃《ほこり》っぽい街道を、再び馬車が走り出した。

パリから遠ざかるにつれて、道はひどくなる一方である。

小雨が降るだけで道は泥濘《ぬかるみ》と化し、馬車の車輪が泥土にはまることもあった。その度に新八とゾラは馬車から降り、懸命に押した。それでもどうにもならない時は、近くの農家から人を呼び、手伝ってもらった。

その度に礼金を払っていたので、新八の懐《ふところ》は、たちまち寂しくなった。

ルーアンでセーヌ河から離れ、イヴトを経て西に向かい、ヴァリケルヴィルで再び北西に進路を取り、あと一日でフェカンに着くという日、馬車の前輪が外れた。

正確には、前輪の輪鉄の一つが弾け飛んでしまったのだ。

村の鍛冶《かじ》屋を探して修理してもらったが、これで一日を空費してしまった。

その間も、ラシェルの病状は悪化の一途をたどり、昼か夜かも分からないほどになっていた。

意識のはっきりしないラシェルの耳元で、新八は幾度となくコンサーティーナを弾いてやった。するとラシェルは一瞬、目を開けて何かを懸命に伝えようとする。

しかし、それは言葉にはならず、やがて意識は遠のいていく。

そんなことが繰り返された末、一行はようやくフェカンに着いた。

パリを発ってから四日が経っていた。

フェカンは、大伽藍《だいがらん》を持つサン・テチエンヌ教会やトリニテ教会がある古い町である。

馬車を停め、ラシェルの上体を起こして外を見せてやると、ラシェルは驚いたらしく、「ここはどこ」と小さく呟いた。

その顔には生気がなく、半ば眠っているかのように目が虚《うつ》ろである。

「フェカンだ」

「まさか」

「本当さ」

「帰ってきたのね」

「そうだ。君は故郷に帰ってきた」

ラシェルの顔に笑みが広がる。

「私の家の前に行って下さい」

ラシェルの誘導に従い、いくつかの通りを行くと、ある路地の手前でラシェルは馬車を停めさせた。

「私は、あの薄暗い酒場の上に住んでいました」

そこは、お世辞《せじ》にも褒《ほ》められない場末《ばすえ》の安宿だった。

たまたま窓から顔を出した老人が、胡散《うさん》臭げにこちらを見ている。ラシェルが母の死を看取り、ここを引き払ってから、何代も店子《たなこ》が変わっているのだろう。

「少女の頃、あの窓から顔を出し、よく通りを眺めていました。するとパイプをくゆらせながら、父が帰ってくるのです。私が手を振ると、父は黒い髭《ひげ》の中に白い歯を見せて、手を振り返してくれたものです」

馬車の窓から、かつて住んでいた家を見つめていたラシェルは、しばらくすると
「もういいです」と小さな声で言った。

「よし、それではエトルタに行こう」

「本当ですか」

「ああ、本当だとも」

ラシェルが「うれしい」と言って目を閉じると、一筋の涙が頬を伝った。

馬車はフェカンを後にし、南西のエトルタに向かった。

フェカンからエトルタへの道は内陸部を通る。サン・レオナール、フロベルヴィル、レ・ロッシュを経て、ようやくエトルタに着いた時は、すでに夕闇が迫っていた。

馬車の扉を開け放ち、エトルタの断崖をラシェルに見せようとすると、ラシェルが消え入るような声で呟いた。

「連れていって下さい」

「どこにだ」

「あの海岸まで」

「しかし――」

「お願いです。あそこに行かせて下さい」

「よし、分かった」

「ゾラ、椅子を持ってきてくれ」

そう言うと、新八はラシェルを抱いて馬車を降りた。

エトルタの断崖は、強い西日を受けて真紅《しんく》に染まっていた。左手に見えている断崖がアヴァルのアーチで、右手に見えるのがポルト・ダモンに違いない。アヴァルのアーチの向こうには、針の岩と呼ばれる細長い岩が、顔を出している。

「ここでいいだろう」

ゾラに椅子を置かせると、新八はラシェルを座らせた。ラシェルは全身に力が入らないらしく、新八が支えないと椅子からずり落ちてしまう。

「ラシェル」

「ここはどこ」

「エトルタだ」

「本当に――」

ラシェルの意識は混濁していた。

ちょうど夕日が水平線に半身を隠し、この日最後の光芒《こうぼう》をアヴァルのアーチに注いでいた。

少し離れた場所で、ゾラとマランが、その光景を見つめている。ゾラは気を利《き》かせ、新八とラシェルを二人にしたのだ。

「私は帰ってきたのですね」

「そうだ。帰ってきたのだ」

「イーゼルを抱えた父が、アヴァルのアーチの方から、こちらにやってくるのが目に浮かびます」

ラシェルの目は、いるはずのない父の幻影を見ていた。

すでに浜に人気《ひとけ》はなく、この日最後の獲物を求めて、海猫が数羽、頭上を飛んでいるだけだ。しばらくの間、黙ってアヴァルのアーチを眺めていたラシェルが言った。

「シンパチさん、どうしてここまでしてくれるのですか」

それは新八にも分からない。

「私は、あなたに何もしてあげられない」

ラシェルが悲しげに身をよじった。

「何もしなくてよい。ラシェルのために尽くせることが、私の喜びなのだ」

「本当ですか。私に何も求めずに優しくしてくれたのは、あなただけです」

ラシェルが、その細い手を差し出してきた。それは断崖の岩肌のように白く、骨が透《す》けて見えるほどだった。

その手を握ると、最後の力を振り絞《しぼ》るかのようにラシェルも握り返してきた。

「私は幸せです。同じような境涯《きょうがい》にある人たちが、薄汚れたパリの街で苦しみにのたうちながら死んでいくのに、私だけが、こんなに美しい場所で死ねるのです」

「何を言う。死を看取るために、ここに連れてきたのではない」

「もういいのです。私の命の灯は消えようとしています。しかし私は、私が死ぬべき場所で死ねるのです」

新八に言葉はない。

「父がこう言っていました。人はいくつで死ぬかよりも、その人にとって、しかるべき場所で死ぬことの方が幸せなのだと」

「ここが、ラシェルのしかるべき場所なのか」

「はい。楽しかった少女時代を過ごしたこの場所で死ねることは、老婆となってパリの裏町で死ぬことより、どれだけ幸せか」

そこまで言ったところで、ラシェルが苦しげにうめいた。

「ラシェル、どうした！」

「シンパチさん、コンサーティーナを弾いて下さい」

「それよりも医者に行こう」

「もういいのです。どうか――、お願いです」

「分かった」

その頃には、異変に気づいた二人も近くにやってきていた。

新八が、コンサーティーナを取ってくるよう手真似《てまね》で示すと、マランはすぐにその意味を理解し、海岸線沿いの街路に停めてある馬車に走った。

ラシェルの脈を取っていたゾラが、すでに手の施しようがないといった様子で、首を左右に振る。

「ラシェル、死ぬな！」

駆け戻ってきたマランが、新八にコンサーティーナを渡す。

大きく息を吸って心を落ち着かせると、新八は『愛の喜びは』を弾き始めた。

コンサーティーナの奏でる哀切な調べが、闇に包まれ始めたエトルタの浜に漂う。

ラシェルは、うっとりとコンサーティーナに聴き入っているように見えた。

その時である。

「お父さん」

ラシェルが右手を伸ばし、何かを指した。

その指し示す方角に顔を向けたが、むろん誰もいない。

「お父さん、もう帰ろう」

ラシェルの顔は笑みに包まれている。

その差し出した手を新八は握ってやった。

「お父さん――」

そこまで言った時、ラシェルの首が横に傾いた。

「ラシェル――、ラシェル！」

懸命にラシェルの名を呼んだが、再びラシェルが目を開けることはなかった。


エトルタの海岸にほど近い墓地にラシェルを埋葬してもらい、新八たちはパリに戻った。

ゾラに説得され、新八はマランを孤児院に預けることにした。すでにマランも七歳になり、勉強を始めねばならない年だからだ。

新八は、ラシェルを住まわせていたアパルトマンに籠ると、酒浸《さけびた》りの日々を送り始めた。

もう何もかもが空《むな》しくなり、このままパリで死んでもいいとさえ思った。

そうした自堕落《じだらく》な生活をゾラにいさめられても、新八は聞く耳を持たなかった。

やむなくゾラは、新八の居所を西園寺に伝えた。

九月、突如《とつじょ》としてやってきた西園寺と高崎は、新八を無理やり立たせると、肩を貸して辻馬車に乗せ、西園寺の住むアパルトマンに連れていった。

その翌日、酒が抜けて正気を取り戻した新八は、西園寺と高崎と話し合い、パリ大学の外国人向け語学特別コースに通い、フランス語を本格的に習得することにした。

新八の辞職を知って驚いたのか、郷里の清からは、「帰ってきてくれ」という便りが何通も届いていた。清にはすまないと思いつつも、新八は、「もうしばらく、こちらにいさせてくれ」という返信を書いた。

新八が新たな生活を始めようとしていた矢先の十月二十三日、日本から「西郷が下野《げや》した」という知らせが届く。

帰国した大久保との間に諍《いさか》いが生じているらしいのだ。まとめて送られてくる日本の新聞にも、それは書かれていた。

二人の間に立てる者は新八しかいない。

十一月、新八は帰国を決意する。

帰国の前日、西園寺と共にシテ島を訪れた新八は、ゾラに帰国することを告げてビールをおごると、その足でマランを預けている施設を訪れ、西園寺にマランの後見を依頼した。

西園寺は快く引き受けてくれた。

そして十一月十六日、新八はパリを後にする。

その前途に待ち受けているものが何かは、新八にも分からない。しかし、新八には新八の死すべき場所があると信じ、帰国の道を選んだ。

マルセイユ行きの列車がパリ北駅を出る時、西園寺とゾラが見送りに来てくれた。その時、新八の胸中には、再びパリの土を踏むことはないという予感がよぎった。そしてゾラだけでなく、西園寺にも高崎にも再び会うことがないような気がした。

列車が動き出し、白い蒸気の中で手を振る二人の姿が見えなくなった時、新八の夢の日々は終わった。手元には、ラシェルの形見のコンサーティーナだけが残されていた。

第五章

敬天愛人《けいてんあいじん》

一

五月六日の真夜中、新八《しんぱち》率いる三百の部隊は五家荘《ごかのしょう》道を北進していた。

前日の軍議で、人吉《ひとよし》が多方面からの包囲攻撃を受ける前に、熊本平野に陽動部隊を出し、敵を混乱に陥《おとしい》れようということになり、新八が部隊長に志願したのだ。

この策には、持久《じきゅう》防衛戦を貫くための時間稼《かせ》ぎの側面があったが、あわよくば八代《やつしろ》を確保するという目的も併《あわ》せ持っていた。

すなわち新八の陽動部隊が五家荘道を使って甲佐《こうさ》と御船《みふね》を制圧すれば、敵はそちらに向かう。その隙を突き、人吉を出発した諸隊が、種山道・万江《まえ》越・照岳《てるかく》道の三方から八代まで攻め上るという策だ。

暗い山道を、新八率《ひき》いる陽動部隊は進んだ。

志願者だけで編制することを強く新八が望んだので、兵力はわずか三百である。

真夜中に江代《えしろ》を過ぎ、午前二時には不土野《ふどの》峠を越えて水無《みずなし》に着いた。

新八は敵との遭遇《そうぐう》に備え、夜食を取らせることにした。

「大休止」

突然、現れた薩軍《さつぐん》に驚く村人を集めて箝口令《かんこうれい》を布《し》くと、新八は一時間の休息を許した。

月光の下《もと》、皆、思い思いの場所に座りながら、握り飯を頬張《ほおば》っている。

庄屋から屋敷内に入るよう勧められた新八だが、自分だけが特別扱いを受けることを嫌い、路上に床几《しょうぎ》を置いて腰を下ろした。

――果たして、この作戦が成功する可能性はあるのか。

先ほどから自問していることを、新八は再び思った。

わずか三百の部隊が熊本平野に突入したところで、敵に兵力を見極められれば、包囲殲滅《せんめつ》されるだけだ。八代に駐屯《ちゅうとん》する敵主力部隊を引き付けられるかどうかも分からない。

「村田さん」

顔を上げると榊原《さかきばら》が立っていた。

「何だ」

「食べないのですか」

榊原が、竹皮に包まれた握り飯を差し出す。

「ああ、まだいい」

「いつ何時《なんどき》、敵と遭遇するか分かりません。食べられる時に食べて下さい」

強い調子で言う榊原に、新八は苦笑を禁じ得ない。

「お前も、いっぱしの従卒《じゅうそつ》になったな」

新八は握り飯を手に取った。それを見た榊原は黙って茶を淹《い》れている。

「榊原、なぜわしの言うことを聞かなかった」

榊原は無言である。

「われらは死にに行くのだぞ。あれだけ本営に残れと命じたのに――」

「私は、特別扱いされたくないのです」

「それは分かっている。だが、この戦役《せんえき》の大義を後世に伝えることも、戦うことと同等の意義がある」

榊原が差し出した茶碗を受け取り、一口飲むと、胃の腑《ふ》に心地《ここち》よい温かさが広がった。

榊原は新八の好む湯の温度を、すでに会得《えとく》していた。

「村田さん」

暗がりの中でも、榊原の瞳《ひとみ》は強い光を放っている。

「私にも戦わせて下さい。戦わずして、この戦役の大義は伝えられません」

「お前の気持ちは分かった。だが命を粗末《そまつ》にはするな」

「分かりました」

新八には、榊原を無理に本営に置いてくることもできた。ただ置いてくれれば置いてきたで、人吉で激戦が始まるかもしれず、危険なことに変わりはない。

——最後まで、わしの側に置いておかねばならぬようだな。

篠原《しのはら》に榊原を託された時から、それは決まっていたのだ。

午前三時半頃、斥候《せっこう》が戻り、敵の部隊が甲佐に駐屯していると告げてきた。

しかし斥候は、甲佐にいる敵の兵力までは分からないという。

——やるか。

迷っていたところで埒《らち》が明かない。朝になれば敵の陣容も分かるはずだが、逆にこちらの兵力も覚《さと》られる。

——夜の恐怖を利用するしかない。

それこそが、戦国の昔からの兵法の基本である。

新八は小隊長を集めると、夜襲《やしゅう》の手配りを決めた。

五十人ずつに編制された五つの小隊が移動を始める。残る五十人は新八と共に本営を守り、最後に突入する。甲佐を制圧したらすぐ、五つの小隊は八キロほど北方の御船まで進むことになっている。

やがて戦闘が始まったらしく、銃撃音が聞こえてきた。

「進め」

新八は本営を前に進める決断を下した。

開戦から一時間ほどした頃、前方から伝令が駆けてきた。

「甲佐を制圧しました」

甲佐に駐屯していたのは偵察《ていさつ》隊で、兵力も百ほどだったという。

「よし、そのまま御船まで前進！」

新八は騎乗《きじょう》のまま馬鞭《ばべん》を振った。

午前六時頃、両軍は御船近郊で衝突した。別働第二旅団の中村重遠《しげとお》中佐の指揮する敵の中隊は、甲佐の戦闘を知り、砲戦の準備をして薩軍を待ち受けていた。

かつて聞いたことのある砲音が、暁闇《ぎょうあん》にこだまする。

——アームストロング砲か。

敵兵力が五百は下らず、後装式アームストロング砲を備えていることを知り、新八はこの作戦の失敗を覚った。

——ひとまず甲佐まで引くか。

このままでは熊本平野に再進出どころか、陽動部隊は御船で壊滅《かいめつ》する。志願してきた精鋭を、あたら無駄死《むだじ》にさせるわけにはいかない。しかし甲佐に引けば、そこで作戦は瓦解《がかい》してしまう。むろんその後は、人吉まで敗走するだけだ。

——どうすべきか。

敵の砲弾が近くに落ちるようになった。味方が押され、敵が前進を始めているのだ。このままでは一気に敗走が始まり、整然とした撤退戦《てったい》もままならなくなる。

「よし、甲佐まで撤退！」

新八の命に応じ、伝令が前戦に走る。

「村田さん、早く引いて下さい」

傍らにいた榊原が新八の二の腕を摑《つか》む。

「何を言う。わしは最後まで踏みとどまる。お前こそ、早く行け」

「そういうわけにはいきません。私の役目は村田さんを――」

榊原がそこまで言った時である。

「危ない！」

誰かの声がしたと思った次の瞬間、沈黙が訪れると、意識が途切れた。

――ラシェルか。なぜここにいる。

ラシェルは舞踏会《ぶとうかい》に行くような豪奢《ごうしゃ》な衣装を着て、新八を手招きしている。

――私を呼びに来たのか。私は死んだのか。

突然、戦場の喧噪《けんそう》がよみがえった。耳が機能を取り戻したのだ。目を開けると、硝煙《しょうえん》の中、土の塊《かたまり》が降ってきている。

反射的に起き上がろうとしたが、何かが体の上に乗っている。

――誰だ。

一瞬の後、それが榊原であると気づいた。

「榊原、しっかりせい！」

新八が抱き起こすと、まだ息がある。しかし新八の手には、べっとりと血糊《ちのり》が付いていた。

——どこだ。どこをやられた。

背中を見ると、砲弾の破片が刺さっていた。そこから煙が上がり、肉を焼く嫌な臭《にお》いが漂《ただよ》っている。

——わしに覆《おお》いかぶさり、盾《たて》となったのか。

それが偶然かどうかは分からない。だが榊原がいなければ、砲弾の破片は、確実に新八の胸か腹を抉《えぐ》っていたはずだ。

——死を待つだけのわしのために、何ということを。

「衛生兵！　衛生兵はどこだ！」

慌てて周りを見回したが、近くにいた者たちのほとんどが倒れている。この時、本営が直撃弾を食らったと分かった。

榊原の傷口を見ると、出血はさほどでもない。この場で砲弾の破片を引き抜くことも考えたが、そんなことをすれば出血が激しくなることも考えられる。血止めができなければ、榊原は出血多量で死ぬしかない。皮肉なことに、熱を持った破片が傷口をふさいでいるのだ。

「榊原、意識はあるか！」

「ああ、はい」

榊原が顔をしかめた。耐えられないほどの痛みに襲われているのだ。

「しっかりしろ！」

「はい」

意識はあるようだが、反応は弱々しい。

――致し方ない。

新八が榊原の腕を自らの首に回して立ち上がると、榊原は嫌々をするように首を振った。

「置いていって下さい」

「何を言う」

新八は榊原を背負って元来た道を引き返した。

二

衛生兵を見つけた新八は、榊原の背に刺さった破片を抜いて血止めを施《ほどこ》させると、晒《さらし》を幾重にも巻いて戸板の上に乗せた。

榊原を衛生兵に託した新八は、敗軍をまとめて甲佐からの撤退に移った。新八と共に殿軍《しんがり》が担《にな》える者は三十ほどしかおらず、敵の追撃が掛かれば、全滅は必至《ひっし》である。

しかし甲佐を奪還《だっかん》した敵は、そこにとどまっていた。人吉攻略を目指し、準備万端《ばんたん》整えてから進撃を再開するつもりなのだ。

そのため新八の部隊は、追撃を受けることなく人吉まで引くことができた。

五月八日の早朝、新八は、榊原が収容された寺に向かった。

榊原は、薩軍が確保している延岡《のべおか》まで搬送されることになっているので、その前に会っておこうと思ったのだ。

新八は、事前に衛生兵から「敗血症《はいけつしょう》を併発《へいはつ》しており、助かる見込みはない」と聞かされていた。

それゆえ新八は、なるべく明るく振る舞おうとした。

「どうだ、榊原」

「ああ、村田さん」

「そのままでいい」

背中に傷を負っているため、榊原はうつ伏せにされていた。

その顔には生気がなく、唇《くちびる》は干からびて紫色に変色している。額《ひたい》に汗が浮かんでいることから、敗血症特有の激しい熱に襲われているのだろう。

「具合はどうだ」

「血は止まったのですが、傷口から毒が入ったらしく、熱が出て吐き気がします」

「それは一時的なものだ。すぐによくなる」

「本当ですか」

榊原が疑いの目を向けてきたので、新八は話題を変えた。

「榊原、あらためて礼を言う。あの時、砲弾が近づいてくるのを覚ったお前は、わしを庇《かば》ってくれたというではないか」

目撃者によると、榊原は新八に覆いかぶさるようにして倒れ込んだという。

――わしが守ってやらねばならんのに。

新八には、それが口惜《くや》しい。

しかし、榊原は意外なことを言った。

「あの時のことは、よく覚えていないのです」

「少し休めば思い出す」

「休む――、と仰《おお》せですか」

「そうだ。お前は快方に向かっている」

榊原がため息をつく。

「本当にそうでしょうか」

「お前の傷は浅い。必ず助かる。いま一度、われらと共に戦うために、いったん療養するのだ」

「そうでしたね。村田さんたちともう一度、戦いたい」

「その意気だ」

榊原が遠い目をして言った。

「あの話は、私だけが知っているのですね」

「フランスのことか」

「はい」と言いつつ、榊原の面《おもて》に少年らしい笑みが浮かんだ。

「うむ。息子にも話していない」

後ろめたいことは一切なくても、女性の絡《から》んだ話を家族にはできない。

「あの日々は、村田さんにとって宝石のように貴重だったのですね」

「そうだな」

フランスで出会い、別れてきた人々の顔が次々と浮かぶ。それらは、何十年も昔に別れた知己《ちき》のような気がする。

「私も、いつかフランスに行きたい」

「行きたいと強く念じれば、必ず行ける」

「そう思いますか」

「当たり前だ。この戦役が終われば、お前には、あらゆる道が開けている」

そうした嘘を言うのは、身が引き裂かれるほど辛《つら》い。しかし、生きる希望を与えることが、重傷者には何よりの良薬なのだ。

「私が死んだら、あの話は口外せずに、お前の胸にとどめておいてくれ」

「では、私も死んだら――」

「死にはしない」

新八はそう断言したが、どうしても聞いておかねばならないことがある。

「榊原――」

どう問おうか逡巡《しゅんじゅん》した後、新八は思い切って問うた。

「万が一ということもある。庄内《しょうない》のご家族に何か言い残すことはあるか」

「やはり、もういけないのですね」

「そんなことはない！」

「いいえ、分かっています。短い間でしたが、私も死にゆく者たちを見てきました。私の傷は深手の上、傷口から毒が入ったようです。もう助かる見込みはありません。それなら——」

榊原が苦しげに言った。

「短刀をお渡し下さい。ここで自裁《じさい》いたします」

「何を言う。最後の最後まであきらめてはいかん！」

「いいえ、もうよいのです。私を延岡まで運ぶにも人手がかかります。それなら、いっそここで——」

新八の頬を熱いものが伝った。

——大人になったな。

最初に会った頃、榊原は、まだ見ぬ未来に胸躍《むねおど》らせる少年だった。それから一年余、戦塵《せんじん》にまみれた榊原は立派な男になっていた。戦場の厳しさが榊原から何かを奪い、何かを与えたのだ。

「榊原、人はしかるべき場所で、しかるべき時に死なねばならぬ。お前にとって、ここはしかるべき場所でもなく、今はしかるべき時でもない」

新八が、遠くを見るように言った。

「榊原、生きてくれ。生きてわれらのことを語り継ぐのだ。最上《もがみ》川の河畔《かはん》で鳥海《ちょうかい》山《さん》を眺めながら、老いたお前が孫のような子供たちに、この戦いのことを語る姿が、私には見える。庄内こそ、お前が死ぬべき場所なのだ」

「村田さん、私は、それほど生きねばなりませんか」

「当たり前だ。最後まであきらめずに生きるのだ」

「村田さんがそうおっしゃるなら、行けるところまで行ってみます」

「そうだ。何事も最後まであきらめてはいかん」

「この戦《いくさ》も、そうですよね」

一瞬、榊原の瞳が、最初に会った時のような光を宿した。

「ああ、われらは戦い続ける。そうすることで、政府のやり方に物言える民《たみ》が一人でも増えれば、われらの戦いは無駄ではなかったことになる。そのために――」

新八の声音が強くなる。

「われらは、最後の一兵まで戦い抜く」

「村田さん、本当にありがとうございました。たとえ短い間でも、村田さんと一緒にいられて、私は男になれた気がします。たとえ庄内に――」

榊原が嗚咽《おえつ》を堪《こら》える。

「あの美しい故郷《くに》に帰れずとも、私に悔《く》いはありません。庄内の家族には、政治《まさはる》は武士として死んでいったとお伝え下さい」

「分かった。わしが死しても、必ず伝えられるようにする」

「村田さん、最後にコンセルチナを弾《ひ》いていただけますか」

「いいだろう、弾いてやる」

そう頼まれると思っていた新八は、コンサーティーナを持ってきていた。

「ぜひ『ラ・マルセイエーズ』を」

「よし」

『ラ・マルセイエーズ』の勇壮な旋律《せんりつ》が、寺の中に流れた。周囲の負傷者たちも、厳粛《げんしゅく》な面持《おも も》ちで聴き入っている。

榊原は、それを記憶にとどめておこうとしているかのように瞑目《めいもく》していた。

——お前の死は無駄ではない。お前と伴《ばん》は、庄内とわれらの永遠の絆《きずな》なのだ。

演奏が終わると、寺の中は拍手で満たされた。拍手をしてくれた負傷兵たちに一礼した新八は、勢いよく立ち上がった。

「榊原、今日は帰る。延岡でまた会おう」

「はい。必ず——」

榊原が透《す》き通るような笑みを浮かべた。

手を差し伸べると、榊原が弱々しく手を差し出してきた。

——榊原、すまなかった。

涙を堪えつつ榊原の手を強く握ると、榊原も残された力を振り絞《しぼ》って握り返してきた。

「これだけ力が残っていれば大丈夫だ」

手を放した新八は、未練を振り払うように踵《きびす》を返した。

「村田さん、命を大切に」

「分かっている。お前もな」

振り向かずにそう言うと、新八は寺を後にした。

この後、すぐに延岡の病院に搬送された榊原だったが、到着した五月十日、静かに息を引き取った。


人吉に本営を移した薩軍は、守りに徹するだけでなく、残る兵力を三方に振り向けようとしていた。

中島健彦《なかじまたけひこ》の振武《しんぶ》隊と相良長良《さがらながよし》の行進隊は、別府晋介《べっぷしんすけ》の指揮の下、鹿児島を奪回する。辺見十郎太《へんみじゅうろうた》の雷撃《らいげき》隊は、破竹《はちく》・正義・干城《かんじょう》隊と共に大口《おおくち》を守り、淵辺群平《ふちべぐんぺい》の鵬翼《ほうよく》隊は、熊本隊と共に佐敷《さしき》を攻撃する。野村忍介《おしすけ》率いる奇兵隊には、大分進出を託した。

とくに薩軍は、鹿児島奪回に力を注《そそ》ぐことにした。

五月四日と六日、別府ら鹿児島奪回部隊は大攻勢を仕掛けるが、政府海軍の艦砲射撃によって撃退される。

この方面の政府軍司令官である川村純義《すみよし》参軍は、ひとまず守勢に徹し、第三旅団と別働第三旅団が、別府隊の背後を突くのを待ち、攻勢に転じるつもりでいた。

佐敷・水俣《みなまた》・大口方面でも、激戦が繰り広げられていた。

佐敷にとどまっていた別働第三旅団は、鹿児島の政府軍との連携《れんけい》を目指すべく、辺見が守る大口から鹿児島に向かった。

五月六日、双方は激突する。

辺見は雷撃隊一千三百などを率いて、川路利良《かわじとしよし》率いる別働第三旅団を押しに押し、水俣まで二十キロ近くも敗走させた。

それ以上の追撃を控えた辺見は、熊本隊を率いる池辺吉十郎《いけべきちじゆうろう》らと共に、水俣郊外の鬼岳《おんだけ》、大関山《おおぜきやま》、久木野《くぎの》、雉山《きじやま》、矢筈岳《やはずだけ》などに堡塁《ほるい》を築き、敵の侵攻を食い止めることにした。

十二日、淵辺群平の鵬翼隊が佐敷に突入するが、佐敷奪回は成らず、撤退を余儀《よぎ》なくされた。しかし苦戦を強《し》いられる鹿児島戦線と違い、佐敷・水俣・大口戦線は、薩軍有利に進んでいた。

一方、兵力二千五百を擁《よう》する野村忍介の奇兵隊は、大分方面に進出した。野村は、宮崎と大分の東海岸全域を占拠して土佐《とさ》の同志を刺激し、決起させようとまで考えていた。

土佐の同志とは、立志社の林有造《ゆうぞう》や大江卓《たく》のことである。これを背後で支援するのは陸奥宗光《むつむねみつ》で、彼らは薩軍が優勢になるのを待ち、決起するつもりでいた。

十日、延岡から北上を開始した野村隊は、十二日に重岡《しげおか》を、十三日に竹田《たけた》を制圧した。さらに大分まで進もうとしたが、大分は別府湾に面しているため、政府海軍の孟春《もうしゅん》と浅間《あさま》の艦砲射撃を受けることになり、撤退せざるを得なかった。

こうした野村隊の突出を支えたのが、増派された池上四郎《いけのうえ》隊である。池上隊は延岡から内陸部の三田井まで進出し、熊本方面からの政府軍の侵攻に備えていたが、二十五日、西方の葛原《くずはら》越が突破されたことで、三田井が陥落《かんらく》する。

かくして両軍の激闘は、一進一退を繰り返しながら五月下旬へともつれ込んでいった。

三

人吉攻略に向けて、政府軍は軍を再編し、それぞれの持ち場を決めた。

人吉攻略の主軸として山田顕義《あきよし》少将の別働第二旅団を据《す》え、これを支援すべく別働第四旅団が佐敷から神瀬《こうのせ》方面に進出する。大分方面に展開する野村隊に対しては、野津鎮雄《のづしずお》少将の第一旅団と谷干城《たてき》少将の熊本鎮台《ちんだい》軍が当たる。川路利良少将率いる別働第三旅団は佐敷から大口・出水《いずみ》を突破し、鹿児島との連絡を確保する。

川村純義参軍麾下《きか》の高島鞆之助《とものすけ》少将の別働第一旅団と曾我祐準《そがすけのり》少将の第四旅団は、鹿児島の確保を最優先とする。また三好重臣《みよししげおみ》少将の第二旅団と三浦梧楼《ごろう》少将の第三旅団は、予備戦力として待機する。

こうした布陣を決めた政府軍は、満を持して人吉攻略に取り掛かった。

この作戦の主力となる別働第二旅団は、甲佐からの五家荘道、小川からの五木《いつき》越、八代からの種山道、万江越、照岳越の五つの経路を使って人吉を目指した。

この中で五家荘道と五木越、さらに佐敷から神瀬方面をうかがう別働第四旅団は、無理して突破を図らず牽制《けんせい》を主務とし、八代からの三つの経路を使う部隊に人吉攻略を託した。

山田少将の見立ては正しく、薩軍は球磨《くま》川沿いの神瀬方面に強固な堡塁を築いていたため、別働第四旅団は苦戦を強いられ、神瀬が落ちるのは、人吉に政府軍が迫った二十四日になってからだった。

一方の薩軍は、多方面に兵力を分散しすぎていた。

鹿児島奪還に四千、大分進出に二千五百、大口防衛に千五百もの兵力を割《さ》いており、八代と人吉を結んでいる種山道・万江越・照岳越の三道に大した兵力を配さなかったため、それらの防衛線を易々《やすやす》と破られていった。

これにより人吉近郊に迫った政府軍は、五月三十日をもって総攻撃と決する。

二十八日、人吉の永国寺《ようこくじ》で薩軍の軍議が開かれた。参加した主な幹部は、西郷以下、村田新八、河野主一郎《こうのしゅいちろう》、貴島清《きよし》、淵辺群平である。この時の軍議で、このままでは人吉を維持できないという結論に至り、翌二十九日、西郷は宮崎に向かうことになった。桐野はすでに宮崎に移り、新たな拠点作りを始めている。

残った面々は人吉城で敵を防ぎ、持久戦に徹することになった。新八は、この籠城《ろうじょう》戦の指揮官に志願した。

軍議が終わった後、皆がそれぞれの持ち場に散る中、とくに仕事のない西郷は一人、ぼんやりしていた。

「ウドさあ、具合はどげんですか」

ここのところ西郷は体調を崩し、顔からは生色《せいしょく》がなくなっていた。

「わしのことは、どげんでんよか」

「ないごて、そげんこと言うですか」

相次ぐ敗戦により、西郷の悪い面が表に出つつあった。気に入らないことがあると、西郷は投げやりになる。それが、明治政府発足時の混乱を招いた原因の一つだったが、この期《ご》に及んで、それが表れてきていた。

「どげんでんよか言《ゆ》たち、最後まで戦い抜くんじゃなかですか」

「おいの身は、おいに始末を付けさせてくいやい」

西郷が苦渋《くじゅう》を顔ににじませる。

「そいでは、ここまで付いてきた兵の立つ瀬があいもはん」

「そいは分かっちょる」

「分かっちょるなら、投げやりになってはいけもはん」

西郷が思い詰めたようにうつむく。

「ウドさあ、桐野のいる宮崎に行ってくいやい。必ず活路が開けもす」

「新八さんは、ここで死んつもいではあいもはんか」

「いや、ここが落ちたら、おいも後から必ず宮崎に行きもす」

「そうしてくいやい。死んのは、おいだけで十分です」

西郷はゆっくり立ち上がると、自室に引き揚《あ》げていった。

その寂しげな後ろ姿には、かつての西郷を思い出させるものは何もなかった。

六月一日早朝、照岳越を進んできた政府軍の部隊が、人吉城から二キロほど北西にある村山台地を奪取し、人吉城下への砲撃を開始した。

人吉という町は、中央を分断するように東から西へと球磨川が流れ、人吉城がその南側に築かれている。そのため、まず北方の市街地が砲撃に晒《さら》された。

政府軍は住民たちに何の予告もせずに砲撃を開始したため、市街は阿鼻叫喚《あびきようかん》の地獄と化した。

――何と酷《むご》いことをするのだ。

砲弾が炸裂《さくれつ》する際の凄《すさ》まじい音と、人々の悲鳴が交錯《こうさく》する。

新八は人吉城二の丸の櫓上から、この凄惨《せいさん》な有様《ありさま》を見つめていた。

政府軍たるもの、攻撃を開始するのであれば、少なくとも住民に触れを出し、避難させてから行うべきである。幸いにして女子供の避難は済ませていたので、それだけが救いだが、男たちは薩軍の堡塁や胸壁造りに駆り出されていたため、自宅に残っていた。

そこに砲弾が落ちてくるのだから、たまらない。

火災も発生した。火は瞬《また》く間《ま》に広がり、球磨川北岸を舐《な》めつくした。

球磨川北岸には、河野と淵辺が一部の部隊を率いて行っており、少しでも敵の侵攻を食い止めようとしていたが、敵のアームストロング砲に対して、四斤山砲《よんきんさんぽう》では相手にならない。

新八自身、敵がこれだけ早く、重い砲を引いて峻険《しゆんけん》な山道をやってくるとは思ってもいなかった。

――敵の砲は四門から五門はあるな。

それだけのアームストロング砲があれば、人吉を壊滅させられる。

――北岸は、とても守り切れない。

そう判断した新八は、南岸の死守に方針を切り替えた。

「伝令！」

「はっ」

「河野と淵辺に、橋を落として南岸まで引くよう伝えよ」

「分かりました！」

新八が撤退命令を出した午前八時頃、政府軍は市街地への突入を開始した。

各所で白兵戦が展開される。

黒煙の中、敵と遭遇すれば抜刀突撃《ばっとうとつげき》を敢行《かんこう》するが、敵のスナイドル銃の前に、屍《しかばね》の山を築くばかりである。

新八の命令を聞いた河野と淵辺は兵たちを促《うなが》し、南岸に引こうとしていた。

退却用に最後まで残していた鳳凰橋《ほうおう》まで来た時である。爆薬の導火線に火を付けたが、なぜか爆発しない。

南岸に銃列を並べ、敵を防ごうとするが、それもままならなくなってきた。

「引くな。とどまれ！」

鳳凰橋を落とさないことには、南岸もすぐに占拠される。二人は必死に防戦の指揮を執っていたが、淵辺が撃《う》たれた。この時の傷が元で、淵辺は数日後に死去する。

結局、鳳凰橋の中ほどを爆破できたものの、破壊は不十分で、このままでは、すぐに補修される。

球磨川北岸を守っていた兵が、次々と城に戻ってきた。

腹に響くような砲音が轟《とどろ》くと、砲弾が飛来し始めた。アームストロング砲を村山台地から市街地まで下ろした敵は、遂に人吉城に砲撃を加えてきたのだ。

初めは球磨川に落ちていた砲弾だが、敵が接近するにつれ、川沿いの石垣に当たるようになってきた。すでに北岸の町は、炎と黒煙に包まれている。

球磨川を挟《はさ》んで激しい砲戦が始まった。

会話もままならないほどの砲音が間断《かんだん》なく続き、直撃弾が城のどこかに落ちる。

「ひるむな。撃て、撃て！」

二の丸の櫓上に設けられた指揮所で、新八は声を嗄《か》らした。

薩軍も応戦するが、いかんせん火力が違う。しかも立ち込める黒煙で敵の位置が摑めない。

ところが敵には、城という大きな目標があるので、あてずっぽうでもどこかに当たる。

敵の榴散弾《りゆうさんだん》の直撃を食らい、味方の砲と兵が吹き飛ぶ。石垣や海鼠塀《なまこべい》は崩れ、城内の建築物からは、黒煙が上がり始めている。

力負けは歴然だった。

すでに二の丸にも砲弾は届き始めており、新八の周囲にも煙が立ち込めてきた。

「市街村落の烟焔砲烟《えんえんほうえん》と共に空に漲《みなぎ》り、晴朗の天、之《これ》が為《ため》に朦々《もうもう》たり」（『戦闘記』）といった有様である。

南岸の城下町からも、遂に黒煙が上がり始めた。永国寺も炎に包まれている。

――二年は保てるはずの人吉が、わずか一月《ひとつき》で陥落か。

もはや苦笑するしかないほどの体《てい》たらくである。

鳳凰橋の辺りを見ると、早くも橋を補修した敵が、南岸へと突入を始めていた。

こちらの損害が十分と覚り、後は白兵戦で人吉城を制圧しようというのだ。

黒煙の合間から前方を見ると、応戦している味方の砲はない。

「伝令！」

「はっ」

「大畑《おこば》まで退却する。中隊長と小隊長にその旨《むね》を伝えよ」

残っていた伝令たちが飛び出していく。

「ここにいる者たちも皆、すみやかに撤退せよ」

「村田さんは、どうなされますか」

小隊長の一人が問うてきた。

「わしはここに残る」

「しかし――」

「先に行け！」

そこにいた者たちが本営の撤収《てっしゅう》を始めた。

気づくと、砲撃の指揮所として二の丸に築いた高櫓《たかやぐら》にも、黒煙が立ち込め始めている。

砲弾が飛び交う中、新八は眼下に広がる火の海を見下ろした。

――わしが死なずば、人吉の民に申し訳が立たぬ。

新八は腰の脇差《わきざし》を抜くと、すでに擦《す》り切れてぼろぼろとなった燕尾服《えんびふく》のボタンを外していった。口からは、自然に『ラ・マルセイエーズ』の調べが出る。

その時である。

「なんやっちょる！」

天地も揺るがすほどの怒声《どせい》に驚いて振り向くと、貴島清が立っていた。

「宇太郎どん――」

「早まってはいけもはん！」

そう言いつつ、貴島が歩み寄る。

「脇差を渡してくいやい」

首を左右に振りつつ、新八が身を引く。

「勝負は、こいからじゃなかですか」

必死の形相《ぎょうそう》で、貴島が近づいてきた。

「寄るな。おいはここで死んつもいだ」

「死んではならん！」と言いつつ、突然、貴島が飛び掛かってきた。

貴島は新八の手首を押さえ、壁に押し付ける。

「放せ！」

「放さん。決して放さん」

黒煙の中、二人が脇差を取り合う。

「死なせてくれんか！」

「ないごて死に急ぐ！」

貴島の顔は、涙でくしゃくしゃになっていた。

「皆のために生きてくんさい」

「ないごて生きんならん」

「新八さんは、東京の法廷で堂々と証言しやったもんせ」

「おいだけが生き残らるっか」

「じゃ、ほかの誰《だい》が、この戦の大義を語らるってすか」

黒煙はさらに激しくなり、新八たちのいる櫓に火が移ったのは明らかだった。

「新八さん、西郷先生《せごせんせ》を救ゆっとは、おはんしかおいもはん」

「――」

「どうせ死ぬんなら、西郷先生を救った後、東京で死ねばよか」

「宇太郎どん――」

新八が手を緩《ゆる》めた。貴島が脇差を取り上げる。

「おいが西郷先生を救うんか」

「そうしてくいやい」

貴島は目を真赤にしていた。

新八の脳裏に、東京の法廷で証言する己の姿が浮かんだ。そんな屈辱《くつじょく》は到底、受け入れ難いが、それで西郷を救えるのなら一考《いっこう》の余地はある。

「どうか生きてくいやい」

新八の逡巡を「了解」の意と取った貴島が、新八の腕を摑む。

「さっさと逃げもそや」

貴島は新八を促し、階段を下りて外に飛び出した。

幸いなことに、いまだ敵兵の姿はない。薩軍がどれだけ残っているか分からず、いったん攻撃を停止しているのだ。

貴島は引いてきた馬に新八を乗せると、自らもそれにまたがり、一路、大畑を目指した。

後に聞いたところによると、貴島は鹿児島奪回作戦に従事していたが、兵力が不足してきたので、自ら人吉まで出向き、増援部隊を引き連れて戻るつもりだったという。


六月一日、人吉は落ちた。それでも新八たちは大畑にとどまろうとしたが、到底、敵の攻勢を防ぎきれないと覚り、堀切峠《ほりきり》を越え、大畑から四十キロほど南東の小林まで引いた。

薩軍の人吉放棄《ほうき》は、その敗戦を決定付けたと言っても過言ではない。以後、投降者が続出し、実際の人的損害以上に薩軍の痛手《いたで》となっていく。

政府軍総督府《そうとく》は投降兵に、「実効をもって前罪を償《つぐな》わせ、任用をもって帰順《きじゅん》の道を開く」（『西南記伝』）と訓示した。つまり政府軍兵士となり、これまでの味方を攻撃せよというのだ。以後、政府軍は、彼らを人盾《ひとだて》のように陣頭に押し立てて薩軍を攻撃することになる。

人吉が陥落したことにより、大口・出水方面にも動揺が広がった。三日に大関山が、五日には鬼岳が、七日には久木野が陥落したため、池辺吉十郎ら熊本隊は雉山の堡塁を捨て、辺見の守る大口まで撤収せざるを得なかった。

だが十九日には、北薩《ほくさつ》戦線の要《かなめ》と言われた大口が落ち、辺見らは加治木《かじき》東方の国分《こくぶ》まで後退する。しかしそこも支えきれず、都城《みやこのじょう》まで落ちていった。

この時、辺見隊にいた新八次男の二蔵《にぞう》が銃創《じゅうそう》を負い、宮崎まで搬送された。その後、二蔵は延岡、さらに熊田《くまた》へと移送されていく。

鹿児島奪回部隊と政府軍の間でも、城山、武村、甲突《こうつき》川河畔などで激戦が続いていたが、二十二日、海軍の支援を受けた政府軍増援部隊が重富《しげとみ》に上陸を敢行し、薩軍は二十九日には蒲生《かもう》を、翌三十日には加治木を失い、都城方面に撤退した。

また竹田を追われた野村忍介の奇兵隊は、六月一日に臼杵《うすき》を奪取したが、反攻態勢を整えた政府軍は、臼杵と津久見《つくみ》を海陸から攻撃し、十日には薩軍を敗走させた。竹田と重岡を奪われた野村は、本営を熊田に移し、峠道に堡塁を築いて持久戦に転じた。

この間、野村は宮崎まで赴き、すべての兵力を大分戦線に向け、「大挙北上すべし」と桐野に進言した。野村は局地戦の勝ち負けにこだわらず、この戦争の大義を訴えるために、最後の一兵になるまで東京を目指すべしと訴えたが、桐野に却下《きやつか》された。

死を覚悟《かくご》した野村は、西郷に会い、別れの盃《さかずき》を交わしてから熊田に戻った。

四

宮崎県の南西端に位置し、鹿児島県と県境を接する都城は、西の高隈《たかくま》山地と東の鰐塚《わにつか》山地に挟まれた南北に長い盆地の中央に位置する。

もはや攻勢を取れない薩軍は、都城で持久戦に持ち込み、情勢の変化を待つしかなかった。

そのためには、敵を四十キロ近く北の小林の線で押しとどめておく必要がある。

都城防衛の総指揮は、新八が引き受けた。

篠原が死に、桐野が自信喪失《そうしつ》気味である今、大局的見地から冷静に戦局を見通せるのは、新八以外にいなかった。

新八から小林防衛を任された河野主一郎は千五百の兵を率い、前衛陣地とした飯《いい》野《の》から小林の間に何段にもわたる堡塁と胸壁を築き、敵の侵攻に備えていた。

しかし、それも束《つか》の間《ま》の七月一日、南から迫る第二旅団と、北から堀切峠を越えてきた別働第二旅団の双方に飯野を攻められ、河野は小林まで後退する。

河野は小林に踏みとどまろうとするが、十日には、そこも放棄せざるを得なくなる。第二旅団と別働第二旅団が合流した政府軍の勢いは、騎虎《きこ》のごときものがあり、十四日には高原《たかはる》を、二十二日には野尻《のじり》を奪取された。

新八は、都城北西の庄内まで河野を引かせ、西の財部《たからべ》に辺見十郎太、南西の末吉《すえよし》に中島健彦を配し、都城を死守する構えを取る。

だが二十四日、三方面から攻め寄せた政府軍は、瞬く間に防衛線を突破し、都城に乱入した。三方向に全兵力を割いていたため、新八は都城を守るに守れず、兵をまとめて北東の宮崎へと敗走する。

二十七日、新八らは何とか宮崎に着いたが、同じ日、清武《きよたけ》の線で敵を押しとどめようと、宮崎から出撃した別府晋介が、左足を撃たれて歩行困難になる。

結局、清武も包囲されて陥落し、この時、薩軍八百が捕虜《ほりよ》となった。さらに南方の飫肥《おび》を守っていた飫肥隊八百四十も、宮崎との連絡を絶たれて降伏する。

二十八日には、最後の防衛線の高岡も落ち、いよいよ宮崎を残すだけとなった。

北方の延岡は野村忍介が確保していたが、政府軍の攻勢を凌《しの》いでいるにすぎない。

薩軍は、そろって日向灘《ひゅうがなだ》に追い落とされんばかりとなっていた。

二十九日、この地で死ぬという西郷を説得し、北の佐土原《さどはら》に向かわせた新八たちだったが、宮崎を防衛できないと判断し、三十一日、全軍で佐土原に向けて撤退する。

ところが佐土原は守りにくいという結論に達し、さらに高鍋《たかなべ》まで移動した。高鍋は宮崎から北へ三十キロほど行ったところにあり、延岡の南六十キロの地点にあたる。

八月二日、政府軍は、薩軍が高鍋の外堀と頼んだ一ツ瀬《ひとせ》川を渡河《とか》して熊本隊を破り、高鍋市内に殺到した。

この時、熊本隊を率いてきた池辺吉十郎が、敵中に取り残された。結局、池辺は薩軍への合流を果たせず、各地を転々として潜伏《せんぷく》するも、後に自首して獄死《ごくし》することになる。池辺を支えて吉次《きちじ》峠の戦いなどで勇名を馳《は》せた佐々友房《さっさともふさ》も、この時の戦いで右肩に銃弾を受け、終生、右腕の自由を失っている。

高鍋市内で微弱な抵抗を示した薩軍だったが、その目的は、西郷を延岡に逃《のが》すための時間稼ぎにあり、午後には、高鍋から薩軍兵士の姿が消えていた。

延岡に西郷を移した薩軍は、南の美々津《みみつ》に防衛線を布き、敵の侵攻を押しとどめようとする。

美々津には美々津川（耳川《みみがわ》）が流れており、その河口付近の川幅は二百から三百メートルもあるので、桐野や新八は持久戦に持ち込めると踏んでいた。

戦線は膠着《こうちゃく》するかに見えたが、山県は迅速《じんそく》に美々津の線を突破することにした。ところが南岸の船という船は、薩軍によって北岸に運び去られており、どこかから船を調達してこなければならない。

そこで山県は船での渡河をあきらめ、迂回《うかい》策を取ることにした。

八月七日、政府軍の一部が、西方の山中を大きく迂回し、美々津川を上流で渡り、美々津の背後に進出した。

これに動揺した薩軍は、美々津の線を放棄して門川《かどがわ》まで引き、さらに延岡に置いていた西郷の本営、弾薬製造所、病院等の施設を北の熊田に移した。

それでも薩軍は延岡防衛をあきらめてはおらず、最後の精鋭となっていた野村忍介率いる奇兵隊を、市街南方の愛宕山《あたごやま》に配して防備を固めた。

十四日の早朝、天地を揺るがすほどの砲銃戦が始まった。

薩軍も、これが最後とばかりに激しい抵抗を示す。それでも政府軍は損害を顧《かえり》みない突撃を敢行し、瞬く間に愛宕山を落とし、早朝には延岡市街を占拠した。

延岡市街での戦闘を避けるべく、野村は延岡の北方五キロほどの和田越へと撤退した。

和田越北方の長井に本営を置いた桐野と新八は、今後の作戦について議論を戦わせたが、これまで作戦の詳細にまでは立ち入らなかった西郷が、「おいが指揮を執《と》っど」と言い出したので、すべてを託すことにした。


その日の夜、西郷が宿舎としている農家に赴くと、西郷は一人、囲炉裏端《いろりばた》で茶碗酒を飲んでいた。下戸《げこ》に近い西郷にしては珍しい。

「芋焼酎《いもじようちゆう》ですか」

「はい。こいを飲んと、故郷《くに》が思い出されもす」

西郷は別の茶碗を取ると、新八のために注《つ》いでくれた。

「あいがとごぜもす」

一口飲んだだけで、故郷の風景が瞼《まぶた》に広がる。

「新八さん、人吉では死んつもいでしたか」

「はい。そげでんせんと、戦場《いくさば》にしてしもた人吉の民に申し訳が立ちもはん」

「おはんは死んでも、おいを死なせてはくれもはんなあ」

「まだウドさあの死ん時では、あいもはん」

「ないごて、おいを死なせてくれれん」

何かを思い詰めると、西郷はそれだけにこだわる。

「勝手に死んでは、皆が困いもす」

「おいの命は――」

西郷が顔をしかめて焼酎を飲んだ。それは飲むというより、喉《のど》に流し込んでいるに等しい。

「おいのもんじゃ、なかですか」

新八は西郷を凝視《ぎょうし》した。西郷も強い視線を返してきた。

「ウドさあの命は、ウドさあのもんでは、あいもはん」

新八の口から出た言葉に、西郷はにやりとした。

「新八さんも、半次郎に似てきもしたな」

「そげんことはあいもはん」

新八は強い調子で否定したが、西郷からすれば、似てきているように見えるのかもしれない。

新八の新たな一面でも発見したかのように、西郷はうれしそうにしている。

少し鼻白んだ新八は、さっさと用件を済ませて引き揚げようと思った。

「こいが付近の地図です」

新八が地図を広げる。

「こん辺いは丘陵《きゅうりょう》が多く、守りやすい。そいじゃっで――」

新八は、残る全軍三千五百の配置を説明した。

一般に和田越と呼ばれるこの一帯は、北の長尾山《ながおさん》から南東の無鹿山《むしかやま》まで長く連なる丘陵群から成っている。その中央の最高所に位置するのが和田越である。

薩軍は最盛期に三万五千もの兵力を有していたが、この時は十分の一にまで減っていた。しかも食料も弾薬も尽き始めており、いかに強悍《きょうかん》な薩摩隼人《さつまはやと》でも、その持てる力を十分に発揮できる状態ではなくなりつつある。

「ウドさあ、そいで、どげん戦いもすか」

新八が西郷に、どう戦いたいかを問うた。

「もう、守り戦はやめもんそ」

「じゃ、どげんしますか」

「こん堂坂《どうざか》ち坂を、皆で下いませんか」

西郷がにやりとした。子供の頃、いたずらを思いつき、大人たちを驚かせてやろうとした時と同じ笑みである。

「ウドさあが、そげんしたかなら、そげんしもんそ」

それで話は終わった。

敵は、薩軍が守り戦に徹すると思い込んでいる。その裏をかき、全軍で突撃するのも面白いかもしれない。むろん損害は大きくなるだろうが、どうせ守り戦に徹したところで、銃弾が尽きてしまえば、それでおしまいなのだ。それなら一か八か、敵の崩壊に懸《か》けるしかない。

「そいでは明日、午前七時に全軍突撃ちゅうことでよろしいか」

「はい。そげんしもんそ」

西郷の顔には、開き直ったかのような決意の色が表れていた。

八月十五日、付近一帯を濃霧が覆っていた。敵の十分の一ほどの兵力しかない薩軍にとって、この霧は幸いである。

先鋒の辺見と次鋒の野村に率いられた薩軍が、霧の中、続々と山を下っていく。それを西郷が、うなずきながら見送っている。

午前八時、一発の銃声が聞こえたかと思うと、凄まじい銃撃音が轟いた。

戦端が開かれたのだ。

続いて北の長尾山や南東の無鹿山からも、雷鳴のような砲声が聞こえてきた。東海港《とうみこう》（延岡港）に遊弋《ゆうよく》している敵艦隊の砲撃も始まった。その砲弾が届く距離にある無鹿山の部隊は、砲撃に晒されながらの戦いになる。

緒戦《しょせん》は、高所から攻め下りる形になった薩軍有利に運んだ。薩軍の勢いに押された政府軍が後退を始める。ここで一気に押し切れるかどうかが、勝負の分かれ目となる。

この有様を、和田越の南にある樫山《かしやま》という高地から眺めていた山県有朋は、「夥《おびただ》しき哉《かな》敵軍や。近来未《いま》だ見ざる所なり」(『西南記伝』)と言って、薩軍の華々しい戦いぶりを称揚《しょうよう》した。

だが、それも二時間ほどのことだった。政府軍を蹴散《けち》らしたくとも銃弾が足らない薩軍は、次第に押され始める。

この戦いの後、発見された薩軍兵士の日記には、この日に支給された銃弾は、一人当たり百九十発だったと記されていた。これでは敵を瞬時に撃砕《げきさい》しない限り、戦闘の継続は困難である。

薩軍の攻勢は呆気《あっけ》なく終わり、一転して攻守が入れ替わった。政府軍の反撃は猛烈で、この日の正午頃には、長尾山も無鹿山も落ちた。残るは和田越だけである。

敵の砲弾が届くようになるまで、西郷は和田越を動こうとしなかった。しかし、いよいよ和田越も危《あや》うくなってきた。

新八と桐野は、この地で死ぬ愚《ぐ》を懸命に説いたが、西郷は聞く耳を持たない。

結局、数人がかりで西郷の巨体を抱きかかえるようにして、背後の長井へと落とした。

西郷が指揮を執っても敗れたことは、西郷神話の終焉《しゅうえん》を意味した。

同日、これまで野村が敵に付け入る隙を与えなかった熊田も、熊本鎮台軍に占拠された。主力を和田越の戦いに引き抜かれていたので、熊田に守備兵はほとんどおらず、守るにも守りようがなかったのだ。村田二蔵ら負傷兵も、政府軍に捕らえられた。

十五日の夕刻、長井に集まった薩軍は、戦死のほかにも投降や逃亡などにより、二千名ほどに減じており、もはや組織的戦闘を続ける余力はなかった。

五

長井まで逃れてきた薩軍兵士たちは、傷つき疲弊《ひへい》し、もはや戦いを継続するのは困難な状態だった。それでも「大丈夫か」と声をかけると、皆「こんくらい、大したことではあいもはん」と気丈に答える。

新八ら幹部も負傷者の治療を手伝うほどで、夜半過ぎまで多忙を極めた。

真夜中、ようやく手が空いた新八は、桐野の許を訪れた。かねてより桐野とは、あえて距離を置くような関係になっていたが、事ここに至れば、互いに真情を吐露《とろ》し、最もいい幕引きの方法を考えるしかない。

「半次郎、おるか」

桐野の宿となっている農家の外から新八が声をかけると、桐野が笑顔で迎えに出てきた。

「新八さんか。こいは珍しか」

意外にも陽気な桐野の様子に、新八も相好《そうごう》を崩した。

「おはんは変わらんなあ」

「変わったからちて、どうにもないもはん」

「そりゃそうじゃ」

土間《どま》から居間に通された新八は、火の入っていない囲炉裏を間に桐野と向き合った。

当然、桐野も何の話か分かっている。

二人の緊張を解くかのように、桐野が煙管《きせる》に煙草《たばこ》を詰め始めた。

「まだ国分煙草を持っちょったか」

「花は霧島、煙草は国分」

桐野が節をつけて俗謡《ぞくよう》を歌った。

考えてみれば、桐野と二人で親しく語り合った記憶はない。今日に至るまで、うまが合わない相手として敬遠してきたが、それは互いに頑《かたく》なだった少年時代の印象を引きずっていたからであり、こうして向き合えば分かり合える気もする。

桐野が、いかにもうまそうに煙を吐いた。

幕末動乱の頃、桐野は京都四条小橋《しじょうこばし》の村田煙草店に通うほどの愛煙家で、その娘の〝さと〟と恋仲になったこともある。

「やいもすか」

桐野が煙管を差し出す。

「もろか」

普段、煙草を嗜《たしな》まない新八だが、桐野の好意を無にするのも気が引けた。

――思えば、不思議なものだな。

知り合った頃から新八は、桐野に対して複雑な思いを抱《いだ》いてきた。

同じ郷中《ごじゅう》の二才頭《にせがしら》である西郷に幼い頃から接してきた新八たちは、西郷を尊崇《そんすう》の対象とは考えていなかった。しかし少し後から仲間に加わってきた桐野や別府は、西郷を神のように崇《あが》めた。桐野たちが西郷を尊崇すればするだけ、新八は西郷に反発するようになった。一度など、西郷と口論《こうろん》に及んだ新八に、桐野が「新八さん、少し控えもんそや」と言ったのを聞き咎《とが》め、取っ組み合いの喧嘩《けんか》になったことさえある。

だがそれも、今となっては懐かしい思い出の一つである。

新八が久しぶりの煙草を味わっていると、桐野の方から切り出した。

「新八さんは、そろそろ幕を引きたいんなあ」

新八は煙をゆっくり吐き出すと、煙管を桐野に返した。

「おはんは、そうじゃなかか」

それには何も答えず、桐野が煙を吐き出す。

「半次郎、そいでは、どげな策があるちゅうのか」

「熊本城が、手薄になっちょっと聞いといもす」

この期に及んでも桐野は、巻き返すつもりでいるのだ。

「半次郎、もう西郷先生を解放してやらんか」

「解放するとは、ここで先生に腹を切ってもらうちゅうことですか」

「いや」と言いつつ、新八が首を左右に振る。

「おいは、先生には先生らしい最期《さいご》を飾ってほしいと思ちょる。そん舞台を整えるのが、おいたちん仕事じゃなかか」

「そいじゃ、先生にふさわしい舞台とは、どげなとこですか」

桐野が苛立つように煙管を置く。

「西郷先生には、鹿児島にお帰りいただく」

桐野がため息をつく。

「そいは、無理ちゅうもんです」

「いや、西郷先生には、桜島を望みながら自裁していただく」

自分でも理由は分からないのだが、新八は西郷にそうしてほしかった。

「鹿児島へ行くには、和田越を奪還し、延岡の敵を打ち払わんちいけもはん」

新八たちは知る由《よし》もないが、この頃、政府軍は、南・北・西の三方から薩軍を包囲する態勢を取ろうとしていた。南の和田越からは第四旅団と別働第二旅団が、北の熊田からは熊本鎮台軍が、西の可愛岳《えのだけ》には第一・第二旅団が、それぞれ十八日の午後を期して、長井へ突入する予定でいた。

「いかにも、南と北は駄目じゃろな」

「じゃ、どげんすっつもいですか」

「山越えじゃ」

「山とは、可愛岳のことを言《ゆ》ちょりもすか」

新八がうなずく。

長井の西には、標高七百二十八メートルの可愛岳が屹立《きつりつ》している。可愛岳はその高さだけでなく、風の浸食《しんしょく》によって南側の斜面が切り立っており、到底、登れるようには見えない。

「あいは登れもはん」

「案内人を立てれば、登れんことはなか」

しばらく黙《もく》した後、桐野が深いため息をついた。

「新八さんの言う通い、ここで死んか、可愛岳を突破するかしか、道はないちゅうことなんな」

桐野は思い詰めた顔をしていた。確かに、ここまで薩軍を率いてきたに等しい桐野にとって、敗戦に次ぐ敗戦は、新八以上の心労になっているに違いない。しかも自信家であり、誇り高い桐野のことである。農民中心の政府軍に敗れるなど、考えもしなかったはずだ。

「半次郎、よかな」

「そいで、西郷先生らしい最期が飾れもすか」

「飾ってもらう」

西郷にとって、もはや死以外の選択肢《せんたくし》はない。だとしたら、本人が最も納得する形で死を迎えさせてやらねばならない。それが、桐野と己に残された仕事なのだ。

ラシェルの言葉が思い出される。

「父がこう言っていました。人はいくつで死ぬかよりも、その人にとって、しかるべき場所で死ぬことの方が幸せなのだと」

――ウドさあの死に場所は、ここではない。

故郷鹿児島で死んでこそ、西郷は西郷隆盛としての生涯を全《まっと》うできると、新八は信じていた。

顔を上げると、桐野は笑みを浮かべていた。

「新八さんの好きにしやったもんせ」

「半次郎、あいがとな」

「死んためだけに故郷に帰るんなら、軍は要らん。明日、解軍しもんそ」

「そいでよか」

新八は立ち上がると、桐野の宿舎を後にした。

翌十六日の朝、桐野と新八は西郷の許に赴き、可愛岳突破と解軍のことを諮《はか》った。鹿児島へ帰るとは言わず、可愛岳を越えた西方にある三田井に着いてから、その後の方針を決しようとだけ伝えた。

これに同意した西郷は、この日の午後、将兵の前で「我軍の窮迫《きゅうはく》此処《ここ》に至る。今日の事唯《ただ》一死を奮《ふる》って決戦するにあるのみ。此際《このさい》諸隊にして降《くだ》らんとするものは降り、死せんとするものは死し、士の卒《そつ》となり卒の士となる。唯其《そ》の欲する所に任ぜよ」と告げた。

これは、「わが軍の窮迫は極まったので、死を覚悟して決戦に及ぶつもりだ。これに際して、諸隊の中で降伏したい者は降伏し、死にたい者は死ぬべし。もはや将も兵もない。それぞれの望むところに任せる」ということである。つまり、所属する部隊長の判断に従わずとも、進退をおのおのの自由としたのだ。

これにより熊本・協同・佐土原・高鍋・福島・中津などの諸隊は、降伏と決する。しかし佐土原隊長・島津啓次郎《しまづけいじろう》、高鍋隊長・秋月種事《たねこと》、福島隊長・坂田諸潔《もろきよ》、中津隊長・増田宋太郎《そうたろう》らは、自らの隊を解軍した後、薩軍本隊に従うことにした。

この時、中津隊の同僚が増田にその理由を問うと、増田はこう言ったとされる。

「吾《われ》、此処に来《きた》り、始めて親しく西郷先生に接することを得たり。一日先生に接すれば一日の愛生《しよう》ず。三日先生に接すれば三日の愛生ず。親愛日に加わり、去るべくもあらず。今は、善も悪も死生《しせい》を共にせんのみ」

出発に先立ち、西郷は携行《けいこう》していたすべての書類と陸軍大将の軍服を焼いた。公人として上京し、政府に物申す意思がなくなったことを全軍に伝えたのだ。

また西郷は、片足切断の重傷を負っていた長男の菊次郎を従僕の熊吉に委《ゆだ》ね、ほかの負傷者も置いていくと伝えた。さらに、ここまで連れてきていた二匹の愛犬も放した。

降伏と決めた諸隊は、西郷と行を共にする薩軍の面々に挨拶《あいさつ》し、政府軍に投降していった。

中には、「飫肥西郷」と呼ばれた小倉処平《おぐらしょへい》や、龍口《たつのくち》隊を率いていた中津大四郎《だいしろう》のように、長井で自決の道を選ぶ者もいた。

これにより薩軍は、総勢六百余となった。

十七日、あらためて軍議を開いた薩軍幹部は、可愛岳突破で一致した。

行軍編制は、前軍に辺見十郎太と河野主一郎、中軍に桐野と新八、後軍に中島健彦と貴島清と決まり、池上四郎と別府晋介は本営付きとして、西郷の護衛にあたることになった。

この時、長井郊外で敵の警戒に当たっていた野村忍介は軍議に呼ばれず、しかも可愛岳突破を知らされなかった。そのため急いで後を追うことになる。野村の才を惜《お》しんだ西郷が、野村を政府軍に投降させるべく置いてけぼりを食らわせたのだ。

ささやかな訣別《けつべつ》の宴《うたげ》が開かれた後、薩軍は粛々《しゅくしゅく》と出発した。

可愛岳の山麓に達する頃には、日が暮れてきた。行動を秘匿《ひとく》するため、あえて夜間に登攀《とうはん》するのだ。しかし星一つない闇夜の登攀は難航を極め、駕籠《かご》に乗せられていた西郷も駕籠を降り、皆と一緒に急斜面を攀《よ》じることになる。

この時、崖を登りながら西郷が、「夜這《よべ》のごたる」と戯《ざ》れ言《ごと》を言い、周囲の者を笑わせたという。薩軍には、開き直ったかのような清々《すがすが》しさが漂っていた。

午前六時、可愛岳の頂上付近に達した辺見が、野営している政府軍を見つけた。

十八日に長井に突入する予定の第一・第二旅団である。

「突撃！」

薩軍が殺到する。

不意打ちを食らった政府軍は恐慌《きようこう》を来《きた》し、抵抗する暇《いとま》もなく可愛岳から追い落とされた。第一旅団長の野津鎮雄少将と第二旅団長の三好重臣少将も、ほうほうの体で山麓まで逃げ延びた。

この戦いで政府軍は、六十余の死者と百二十七名の負傷者を出すほどの混乱ぶりを呈してしまった。

勢いに乗った薩軍は南西山麓の下祝子川《しもほうり》まで敵を追撃し、迎撃《げいげき》に出てきた部隊をも粉砕《ふんさい》する。だがこれを追うことはせず、再び山中に入ると二十一日、三田井に現れ、政府軍の運輸出張所を襲って大量の糧食と武器弾薬を奪った。

相次ぐ勝利に気が変わった桐野は、無人に近い熊本城を襲い、そこに拠《よ》って最後の抵抗を試みようと提案するが、西郷は鹿児島に戻ることを主張する。これにより薩軍は、終焉の地を求める最後の軍旅《ぐんりよ》に出ることになった。

一方、薩軍の長井脱出は、政府軍首脳部を慌てさせた。勝利は確定的という気の緩みが、こうした油断につながったのは事実で、参軍の山県有朋は西郷従道《つぐみち》への書簡の中で、「有朋与《あずか》って罪有り」と自らを責めている。

六

意表を突かれた格好《かっこう》の政府軍は、薩軍の位置を摑もうと多くの斥候を送り出したが、全く捕捉《ほそく》できない。薩軍は少数になった弱みを、山地に入ったことで強みに転じたのだ。

翌日、三田井を発った薩軍は、九州山地に踏み入った。行軍は困難を極めたが、鹿児島に帰るという目的が、兵の末端に至るまで新たな鋭気を吹き込んでいた。

二十六日、米良《めら》に着いた薩軍は軍議を開く。この軍議において、翌々日、小林に突入することに決する。

晴れわたった空の下、薩軍は南を目指して進んだ。二十七日の夕方には須木《すき》に着いた。ここからは霧島連峰《れんぽう》が望める。皆、故郷に戻ってきたことを喜び、感涙《かんるい》に咽《むせ》んだ。

須木の庄屋屋敷に落ち着いた西郷の許を新八が訪れたのは、午後十時を回った頃である。

これまではどこに泊まっていても、新八が訪れると、西郷の愛犬が喜びの鳴き声を上げたものだが、もはや愛犬もおらず、新八は寂《さび》しく来訪を告げた。

「どうぞ、上がったもんせ」

新八が入ると、西郷は一人、手回り品を整理していた。どうやら、必要最小限のものだけ持っていくつもりらしい。

置いていくものの中に西郷愛用の望遠鏡を見つけた新八は、それを手に取った。

「こや、こいからも要りもすよ」

「要りもはん」

西郷は、もはや作戦指揮を執るつもりがないのだ。

「そいでは、おいが持っていきもす」

それには何も答えず、西郷は洗濯から上がってきた下帯を数えている。

「あと何枚くらい使いもすかね」

「分かいもはん」

新八が突き放すと、西郷が相好を崩した。

「やっぱい新八さんは、変わいもはんな」

「おいも変わいもはんが、ウドさあも変わいもはん」

「幕府がなくなっても、こん国は、なんも変わいもはんな」

二人は笑い合った。

——こうして笑うのも、これが最後かもしれない。

だいいち二人でゆっくりと話をするのも、これが最後になるかもしれないのだ。

「ウドさあ、いけなふうに死にもすか」

新八は単刀直入《たんとうちょくにゅう》に聞いてみた。今夜、西郷を訪ねたのも、どのような死に方を望んでいるかを確かめるためだった。

「そうなあ」

西郷は手を止めて、庭の方を見やった。

「腹でん切いもすか」

「そいがよかです」

「首は、いけんしもすか」

新八が西郷に問う。

「おいの首か――」

西郷が、おどけた仕草で己の首筋をさすった。

「一蔵《いちぞう》さんの前に晒されても構わんなら隠しもはん」

それについて西郷は、いいとも悪いとも言わない。

「そいでは、一蔵さんたちに何か言い残すことはあいもすか」

「そいを新八さんが告げに行きもすか」

新八は首を左右に振ると言った。

「遺言《ゆいごん》として書き残してくいやい」

「もうよかど」

西郷が吐き捨てた。

「分かいもした」

新八は一礼して立ち上がると、土間に出て靴《くつ》を履《は》こうとした。

「新八さん」

その背に西郷の声がかかる。

「長い間、世話にないもした」

「そいは、こっちん話です」

新八が向き直ると、西郷は泣き笑いのような顔をしている。

「ウドさあ――」

新八に言葉はない。

西郷は大きくうなずくと言った。

「皆で楽にないもそや」

「そうしもんそ」

靴を履いて一礼すると、新八はその場を後にした。

翌日、薩軍は山を下りて小林に入ったが、案に相違して政府軍はおらず、三十日には横川《よこがわ》まで進んだ。そのまま加治木まで進もうとした薩軍だったが、加治木近郊で敵が待ち受けているとの一報が入り、西に迂回して蒲生へと向かった。

蒲生に入った三十一日の夜のことである。

新八が宿舎の自室に戻ると、男が二人、待っていた。河野主一郎と山野田《やまのだ》一輔《かずすけ》である。

薩軍きっての「議者《ぎしゃ》」は野村忍介だが、河野もそれに次ぐ「議者」と言われ、軍略でも抜群の才幹を見せていた。一方の山野田も、田原坂《たばるざか》で斬り込み隊を指揮して活躍した後、奇襲攻撃や兵站《へいたん》破壊戦で手腕を発揮し、河野ともども薩軍内で重きを成すようになっていた。

「二人して、いけんした」

新八は胡坐《あぐら》をかくと、二人にも足を崩すことを勧めた。

「おはんら、まっさか降伏すっちゅうんではなかかな」

「いいえ、われらは死を覚悟しています」

河野が標準語を使った。真剣な話をするつもりなのだ。

「では、何を言いに来た」

新八も標準語で応じる。

「西郷先生のことです」

山野田が膝《ひざ》をにじる。

「西郷先生のことは、西郷先生がお決めになられる」

「そういうわけにはいきません」

新八の胸底《むなそこ》から、怒りが込み上げてきた。

「武士の進退は武士に任せる。それ以外、何がある！」

しかし河野も引く気はない。

「すでに西郷先生は、一私人ではありません。公人なのです。この不世出《ふせいしゅつ》の大英雄を、あたら内戦で殺してしまってもよいのでしょうか。政府にとっても、西郷先生は必要な人材です。現政府は、先生の威光なくして版籍奉還《はんせきほうかん》も廃藩置県《はいはんちけん》もできなかったことを知っています。たとえ一時的に罪人にされようが、ほとぼりが冷めれば、必ず特赦《とくしゃ》があります」

山野田が後を引き取る。

「箱館《はこだて》戦争を起こしたにもかかわらず、罪を許された榎本武揚《えのもとたけあき》や大鳥圭介《けいすけ》の例を引くまでもなく、現政府にとって必要な人材は、やがて許されるはずです」

――榎本や大鳥と一緒にするな。

蝦夷《えぞ》政府が倒れてしまえば、榎本や大鳥は何の力も持たない。だが西郷は違う。

西郷が生きている限り、大久保は、白刃《はくじん》を喉元に突き付けられているも同じなのだ。

「大久保さんが、先生を許すはずがあるまい」

河野が舌鋒《ぜっぽう》鋭く反論する。

「たとえそうであっても、西郷先生が法廷に出て、この戦いの大義を弁ずることで、現政府の屋台骨を揺るがすことはできます」

「江藤新平を思い出せ。江藤は法廷で発言の機会を与えられず、反逆者として死んでいったではないか。西郷先生も同じ目に遭《あ》わされる」

「いいえ。西郷先生ほどのお方が、発言の機会も与えられず判決を言い渡されることはあり得ません。必ずや皇天后土《こうてんこうど》に、われらの赤心《せきしん》を伝えていただけるはずです」

「では聞くが、われらの赤心とは何だ」

河野が言葉に詰まる。

「そもそも、この戦いの端緒《たんちょ》は、大久保さんや川路が西郷先生を害しようと刺客《しかく》を送り込んできたことにある。法廷では大義云々《うんぬん》よりも、刺客がいたのか、またいたとしたら、刺客を送り込んだのは誰なのかが争点となる」

法廷闘争となれば、大久保が、その点を突いてくるのは間違いない。そしてそんな証拠など、どこにもないとされるのだ。

二人が黙した。

「その点については、私もよく考えた。しかし、あいまいな理由で始めてしまったこの戦いを終わらせるには、勝つしかないのだ。それができない今――」

「それでは、村田さんは西郷先生に朝敵《ちょうてき》や反逆者の汚名《おめい》を着せたまま死なせるのか。村田さんは、西郷先生の肉体だけでなく、その勲功《くんこう》や名声まで消し去りたいのか！」

山野田が喚《わめ》く。

新八と山野田は、幕末の京都で新選組と斬り合った仲である。

腕組みしたまま、新八は押し黙った。

――山野田の言う通りなのかもしれん。

桐野も自分も、西郷を「おいたちの西郷先生《せごせんせ》」として葬りたいのだ。

――たとえウドさあが、朝敵や反逆者の汚名を着せられようと、「おいたちだけ分かっちょっなら、そいでよか」ということなのだ。

「村田さん」

河野が膝を進める。

「私たち二人は死を厭《いと》いません。ただ西郷先生だけは殺してはなりません。だが、そんなことを言えば、桐野さんは猛反対するはず。その時、われらの提案に与《くみ》していただけませんか。どうか、この通りです」

河野が正座すると、額を畳《たたみ》に擦《こす》り付けた。山野田もそれに倣《なら》う。

「何卒《なにとぞ》、われらに同心して下さい」

この時、新八は諾《だく》とも否《いな》とも言わなかった。

黙してしまった新八を見て、二人は「失礼します」と言うと出ていった。

――河野と山野田の言うことにも、一理ある。

新八の心に迷いが生じた。

七

八月三十一日、西郷は、追いついてきた野村忍介に蒲生残留を命じた。加治木方面から追ってくるはずの政府軍の押さえという名目だが、そこには、この戦争の意義を後世に伝えるため、幹部の中で最も弁の立つ野村を生かしておこうという配慮があった。

これに反発した野村だが、この場はいったん命に服し、遅れて鹿児島市内に向かうことになる。

九月一日、薩軍は鹿児島郊外の吉野に達した。吉野と鹿児島市街は、八キロほどしか離れていない。薩軍は辺見十郎太を前軍として、市街目指して進んだ。その途次《とじ》、敵の第二旅団と遭遇し、激しい銃撃戦となった。

これを突破するのは容易でないと見た辺見は、その場を河野主一郎に託し、迂回路を通って北東方面から城山に登り、岩崎谷を下って私学校《しがっこう》の裏門に突入した。

城山とは、鹿児島市街の北部にある標高百七メートルほどの小丘のことである。尾根が四方に張り出し、その間にある城ケ谷《じょうがたに》、岩崎谷、冷水谷《ひやみずだに》などの谷が深く切れ込んで急崖《きゅうがい》を成しているため防御性も高い。

かつては、鹿児島城の詰城《つめじろ》として上之山城《うえのやま》（上山城）と呼ばれていた城山だが、詰城の必要性がなくなった江戸時代末期には、亜熱帯植物の生い茂る原生林と化していた。

私学校に駐屯していたのは政府軍輜重《しちょう》隊である。辺見隊を前にして、戦闘力の劣《おと》る輜重隊は瞬く間に敗れ、県庁前の米倉に逃げ込んだ。それを辺見隊が追う。

米倉をめぐって激しい銃撃戦が繰り広げられたが、輜重隊が発砲した一弾が当たり、辺見が深手を負ってしまう。

これにより薩軍は、いったん引くことにする。

米倉を落とせなかったものの、鹿児島市街は一時的に薩軍に制圧された。

県令の岩村高俊《たかとし》らは「薩軍突入」の一報を受けるや、書類や公金を携《たずさ》えて長崎に脱出した。

翌日、城山に全軍を集結させた薩軍は、米倉に激しい攻撃を加えるが、どうしても落とせない。政府軍の食料を奪わないことには糧食が枯渇《こかつ》するので、薩軍も必死だったが、待っていれば必ず援軍が来ることから、政府軍輜重隊も頑強な抵抗を示した。

そのうちに錦江湾《きんこう》から政府軍の別働第一旅団が上陸し、さらに吉野方面から第二旅団も駆け付けてきているという情報が入り、やむなく薩軍は城山に撤収した。

薩軍は鹿児島市内を制圧したものの、兵力からして全域の防衛は不可能だった。

そこで城山に籠って持久戦に徹することにした。

その夜のことである。

軍議を終えた新八の許に辺見隊の兵士の一人がやってきて、「預かりものです」と言って紫色の帛紗《ふくさ》包みを置いていった。その話によると、私学校で陣地構築作業をしていると、近くをうろうろしている老人がいる。不審に思い捕らえて尋問《じんもん》したところ、「これを村田さんに渡したもんせ」と言って託してきたという。

――清《きよ》か。

その帛紗は、清が何かを包むときに使っていたものだった。

中を開けると、やはり清からの書簡である。そこには「本日、四《よ》つ半（午後十一時頃）、福昌寺《ふくしょうじ》の門前でお待ちしております」と書かれていた。

福昌寺とは曹洞宗《そうとう》の大寺で、薩摩藩主・島津家の菩提寺《ぼだいじ》のことである。

――政府軍に捕まったのではなかったのか。

薩軍幹部の家族は「保護」の名の下に政府軍に連行され、鹿児島郊外の寺社などに分散して居住《きよじゅう》させられていると聞いていた。しかし清と子供たちは、その手から逃れ、どこかに隠れていたのだ。

行先を桐野にだけ告げた新八が、午後十一時頃、約束の場所に赴くと、縁者に守られるようにして、清が待っていた。

「旦那《だん》さん」

清は悲しげな顔一つ見せず、新八に再会できた喜びをあらわにした。

新八はうなずくと、まず供の者たちに声をかけた。その中にいた清の親類筋の老人が、清と子らを匿《かくま》っていると教えてくれた。新八が礼金を渡し、もう少し匿ってくれるよう伝えると、老人たちは頭を下げつつ、少し離れた場所に移っていった。気を利《き》かせたのだ。

「清、苦労をかけたな」

「このくらいのこと、苦労ではあいもはん。そいより旦那さんが元気そうで――」

清が嗚咽を堪える。

たとえ今は元気であっても、新八に待っているのは死以外の何物もない。それを清も、よく知っているのだ。

「子らはどげんした」

新八は三男の十熊《とくま》と長女の孝子《たかこ》を、清に託してきた。

「二人とも元気です」

清によると、ここに来る途次に泣いてはまずいので、置いてきたという。

「岩熊んことは聞いたか」

「二蔵ん書簡で知りもした」

清の顔が悲しみに沈む。

捕虜となる前、怪我《けが》で動けない二蔵は、脱出する者に書簡を託し、岩熊の死を清に知らせてきたという。その後、二蔵が政府軍に囚《とら》われたことも、清は人伝《ひとづて》に聞いていた。

「岩熊は、武士として見事な最期を遂《と》げた。われら家族の誇りだ」

「はい」とうなずきつつ、清は涙を必死に堪えている。

武家の妻は泣いてはいけないと、薩摩の女たちは子供の頃から教えられてきている。それゆえ清も、懸命に泣くまいとしているのだ。

「清、泣いてんよかぞ」

その言葉によって、堰《せき》が切れたように清の目から涙が溢《あふ》れ出た。

そんな清がいじらしく、新八はそっと抱き寄せた。

「ほどなく、おいは岩熊に会える。何か伝えておきたいことはあるか」

清の咽び泣きが強まる。

「どうか――、どうか親子二人で仲よく――」

その後は言葉にならない。

「清、子らを頼む」

新八が体を離した。それを嫌がるように、清が体を寄せてくる。

「清、おはんがいるから、おいはここまでやってこられた。あいがとな」

「ああ、旦那さん」

もう一度、強く抱きしめると、新八は体を離した。もう清は抗《あらが》わなかった。

離れた場所で佇《たたず》む親類たちに合図すると、親類たちは清を新八から離した。

「清、元気でな」

「旦那さんこそ、お気をつけて」

清は、最後に着替えの入った風呂敷《ふろしき》包みを差し出した。

死ぬ時くらいは、新品の薩摩絣《がすり》と下帯を着けていてほしいというのだ。確かに、新八の着ている燕尾服やズボンは戦塵《せんじん》にまみれ、あちこちが擦《す》り切れていた。死出の旅路に着ていくには、あまりにみすぼらしい。

「旦那さんが、薩摩隼人として死にたいんではなかかと思い、持ってきもした」

「そうさせてもらう」

泣き崩れそうになる清を、親類たちが支えている。

「清、そいでは行く」

「ああ、旦那さん――」

新八は大きくうなずくと、清たちに背を向けた。そして二度と振り返らず、岩崎谷に戻っていった。


九月三日、陸路と海路から続々と鹿児島に集結した政府軍は、城山を取り巻くように布陣した。その総勢は五万余に上る。

布陣を終えた政府軍は薩軍の抜刀攻撃を警戒し、陣所の周囲に竹柵をめぐらせた上、堡塁や胸壁を築いて、薩軍の砲撃にも耐えられるようにした。

これに対して薩軍は、私学校を最前線として、岩崎谷に通じる岩崎本道沿いに堡塁や胸壁を築き、長期戦に備えた。

岩崎谷の頭上にそびえる岩崎尾根周辺の堡塁と胸壁は、五月に政府軍上陸部隊が築いたもので、それを利用した。また私学校を占拠できたことから、政府軍輜重部隊の置いていった大砲、銃、大量の弾丸などが押収できた。ただし食料は乏《とぼ》しく、一日一回、薄粥《うすがゆ》をすするだけだった。

城山に籠った薩軍は三百七十二名である。

この日、軍議が開かれ、その席で米倉奪取を強く主張したのは、貴島清だった。

「政府軍は日に日に増強されていきもす。そん前に米倉を奪取せんことには、食いもんが足いもはん」と貴島は主張し、決死隊を率いて斬り込みを掛けたいと訴えた。

これを聞いた桐野は、「楠公《なんこう》（楠木正成《くすのきまさしげ》）の湊川《みなとがわ》の戦いと同じ気持ちで戦うべし」と言って、貴島に米倉襲撃を許した。

貴島は各隊から七十名ほどの志願兵を募《つの》り、それを二隊に分け、午前三時に城山を出陣することにした。

この日の真夜中、新八は貴島の許を訪れた。

貴島は、すでに決死隊の本陣とした松原神社に移っている。

社務所にぶらりと現れた新八を見たとたん、貴島の顔が笑み崩れた。

「やはい来なさったな」

「大楠公《だいなんこう》の出陣じゃ。しっかい見届けんとな」

二人は、天にも届けとばかりに笑った。

社務所の入口付近は人の出入りが激しいため、貴島は新八を奥の間に誘った。

新八が土産《みやげ》に持ってきた焼酎の徳利《とっくり》を置くと、貴島は「秘蔵の品を出しもんそ」と言って、薩摩切子《きりこ》でできた朱色の酒杯を持ってきた。貴島によると、岩崎谷の武家屋敷で見つけたという。

二人はあえて戦局には触れず、思い出話に花を咲かせた。

ひとしきり歓談していると、従卒が決死隊の支度《したく》が整ったことを告げてきた。

「そいでは、一働きしてきもす」

焼酎を飲み干すと、貴島は立ち上がろうとした。

「宇太郎どん、先に逝《い》くつもいな」

「まあ、そういうことになってでしょうな」

すでに貴島は死を覚悟しているのか、達観《たつかん》したような清々しい笑みを浮かべていた。

「有為《ゆうい》の材である宇太郎どんを巻き込んでしもうた。お詫《わ》びの言葉もない」

「今更《いまさら》、なん言うですか」

貴島が色をなす。

「新八さん、いかにもおいは当初、私学校党にも参加せず、この戦いにも反対しといもした。じゃっどん戦うと決めたからには、一歩も引かんつもいでおいもす」

「そうじゃったな。すまんかった」

「新八さん」と言って貴島が唇を噛む。

「事ここに至れば、この戦いは、西郷先生のもんでも誰《だい》のもんでもない。皆、それぞれの最期を、納得《なっとく》する形で締めくくればよか」

「そん通いだ」

「おいは米倉で死んと決めもした。そいが、おいの締めくくり方です。じゃどん新八さんには、新八さんの締めくくり方がある」

――しかるべき場所で死ね、か。

ラシェルの言葉が再び脳裏をよぎる。

「新八さん、死んことだけが、締めくくり方ではあいもはん」

「おはんまで、そいを言うか」

新八の反論を制するように、貴島が言った。

「生き残るんは死んよりも辛かことです。じゃっどん、誰かがそいをやらねんなら、おいたちの汚名は千載《せんざい》に残いもす」

「おいは大幹部の一人だ。こいだけ多くの兵を殺し、おめおめと生き残ることなどできっか」

「そいは分かいもす。じゃっで、おいも新八さんに『生きてほしか』とは言いにっか。じゃっどん、無理に死んことだけはせんでほしいと思うちょいもす」

かつて榊原政治を諭《さと》した言葉を、新八は思い出した。

「死すべき時は、天が命じてくれる。最も愚かなことは、死すべき時ではないのに、無駄な突撃をして死ぬことだ」

――天命に従えばよいのだ。

新八は、すべてを天に任せてもよい気になっていた。

「宇太郎どん、おはんの言いたいことは肚《はら》に落ちもした。気遣《きづか》い恩に着もす」

「何の。こいで心も軽なりもした。後は存分に暴れ、薩摩隼人の武勇を満天下に示してみせもんそ」

貴島はにやりと笑うと、新八に握手を求めた。

「新八さん、あっちで待っちょいもす」

「宇太郎どん、またいつか会いもそや」

「うん。必ず会いもそ」

貴島は、胸をそびやかすようにして社務所を後にすると、整列した兵士たちを見回し、「われら死して、道を開かん」で始まる訓示を行い、出撃していった。

——宇太郎どん、すまんかったな。

親友の雄姿《ゆうし》を目に焼きつけて、新八は松原神社を後にした。


九月四日の午前三時、米倉の近くまで接近した決死隊七十余は、「チェストー！」という気合と共に抜刀突撃を敢行した。油断していた守備隊は混乱し、二段の胸壁を放棄して後退したが、三段目の胸壁に踏みとどまって反撃に転じた。

貴島は三段目の胸壁に飛び込み、敵兵を縦横無尽《むじん》に斬りまくるが、近くに駐屯していた第二旅団が救援に駆け付けたことで、一転して窮地《きゅうち》に立たされた。

前後から攻撃された決死隊の兵士が、次々と斃《たお》れる。それでも貴島はひるまず、第二旅団に向けて斬り込みを掛けようと、胸壁を飛び出した瞬間、銃撃を受けた。

「天資豪爽《てんしごうそう》、骨格雄偉《ゆうい》、胆識《たんしき》あり」（『西南記伝』）と謳《うた》われた好漢は、己の望む通りの最期を遂げた。この時の攻撃で、中津隊の増田宋太郎をはじめとした三十名余の勇士も命を落とした。

八

城山の岩崎谷に本営を置いた薩軍は、山頂付近や尾根筋の要塞化を進めていた。四方に伸びる尾根の要所に堡塁と胸壁を築き、敵の侵攻を防ごうというのだ。岩崎谷の周囲は、とくに厳重な防備が施され、その最奥部に横穴を十一も掘り、本営と大幹部の居室とした。

一方、政府軍も山県参軍以下、和田越の轍《てつ》を踏まないことを肝《きも》に銘《めい》じ、徹底的な包囲陣を布いていた。この包囲陣には、西郷らを逃がさないことはもちろん、何らかの理由で城山に入るのが遅れた薩軍兵士や、桐野の呼びかけに応じてやってきた新たな参加者たちを、城山に入れないという目的もあった。いまだ桐野は、城山を死守して各地の士族決起を待つつもりでおり、使者を鹿児島各地に飛ばしていた。

城山の東方に向かい合う多賀山に本営を置いた山県は、「我が主として目的とする所は、独り守備を先にするにあり」と訓示し、各隊に勝手に戦端を切らないよう戒《いまし》めた。山県は、西郷の自決と薩軍の降伏を待っていたのだ。

西郷は晴れの日でも終日、横穴内に引き籠り、書見や書き物をしていた。その顔は、とても敗軍の将のものとは思えず、常に穏やかな笑みをたたえていた。

「ウドさあ」

「ああ、新八さん」

九月半ばの夕方、この日の作業を終えた新八が横穴を訪れると、西郷がうれしそうに迎えてくれた。

「ウドさあ、何をやっちもしたか」

「はい。繕《つくろ》い物をしていもした」

「そんなもんは、従卒にやらせちくいやい」

「もう、こうしたことのでくっ従卒がおいもはん」

開戦当初は、親衛隊長役の淵辺群平に率いられた二百余の護衛兵が西郷の周囲を固めていたが、今は、年端《としは》もいかない従卒二人が付いているだけだった。

「新八さんは今日も穴掘いですか」

「はい。それ以外にすっことはあいもはん」

「もう、そいなことは、やらんでもよかに」

「おいたちの気休めです」

西郷が寂しげな笑みを浮かべた。

「ウドさあ、覚えといもすか」

「何《なん》のこってすか」

「こん城山でよく戦ごっこをしもしたな」

「ああ、よう覚えといもす」

「あん頃と、何《なん》も変わっちょらんですね」

「はい。たいてい一蔵さんが寄手《よせて》で、おいが頂上に陣を布いていもした。そいで『信吾《しんご》（西郷従道）、敵を引き付けい』とか『新八は迂回して敵の背後を突け』とか言っておいもしたな」

「ないごて、いつもそいな役回りになったですかね」

「うーん」

しばし考えた末、西郷が言った。

「分かいもはん」

「最後も、そげんなってしまいもしたな」

「ははは、そげんないもしたね」

二人は声を上げて笑った。

「ウドさあ、おいたちが先に逝ったら、介錯《かいしゃく》はいけんしもすか」

新八の最後の懸案《けんあん》は、切腹しても西郷が死にきれず、負傷したまま捕虜となることだった。

新八としては、傷つき苦しむ西郷の姿を敵に見せたくなかった。

「今の従卒では、とてもおいの猪首《いくび》は落とせんでしょな」

「そいなら、こいを飲んだらよか」

新八がアンプルを机の上に置いた。

「ああ、モルヒネなあ」

「はい。こいをあおれば間違いのう死ねます。苦しみはすぐには来んので、腹を切る前にあおって、その勢いで切るのがよか思いもす」

順序が逆になると、腹を切った苦しさで、アンプルを飲めないこともあり得る。

「分かいもした。しくじらんようにしもす。新八さんも、そいを持っちょいもすか」

「おいは、どこかの堡塁で撃たれて死んと思いもすが、万が一に備えて持っちょいもす」

「やっぱい、新八さんも死にもすか」

「死なせてくいやい」

「おいの最後の頼みでもいかんですか」

それに対して、新八は沈黙で答えた。

――わが身は天に託すのみ。

自らの最期がどうなるかなど分からない。九割方は死ぬことになると思うが、いくつかの偶然が重なり、生き残ることにでもなれば、それも一つの道である。

新八は、そう考えるようになっていた。

「新八さん、あいがとな」

「ウドさあ、そいはおいの言葉じゃ」

そう言うと、新八は西郷の横穴を後にした。

九月二十日、新八が城山山頂付近から双眼鏡《そうがんきょう》で錦江湾を眺めていると、河野主一郎と山野田一輔がやってきた。

「村田さん」

「おい、あれを見ろ」

新八の指差す先の錦江湾は、政府軍の艦船で埋め尽くされていた。一方、眼下《がんか》の鹿児島市街には、幾重《いくえ》にも散兵壕が掘られ、木柵《もくさく》がめぐらされ、無数の政府軍陣地ができている。

「これがすべて洋式部隊だ。この国は、短い間にとてつもないことを仕出かした」

「村田さん」

「いつの日か日本軍が、外地で欧米の軍隊と干戈《かんか》を交えることを考えれば、此度《こたび》の実戦は、またとない機会となる。それだけでも、この戦いには意義があった」

新八の脳裏には、見知らぬ地で戦う日本軍の姿が浮かんでいた。その戦場に西郷や桐野を立たせられないことだけが、今は心残りだった。

「村田さん、本日の軍議で、西郷先生の助命嘆願《じょめいたんがん》を行うべしと提案します」

新八が双眼鏡を下ろした。

「そんなことを言えば、ただではすまされんぞ」

桐野、別府、辺見の三人は、まだあきらめていない。事ここに至っても、彼らは西郷に書かせた檄文《げきぶん》を少年兵に持たせ、敵の重囲をかいくぐらせて鹿児島各地に向かわせていた。

山野田が新八の傍らまで歩を進める。

「われらは、軍議の場で斬られるかもしれません。しかし西郷先生の助命は、われらのためではなく、この国のためなのです」

今度は河野が言う。

「西郷先生の生死は、国家の興廃《こうはい》にかかわる重大事です」

「そんなん分かっちょる！」

新八の声にたじろぎ、一歩引いた河野だが、再び詰め寄ってきた。

「池上さんと桂さん、野村と中島の同意は取れています」

「何だと――」

すでに河野と山野田は、池上四郎、桂久武《ひさたけ》、野村忍介、中島健彦といった幹部の根回しを終わらせていた。

「おそらく議論は紛糾《ふんきゆう》します。その時、村田さんが賛意を示してくれれば、必ず西郷先生にもご同意いただけます」

――ウドさあを投降させるというのか。

なぜか分からないが、新八の心に強い拒否反応が芽生えた。

「そんなことはさせられん」

「何を仰せか」

山野田が食って掛かる。

「村田さん、あんたと桐野は、ずっと西郷先生の取り合いをしてきた。その挙句《あげく》がこの様《ざま》だ。西郷先生は、あんたらのものではない。日本国のものだ！」

「何だと！」

山野田の胸倉を摑む新八を、河野が押さえる。

「村田さん、賛意を示してくれなくてもよい。ただ黙っていてくれませんか」

「黙っていろだと」

「そうだ。もう口を挟まないでくれ！」

喚く山野田を河野が遠ざける。

「村田さん、頼む。西郷先生を日本のために生かしてくれ」

河野は嗚咽していた。

眼下の政府軍陣地を見るでもなく見つめながら、新八は、自分が桐野と同様の存在になりつつあることを知った。

九

「今、降伏と言ったか」

桐野が顔を上げる。頰がこけて黒ずみ、まるで幽鬼《ゆうき》のようである。

「こん腰抜けめ、斬っちゃる！」

河野に詰め寄ろうとする辺見を、別府が抑える。

「よせ十郎太、仲違《なかたが》いしてどげんす！」

二十日の軍議は、冒頭の河野の発言によって、険悪な雰囲気で始まった。

「ここで降伏したところで、東京の法廷で無法な裁きを受けた後、西郷先生は処刑される」

桐野が断じる。

「そうとは限りません。西郷先生だけが百万の兵を束《たば》ねられる器量をお持ちだと、われらだけでなく一蔵さんや山県さんも知っています。それほどのお方を、あたらここで死なせてしまっていいのでしょうか。聞くところによれば、木戸《きど》さんが病没したというではありませんか。これにより長州閥《ちょうしゅうばつ》の衰退は明らか。となれば薩閥の者たちが、先生を守ってくれるはずです」

木戸孝允《たかよし》は、この年の五月に病没していた。

「貴様らは、先生に屈辱を味わわせたいのか」

「屈辱は一時のこと。いつの日か、先生は百万の日本軍を率いて大陸に渡り、ロシア軍を打ち破るでしょう」

「そんなことはない。江藤の例を見ろ。一蔵さんは自分に逆らった者を必ず殺す」

「たとえ一蔵さんがそうであっても、信吾さん、黒田さん、大山さん、川村さんらが、それを許しません。かつての箱館戦争の折も、首謀者たちは赦免《しゃめん》されました」

「先生は、榎本や大鳥とは違う」

かつて新八が思ったことを、桐野も思っていた。

「おはんらは、命が惜しくなったんじゃろ」

辺見の言葉に山野田がいきり立つ。

「何だと。抜け！」

「やるか！」

皆が立ち上がり、二人を懸命に分ける。

「もうよか」

やりとりを黙って聞いていた西郷が、小さな声で言った。

「では、西郷先生のお考えをお聞かせ下さい」

河野が西郷の前にひざまずく。

「おいに考えなどない。おいは、皆にこの身を任せた時から考えることをやめた」

――ウドさあ、この場に至っても逃げるのか。

新八には、自らも周囲も韜晦《とうかい》するような、こうした西郷の一面が許せない。

それを感じ取ったのか、西郷が水を向けてきた。

「新八さんは、どげん思われる」

こうした場合、いつも新八は、西郷の気持ちを代弁する役割を担わされる。

――ウドさあ、もう一人で決めてくんさい。

「なあ新八さん、どげん思いもすか」

再び西郷が促してきた。

それは新八を試すようでもあり、挑発するようでもある。

「そいは、先生ご自身が決めてくいやい」

「おいは、まず新八さんの意見を聞きたい」

致し方なく新八は顔を上げた。

皆が黙して新八の言葉を待つ。

「おいは、ここで死ぬのが先生らしかち思う」

その一言に、安堵《あんど》と失望のため息が聞こえた。

しかし「じゃっどん」と続けたので、桐野や別府が驚いたように新八を注視する。

「もう、おいたちから先生を解放してやってもよかとも思う」

「そいは、いかん意味じゃ」

桐野が声を震わせる。

「村田さん、すまんこってす」

河野が新八に頭を下げる一方、桐野は目を剝《む》いた。

「新八さん、まっさかおはん――」

「半次郎、もうよかじゃなかか。先生を自由にしてやりもんそ」

「新八さん、自分の言っちょることが分かっちょるのか。投降したところで、先生は斬られるだけではありもはんが」

「お待ち下さい」

河野が桐野に食い下がる。

「私が敵陣に赴き、先生の助命を条件に話をつけてきます」

「そんなことができっか！」

別府が吐き捨てる。

「やってみるだけです。どうか、やらせて下さい。先生、お願いします」

河野の嘆願に、西郷は微笑みで答えた。

「皆で好きにすればよか」

それだけ言うと議論に辟易《へきえき》したのか、西郷は自分の横穴に入ってしまった。

それからも議論は続けられたが、結論は出ず、翌二十一日、再び激しい議論が戦わされた末、とりあえず河野と山野田が使者として、敵陣に赴くことに決した。

二十二日、河野と山野田が軍使として敵陣に入った。山県は会おうとせず、参軍の川村純義海軍中将に話を聞くよう命じた。

河野と山野田は、「大久保と川路が刺客を放って西郷を殺そうとしたので、われらは、それを政府に訊問《じんもん》すべく東上を開始した。しかし熊本鎮台が行軍を遮《さえぎ》ろうとしたため、やむなくこれに応じたものであり、戦闘は意に反するものだった」と弁明する。

これに対して川村は、「暗殺疑惑を明らかにしたいなら、大久保や川路を告訴《こくそ》糾《きゅう》問《もん》すればよく、兵を率いて罪を問うのは間違っている」と反論。「西郷を助命するなら降伏する」という要求には、「命乞いは都城陥落時ならともかく、今となっては遅い。投降したいなら、まず軍門に降ってから天皇の裁可を待つべし」とし、投降の道だけは残した。

河野と山野田は悄然《しょうぜん》と首を垂れたが、川村は「二十四日の午前四時から総攻撃を開始する。もし西郷に何か申したい儀があれば、その前に言いに来い」と、暗に投降を促した。

川村は河野を拘束《こうそく》した上、山野田には山県の書状を託し、「長男の菊次郎は収容されて無事だと西郷に伝えよ」と言《こと》づけて、送り返した。

山野田から山県の書簡を受け取った西郷は、それを一読しただけで、何も言わなかった。

彼我《ひが》の意識の差は隔絶《かくぜつ》していた。「敵も西郷を助けたいと思っている」という思いは希望的観測にすぎず、山県などは、その書状で西郷に自裁を促していた。

それでも山野田は西郷に投降を迫り、その横穴内にまで押しかけて説得に努めた。しかし西郷は黙して語らず、その心中を明らかにしなかった。

敵の総攻撃が明朝に迫り、酒や食料を残しておく意味はなくなった。二十三日の夜、全員を横穴前に集めた西郷は、訣別の宴を開いた。

皆、存分に飲み、ここまで戦った労をねぎらい合った。仲の悪い者どうしも、これまでの確執《かくしつ》を捨て、焚《た》き火を囲み、肩を組んで大いに歌った。

誰かが薩摩琵琶《びわ》を奏《かな》でると、新八もコンサーティーナでそれに合わせた。

桐野と新八も肩を叩き合い、互いの盃に焼酎を注いだ。

その様子を、西郷がにこやかに見ている。

――これは、武士の時代の終わりを飾る宴なのだ。戦において、一人一人の強さが求められる時代は終わった。最新の兵器と一糸乱れぬ組織力をもってすれば、いかに一騎当千の勇者でも容易に斃せる。それを実証したのが、この戦いなのだ。

新八は、自分たちの敗戦が時代の必然であると感じた。

十

敵が攻撃開始を予告した午前四時の少し前、西郷が「皆、聞いてくいやい」と言って、立ち上がった。それまで騒いでいた面々も、何事かと西郷の近くに集まってくる。

「おいも、いろいろ考えもした」

西郷は晴れ晴れとした顔をしていた。

「ここまでの戦いで二才たちを死なせてしもうた責《せき》は、すべておいにある。そいじゃって、おいは死なねばならんと思てきた」

これが重大な話だと思った一同は、固唾《かたず》をのんで西郷の次の言葉を待っている。

「じゃっどん、こん戦いの大義を明らかにせねばならんとも思う」

山野田は啞然《あぜん》とした顔で西郷を仰《あお》ぎ見、桐野は微動だにしないで西郷を凝視している。

「おいは迷った。ただ、死んでった者《もん》らに賊《ぞく》の汚名を着させたままでは浮かばれん。おいの頭ん中には、投降の二文字が占めるようになった。じゃっどん法廷で裁かれ、万が一、死刑とならんなら、皆に顔向けできん。そいだけが懸念《けねん》じゃった。そこに山県さんからの書簡が届いた。そこで山県さんは、おいに自裁を求めてきた。そいで分かった」

西郷の巨大な双眸《そうぼう》が、焚き火の炎を反射して輝く。

「おいは間違いなく死刑になる」

つまり、死刑などという屈辱を西郷に味わわせたくないからこそ、山県は西郷に自裁を促しているというのだ。

桐野が立ち上がった。

「西郷先生、どげんすうつもいですか」

「おいは――」

西郷が、野良《のら》仕事にでも出かけるように言った。

「投降しもす」

どよめきが走る。皆、顔を見合わせ、口々に何か言い合っている。

西郷という男は、どのような辱《はずかし》めを受けようが恬《てん》として恥じるところがない。屈辱などという言葉が、その辞書にはないのだ。

――ウドさあ、そいで本当によかな。

「嫌だ。おいは嫌だ！」

辺見が狂ったように地面を叩くと別府が必死の形相で食い下がる。

「先生、投降するちゅうこっは、縄目の辱めを受け、法廷で裁かれるこっですよ」

「そいは分かっちょる。じゃっどん、死なせっしまった二才たちんこっを思えば、そいくらい何でもなか」

「先生、おいは嫌だ。おいは先生とここで死にたい。死にたいんじゃ！」

別府が泣き崩れた。

その言葉は、桐野の気持ちをも代弁していた。桐野や別府は西郷と一緒に死ぬことで、西郷を永劫《えいごう》に独占したいのだ。

「よくぞ――、よくぞご決断なされた！」

山野田が西郷の前に転がり出た。

「おいは納得できん！」

桐野が立ち上がる。

「先生には、先生らしい最期を遂げていただきもす」

「お待ち下さい」

野村である。

「それは、桐野さんが決めることではない。先生の進退は、先生が決めるべきだ」

「何《なん》じゃと！」

野村に飛び掛かろうとする桐野の腕を、新八が押さえた。

「よせ！」

「ないごて新八さんまで、こんごと性根《しょうね》の腐った連中に味方すう」

桐野は涙声になっていた。

「新八さんなら、おいの気持ちを分かっち思ちょった」

「分かっちょる。じゃっどん、こん場は西郷先生の勝手にさせてくいやい。おいたちは、ここで腹を切ればよか。そいでも腹の虫が収まらん言うなら、おはんが、おいの首を落とせばよか」

「ああ……」

桐野は天を仰ぐと、肩を落として自分の横穴に帰っていった。

――こいでよか。

新八は己を納得させようとしたが、己の一部が、それを拒否しているのを感じてもいた。

西郷が皆を見回しつつ言う。

「そいでは山を下りる。付いてきたいもんは付いくるがよか。ここで死にたいもんは——」

西郷は大きく息を吸うと言った。

「自分で始末をつけてくいやい」

西郷は最後の最後で皆を突き放した。それこそ、己の進退は己で考えろという武士の精神に則《のっと》ったものだった。

これまで桐野以下、兵士の末端に至るまで、西郷を神のように信奉《しんぽう》し、西郷にすべての判断を委ねてきた。しかしそれは、皆が己で判断し、行動することを阻害《そがい》することにつながっていた。こうしたことへの西郷の苦《にが》い思いが、そのあいまいな態度に集約されていたのだと、ようやく新八も気づいた。

——そうか。ウドさあが右を向けと言えば、皆は右を向く。それが嫌だから、ウドさあは結論めいたことを言わなかったのだ。

これで宴は終わり、皆は最後の片付けをするため、それぞれの横穴に戻っていった。

その時、どこからともなく管弦楽器《かんげんがっき》の演奏が聞こえてきた。政府軍の軍楽隊に違いない。

――武士の世に惜別《せきべつ》を告げる葬送の奏楽《そうがく》か。

新八は心中、敵に礼を言った。

演奏がやむと、敵の艦砲射撃が始まった。

――午前四時になったのだな。

政府軍は艦砲射撃をしながら夜明けを待ち、空が明るくなるや、四方から同時に攻め上ってくるつもりなのだ。

新八は自らの横穴に入ると、多くの書簡や品々を焚き火に投じた。しかし外国でしか手に入らない筆入れや書類入れは、そのままにしておいた。拾った者に使ってもらおうと思ったのだ。

外に出てみると、桐野を除いて皆そろっていた。別府と辺見もいる。

――桐野はここで自害するつもりだな。

ここにいないということは、それ以外に考えられない。

最後の協議が行われ、西郷と共に兵士たちを投降させ、幹部は岩崎谷の出口まで西郷を見送った後、そこで自裁することで一致した。

西郷が付添人として野村を指名すると、野村は強く固辞《こじ》したが、「おいを一人で送り出すのか」と言われ、最後は納得した。

「そいでは、行きもんそ」

そう言うと西郷は、二十人余の幹部を引き連れて歩き出した。

その時、新八は、清から渡された薩摩絣に着替えていないことに気づいた。

皆に「すぐに追いつくので、先に行ってくれ」と言うと、新八は横穴に引き返し、新品の下帯を着け、薩摩絣に着替えた。

縮緬地《ちりめんじ》の兵児帯《へこおび》を締めると、いよいよ死地に赴く実感がわいてきた。

横穴を出ようとした時、かすかに清の匂いがした。

――わしは清と一緒にいるのだ。

清の香りが新八を包む。新八は、よき妻と家族を持てたことに心から感謝した。

新八が急いで皆に追いつこうと、横穴の外に出た時である。西郷らの四十メートルほど後方、新八から十メートルほど前方に桐野が立っていた。

――なんやっちょる。

桐野がゆっくりと何かを構えた。

――まっさか、銃か。

次の瞬間、新八には、桐野が何をしようとしているのか分かった。

「半次郎、よせ！」

その声に、前方を歩いていた何人かが振り向く。

しかし桐野は動じず、何物かに狙いを定めている。

それが何かは明らかである。

新八が走る。

しかし間一髪で間に合わず、射撃音が空気を切り裂いた。

桐野の銃から発射された弾は、こちらを向きかけた西郷の膝を撃ち抜いた。

西郷が片膝をつく。

「先生！」

皆が西郷を囲む。

再び銃を構えようとする桐野を、新八が背後から抱き留めた。

「半次郎、ないごて、こげなことすう！」

「新八さん、放してくいやい。おいには耐えられんのじゃ」

「馬鹿言うな。西郷先生は、おいたちのもんじゃなか。西郷先生の死に場所は、西郷先生が――」

そこまで言ったところで、脳裏にラシェルの言葉がよみがえった。

――人は、しかるべき場所で死ぬべき、か。

気づくと桐野は、その場に泣き崩れていた。前方にいる面々は、西郷の傷を気遣っている。

新八が銃を拾った。皆は、新八が銃を確保したことで安心している。

――ウドさあ、ウドさあの死に場所は、やっぱりここではありませんか。

新八が銃を構えると、それを見た西郷が立ち上がった。

皆は新八を見て唖然としている。

西郷の口が「もうここらでよか」と言うのを確認した新八は、次の瞬間、引き金を引いた。

弾は腹を貫通したらしく、西郷が再び膝をついた。心臓を狙ったのだが、涙で目が曇り、外してしまったのだ。

――ウドさあ、すまんことです。

西郷は、新八を止めようと駆け出した面々を呼び戻すと、別府に向かって何か言った。

「西郷先生！」

茫然と立ち尽くす新八の傍らで、桐野が叫ぶ。

「半次郎、西郷先生は誰にも渡さん」

「そうじゃね。そいがよか」

桐野は子供のように泣いていた。

一方、西郷は野村に向かって何か言い聞かせている。それを聞いていた野村は、一礼すると、岩崎谷の入口目指して駆け去った。

この後、野村は法廷で、西郷たちの立場や思いを語ることになる。

帝《みかど》のいる東京に向かって遥拝《ようはい》する西郷の背後で、別府が太刀を振りかぶった。

「先生！」

桐野の絶叫が聞こえる中、太刀が振り下ろされた。周囲を取り巻く者たちが泣き崩れる。

介錯をした別府が、西郷の首らしきものを拾って白布に包むと、近くにいた従卒に何か命じた。従卒がそれを抱えて走り出す。どこかに隠せと命じられたのだ。

続いて別府が腹を切った。それをきっかけとして、皆が次々に腹を切ったり、刺し違えたりしている。

「新八さん」

桐野が立ち上がった。すでに平静を取り戻し、いつものように人懐っこい笑みを浮かべている。

「おいは、こいから岩崎口に行って、冥途《めいど》の土産に官兵どもの首をどっさい持っちこうと思うが、新八さんもどげんな」

新八は、微笑みをたたえて首を左右に振った。

「分かいもした。そいでは、あの世で会いもんそ」

そう言うと桐野は、銃を持って岩崎口に向かって走り出した。

この頃になると、政府軍は岩崎谷を挟む二つの尾根を占拠し、そこから銃弾の雨を降らせていた。六十余りに減った兵士たちも、次々と斃れていく。

新八が周囲を見回すと、焚き火の脇に置いてあるコンサーティーナが目に入った。

――どうやらここが、死に場所らしい。

そこに座った新八は、コンサーティーナを手に取ると、『さくらんぼの実る頃』を弾き始めた。

あらゆる思い出が波のように打ち寄せてきた。とりわけエトルタの断崖は、鮮烈《せんれつ》な思い出として脳裏に刻まれている。

周囲は戦場の喧騒に包まれていたが、新八の耳には、コンサーティーナの音だけが聞こえていた。

遺骸《いがい》となった西郷の周囲で動いている者は、すでにいない。この弾雨では、桐野も岩崎口に着く前に力尽きるに違いない。

やがて周囲に人の気配がしてきた。敵が警戒しながら近づいてきたらしい。

それでも新八は、コンサーティーナを弾いていた。

すでに新八以外の者が死んだのを確認したのか、近寄ってきた士官の一人が何かを問うてきた。しかし新八は、何も答えず弾き続けた。

すると士官は歩兵を整列させた。

「構え！」

目の前で何人かが銃を構えている。

――ここが、おいの死に場所だ。

空を見上げると、青空が広がっていた。

――あの空は、フランスまで続いている。

「撃て！」

銃撃音が轟くと、突然、静寂《せいじゃく》が訪れた。

村田新八、享年四十二――。

この瞬間、武士の時代が終わりを告げた。

西南戦争で殉難した両軍の兵士たちに、本書を捧ぐ——。

【主要参考文献】

『西南戦争　西郷隆盛と日本最後の内戦』　小川原正道　中公新書
『敗者の日本史18　西南戦争と西郷隆盛』　落合弘樹　吉川弘文館
『西南戦争　戦争の大義と動員される民衆』　猪飼隆明　吉川弘文館
『西郷隆盛　西南戦争への道』　猪飼隆明　岩波新書
『城山陥落　西郷死して光芒を増す』　伊牟田比呂多　海鳥社
『幕末明治　不平士族ものがたり』　野口武彦　草思社
『西郷隆盛伝説』　佐高信　角川学芸出版
『「翔ぶが如く」と西郷隆盛』　文藝春秋編　文春文庫ビジュアル版
『図説　西郷隆盛と大久保利通』　芳即正・毛利敏彦編著　河出書房新社
『戊辰戦争から西南戦争へ　明治維新を考える』　小島慶三　中公新書
『明治六年政変』　毛利敏彦　中公新書
『西南戦争従軍記　空白の一日』　風間三郎　南方新社
『征西従軍日誌　一巡査の西南戦争』　喜多平四郎　佐々木克（監修）　講談社学術文庫
『薩軍城山帰還路調査　城山帰還最後の四日間』　薩軍城山帰還路調査会編　南方新社

『さつま人国誌　幕末・明治編』桐野作人　南日本新聞社
『大久保利通　維新前夜の群像5』毛利敏彦　中公新書
『谷干城　憂国の明治人』小林和幸　中公新書
『岩倉使節団「米欧回覧実記」』田中彰　岩波現代文庫
『堂々たる日本人　知られざる岩倉使節団』泉三郎　祥伝社黄金文庫
『写真・絵図で甦る堂々たる日本人　この国のかたちを創った岩倉使節団「米欧回覧」の旅』泉三郎　祥伝社
『パリ、娼婦の館　メゾン・クローズ』鹿島茂　角川ソフィア文庫
『パリ、娼婦の街　シャン=ゼリゼ』鹿島茂　角川ソフィア文庫
『パリ時間旅行』鹿島茂　中公文庫
『パリの日本人』鹿島茂　新潮選書
『鹿児島弁辞典』石野宣昭　南方新社
『歴史群像シリーズ21　西南戦争　最強薩摩軍団崩壊の軌跡』学習研究社
各都道府県の自治体史、論文・論説、事典類等の記載は、省略させていただきます。

※西南戦争当時、日本ではメートル法が採用されていませんが、近代戦の描写が多いため、長さについてはメートル法で記述しています。

本書は二〇一五年七月にPHP研究所より刊行された
作品に、加筆・修正したものです。

著者紹介
伊東　潤（いとう　じゅん）
1960年、神奈川県横浜市生まれ。早稲田大学卒業。『黒南風の海―加藤清正「文禄・慶長の役」異聞』で本屋が選ぶ時代小説大賞を、『国を蹴った男』で吉川英治文学新人賞を、『巨鯨の海』で山田風太郎賞と高校生直木賞を、『峠越え』で中山義秀文学賞を、『義烈千秋　天狗党西へ』で歴史時代作家クラブ賞（作品賞）を受賞。歴史エッセイに、『天下人の失敗学』『城を攻める 城を守る』『敗者烈伝』が、小説作品に、『黎明に起つ』『吹けよ風 呼べよ嵐』『江戸を造った男』『走狗』『城をひとつ』『悪左府の女』等がある。

ＰＨＰ文芸文庫　武士の碑《いしぶみ》

2017年９月22日　第１版第１刷

著　者　伊東　潤
発行者　後藤淳一
発行所　株式会社ＰＨＰ研究所
東京本部　〒135-8137 江東区豊洲5-6-52
文藝出版部　☎03-3520-9620（編集）
普及一部　☎03-3520-9630（販売）
京都本部　〒601-8411 京都市南区西九条北ノ内町11
PHP INTERFACE　http://www.php.co.jp/
組　版　朝日メディアインターナショナル株式会社
印刷所　共同印刷株式会社
製本所　株式会社大進堂

ISBN978-4-569-76755-0

PHP文芸文庫

本屋が選ぶ時代小説大賞2011受賞作品

黒南風《くろはえ》の海

「文禄・慶長の役」異聞

伊東 潤 著

日本と朝鮮——敵として出会った二人の人生が交錯した時、熱きドラマが！ 気鋭の歴史作家が、文禄・慶長の役を真正面から描いた力作。

定価 本体七六二円（税別）

PHP文芸文庫

戦国北条記

伊東 潤 著

この一冊で「北条五代」がわかる！ いま最も勢いのある歴史小説家が、北条氏の誕生から滅亡までの100年を描いた戦史ドキュメント。

定価 本体七四〇円（税別）

PHP文芸文庫

レオン氏郷《うじさと》

安部龍太郎 著

織田信長から惚れこまれ、豊臣秀吉からは文武に秀でた器量を畏れられた蒲生氏郷。その波乱に満ちた生涯を、骨太な筆致で描いた力作。

定価 本体九二〇円（税別）

PHP文芸文庫

まりしてん誾千代姫《ぎんちよひめ》

山本兼一 著

強く生きたい——。鉄炮隊を率いて凜々しく闘った誾千代姫。猛将・立花宗茂の妻で、あの加藤清正にも一目置かれた姫の生涯を活写する。

定価 本体九二〇円（税別）

PHP文芸文庫

明治無頼伝

中村彰彦 著

新選組三番隊組長・斎藤一。時代の変化に屈せず、あくまで己の節を曲げなかった男の、明治以降の生の軌跡を描く長編歴史小説。

定価 本体九八〇円（税別）

PHP文芸文庫

西郷隆盛 英雄と逆賊

歴史小説傑作選

池波正太郎／植松三十里／海音寺潮五郎 著

２０１８年の大河ドラマは西郷隆盛！　坂本龍馬や大久保利通など西郷を取り巻く人々を通して、謎多きその実像を浮き彫りにする傑作短編集。

定価 本体六六〇円（税別）